Pascal GAT

SAINT-MALO - TAHITI

Le tour du Monde d'un petit mousse malouin

Roman

Février - novembre 2022

PG/11 2022

Édition : BoD – Books on Demand, info@bod.fr
Impression : BoD – Books on Demand, In de
Tarpen 42, Norderstedt (Allemagne)
Impression à la demande
ISBN : 978-2-3224-6010-6
Dépôt légal : novembre 2022

Chapitre I : Une paire de sacrés garnements

Mon enfance turbulente et rebelle s'est terminée de façon inatten-due le trois novembre 1766 au matin. J'habitais à l'époque Saint-Malo, la ville bretonne qui m'a vu naitre. Plus précisément, je logeais dans une grosse maison à bretèche située non loin de Quic-en-Groigne, la fameuse tour-donjon de la cité corsaire. Un univers plutôt rude qui explique probablement mon tempérament intrépide.

Ma nouvelle vie a commencé par cette simple phrase :

— Salut Pierre-Yves ! Tu m'accompagnes jusqu'au port ? lança mon ami Robert en profitant d'une fenêtre ouverte du rez-de-chaus-sée.

Pour mieux voir à l'intérieur de la pièce et en percer les secrets, mon visiteur s'était penché par-dessus la rambarde. Je l'observais sans rien dire, assis au coin du feu, un livre de classe sur les genoux. En ce petit matin automnal je rechignais à quitter la chaleur du foyer. Ah ! si j'avais su que ce jour était à marquer d'une pierre blanche, ma foi, je n'aurais pas hésité.

Second de ma nombreuse fratrie, je venais de fêter mes douze ans. L'âge où l'on n'est rien : ni enfant, ni adulte, mais où la person-nalité s'affirme et se devine aisément. Par habitude, mes proches continuaient cependant à m'appeler ''le Chat maigre''. Chat, on verra pourquoi plus tard. Maigre, pour une bonne raison : je boudais les repas en famille. « Toujours en action, vif comme l'éclair ! » s'écriait ma mère, reproche qu'elle soulignait d'une pique en patois local dont la signification est à peu près "tête dure". Tête dure ! Voilà l'autre surnom dont j'étais affublé. Impossible de m'en défaire : au retour d'une expédition contre les nigauds des faubourgs, la glace du vestibule m'avait reflété la tignasse hirsute, la figure barbouillée, un orteil dépassant de chaque godillot.

Pourtant, je cultivais d'autres intérêts que la bagarre à tout propos et ses effets désastreux sur ma personne. Mon père ayant souhaité que je fasse des études, je lisais tous les ouvrages qui me tombaient sous la main : livres de classe et gazettes, almanachs et opuscules, bible et auteurs latins, en donnant ma préférence à la vie des hommes illustres. Ma curiosité d'esprit était l'inverse de mon appétit : insatiable.

Et puis comment oublier Robert, le copain qui stationnait devant ma fenêtre. Sans lui, rien ne serait arrivé. C'était le complice de mes jeux et le souffre-douleur de nos disputes. A nous deux, nous formions une paire de sacrés garnements. Dans quelle aventure voulait-il m'entraîner aujourd'hui ?

— Eh ! Pierre-Yves, dépêche ! insista Robert.

— Tout vient à point à qui sait attendre ! dis-je pour le faire bisquer.

J'abandonnai livre, ardoise, craie, aux bons soins d'un de mes plus jeunes frères et, prenant au vol ma pèlerine, je sortis à toutes jambes dans la rue.

— Rattrape-moi si tu peux ! jetai-je à Robert, en même temps que je détalais à son nez et à sa barbe.

Le rez-de-chaussée que je venais de quitter avait servi d'échoppe à notre famille jusqu'à ce que mon père, accablé de commandes et de visites, installe ailleurs son atelier. Une foule nombreuse passait en effet devant l'entrée de la maison. Saint-Malo résonnait du fracas des sabots et des carrioles, des cris pour avertir et se héler, du vacarme des chargements et déchargements sur les pavés et la rue devant chez moi n'était pas en reste.

Adieu ! vaste logis. Robert et moi devions à présent zigzaguer entre badauds et portefaix. Il ne me fut pas difficile de prendre les devants : mon compagnon pesait près de cent trente livres ! A bien considérer sa corpulence et à la nommer sans vouloir le vexer, enfin, sans vouloir le vexer au point de craindre des représailles : gros ! voilà ce qu'il était.

Foin de ce poids excessif ! Robert et moi étions liés d'amitié. Un pacte à coup de serments sur la Bible et de billets écrits au jus de citron avait été scellé entre nous. « L'union fait la force » dit-on. Tope là ! nous ferions front commun contre nos adversaires d'où qu'ils viennent : A la plage, en jouant à ne pas se mouiller mais à tremper les autres du mieux possible. Sur les quais, toujours bien dotés en projectiles. Au bas des fortifications, dans l'espoir d'un moment favorable entre deux vagues pour courir d'une tour à l'autre, au risque d'être écrasé sur les murailles ou emporté par la démence des flots.

En traversant le Sillon, cette étroite digue submersible qui relie la ville close au reste du monde, malgré la crainte d'y croiser de mauvais garçons plus âgés. De l'autre côté, au-dessous de l'ancien gibet de la Hoguette, à jouer aux quatre coins.

Diable ! il ne fallait pas avoir froid aux yeux si l'on voulait être des nôtres.

Arrivé sur l'une des nombreuses placettes émaillant la cité, je résolus d'attendre mon ami. Car c'est lui, n'est-ce pas, qui était venu me tirer de ma torpeur matinale. Peut-être avait-il une fameuse nouvelle à m'annoncer ?

— Eh alors, fichu traînard ! lançai-je. Quelles sont donc tes raisons d'aller sur le port ?

— Il paraît qu'on y attend un bateau en provenance d'Amérique ! me répondit-il après avoir repris son souffle.

— D'accord ! allons-y, approuvai-je sans discuter davantage.

Je lui désignai une ruelle étroite. Une sente obscure où les gamins de Saint-Malo pouvaient mettre à l'épreuve leur bravoure en raison de l'impossibilité de s'y croiser. Gare au vaurien que nous rencontrerions dans ce coupe-gorge ! Qui de lui ou de nous devrait faire demi-tour à toute vitesse ? Y aurait-il un vilain crapaud à déloger de cette fissure ? Non point ! la ruelle était déserte et comme elle n'était ni très longue ni très tortueuse je pouvais entrevoir à son extrémité les bateaux à l'ancre dont les mâts hachuraient le ciel matinal blafard.

Le port : source inépuisable d'histoires à grappiller de-ci de-là. Sans oublier les jeux avec des cordes, les parties de cache-cache entre les tonneaux, les sauts au-dessus des civières de morues séchées, les glissades sur les planches savonnées par nos mains expertes. Sans compter les fourrures de la Nouvelle France, le Canada découvert par Jacques Cartier, un autre fils de notre glorieuse cité ; les dépouilles de loup, d'ours, martres, castors, lynx ou renard argenté, que mon père, excellent pelletier, transformerait en toques ou en manteaux pour de riches clients.

Passant d'une idée à l'autre aussi vite que je déboulais entre les murs de pierre, je songeai au triste sort de nos compatriotes installés de l'autre côté de l'océan Atlantique. Car le Canada venait d'être perdu à l'issue de la guerre de Sept ans. Le royaume de France en sortait amputé de territoires immenses et prometteurs. Pire encore, nos cousins d'Amérique se trouvaient à présent sous le joug des Anglais. Catastrophe ! Dans beaucoup d'esprits - en tous cas dans le mien - naissait un ardent désir de revanche. Je brulais d'aller combattre "l'English" pour ce qu'il représentait à mes yeux : l'ennemi déclaré, le rival impitoyable, le tyran des mers !

J'arrivai bon premier au bas de la ruelle. Alors que je me retournais pour mesurer l'écart creusé avec Robert, je ne vis pas un piéton qui circulait à grands pas le long des remparts, côté port. Trop tard pour l'esquiver. Sous le choc, je fus projeté à terre.

— Excusez-moi, m'sieur ! dis-je. Pas fait exprès ! me sembla-t-il prudent d'ajouter.

— Je l'espère pour toi, manant ! répondit le piéton d'une voix forte où l'on devinait plus d'irritation que d'indulgence.

L'homme me sembla jeune et robuste. Arborant l'épée au côté, il était noble, forcément. En revanche, ni la façon de son habit ni la manière de son chapeau ne trahissaient avec certitude son emploi. Je remarquai toutefois un détail d'importance : il serrait contre lui un porte-documents en cuir rouge semblable à celui des officiers géné-raux à la veille d'embarquer.

— Où vas-tu donc si vite, mon garçon ? Tu me parais bien pressé, demanda l'intriguant personnage d'un ton qui n'admettait pas la réplique.

— Heu… Je vais rejoindre un ami... un mousse ! bredouillai-je, faute de savoir que dire, impressionné par la prestance de l'individu en face de moi.

Me relevant de la position inconfortable où je me trouvais depuis ma chute, j'époussetai mes chausses pour me donner une conte-nance. A l'issue de ce rapide brossage, j'aperçus Robert… en retard comme d'habitude !

— Tiens, justement, le voilà !

— Ah, çà ! Te moquerais-tu ? s'exclama mon vis-à-vis en jau-geant le nouvel arrivant d'un coup d'œil. Me faire accroire que ce petit monsieur puisse grimper jusqu'à la vergue d'un perroquet. Par tous les saints ! on ne saurait berner un homme tel que moi. Ce prétendu mousse ne tiendrait pas un jour de mer !

Mon interlocuteur éclata de rire mais, au bout de quelques secondes d'hilarité, s'interrompit et m'examina sous toutes les coutures.

— En revanche, toi, garçon, tu pourrais tout à fait nous convenir. Quel âge as-tu et quel est ton nom ? me demanda-t-il abruptement.

— Je m'appelle Pierre-Yves et je viens d'avoir douze ans. A votre service, m'sieur… l'officier.

L'inconnu esquissa une moue de satisfaction. Une franche bonhomie éclairait maintenant son visage : yeux bleus énergiques, sourire narquois, bouche épanouie, menton volontaire, teint hâlé contrastant avec le blanc de la perruque, il offrait à vrai dire tous les aspects d'un honnête homme et même d'un homme de qualité.

L'homme m'apostropha derechef mais cette fois sur un ton plus avenant :

— Dis-moi, Pierre-Yves, cela te plairait-il de visiter un beau bateau ? Celui auquel je pense est amarré en face de la taverne ''le Corsaire''. Tu le reconnaîtras aisément : sa figure de proue représente un lion en majesté. Va, n'aie crainte et annonce-toi de ma part à l'officier de permanence.

Sur ces entrefaites il se dirigea à grandes enjambées vers la capitainerie du port. Toutefois, après s'être éloigné de quelques pas, il se retourna d'un bloc et nous jeta avec superbe :

— Ah ! j'oubliais. Il faut que je vous donne mon nom : je suis le chevalier de Bougainville… Place ! Place ! cria-t-il ensuite pour écarter la foule.

Il fut aussitôt aspiré par le tourbillon du port où il disparut, son maroquin en cuir rouge logé comme un trésor sous son bras.

Désormais libre de mes paroles, j'interpellai Robert d'une voix réjouie, bien qu'au fond je sois tout chamboulé :

— Me voilà mousse et par ta faute encore ! dis-je, en songeant, sans trop y croire, à l'avenir qui m'était proposé.

— A ton avis, Pierre-Yves, me demanda Robert, quelle est la destination du sire… du sieur…de Bou… de Bougainville ?

— Oh, je ne sais pas ! répliquai-je. Je pencherais plutôt pour les Antilles. Ce gentilhomme présente tout l'extérieur d'un administrateur de colonie, n'est-ce pas ?

Vexé par la pique de M. de Bougainville relative à sa corpulence, Robert prenait l'allure penaude de celui qui vient de se faire moucher. Toutefois, après avoir lorgné du côté de ses magnifiques escarpins à large boucle, il exprima le désir de ne pas rester sur cet échec :

— A défaut d'être mousse, je pourrais peut-être m'enrôler comme aide-cuisinier. Qu'en penses-tu ?

Je souris intérieurement, prêt à railler le penchant de Robert pour la nourriture. Mais, à la réflexion, je changeai mon fusil d'épaule. Je savais que mon vieux copain était le fils unique d'un cordonnier honorablement connu en ville. Or, le brave homme ne cachait pas son désir que Robert l'aide à tenir sa boutique et devienne un jour son successeur.

— Au lieu de rêver, demande plutôt à ton père ce qu'il penserait d'un engagement dans la marine de son cher fiston ! ironisai-je.

Pour atténuer la rebuffade sous-entendue par cette réponse, j'ajoutai précipitamment :

— D'ailleurs, je ne sais pas quelle serait l'attitude des miens si je leur posais cette question !

A supposer que l'offre du gentilhomme heurté au pied des remparts se concrétise - mousse, sapristi, quelle drôle d'idée ! - il me faudrait en effet obtenir l'autorisation paternelle. Ce qui était loin d'être gagné d'avance, le protecteur du foyer n'étant pas des plus faciles.

Eludant le problème - on verrait bien ce soir - je me dirigeai d'un pas décidé vers le bateau que M. de Bougainville venait de livrer à notre curiosité. Avec, comme d'habitude, ce bon vieux Robert derrière moi.

Chapitre II : La Boudeuse

Le bateau désigné par M. de Bougainville pouvait faire penser à la chandelle qui attire les papillons : fascinés par sa splendide allure, nous allions droit vers lui. Mais en nous approchant de son poste à quai, Robert et moi dûmes bientôt déchanter. Ce cocon aux formes harmonieuses prenait l'aspect d'un véritable navire de guerre, ce qui ôtait l'envie de s'y frotter les ailes.

Diantre ! un bâtiment de la Flotte réserverait-il bon accueil à deux galopins de notre espèce ? Sans parler des officiers de marine, terreur des matelots sur le port et des bourgeois en ville. L'aristocrate de tout à l'heure ne serait-il pas un "Rouge", l'un de ces gentilshommes de haute noblesse qui forment l'élite de la Royale ? Ne nous aurait-il pas tendu un piège pour châtier notre audace ?

Notre paire de petits garnements hésitait, ne sachant quelle attitude adopter. Fallait-il s'avouer vaincus, faire demi-tour… C'eût été mal nous connaître !

Le grand voilier alignait une série de douze sabords de flanc, complétée par deux de retraite sous le tableau arrière. En levant les yeux, j'aperçus aussi des pièces de petit calibre pointer le bout de leur nez entre les échancrures du pont supérieur. « Une frégate de vingt-six canons de douze livres ! », me dis-je. « Un bateau bon marcheur,

affecté aux fonctions de liaison, au blocus des ports ou au ravitaillement des escadres. »

A voir la blancheur de ses cordages et l'éclat de sa peinture, cette
frégate semblait presque neuve. En revanche, son petit mât de hune
était brisé à mi-hauteur. Que lui était-il arrivé ? Un nom en lettres d'or
brillait à la poupe du bâtiment juste en-dessous des fenêtres de la
grand 'chambre. J'indiquai à Robert ces caractères étincelants qui
déroulaient sous nos yeux leur mystère :

— La Boudeuse[1] ! s'écria-t-il, après avoir lu comme moi l'inscription. Drôle de nom pour un bâtiment de guerre ! ajouta-t-il, l'air
narquois.

— Pas du tout ! répliquai-je. Cet adjectif est bien de ceux que
l'on donne aux frégates : l'Indocile, l'Indiscrète, la Sensible, l'Insou-
mise et maintenant la Boudeuse… Dans la Royale, on ne prête aux
femmes que des défauts !

A mon avis, l'emploi d'un nom féminin pour appeler un bateau pro-
cédait d'un choix intentionnel. Le choix d'un "baptême" gracieux devait rappeler aux marins l'existence d'un univers plus doux que le
leur, un univers dont bénéficieraient ceux qui auraient la chance de
revenir un jour au pays. Je restais toutefois sur ma faim. L'adjectif

---

[1] *En réalité, la Boudeuse débuta son tour du monde à Nantes - avec
escale à Brest - sans passer par Saint-Malo. En revanche, M. de Bougainville partit bel et bien de Saint-Malo lors de son tout premier voyage aux
Malouines. L'auteur demande qu'on lui pardonne cette entorse à la vérité
historique.*

"Boudeuse" n'évoquait nullement l'héroïsme des batailles et la furie des tempêtes qui enchantaient mon imaginaire. J'aurai préféré pour cette frégate une dénomination plus ronflante comme le Vengeur, le Foudroyant, le Protecteur, le Tonnant, le Redoutable, le Superbe ou encore le Glorieux, des "baptêmes" attribués aux vaisseaux de haut bord. A vrai dire, le qualificatif "Boudeuse" me faisait penser à une jeune fille dissimulant ses émois dans le secret d'une pièce intime appelée... boudoir. J'en voulais presque au grand voilier de porter ce nom stupide.

Une échelle de corde pendait le long de la muraille et on ne voyait aucune sentinelle en faction sur le quai. Il fallait se décider.

— Va pour monter à bord ! dit Robert.

— Tu ne me bouderas pas longtemps, belle frégate ! répliquai-je en me ruant vers l'agrès.

L'ascension me prit moins d'une poignée de secondes. Mais à peine avais-je enjambé le bastingage qu'un individu peu avenant se dressa devant moi. Noir de cheveux, de poils de barbe et de taches de goudron, il venait de surgir comme un diable de l'un des accastillages qui hérissaient le pont. Sa tenue me permit immédiatement de reconnaitre un maître de la Marine. Quant à sa voix, elle attestait par son volume l'autorité inhérente à sa fonction :

— Hé là ! vous deux. Halte là ! Arrêtez-vous tout de suite ou je vous flanque à l'eau, je vous le garantis !

— Arrêtons-nous ! murmura timidement Robert. ça vaudrait mieux je crois.

— D'où sortez-vous mes cocos ? Vous ne manquez pas de toupet, tonna le maître, après s'être rapproché à moins d'une coudée.

En même temps qu'il parlait, le gradé nous fusilla du regard, ce qui me fit perdre le peu d'assurance dont je bénéficiais encore.

— Heu ! mon camarade et moi avons un sauf-conduit. C'est le sieur de Bougainville qui nous l'a donné, bredouillai-je en baissant les yeux pour ne pas devoir croiser ceux de mon vis-à-vis.

— Tiens donc ! Bougainville. Le nom de notre respecté chef ! observa sentencieusement l'officier marinier. Par ici ! mes amis, dit-il au bout de quelques secondes de réflexion où il fit passer d'un coup de langue sa chique de la joue gauche à la joue droite. Je vais vous conduire auprès du lieutenant Dumanoir. Il est là-bas sur la dunette, à l'arrière du navire.

Robert et moi le suivîmes non sans peine. Il fallut contourner les canons de la batterie barbette, éviter les rouleaux de cordages, circuler entre les tonnelets de vin et les sacs de farine. Sur le pont, encombré à l'égal d'une place de marché, séjournaient également des bœufs, des chèvres et des cages à poules que l'on logerait plus tard au mieux des possibilités du navire. Toute l'animation de la cité malouine semblait transbordée à l'intérieur de la frégate. Et quelle frégate ! Une arche de Noé en réduction, un décor regorgeant de chanvre et de bois, une île peuplée d'odeurs fortes et rebelles, une machine tendue vers l'action, prête à fendre l'océan, bref un endroit extraordinaire pour les petits terriens que nous étions.

A l'extrémité du gaillard d'arrière, "la dunette" ou encore "le château" - ainsi appelé en raison de ses occupants, pour beaucoup issus de la noblesse -, constituait le domaine exclusif des officiers. Cette plate-forme dominait le parc à canons et constituait un poste d'observation idéal. Le lieutenant Dumanoir avait donc repéré sans difficulté notre groupe et attendait comme il se doit notre arrivée.

Bien que très jeune, le lieutenant Dumanoir était habitué à se faire obéir. Son maintien sévère et le ton de sa voix en imposaient davantage que les dorures de sa redingote ou les frisettes blanches de son tricorne.

— Fichtre ! monsieur Lamené, vous avez fait des prisonniers ?

— Hum ! hum ! vous comprenez, lieutenant, ces deux gredins ont eu l'audace de grimper à bord… par leurs propres moyens. Ils prétendent se recommander de M. de Bougainville.

— Ah ! vraiment, Bougainville. Mais cela change tout ! Quelle excellente nouvelle vous m'apprenez là ! C'est un renfort de choix qui nous arrive ! Racontez-moi donc le motif de votre présence sur cette frégate, garçons. Je suis curieux de vous l'entendre dire. Allez, n'ayez pas peur, nous ne sommes pas des sauvages ! N'est-ce pas, M. Lamené ?

Le susdit Lamené ne répondit pas mais, par contre, le lieutenant Dumanoir se pencha vers nous avec une sollicitude que je trouvais suspecte. Malgré cela, Robert prit courageusement les devants :

— Excusez-moi, monsieur l'officier, mais mon camarade et moi venons de croiser un homme de condition sur le port *(Robert me lança un clin d'œil)*. Il nous a dit s'appeler le chevalier de Bougainville et a même demandé à mon ami s'il lui plairait de devenir mousse. *(Robert me désigna du regard).* Le sieur de Bougainville nous a ensuite demandé de nous présenter au responsable de cette frégate. Alors… Alors… nous voilà !

Il m'incombait de relever le gant sans parler à la légère. Je ne tenais pas être enrôlé de force, comme n'importe quel vagabond cueilli par la presse dans l'arrière-salle d'une taverne du port.

— C'est exact ! monsieur l'officier. Mais, ajoutai-je avec un brin de désinvolture et même un zeste d'insolence, les bateaux de guerre ne m'intéressent pas plus que ça. Je n'ai aucune expérience de la mer et des grands voiliers. Je voulais seulement visiter votre belle frégate en compagnie de mon camarade ici présent.

Dumanoir se redressa de toute sa taille, réajusta les volants de dentelle qui dépassaient de ses manches à retroussis, puis inspecta du regard l'activité du pont. Il serra tout à coup les mâchoires. Ce qu'il redoutait certainement venait de se produire. Un cri rauque, suivi d'un de ces terribles blasphèmes dont les marins se rendent parfois coupables, venait de s'élever du pont de batterie. Un homme avait chuté d'une passerelle avec sa cargaison. Le lieutenant apostropha Lamené et lui donna un ordre bref. Sur quoi, Lamené partit à grands pas dans la direction indiquée. L'espace d'une seconde, sa silhouette trapue escamota le soleil qui s'efforçait d'éclairer la scène.

— Mes jeunes amis, je tiens à satisfaire votre curiosité, annonça ensuite Dumanoir. S'agissant du capitaine, il est très occupé et je crois qu'il est préférable de ne pas le déranger pour le moment. En revanche, je peux vous dire sur quel genre de bateau vous êtes. Un bateau peu ordinaire de même que le chevalier de Bougainville dont vous vous réclamez.

— Ah ça ! monsieur l'officier, s'écria Robert, expliquez-nous vite de quoi il retourne.

— La Boudeuse, voici son nom - *il devait penser que nous n'avions pas eu le temps de le lire sur le tableau arrière du bâtiment* - est une frégate neuve. Ou plutôt était, jusqu'à ce qu'un grain ne lui occasionne quelques désordres. Il suffit d'examiner son petit mât de hune, énonça le lieutenant en levant les yeux. Pour ce qui concerne l'expédition… Ma foi ! vous avez une bonne tête et je pense que l'on peut sans risque vous éclairer sur ce point. Nous allons faire le tour du monde ! Oui, les enfants, nous allons effectuer la grande boucle.

— Le tour complet de la Terre ! m'écriai-je, éberlué par cette annonce.

Seul un petit nombre de capitaines avait effectué un tel périple. Je connaissais le nom de Magellan – un Portugais au service de l'Espagne -, qui fut le premier à l'accomplir. L'exploit était toutefois à mettre au compte de son bateau amiral - la Victoria - car le célèbre explorateur, massacré aux Philippines, n'acheva pas son tour du monde, ni quatre des cinq vaisseaux composant sa flottille, perdus l'un après l'autre durant le voyage. D'autres escadres lui avaient succédées, portugaises, hollandaises, anglaises mais, bizarrement, aucune ne battait pavillon de la Royale.

Pourtant, que de progrès réalisés depuis cette époque et combien d'entre eux redevables aux Français. A l'école des frères maristes où je poursuivais mes études, on disait que trois membres de l'Académie des Sciences - Godin, Bouguer et La Condamine - étaient partis vérifier la longueur d'un arc de méridien au Pérou. Grâce à leurs calculs et ceux effectués en Laponie par Maupertuis - un mathématicien malouin -, on savait qu'en raison de pôles légèrement aplatis, la terre n'était pas tout à fait ronde. Et on pouvait maintenant en mesurer la circonférence exacte.

L'ère des grandes découvertes, celles de Christophe Colomb et de Vasco de Gama, de Jacques Cartier et Samuel Champlain, de Cortés et de Pizarro se trouvait maintenant révolue, mais il restait encore à explorer, défricher, coloniser. Il restait donc une place pour l'aventure. D'un bref échange avec un officier inconnu sur les quais du port à la visite improvisée d'une frégate royale, des explications du lieutenant Dumanoir aux perspectives d'un voyage sur des mers lointaines, nous étions passés des jeux de l'enfance à une équipée conçue pour des adultes !

Je ressentis l'ardente obligation de rejoindre la croisière dont les prémices s'arrangeaient sous mes yeux. Ma décision était prise, je devais l'annoncer crânement à mon interlocuteur :

— M'sieur l'officier ! Je dois vous dire que M. de Bougainville m'a proposé de passer mousse sur votre splendide bateau. Cela tombe bien d'ailleurs ! Car, après vous avoir entendu, je suis d'accord. Du fond de mon cœur, je souhaite sincèrement participer à ce tour du monde.

— Je te prends, n'aie crainte ! répondit le lieutenant sans montrer de surprise ni de satisfaction. Demain matin, à huit heures pile, présente-toi à la coupée.

— Et moi, capitaine ? demanda Robert d'un air inquiet.

— Hum ! réfléchissons un instant *(il y eut un bref silence)*. Je ne te vois pas grimper dans le gréement avec ta corpulence, mon ami. Ni souquer les manœuvres, aligné sur le filin derrière les autres matelots de pont, tu es beaucoup trop jeune. Encore moins réduit à calfater les coutures de la coque, les mains noircies par le brai, ce n'est pas la place d'un mousse. Euh ! *(nouveau silence)*. Non ! ça non plus n'est pas envisageable : la place de gâte-sauce est déjà prise en cuisine. Désolé de te l'apprendre ! Ah oui ! j'oubliais : tu peux proposer tes services à l'un des scientifiques qui doit nous accompagner. Làdessus, je te souhaite bonne chance, débrouille-toi comme tu peux.

A ces mots, Dumanoir releva la tête et nous donna congé. De son point de vue, l'entretien était terminé :

— Garçons ! je vous autorise à visiter l'intérieur de cette frégate. A Dieu ne plaise, des petits citadins comme vous ne manqueront pas d'être surpris. Vous voyez cette échelle en contrebas du gaillard ? Prenez-la, elle vous mènera au parc et de là dans l'entrepont. Attention, y'a du monde, ne gênez pas le service !

Chapitre III : Dans l'entrepont

L'agencement de la Boudeuse pouvait faire penser à celui d'une prison. Oui ! une prison : un lieu obscur, très compartimenté et par définition oppressant. Tant bien que mal, il fallut cependant pénétrer au sein de cette geôle.

En venant du pont supérieur, le premier palier à traverser était le pont de batterie, à ciel ouvert sous la trouée permettant de hisser les trois annexes de la frégate : chaloupe, grand et petit canot emboités l'un dans l'autre. C'est là que s'alignaient sabords et gros canons.

En-dessous on trouvait l'entrepont, hélas privé de soleil, les trémies des échelles de descentes ne lui fournissant qu'une chiche lumière. L'équipage y logeait en compagnie des animaux de boucherie eux-mêmes parqués à l'intérieur d'un modeste enclos. A l'arrière, où le relèvement du plafond donnait une hauteur suffisante, l'entrepont regroupait les cabines des gradés, l'infirmerie, la sainte-barbe...

En descendant encore plus bas, on atteignait le faux-pont, c'est-à-dire la coquerie, la cambuse, la soute aux grains, etc. Ces différents logements ne disposaient toutefois d'aucun éclairage naturel : gare où l'on mettait les pieds !

Quant au tréfonds du bateau, il accueillait câbles, voiles, tonneaux, boulets et lest de fer, rangés méthodiquement cale par cale.

La faible hauteur des étages obligeait les matelots à se courber en deux pour passer sous les membrures transversales appelées baux. Moi-même, je devais baisser la tête à l'instant de les franchir. Dans cet univers compliqué, ma petite taille me donnait l'avantage sur Robert, mais je ne cherchais pas cette fois à le devancer. L'intérieur de la frégate était si limité en dimension et si fruste d'aspect que je ne m'y sentais pas à l'aise. Il valait mieux, je crois, ne pas rester seul.

Après un bref coup d'œil à l'archipompe situé au point le plus bas du navire, je proposai à Robert de remonter vers l'entrepont, niveau le plus fréquentable de tous ceux que nous venions de traverser.

Robert et moi commencions l'exploration de ce dédale, soucieux des pièges à éviter, mobiles ou immobiles, attentifs aux barrières de toile érigées pour cloisonner les espaces et préserver l'intimité de leurs occupants, lorsqu'une grosse voix rugit sur nos arrières :

— Deux cent quatorze ! Deux cent quinze !

— T'as entendu, Robert ? chuchotai-je, perplexe.

Le mystérieux quidam insista :

— Oui ! c'est à vous que je m'adresse, les béjaunes. Faites-vous partie de l'équipage, sacrebleu ?

Je distinguais mal l'individu qui nous apostrophait. Assis, jambes pendantes le long d'une futaille, le haut de son corps restait dans l'ombre. La voix caverneuse - ou plutôt son propriétaire - était disposée à faire connaissance car elle enchaîna avec une brutale franchise :

— Je m'appelle Lafleur, maître commis sur la Boudeuse. Certains m'appellent aussi "Le Compteur". Vous comprenez pourquoi, j'espère ? On m'a donné l'ordre de vérifier tout ce qui rentre et sort du navire. Y compris les petits morveux de votre espèce. Hé tiens ! Lafleur a l'œil et le bon. A l'intérieur de ce fichu "restemplan", il serait capable de repérer à trente pas l'arrivée d'une excellente moque de café ou celle d'un providentiel quart de vin.

L'homme observa une pause, content de lui-même ou de l'idée qu'il voulait donner de son emploi.

— Maintenant, je répète ma question : faites-vous partie de l'équipage ou n'êtes-vous là qu'en promenade, la bleusaille ?

Nous restions muets, aussi curieux de l'individu qu'ébahis de son vocabulaire.

— Doux Jésus ! Seriez-vous timides ? interrogea le maître, en prenant cette fois un ton de reproche. Répondez, crénom de crénom ! C'est du sérieux, je dois tenir à jour le rôle, le plus important de nos livres de bord.

Comme nous hésitions à lui répondre, Lafleur rompit le silence en nous livrant de nouvelles informations. Il affirma que l'équipage comptait deux cent treize personnes, amiral compris. "L'amiral" ? C'était M. de Bougainville ! Le préposé aux vivres l'honorait de ce grade parce que l'expédition devait en réalité comprendre deux unités : la Boudeuse - la frégate où nous étions céans - et une flûte baptisée l'Etoile qui la rejoindrait plus tard en qualité de "nourrice", c'est-à-dire de bateau ravitailleur.

"L'amiral" - Bougainville en l'occurrence - et l'officier commandant la frégate - un dénommé Duclos-Guyot - s'étaient liés d'amitié lors d'une traversée de l'Atlantique vers la Nouvelle France. Duclos-Guyot occupait à présent la fonction de capitaine de pavillon sur la Boudeuse. C'est donc lui qui était responsable de la marche du bateau. Bougainville, de son côté, dirigeait l'expédition.

Emporté par son désir de nous instruire, Lafleur changea de sujet comme une rivière en crue sort de son lit. Il entreprit d'évoquer la campagne du Canada de celui qu'il admirait à l'égal d'un demi-dieu de l'Antiquité :

— Il faut vous préciser, fistons, qu'avant d'être amiral - Heu ! je veux dire capitaine de vaisseau - Bougainville était d'abord colonel... Je vois à votre tête que vous êtes embarrassés et même totalement perdus. D'accord, on le serait à moins ! Mais colonel ou amiral, c'est toujours un grade dans l'armée, n'est-ce pas…

Comme Robert et moi continuions à nous taire, la bouche ouverte et les yeux ronds, l'intarissable conteur poursuivit son récit :

— Car voilà, mes amis, il faut savoir que Bougainville est un authentique héros de la guerre canadienne ! Premier aide de camp de Montcalm - notre chef suprême en Nouvelle France - blessé à Carillon - une grande bataille contre les Anglais -, chargé de couvrir l'évacuation de nos troupes - après la capitulation sous Québec et Montréal -, fait prisonnier…

Robert résolut d'interrompre cet exposé qui devenait franchement incompréhensible pour nous :

— Hum ! m'sieur. Puisque Bougainville était colonel ou maréchal de camp, c'est selon, comment se fait-il qu'il soit devenu capitaine ou plutôt amiral ?

— Dieu ! la bonne question que v'là. Vous ne manquez pas de jugeote, mes agneaux. Je vais sans tarder vous affranchir sur ce point qui revêt de l'importance quand on s'embarque pour un tour du monde. On aime bien savoir à qui l'on a affaire, pardi !

L'inépuisable causeur n'était jamais à sec de toile car il continua son discours. Il nous apprit que, dans sa jeunesse, M. de Bougainville avait publié un traité de mathématique novateur. Reçu à Londres en qualité de Secrétaire d'ambassade, il en avait profité pour intégrer la Société Royale britannique, l'équivalent de l'Académie des Sciences pour nous. Lorsque les Anglais redevinrent nos ennemis dix ans plus tard, le brillant géomètre décida cependant de changer de métier pour prendre celui des armes. Il subit alors les désastres que l'on sait : l'invasion du Canada par les Anglais, la mort de Montcalm et, pour finir, la perte de l'entière colonie.

Le brillant chevalier de Bougainville ne pouvait toutefois rester sur une défaite, aussi honorable soit-elle. Une fois la paix revenue, il fit valoir son initiation aux calculs nautiques lors de ses traversées vers l'Amérique avec Duclos-Guyot, son actuel capitaine de pavillon, et obtint du Roi un brevet de capitaine. Doté de ce précieux sésame, il entreprit de fonder une colonie française au sud-ouest de l'océan Atlantique :

— Les Malouines ! m'exclamai-je, à l'évocation de ce lointain territoire dont le nom rappelait ma mère patrie : cette chère cité de Saint-Malo, fourmillante d'activités, de chantiers et de projets.

— Oui ! mon garçon, confirma le maître commis : les Malouines, îles vierges au large de l'Argentine, territoires appelés Falklands par les Anglais et Malvinas par les Espagnols. Eh bien ! il faut les rendre aux gars de Séville qui ne nous supportent pas si proches de leurs colonies d'Amérique. Tel sera d'ailleurs le premier objectif de ce voyage.

— Incroyable ! Scandaleux ! protesta Robert. Ce sont <u>nos</u> îles ! renchérit-il en appuyant sur le "<u>nos</u>".

— Je te comprends mon p'tit ! Y'a de quoi rager, approuva notre interlocuteur. Bougainville, lui non plus, n'a pas dû être très content en apprenant la nouvelle !

Lancé comme il l'était, Lafleur devenait aussi difficile à stopper qu'un cheval au grand galop. Il prétendit que, rivaux en Amérique, les Espagnols restaient nos alliés en Europe : « Un minuscule carré de landes stériles, balayé par les tempêtes du cap Horn et les quarantièmes rugissants, vaut-il qu'on lui sacrifie l'amitié d'une grande nation possédant une armée redoutable et une flotte puissante ? » questionna-t-il. « Qu'on le veuille ou non, il faut ménager les Espagnols, nos soutiens habituels en cas de guerre avec l'Angleterre. » Telle était du moins sa conclusion.

— Alors, rendons tout de suite ces îles ! m'enthousiasmai-je. Et, pour faire bonne mesure, je criai à pleine gorge : Vive l'Espagne ! Sus à l'Anglais !

— Voilà qui est parlé ! applaudit Lafleur. Tu as le cœur et le sang chauds, jeune homme. Notre Flotte en a bien besoin. Hum ! à force de bavarder, j'en oublierais presque ma fonction. Holà les béjaunes ! Euh… je voulais dire les jeunets, faites-vous partie de l'équipage, oui ou non ?

J'échangeai un regard complice avec Robert. Nous étions l'un et l'autre très déçus que "Le Compteur" interrompe à cet instant son récit. Le chef commis s'était certes attardé sur la carrière glorieuse de Bougainville mais ne disait rien de ses projets d'avenir. Quels étaient-ils ? Créer une autre colonie au nom du Roi de France ? Déplacer au-delà du détroit de Magellan, peut-être au milieu des mers du Sud, les pionniers des Malouines ?

De mon côté, en revanche, il n'y avait pas à hésiter. Je devais participer au tour du monde qui s'agençait sous mes yeux. D'autant plus qu'un motif personnel m'était soudain venu à l'esprit : rendre visite à de lointains cousins installés aux Malouines en même temps que les Acadiens chassés du Canada par les "Englishs". Qu'étaient donc devenus nos malheureux compatriotes ? Supportaient-ils de gaieté de cœur leur isolement ? Comment réagiraient-ils en apprenant la cession de leur île aux Espagnols ?

A la question du maître cambusier, posée au moins pour la troisième fois depuis le début de notre rencontre, je répondis donc avec crânerie, confirmant du même coup les propos que j'avais tenus tout à l'heure devant le lieutenant Dumanoir :

— Heu ! Eh bien voilà, je souhaite m'engager comme mousse sur la Boudeuse. C'est dit, chef, je suis des vôtres.

— Et ce garçon plutôt grassouillet ? interrogea Lafleur en montrant d'un air dubitatif l'ami qui m'accompagnait.

— Je m'appelle Robert ! s'exclama mon camarade. Peste soit de mon embonpoint, conséquence d'un grand appétit aiguisé par l'air marin ! Il faut que je vous explique, monsieur ''Le Compteur'' : on m'a conseillé de me présenter aux savants de l'expédition…

— Halte là ! Tu n'as rien à faire à bord, l'interrompit sèchement le chef commis. Que je sache, les scientifiques n'embarqueront pas avec nous sur la Boudeuse mais sur le second bateau de l'expédition, l'Etoile en l'occurrence. Et si mes renseignements sont exacts - en général, ils le sont - l'Etoile se trouve actuellement à Rochefort afin d'être réarmée en flûte de charge.

Robert prit une figure d'enterrement, un air de chien battu. Mais que pouvais-je lui dire : je ne voulais ni le désespérer ni à l'inverse le bercer d'illusions.

— Je noterai jour après jour sur un carnet les péripéties de l'expédition, tu n'as pas à t'inquiéter, vieux frère ! Et, à mon retour, je te raconterai mes aventures en détail.

— Hélas ! il me faudra aligner des régiments de souliers neufs jusqu'à cette date lointaine, observa Robert en digne apprenti cordonnier qu'il était. Cette perspective m'enchante moins que partir avec toi sur ce bateau, tu peux me croire.

La déception de Robert faisait vraiment peine à voir. De quelle manière le consoler ? Je lui exposai les périls d'une navigation sur des mers inconnues, sans oublier le risque affreux de ne pas revenir, risque on ne peut plus réel s'agissant d'un si long voyage. Robert baissa le nez mais ne répondit pas. Les grandes douleurs sont muettes, parait-il.

Lafleur s'étant éloigné en vue de reprendre ses occupations, je fis signe à mon camarade de remonter sur le pont. Nous en savions assez pour aujourd'hui. Il me restait toutefois un nouvel obstacle à franchir, le plus difficile peut-être : mon propre père ! Celui dont dépendait l'autorisation de m'enrôler sur une frégate royale. « Pourvu que le "Pater familias" me laisse saisir cette chance incroyable de m'illustrer autrement que par le négoce et le succès en affaires ! Jamais une telle opportunité ne se représentera » me dis-je.

Notre duo d'amis - pour combien de temps encore ? - regagna le quai en empruntant l'échelle de coupée, l'itinéraire normal pour monter ou descendre du bateau. En guise d'échelle, il n'y avait toutefois qu'une volée de tasseaux cloués sur la coque et, de part et d'autre, deux filins accrochés aux batayoles. Un itinéraire requérant, je dois dire, audace et agilité… Ce dont je n'étais pas dénué à cette minute !

J'attrapai donc sans trembler ces cordages, impatient de raconter aux miens ma dernière escapade et ses conséquences prodigieuses sur ma carrière.

Chapitre IV : Apprentissage

Le jour commençait tout juste à poindre quand je franchis le seuil de ma maison. « Pour la dernière fois ? » me dis-je, le cœur serré. Je regardai le ciel dans l'espoir d'y trouver un signe favorable : un rayon de soleil qui éclairerait ma rue, une lumière dorée qui égaierait les façades de granit gris. Hélas, non ! rien que de très ordinaire en cette saison. Les nuages fuyaient vers l'intérieur des terres, noirs de fumée et de mitraille, cavalerie en déroute chevauchant les toits. Une rafale chargée d'embruns fouetta soudain mon visage. La mer devait battre les remparts le long de la grève du Grand Bé. « Marée haute ! », me dis-je en bon connaisseur de la ville.

Et, sans m'attarder davantage, je balançai mon sac de toile sur mon dos, un sac qui contenait les rares biens m'appartenant en propre. Pas grand-chose en vérité : un bonnet de laine, une ceinture de flanelle, des chemises, un gilet, des bas, des grègues, quelques livres, un nécessaire de toilette et un autre pour écrire. Ces objets familiers n'avaient d'ailleurs pas véritablement d'importance, seul comptait mon passage sur la Boudeuse.

Attentif au rendez-vous fixé par le lieutenant Dumanoir, je me mis à courir au petit trot, à l'allure modérée qui sied à un parcours en ville. Lorsque ma mère s'était proposée pour m'accompagner, j'avais

répondu vertement : « Pas question, je n'ai besoin de personne ! »
Car voilà, en ce jour d'émancipation, j'aurais eu honte d'être vu avec
elle.

Chemin faisant, je me remémorai les évènements de la soirée précédente. Faut-il l'avouer, ce que je redoutais d'annoncer à ma famille
- mon intention de partir sur la Boudeuse et la longue absence qui
s'en suivrait - créa moins de vagues chez moi que les marées d'équinoxe n'en jettent deux fois par an sur les plages bretonnes.

Mon père écouta d'un air distrait le récit de mon équipée d'hier
avec Robert. Il dressa cependant l'oreille au nom du chevalier de
Bougainville, approuvant par de multiples hochements de tête le récit
de ses aventures : les exploits de ce dernier ne lui étaient pas inconnus. Je le vis ensuite écarquiller les yeux - de joie ou de reproche ?
- lorsque je m'efforçai d'imiter Lafleur et les expressions imagées qui
avaient fait notre délice la veille. Puis je l'informai de mon projet de
voyage au long cours.

A l'issue de cet honnête rapport, un lourd silence s'établit. Je bouil-
lais d'impatience, attendant une réponse qui ne venait pas. Le "pater
familias" finit toutefois par se lever. S'approchant de moi avec lenteur, il posa la main sur mon épaule et, à ma grande surprise, prononça de salutaires paroles d'encouragement :

— Pierre-Yves, je suis fier de toi ! Te voilà embarqué pour une
aventure que j'aurais aimé vivre à ton âge. Comme on dit souvent :
les voyages forment la jeunesse. Par Saint Aaron ! quelle chance

incroyable. Tu en auras bien besoin pour le périple qui t'attend. Que Dieu te prenne en sa sainte garde, toi et ton vaisseau !

Il prononça à la suite une série d'exclamations joyeuses :

— Vive Saint-Malo ! Vive Bougainville ! Vive le Roi !

Ma mère avait écouté notre conversation en se frictionnant les tempes, signe d'une grande nervosité, voire d'une certaine gêne. La contrariété attristait maintenant son visage comme l'ombre d'un nuage endeuille brusquement la nature. A vrai dire, cette figure des mauvais jours m'embarrassait davantage que des reproches ou des pleurs. J'entrepris de la rassurer :

— Ne t'inquiète pas, chère maman ! Je reviendrai. Et si je peux, je rapporterai de mon voyage un oiseau des îles et un collier de nacre. Et si je trouve des perles, par Notre Dame, je jure de les garder rien que pour toi !

Ma fratrie - pas moins de cinq frères et sœurs - se réjouirent de telles promesses et les plus jeunes battirent même des mains. Mon paternel en profita pour aller chercher derrière les fagots de la cour l'une des bouteilles de cidre qu'il réservait pour les grandes occa-sions : une façon détournée de se parfumer la moustache !

A huit heures du matin précises, je montai à bord de la Boudeuse. Le quartier-maître Lamené et le lieutenant Dumanoir contrôlaient l'extrémité de la passerelle, à cet instant, encombrée de marins re-venant de permission. Les deux gradés avaient revêtu un uniforme impeccable. Pour Dumanoir : tricorne, habit bleu sans panier, revers dorés, gilet blanc, culotte et bas rouges, manches en bottes et souliers vernis. Pour Lamené : veste et pantalon bleus, cravate et bas blancs, ceinture rouge, chapeau rond. Que de progrès depuis ma visite hier de la Boudeuse !

Lamené laissa au plus gradé, le lieutenant Dumanoir, le soin de m'adresser les paroles de circonstance :

— Bravo, petit ! s'écria Dumanoir. Je vois que tu tiens tes engagements. En outre, tu es ponctuel. Voilà deux bien belles qualités. Va rejoindre la brigade qui est aux ordres de Seznec, le maitre en faction au pied du grand mât. Il te dira ce qu'il convient de faire.

Après avoir jeté un bref regard vers M. de Bougainville qui paradait avec ses officiers sur le château arrière, j'obéis instinctivement. Le groupe auquel je devais me mêler se composait d'autant de petits mousses que de matelots à gros bras. Un jeune maitre, grand et sec, à la figure ma foi assez aimable, en occupait le centre. Le sourire dont il m'honora ainsi que la vivacité de son regard bleu clair achevèrent de me convaincre. J'étais prêt à le suivre où qu'il aille :

— Pierre-Yves, douze ans, natif de Saint-Malo, recruté sur la Boudeuse par le lieutenant Dumanoir, annonçai-je fièrement.

— Impeccable ! répondit Seznec. Pierre-Yves, tu es maintenant sous ma responsabilité et je t'ordonne d'exécuter mes instructions à la lettre. Je dois toutefois recevoir des recrues de dernière heure avant de vous passer en revue. En attendant, tu n'as qu'à te mêler à la bigaille. Heu ! je voulais dire les autres mousses…

Ravi de l'aubaine, je me dirigeai vers "la bigaille" qui m'adressa comme il se doit quelques paroles de circonstance. Je fis ainsi la connaissance de Jonas dont le regard torve et les cheveux ébouriffés n'étaient pas vraiment de bon augure, de Guillaume, garçon déluré originaire de Nantes, d'Alexandre, adolescent trapu et d'allure réservée, et d'un certain Gérald, sympathique lascar aux dents proéminentes.

Jonas avait été placé à bord de la frégate par son père qui était, je l'appris dans la foulée, maître charpentier sur la frégate. Hormis cette confidence, il me fut impossible d'en savoir davantage sur son compte.

Guillaume le Nantais, petit brun aux yeux verts, se disait orphelin de père ou presque. De manière à soulager sa mère et retrouver son paternel - un marin du commerce disparu aux Antilles - Guillaume avait résolu de s'embarquer dès qu'il aurait treize ans. Or cet anniversaire tomba pile au moment où la Boudeuse s'apprêtait à quitter les chantiers de Paimboeuf, en face de Saint-Nazaire. Tope là ! en route pour l'aventure. La nouvelle recrue rallia un bateau fleurant bon les odeurs de bois juste équarri, de goudron à peine sec et de peinture fraîchement appliquée. Il eut du même coup la chance d'assister aux réjouissances du baptême : musique et revue sur le pont, discours et pavillons claquants au vent, banquet et libations pour conclure cette joyeuse fête.

La suite se révéla moins heureuse. Mon nouveau camarade me décrivit les incidents survenus au cours du voyage inaugural de la frégate. Après avoir labouré un banc de sable au milieu de l'estuaire de la Loire, la Boudeuse se dirigeait vers Brest lorsqu'un coup de tabac la rabattit brutalement dans la Manche. Victime d'avaries, elle avait ensuite cherché à rallier le port le plus proche et rejoint ce faisant Saint-Malo. Pour elle un contretemps et pour moi un coup de chance !

Alexandre était Malouin, comme la majorité de l'équipage. En dépit de sa jeunesse, le benjamin des mousses rempilait pour un troisième voyage. Sa vocation précoce résultait des punitions infligées par son ''vieux''. Punitions qu'il ne manqua pas de nous décrire en riboulant les yeux : le laisser une nuit dehors au froid et à la pluie, l'obliger à laper l'écuelle du chien de la maison, le tenir enchaîné des heures à son lit ou encore le fesser avec une baguette de saule prise à un arbre voisin. « Un être aussi injuste que cruel, bituré, vent dessus, vent dedans, saoul à en perdre la raison ! », prétendit mon nouveau compagnon, le regard embué de larmes et les cheveux dressés sur la tête. Pour échapper à son bourreau, Alexandre avait résolu de monter sur le premier navire en partance. Le hasard désigna l'un des bâtiments armés par M. de Bougainville en vue de transporter les familles de colons acadiens aux Malouines. C'était il y a six ans et lui-même prenait alors cet âge. Fidèle à son chef d'expédition, il l'avait rejoint dès qu'il eut connaissance de son prochain voyage transatlantique.

Lorsque je l'interrogeai sur les châtiments corporels en usage dans la Royale, il m'affirma que la discipline à bord des vaisseaux du Roi n'était pas aussi terrible qu'on le prétendait :

— Les voleurs et les assassins sont pendus à la grand-vergue, me dit-il d'une voix dépourvue de sentiment. Les insolents sont mis à fond de cale au pain sec et à l'eau, ajouta-t-il sans plus d'émotion. Les paresseux ? Le rotin, la garcette, la tosse, la bourrade, c'est selon la nature de la faute et l'humeur du moment ! En revanche, jamais de gifle, ça ne se fait pas dans la Marine. Et pour nous, les mousses… il y a le peloton !

— Le peloton ? C'est quoi au juste le peloton ? demandai-je d'une voix enrouée de crainte.

— Une heure de garde-à-vous sur le gaillard d'arrière, avec une tige de cabestan à bout de bras. Et pendant toute la durée de la punition, se faire traiter de ''paysan'', de ''soldat'', de ''marche-à-terre'', si ce n'est de ''cul blanc'', le sobriquet que l'on donne aux troupes de marine, répondit Alexandre en arborant un sourire narquois.

Bien que ces châtiments lui semblent les plus naturels du monde, pour moi, jeune citadin novice, il y avait de quoi être inquiet. Je craignais d'être à la merci du premier venu ou d'être puni sans raison.

Pour cacher mon appréhension, je me tournai vers le dernier du groupe : Gérald, le plus âgé d'entre nous : treize ans révolus allant sur ses quatorze. Il était aussi le plus grand des mousses : cinq pieds, six pouces[2]. Son père appartenait à la corporation des ''Bleus'', les officiers de petite noblesse ou sortis du rang reconnaissables à la couleur de leur habit. Tel M. de Bougainville, simple chevalier si l'on peut dire, dont j'apercevais au loin, sur le gaillard, la silhouette vêtue de l'uniforme bleu marine réglementaire.

Je m'en réjouis en secret. Notre chef d'expédition ne faisait pas partie des ''Rouges'', lesquels, en dépit d'instructions contraires, s'obstinaient à choisir cette couleur voyante afin de se distinguer de la roture. Qu'on se le dise, les membres des familles nobles huppées - le plus souvent officiers de l'Ordre de Malte - formaient l'élite de la Royale et prétendaient le rester. Pour ces grands seigneurs, la naissance l'emportait haut la main sur la discipline.

Gérald me confia que lui aussi rêvait de devenir un jour capitaine. Mais son père - en officier ''Bleu'' qu'il était - lui avait imposé de débuter par le bas de l'échelle. A ce propos, je me dis que la Boudeuse favoriserait son projet car les échelles ne manquaient pas à bord ! Notre ainé allait d'ailleurs nous rendre un fier service. Ce jeune homme monté en graine, certes un peu frimeur, mais passionné de sciences, d'histoire et de géographie, bénéficiait d'une expérience de la navigation dont nous étions presque tous dépourvus. Il se révéla le plus précieux et le plus agréable des compagnons de voyage.

A l'issue de ces présentations, une discussion débuta entre nous sans prêter attention à l'heure qui tournait. Aussi, lorsque Seznec

---

[2] *Plus d'un mètre quatre-vingt*

revint donner ses ordres, le soleil culminait presque à son zénith. Après avoir jaugé d'un coup d'œil notre petite troupe et constaté que l'amalgame s'effectuait en accord avec les traditions, Seznec nous interpella d'une voix ferme : celle du commandement. Une voix ou plutôt un ton dont je devrais apprendre à me méfier si je ne voulais pas gâcher mon avenir.

— Assez bavardé, les petits gars ! Prenez vos affaires et transportez-vous sur le gaillard d'avant.

Arrivés, non sans quelques détours, au pied du mât de misaine, Seznec nous ordonna d'ouvrir nos baluchons. A cette occasion je découvris que ma mère avait commis une erreur dans mes rechanges : trois bas étaient blancs et trois autres étaient bleus. Ce nombre impair m'obligerait à permuter avec un camarade. Plus tard ! Pour le moment, je devais être attentif aux instructions données par le maître gabier. A la suite d'une revue de détail où chacun reçu son lot de remontrances, Seznec nous harangua en effet à sa façon :

— Les gars, la récréation est terminée ! Je sais qu'en principe on peut compter sur vous, mais, avec Bougainville pour capitaine et un tour du monde à la clé, je ne prends que les meilleurs, la crème de la crème. Je ne tiens pas à me gâcher l'existence à cause d'une bande de poltrons ou de pique-assiettes. Cela dit, mes jeunes blancs-becs, quelqu'un aurait-il le vertige parmi vous ?

Il n'y eut pas de réponse à cette question. J'aperçus seulement un vague sourire flotter sur les lèvres de mes voisins. De mon côté, je restai muet, la tête dans les épaules, m'interrogeant sur la nature exacte de ce qu'on appelle le vertige. Une horrible sensation, parait-il. Un mal inguérissable susceptible de réformer les plus hardis et de les renvoyer sous les jupes de leur mère. L'aurais-je ? Ne l'aurais-je pas ? Comment en avoir le cœur net ?

Je n'eus pas trop à me languir, Seznec devança mes scrupules en me mettant immédiatement à l'épreuve :

— Toi ! le petit brun maigrichon, tu vas m'accompagner et ne pas oublier de me dire s'il y a un problème. Viens par-là, on dégage à tribord !

Sans attendre ma réponse, mon nouveau chef se dirigea vers l'écheveau de cordage qui s'accrochait au flanc droit du bateau. Il était plus facile que je le croyais d'enjamber le plat-bord et d'empoigner ce treillage de grosses mailles dont l'oblique pointait résolument vers le ciel. On pouvait même se tenir debout sur une pièce de bois plaquée à l'extérieur de la coque de façon à donner le meilleur angle possible au gréement.

— Dis-moi quand tu seras prêt ? interrogea Seznec, le bras passé dans une enfléchure. Tu y es ?

Je répondis d'un hochement de tête mais en vérité mon cœur battait la charge et mes mains tremblaient malgré moi.

Le maître donna alors un ordre bref aux autres mousses qui m'observaient du coin de l'œil :

— Vous autres en dessous : Attention ! A la parade !

— Allez Pierre-Yves ! Ce n'est pas difficile, m'encouragea Gérald.

Je suivis docilement le chef gabier qui escaladait les échelons quatre à quatre. Le début de l'ascension ne me posa aucun problème. Les mains et les pieds trouvaient à s'appuyer sur les barreaux, épais comme mon poignet, raidis par le goudron, offrant des prises sûres et rugueuses. Le faible espacement des enfléchures convenait également à ma petite taille. La largeur de l'agrès, son inclinaison, la proximité du pont, donnaient une impression de sécurité. Mon agilité fit merveille, je grimpai avec aisance. « Ce n'est pas sans raison qu'on m'appelle ''le chat maigre'' ! », pensai-je à cet instant. Je compris toutefois que la largeur de l'échelle diminuait au fur et à mesure que celle-ci s'élevait vers le sommet du mât. Gare ! il fallut prendre conscience de l'endroit où j'étais. En vérité nulle part, suspendu entre le ciel et l'eau, abasourdi du clapot des toiles, perturbé par l'oscillation des poulies, agacé par le crachin breton, loin, très loin, de notre bonne vieille terre et des sensations dont j'avais l'habitude.

Je me croyais perdu dans l'immensité de cette cathédrale dédiée au vent et à la mer, lorsque j'entendis les mousses restés en bas m'exhorter :

— Ça y est ! Tu y es presque !

— Allez ! c'est bien…

— Encore un petit effort !

Levant la tête, je m'aperçus que la hune de misaine ne se trouvait plus qu'à environ cinq coudées. Juste au-dessus de moi, les haubans se dédoublaient, offrant une alternative pour terminer l'escalade : soit emprunter la gambe de revers - une échelle qui s'éloigne du mât pour rejoindre le rebord extérieur de la plate-forme -, soit atteindre cette dernière en son milieu, en continuant à suivre le même hauban que celui qui m'avait amené jusque-là.

— Passe par le trou du chat ! me lança Seznec qui venait de se rétablir d'un coup de rein sur la plate-forme.

Je compris qu'il désignait l'ouverture laissée au centre du plancher de hune pour permettre aux grandes tresses de chanvre de s'attacher plus haut sur le mât. Mon guide me proposait de prendre l'intérieur, la voie où il n'était pas nécessaire de franchir le surplomb. Je suivis son conseil. A la force des poignets, je me hissai sur le cadre de bois. Dès qu'il me vit franchir l'ouverture, Seznec m'agrippa sans façon par le col :

— Félicitations ! Pierre-Yves, te voilà passé. Mais dis-moi, fiston, la tête ne te tourne-t-elle pas ? N'aurais-tu point une sorte de boule au ventre ou les extrémités refroidies et comme qui dirait un peu gourdes ?

En guise de dénégation, je me bornai à branler du chef de droite à gauche. Du haut de mon perchoir, agrippé d'une seule main aux cordages, je contemplais la ville de ma naissance, muet d'admiration devant une telle pléthore de toitures et de bateaux.

Sur ces entrefaites, Seznec se tourna vers le pont et lança un appel qui prit pour moi valeur de compliment :

— Ho Hé ! vous pouvez monter, les mousses. Y'a un nouveau de recrue !

Mes petits camarades se jetèrent à l'assaut de la misaine et vinrent l'un après l'autre me féliciter. La grande famille des marins m'accueillait à bras ouverts. Mieux encore, j'entrais dans le cercle restreint de ceux qui en forment l'élite : les gabiers, la seule corporation du bord habilitée à régler par tous les temps la voilure.

Chapitre V : Le jour du départ

Paré à larguer ! Larguez les amarres ! Un frisson me parcourut l'échine quand retentit cet ordre prodigieux. La Boudeuse allait enfin se diriger vers l'horizon.

Combien de fois n'avais-je pas scruté cette ligne où s'élevait et descendait la pointe des mâts, cette frontière qui bornait mon enfance. Au fond de mon cœur, je m'étais juré de la franchir un jour. Je croyais qu'au-delà de cette limite s'ouvrait un univers magique, le vent intact de la liberté, l'Aventure avec un grand A.

Hourra ! ce jour de gloire était arrivé. Dès lors, impossible de garder les mains oisives et les pieds ballants comme naguère lorsque j'échafaudais mon avenir, assis tranquillement entre deux créneaux du chemin de ronde, porté par les vagues de mon imaginaire. Je devais me rendre utile, prendre part aux manœuvres du navire, faute de quoi les matelots brevetés, prêts à relever la moindre faiblesse de la bleusaille, m'affubleraient d'invraisemblables noms d'oiseaux : « Jeannette ! Belle dame à chapeau ! Vraie servante à Pilate ! », Voilà ce que je devrai encaisser sans pouvoir protester ni répondre.

Cela dit, la semaine précédente s'était révélée très active. « L'équipage besognerait-il davantage à terre que sur mer ? » avais-je naïvement demandé autour de moi. « Que nenni ! les marins sont rarement désœuvrés », me répondit sèchement un gradé dans l'intention de me faire taire.

J'appris du même coup que l'escale à Saint-Malo était indispensable pour raccommoder la Boudeuse. Depuis sa mise à l'eau, la frégate avait successivement perdu un petit mât de hune, la vergue de grand hunier et le grand mât de hune, brisé net en son milieu. « Trop haut, trop lourd ! » m'affirma un maître voilier. « Il ne suffit pas d'avoir de la toile à porter, encore faut-il pouvoir la tenir par gros temps ! » ajouta-t-il, un brin sentencieux.

Dans le but de pallier ce vice du bâtiment, on avait réduit la hauteur des mâts laquelle, à la construction, dépassait vingt toises. Vingt toises ! plus que la Tour Solidor chargée de garder l'embouchure de la Rance, à l'ouest de Saint-Malo. Il fallut également alléger le navire. Les canons de douze livres furent ainsi remplacés par un nombre équivalent de pièces de huit livres, soit une réduction de poids d'une dizaine de tonneaux, boulets inclus.

Ce bref séjour à quai facilita aussi ma formation pratique. Sous la houlette du chef gabier et en compagnie des autres mousses j'allai ravir aux oiseaux bavards le cadre de planches accroché à la tête du grand mât : le fameux nid de pie. Afin de nous habituer au vide, Seznec nous ordonnait de rester là, sans bouger, jambes pendantes, jusqu'à ce que l'heure de la soupe oblige tout le monde à redescendre. Pour les apprentis, les blancs-becs, les bizuths, la vigie de la Boudeuse s'était transformée en cabane d'affût bâtie au sommet d'un arbre.

Seznec nous montra ensuite comment se déplacer le long des vergues, rondins qui s'étagent à la perpendiculaire des mâts et supportent la pyramide des voiles une fois déployées. Il faut marcher en crabe, face à la proue du bateau, à la queue leu leu sur une longue filière qui se balance dans l'espace, le buste cassé en avant pour tenir l'équilibre. Une fois à poste, je m'apprêtais à prendre à pleine main le gros rouleau de toile à serrer, lorsque je reçus comme une gifle un ordre de ceux que j'appelais familièrement les "mangeurs d'écoute" :

— Ho ! de la grande hune, me héla au pied du mât l'officier de quart, va donc voir un peu, garçon, à affaler et à génoper ta cargue bouline sous le vent.

— De quoi s'agit-il ? Traduction s'il vous plaît ? dis-je, paniqué, en me tournant vers Seznec qui se trouvait auprès de moi dans le gréement.

— Pour dire « J'ai compris », répond « A la bonne heure ! » et pour ce qu'on te demande, tu n'as qu'à me regarder faire, répondit, laconique, mon supérieur.

Afin d'illustrer son propos, Seznec effectua au ralenti les gestes du métier, se tournant de temps à autre vers moi pour s'assurer que je les reproduisais vite et sans erreurs, en dépit des frottements qui m'écorchaient les doigts et me brulaient les paumes. Aïe ! le travail n'était déjà pas simple au port, le bateau immobile, les voiles carguées, mais qu'en serait-il au large, par mer grosse, vent de travers et période de grand froid ? Cette question essentielle me taraudait l'estomac : « Serais-je à la hauteur de ce qu'on attend de moi ? » En mon for intérieur, je finis par répondre : « Allez ! courage, on verra bien. »

Pour en revenir au jour de notre départ, la Boudeuse s'arrachait lentement du quai, lorsqu'un appel s'éleva de la foule des spectateurs restés à terre : « Ohé ! Pierre-Yves. Adieu ! Bon voyage ! »

Quel était le pékin qui me lançait cet encouragement ? Les Malouins de tous âges et de toutes conditions étaient venus nous applaudir. Juchées sur une estrade, les autorités présidaient la cérémonie du départ : représentants du Roi, du Parlement de Bretagne et des corps constitués, le maire et son conseil, l'évêque et son chapitre, des officiers en grand nombre et en grand uniforme. De manière à contenir les curieux, deux rangs de soldats du régiment de Penthièvre formaient une haie serrée. Au sein de cette collection de têtes et de chapeaux, je cherchais les visages familiers de mon enfance : père, mère, sœurs, frères… Je ne reconnus hélas personne dans le tableau vivant qui défilait sous mes yeux. Les figures anonymes, tantôt radieuses, tantôt guindées, qui dominaient la foule me donnaient le tournis. J'imaginais un public applaudissant une pièce et ses acteurs.

« Ohé ! Pierre-Yves. Adieu… » Tiens donc ! le mystérieux piéton venait à nouveau de me héler. Mais, faute de pouvoir l'identifier, impossible de lui répondre.

Je résolus de grimper au faîte du mât de misaine de manière à observer plus aisément le spectacle, ravi par la même occasion d'épater les badauds impatients de voir un jeune mousse au travail. Arrivé sur la vigie, j'aperçus Jonas et Gérald, deux de mes nouveaux camarades. Jonas contemplait le large, tournant ostensiblement le dos à la ville, Gérald m'accueillit en revanche avec une expression de joie :

— Regarde un peu cette foule ! s'écria-t-il.

— Oui ! c'est la fête aujourd'hui, répondis-je. Par Saint Idtud ! Assister au départ d'un tour du monde n'est pas des plus banals, même pour des Malouins.

L'ainé des mousses reprit :

— Tu vois sur la tribune, l'officier bleu qui lève son tricorne ? Eh bien ! c'est mon père.

— Facile à reconnaitre ! répliquai-je. Cinq pieds, six pouces : exactement ta taille ! Cela dit, je me demande qui a bien pu m'appeler tout à l'heure.

— Là-bas ! cria Jonas en pointant son index vers la droite. Regardez ! Y'a un type qui court le long de la berge et semble nous faire signe.

En suivant des yeux son geste, j'aperçus en effet un gros garçon qui trottinait sur la jetée. Il ne semblait pas au mieux, rougissant et soufflant tant et plus. L'émotion m'envahit : Robert, c'était Robert ! Mon copain d'enfance était venu me dire au revoir. Je le hélai de toutes mes forces en agitant mon chapeau.

Robert s'arrêta net et braqua ses regards vers la misaine. Au bout de quelques secondes, il me gratifia d'un sourire : lui aussi m'avait reconnu. Il brandit un petit objet qu'il était allé prendre à l'intérieur de son paletot. A la suite de quoi, un bref rayon de lumière m'éblouit. Sa médaille ! il venait de se servir de sa médaille. Lorsque le soleil ne boudait pas Saint Malo, nos breloques en argent, astiquées et polies avec soin, nous permettaient d'échanger des messages : Un éclat : « Bonjour ! » Trois éclats : « Viens me voir ! » Cinq éclats ou plus : « Adieu… je dois partir ! »

Comment lui répondre ? Je fourrageai mes habits à la recherche de mon précieux Saint-Christophe. Zut ! impossible de le retrouver. Où était-il passé ? A genoux sur le rebord de la hune, je palpai l'intérieur de ma vareuse, espérant y sentir chainette et image pieuse. Hélas, rien ! « Rappelle ta mémoire, bougre d'imbécile ! » maugréai-je, furieux et désespéré. Je m'ébrouais tel un oiseau sur sa branche, quand le souvenir me revint. J'avais ôté mon médaillon la veille dans l'intention de le fourbir. Malheureusement, le rapiéçage en urgence d'un haut-de-chausses m'avait empêché de donner suite à ce projet. Holà ! il fallait prévenir Robert, sinon il s'en irait, vexé, peut-être même à jamais fâché.

Debout sur la pointe des pieds de façon à être davantage visible, je mimai la perte de mon sacro-saint souvenir de baptême. Je palpai plusieurs fois poches retournées et mains vides, me frappai le front en signe d'étourderie. « Pourvu qu'il ait compris ! », me dis-je.

En guise de réponse, mon copain jeta négligemment sa médaille par terre et fit semblant de la chercher, explorant le sol autour de lui. Cher Robert ! mes gesticulations n'avaient pas été vaines, il avait compris. Notre dialogue se prolongea encore une poignée de minutes, le temps que le bateau déborde son poste à quai.

La Boudeuse s'apprêtait à franchir le bout de la digue, lorsqu'un éclair rouge et blanc jaillit d'une tour de guet. La seconde suivante, un bruit de tonnerre abasourdit nos oreilles.

— La Tour Bidouane nous salue ! C'est sa façon de dire au revoir, s'exclama sentencieusement Gérald.

— Adieu ! chers compatriotes. Bon vent et bonne route ! grommela Jonas.

— Où est le problème... ? balbutiai-je.

Je n'eus pas le temps de finir ma phrase. Une violente détonation retentit, des volutes grises et blanches s'échappèrent de la frégate à tribord, le pont eut un spasme qui se transmit au mât, puis du mât à la hune.

— Je vous avais prévenus ! s'écria Gérald, la Boudeuse n'est pas muette, elle non plus.

— Gare ! confirma Jonas, toutes nos pièces de tribord vont se mettre à tirer.

De fait, une salve de coups de canon ébranla notre perchoir. L'odeur âcre de la poudre se mêla bientôt à celle des embruns. Une sortie tonitruante et pleine de panache, comme dans mes rêves les plus fous !

Tandis que le bateau prenait de la vitesse, déplissant au vent du large ses ailes graciles, levant deux vagues d'étrave crémeuses sur l'océan, je regardais ma ville natale s'éloigner. Je songeais à celles et ceux qui avaient protégé mon enfance : mes parents, ma tribu, mes copains d'école. Quand donc les reverrai-je ? Les reverrai-je un jour ? Combien de destinées s'étaient conclues sur mer, sans que nul n'en sache rien. Afin de chasser ces idées noires, j'apostrophai Jonas qui se disposait comme moi à descendre sur le pont :

— Peux-tu m'expliquer pourquoi tu tournais le dos au quai, tout à l'heure ?

— Hum ! Hum ! bredouilla Jonas, une lippe dédaigneuse aux lèvres, c'est possible…

— Oui, et alors ?

— Ben ! Y'a personne pour me dire adieu. Mon père est ma seule famille et, comme tu le sais, il s'agit du charpentier du bord.

— Oh ! pardon. Mille excuses ! dis-je, en m'apercevant de ma sottise.

J'atterris sur le tillac au moment où la frégate reprenait la chaloupe qui l'avait jusque-là remorquée. Un tillac nullement immobile, mais au contraire agité de mouvements répétitifs qui brusquaient les gestes et ralentissaient les trajets : le tangage, me dit-on. Indifférent à ce curieux phénomène, le monde circulait dans un incessant pêle-mêle. Un ballet réglé depuis la dunette par le porte-voix des officiers et orchestré sur le pont par le sifflet réglementaire des maitres. Je me rengorgeai, j'exultai. Par tous les saints ! j'y étais, j'en étais. Dieu merci !

Souhaitant pérenniser cette journée mémorable, je me portai volontaire pour le grand quart, celui de huit heures à minuit.

Le bateau capelait la lame : « Il piquait dans la plume », selon l'expression consacrée. Lorsqu'une vague se présentait de face, un panache s'élevait très haut devant l'étrave puis retombait sur le pont en myriade de fines gouttelettes. Au sein de l'obscurité nocturne, cette blanche levée d'écume était bien la seule chose que l'on puisse distinguer. A l'arrière, la clarté du fanal de poupe laissait cependant deviner une présence immobile. Celle de l'officier de pont, un dénommé Lucas. De loin, on aurait pu croire à une statue ou une charge lorsque, tout à coup, il se tourna pour parler au timonier caché par l'emplanture du mât d'artimon et la grosse barre à roue.

Quant à moi, le col de ma vareuse relevé, les yeux grands ouverts et les mains calées au fond des poches, j'attendais les ordres du second maître. Celui-ci réunit l'équipe de quart près du grand mât et ne perdit pas l'occasion de compléter notre instruction :

— Salut le monde ! Merci d'avoir répondu à l'appel. Ce n'est pas la tempête, la vraie, mais nous allons être rudement secoués ! Alors les gars, pour vous déplacer d'un point à l'autre, je vous conseille d'agripper tout ce qui se prête à cet usage.

Mon copain Guillaume me prit le bras et me chuchota une devinette de circonstance :

— Pince Mi et Pince Moi sont dans un bateau, Pince Mi tombe à l'eau, qui qui reste ?

Ce farceur gardait toujours une petite blague en réserve. Hélas, impossible de lui répondre, la nausée dont j'étais victime me coupait non seulement les jambes mais aussi la parole. Guillaume s'en aperçut car il insista de manière plus fraternelle :

— Holà ! Pierre-Yves, ça n'a pas l'air d'aller ?

Je répondis d'un bref hochement de tête. Un mauvais réflexe qui me fit regarder le pont à l'instant précis où la frégate basculait au creux d'une vague. L'impression que le sol se dérobait sous mes pieds me fut fatale. En titubant, l'estomac au bord des lèvres, je courus lâcher mon lest par-dessus bord... A la grande joie des hommes qui m'entouraient !

— Le mal de mer ! s'écria Villeneuve dès que j'eus repris ma place. Rien de grave ! dit-il à la cantonade après m'avoir attentivement observé. Les premiers jours, même les marins chevronnés peuvent en être victimes. Baste ! au bout d'un certain temps, on finit tous par s'habituer...

Après ces propos charitables, le maitre me donna l'autorisation que j'attendais :

— Nos voiles semblent bien réglées et le vent n'a pas l'air de forcir. Il y a de bonnes chances pour qu'il n'y ait rien à faire d'important jusqu'à la fin de ce premier quart. Garçon ! nous n'avons plus besoin

de toi. Va te reposer et, si le cœur t'en dit, passe demander un bou-
jaron de vin chaud en cuisine.

Je le remerciai du mieux possible, puis je m'enfuis en déroute vers
les lueurs rassurantes de l'entrepont.

Chapitre VI : Les côtes bretonnes

Le lendemain matin la tempête avait cessé et le bateau était redevenu silencieux ou presque. Quelle différence avec la veille au soir : sifflement du vent dans les agrès, choc des lames contre la coque, tintamarre de la vaisselle et des outils dans l'entrepont, le tumulte n'épargnait rien ni personne. J'avais cependant réussi à m'endormir sans trop de peine : le tangage berçait mon hamac aussi bien qu'une nourrice !

L'aube étant pleine de promesses, je décidai de ne pas rester au creux de mon cocon de toile, les yeux rivés aux lattes de bois du plafond, ma foi, très proches de ma tête. Je me levai dare-dare, imitant la méthode des vieux loups de mer que j'avais pu observer. C'est simple comme bonjour : il faut lancer hamac et matelas d'un côté et soi-même jaillir de l'autre en tenant d'une main ferme cette balançoire d'un genre particulier. Gare au maladroit qui rate son coup et mesure le sol de tout son long ! Il subira les huées de ses compagnons mieux amarinés. Rien de cela pour ma part : ayant brillamment réussi mon examen de passage, nul ne vint me chercher querelle.

Arrivé sur le pont, je découvris un ciel embrumé, triste et fumeux comme un éteignoir. Je levai la tête dans l'intention d'apercevoir un mousse au travail - de fait, l'un de mes camarades - lorsque je me heurtai nez à nez avec le lieutenant Dumanoir. Ce dernier me reconnut aussitôt :

— Tiens ! Tiens ! une de nos jeunes recrues. Pierre-Yves, si je ne m'abuse ? On m'a dit qu'un novice avait eu le mal de mer cette nuit. C'était toi, n'est-ce pas ?

— Oui, m'sieur ! Mais à présent ça va. Je ne suis plus du tout malade.

— A la bonne heure ! mon garçon. On m'a fait beaucoup de compliments à ton sujet. Il m'est agréable de t'en féliciter.

L'officier s'interrompit à cet instant pour observer le ciel et la tension de la voilure :

— Le vent bouffe dur. Ce soir nous devrions mouiller en rade de Brest et demain il faudra charger les poudres. Cela te plairait-il de rester à mes côtés pendant que je surveille l'opération ?

— Nous allons faire escale à Brest ?

— Oui, mon garçon ! Le chevalier de Bougainville souhaite compléter l'armement de la Boudeuse.

— A vos ordres ! m'sieur. J'y serai.

Je ne m'attendais pas à une halte aussi peu de temps après notre départ ! En revanche, la perspective d'une brève relâche dans notre premier port de l'Atlantique n'était pas pour me déplaire. Elle m'offrait la possibilité de voir les grands vaisseaux à plusieurs ponts qui me faisaient rêver et d'admirer les sabords rutilants, les pièces de gros calibre et les sculptures dorées qui en constituaient l'ornement.

L'île d'Ouessant se présenta en début d'après-midi, cette fois, sous un franc soleil automnal :

— Qui voit Molène, voit sa peine ! Qui voit Ouessant, voit son sang ! Qui voit Sein, voit sa fin ! pontifia Gérald, l'ainé des mousses.

— L'ami, je ne te trouve ni très gai ni très optimiste !

— Hélas ! ce coin de Bretagne a une fâcheuse réputation, me dit-il d'un ton sec et avec un accent de supériorité dans la voix. C'est un vrai cimetière de bateaux ! Par temps de brume, on a tôt fait de se fracasser contre les rochers. Et il y a aussi le Fromveur...

— Le From... le Fromveur ?

Gérald m'expliqua volontiers en quoi consistait le Fromveur : un courant circulant entre l'île d'Ouessant et la pointe nord de l'Armorique. L'un des plus rapides de France et peut être même d'Europe puisque sa vitesse atteint parfois sept nautiques. Pour illustrer son propos, Gérald me narra une histoire vécue par son père, l'officier en habit bleu présent sur la tribune lors de notre départ. Voulant rentrer à Brest de nuit à la faveur d'une bonne brise, le bâtiment qu'il commandait lutta contre le Fromveur jusqu'à l'aube. Au petit jour, le père de Gérald s'aperçut en observant la côte que son bateau avait fait du surplace et même plutôt reculé d'un bon mille. « On croit que le bateau marche bien, alors qu'en réalité c'est le courant qui défile contre la coque. Si le vent porte moins que le courant, on n'obtient rien de bon, c'est mathématique. » conclut mon camarade.

Mathématique ! un mot qui, à lui seul, me donnait des sueurs froides. Nul en ce domaine - par ma faute ou celle de mes maîtres d'école - je savais que je devrais me faire violence si je voulais un jour prendre du galon. Qu'on le veuille ou non, les mathématiques sont la clef de toutes sciences et le sésame de tous les capitaines. Les officiers de marine jouissaient d'ailleurs d'une grande estime pour leur esprit de géométrie. M'aideraient-ils à vaincre mon handicap ?

Le soleil se couchait à l'horizon quand la Boudeuse doubla le cap Saint-Mathieu. Le pire se trouvait à présent derrière nous : la chaussée des Pierres Noires, les îles de Béniguet, Molène et plus loin encore Ouessant. Sur tribord, j'aperçus la Tour-dorée de Camaret, sentinelle avancée de la rade de Brest, souvent attaquée et toujours défendue avec succès. A sa gauche, les ouvrages militaires de la pointe des Espagnols, si bien camouflés par Vauban qu'on les distinguait à peine, fermaient l'entrée de la rade aux escadres ennemies. Droit devant, les bastions du fort Mingant sur la rive nord et les batteries de Beaufort et de Cornouailles sur la rive sud, encadraient l'étroit goulet de Brest. « Des bancs rocheux réduisent deux fois de suite la largeur du passage. » annonça doctement Gérald, qui se trouvait toujours à mes côtés.

Plusieurs bateaux de pêche ou de commerce se disposaient à profiter du flux de marée et des ultimes lueurs du jour pour franchir la passe. Ils nous cédèrent toutefois la préséance, en voyant que nous étions de la Royale. Sans l'avoir vraiment cherché, nous prîmes ainsi la suite d'un soixante-quatorze, navire armé du nombre correspondant de canons. Lui-aussi rentrait à Brest. Ce vaisseau de haut bord constituait l'archétype de notre flotte de guerre depuis une vingtaine d'années. Il pouvait filer jusqu'à dix nœuds aux allures portantes, grâce aux feuilles de cuivre recouvrant sa coque. Ce nouveau procédé faisait gagner en vitesse et protégeait en même temps des tarets et des coquillages. Comme il coutait très cher, toutes les unités de la Flotte n'en étaient pas pourvues. Notre frégate ne disposait ainsi que d'une préceinte mailletée, c'est-à-dire constituée de clous hexagonaux jointifs. Elle n'avait pas eu droit au fameux doublage en cuivre !

Afin d'observer plus aisément le soixante-quatorze qui nous précédait, j'étais juché sur le mât d'artimon, au-dessus de la timonerie, lorsque j'entendis le lieutenant Lucas, l'œil rivé à sa longue vue, annoncer au capitaine Duclos-Guyot, lui-même debout à proximité du banc de quart :

— Vaisseau "le Protecteur", Monsieur !

L'usage sur les navires de guerre veut en effet que les ordres et renseignements, donnés ou reçus, se passent de l'un à l'autre en suivant la ligne hiérarchique. Duclos-Guyot se tourna en conséquence vers M. de Bougainville pour lui répéter le court message de l'officier de quart :

— Soixante-quatorze "le Protecteur", droit devant à une demi-encâblure.

— Tenez le poste, envoyez l'aperçu et réduisez la voilure au besoin, ordonna notre chef d'expédition.

C'est ainsi que, précédée de son grand frère, la Boudeuse pénétra silencieusement à l'intérieur de la fameuse rade de Brest.

Dès l'aube, je me mis à la disposition du lieutenant Dumanoir. La frégate s'était amarrée à l'un des coffres flottants appelés corps-mort en langage maritime. Un canot de l'arsenal vint se ranger le long de la muraille et le transbordement débuta aussitôt.

La chose devait être traitée avec prudence. Surtout, ne pas mettre le feu aux poudres ! Le feu couvait en effet sous les réchauds des multiples cuisines et brûlait de jour comme de nuit au sein des lumignons chargés d'éclairer les cales. Mais pas question de fumer ! Les hommes ne pouvaient allumer leur pipe que sur le tillac, au grand air. Aussi, la plupart préférait chiquer, remplissant de noirs crachats les récipients placés à cet effet au pied des échelles.

Le lieutenant me mit de guet auprès du sergent désigné pour surveiller la Sainte-barbe, ainsi appelée en l'honneur de la patronne des artificiers. Défense de traîner aux alentours : « Halte là ! Qui vive ? » devais-je crier au moindre bruit suspect. Le chevalier de Suzanne, nous rejoignit afin de surveiller l'opération. Sa redingote blanche à revers bleus et son tricorne orné d'un frisottis de plumes immaculées le rendaient bien visible dans la pénombre.

Le chevalier exerçait la fonction de capitaine d'armes sur la Boudeuse. Dans l'intention de m'instruire ou de m'épater, il m'invita à reconnaître la Sainte-barbe avec lui. Ce que j'acceptai volontiers. Vue de l'extérieur, la Sainte-barbe offrait l'aspect d'un modeste réduit, placé sous la grand 'chambre et isolé des autres compartiments du navire par une double cloison de chêne. A l'intérieur en revanche il y avait de quoi être impressionné. Contre les murs, des râteliers garnis de fusils, de piques et de sabres. Au centre de la pièce : une table, de façon à remplir aisément les gargousses, cylindres de toile contenant la dose de poudre nécessaire à chaque coup de canon. L'éclairage : une chandelle abritée à l'intérieur d'une niche creusée dans l'épaisseur de la paroi et posée entre deux vitrages. Quant à la clef de cette armurerie navale, le capitaine d'armes voulut bien me la faire voir et soupeser, alors que d'habitude il la gardait enfouie sous les bouillons de dentelle de sa chemise ou à l'intérieur d'une poche secrète de ses basques.

A l'issue de cette courte mais instructive visite je retournai comme il se doit à mon poste, quand des jurons résonnèrent tout à coup au niveau supérieur.

— Gare en bas ! entendis-je au milieu des cris et de la bousculade.

— Pousse-toi, sacrebleu ! me cria Lafleur en m'écartant derrière lui d'un geste prompt.

J'eus à peine le temps de voir une forme rondelette dégringoler l'échelle et rebondir à chaque échelon. Arrivé à notre hauteur, l'objet non identifié roula sur le plancher et acheva son déboulé contre un sac de farine.

— Plus de peur que de mal ! s'écria Lafleur qui venait de vérifier d'un coup d'œil l'intégrité du baril de poudre, car voilà de quoi il s'agissait.

Comme chacun se regardait sans trop savoir que faire, le chevalier de Suzanne résolut d'y mettre bon ordre :

— Tout le monde à son poste. Toi ! ordonna-t-il au sergent, rattrape ce gros nigaud et ligote le bien, dit-il en désignant le baril naufragé.

— N'ayez crainte, Chevalier, il ne s'échappera plus ce coquin ! acquiesça le sergent en riant, tandis qu'il empoignait le tonnelet et le roulait déjà en direction de la Sainte-barbe.

Je crus l'incident terminé, lorsque Lafleur se mit à genoux près de l'endroit où la futaille avait fini sa course.

— Juste Ciel ! dit-il, il y a de la poudre ici, énonça-t-il après qu'il eut passé un doigt sur le parquet badigeonné couleur sang. Allez me chercher un faubert. Et plus vite que ça, morbleu !

Il avait raison le bougre. A cause de cette fichue trace de poudre, le bateau risquait de sauter à tout moment.

— Pas de problème, je m'en occupe ! dis-je, en me précipitant vers le poste d'équipage.

En un rien de temps, je rapportai une seille remplie d'eau et une lavette appelée faubert ou vadrouille selon que l'ustensile est ou non pourvu d'un manche. Sans hésiter, je m'évertuai à lessiver le sol et, comme le faubert était gluant et désagréable à tordre avec les doigts, j'essardai l'écheveau de poils en maintenant du pied sa queue. Une méthode apprise sur le tas, en regardant faire les matelots de corvée de pont.

— Bravo ! Pierre-Yves, me félicita le Chevalier.

— Dame ! mon fi', t'vlà matelot premier brin, renchérit Lafleur, dans son merveilleux langage imagé.

Je dus rougir d'aise et d'émotion. Quel dommage que mes camarades ne soient pas là pour applaudir ce modeste exploit !

Chapitre VII : Enfin le grand large

Le vrai départ de France eut lieu le 5 décembre 1766 aux environs de midi. La Boudeuse quitta son mouillage, se faufila entre les bateaux encombrant la rade, franchit le goulet à la faveur du jusant et, deux heures plus tard, élongea la dangereuse île de Sein.

Notre objectif était le Rio de la Plata, fleuve d'Argentine dont l'estuaire débouche sur l'océan Atlantique. Une croisière de huit semaines sans aucune escale, de l'hémisphère nord à l'hémisphère sud, la découverte du Nouveau Monde, l'éventualité de rencontrer des Indiens… Quel extraordinaire voyage pour moi qui ne connaissais que Saint-Malo et ses environs immédiats !

Les premiers jours, une galerne d'ouest nord-ouest contraignit l'équipage à régler d'heure en heure la voilure. Avec une telle orgie de vent, nous autres, jeunes gabiers, étions soumis à rude épreuve. Eh oui ! c'est au sommet des mâts, sur les plus hautes vergues, que la légèreté des mousses fait merveille.

Seznec, soucieux de son personnel, ayant l'œil, nous exhortait cependant à ne prendre aucun risque :

— Toujours trois points de prise ! hurlait-il à la cantonade, de manière à être entendu de l'entière brigade malgré le vacarme ambiant.

Deux mains et un pied, ou une main et deux pieds, crochés en même temps sur l'agrès ! Facile à dire, car dès que l'on est à poste, la main droite se trouve par obligation au travail. Il ne reste donc qu'une seule pince, la moins dégourdie des deux, pour former l'un des trois points de prise exigés. Ah ! cette main gauche, je lui dois tout de même une fière chandelle. De manière à ne pas oublier la consigne, nous répétions de l'un à l'autre l'adage qui résume à lui seul la hardiesse des gabiers. « Une main pour soi et une main pour le service ! »

D'autres ordres sécuritaires nous furent donnés : saisir les haubans verticaux et non les enfléchures horizontales qui pouvaient céder brusquement, ne pas se tenir aux manœuvres courantes, drisses, écoutes, cargues, mal établies et casse-cou, ne pas chevaucher une vergue volante hissée qui n'aurait pas supporté notre poids ou nos acrobaties.

A mes débuts, je crus ma dernière heure arrivée. Je fermais les yeux en espérant échapper à cette horrible sensation du vide qui fait tourner la tête et donne des picotements bizarres dans les jambes. Cent fois je pensai tomber comme une prune tombe du prunier. Je redoutais l'instant où j'aurais perdu l'équilibre. Mais non ! on ne tombe pas. Comment expliquer ce prodige ? Parce qu'on a une tâche précise à effectuer ? Parce qu'on est plus habile qu'on ne croit ? Parce que l'instinct de survie vous sauve toujours in extremis ? Bref, à force d'habitude ou de volonté, je finis par oublier le gouffre des flots déchaînés, par rester sourd à leurs féroces mugissements, par ne plus sentir les grains de pluie qui éclataient l'un après l'autre au-dessus de ma tête et me laissaient trempé sur mon perchoir. Si bien que, petit à petit, je réussis à dominer ma peur.

Grimper dans les hauts signifiait en règle générale ferler les voiles, c'est-à-dire serrer au moyen d'un cordon appelé raban les plis car-gués depuis le pont. Un exercice qui occupe une troupe entière de gabiers placée en batterie le long de la vergue. Lorsque venait l'ordre : « Tout l'mond' en haut ! » et quelquefois : « Tout l' mond' z'en haut ! », suivi d'une injonction plus précise, par exemple : « A serrer les huniers ! », nous grimpions à toute vitesse, en répétant de l'un à l'autre la consigne : « A serrer les huniers ! A serrer les huniers ! ». Il fallait ensuite se présenter dans l'ordre nécessaire pour tenir la place qui était attribuée à chacun. Gare au maladroit qui gêne ses voisins et retarde la prise de poste ! Il aura affaire à nous tout à l'heure, lors de la distribution de la soupe.

D'autres besognes résultaient des incidents propres aux grands voiliers : enfléchure qui lâche, bridure qui cède, manille non assurée, filin engagé et d'une façon générale tous types de pièces de bois ou de cordage dont l'avarie est de nature à perturber l'orientation des voiles. L'un d'entre nous se proposait aussitôt, un sachet de cuir con-tenant les outils attaché à la ceinture, un couteau serré entre les dents, prenant l'air féroce des flibustiers ou des barbaresques. Pour le néophyte que j'étais, le métier rentrait peu à peu... jusqu'au jour de l'accident.

La mer étant mauvaise, le bateau roulait d'un bord sur l'autre, quand une gîte monstrueuse coucha le navire sur le flanc. « A éventer la quille ! » dirent les marins rarement en peine de mots et d'images. De fait, l'incroyable se produisit : par bâbord, le bout de la grande vergue piqua dans l'océan. Une gerbe d'embruns jaillit au contact de l'eau et retomba plus loin en produisant un superbe arc-en-ciel.

Le choc ayant accentué l'inclinaison du gréement, il fallait droper les écoutes du hunier fixe, de manière à peser sur la balancine sous le vent. Aïe ! malgré tous nos efforts, les écoutes restaient bloquées.

Après plusieurs essais infructueux et une exploration menée le long de la grand-voile, les gabiers de veille réussirent enfin à identifier l'origine du blocage : la poulie placard. Une poulie dénommée la joue de vache. Bon sang de bon sang ! cette vacharde méritait bien l'appellation dont on l'avait affublée. Située à l'extrémité de la grande vergue, la poulie placard se trouvait à l'endroit où l'oscillation atteint son maximum. Celui qui accepterait ''d'y aller'', comme on dit, s'exposerait à de violents mouvements de rappel et même à un bain forcé dans l'océan. Perspective de nature à modérer les ardeurs : « Dame ! faut avoir le cœur bien accroché, quand même ! », estimèrent certains, à l'instant crucial où tous hésitent, se jaugent et abandonnent leur superbe.

Un conciliabule se tint sur le gaillard d'avant. Sans doute le capitaine Duclos-Guyot ou M. de Bougainville auraient-ils ordonné de mettre en panne si l'un ou l'autre avaient été présents sur le pont.

Mais à cette heure ils tenaient conseil dans la grand 'chambre et personne ne voulut aller les déranger.

Pour clore la discussion, un matelot léger que je ne connaissais pas proposa ses services à la bordée de quart, heureuse de s'en tirer à si bon compte. Il prononça une brève harangue, cracha dans ses mains et, impatient de prouver son courage, entreprit de grimper au grand mât. Ce qu'il réalisa vite et bien, je dois dire. Il s'élança ensuite sur le marchepied et plus loin encore sur le faux marchepied, une filière suspendue au bout de la grande vergue. Le brave garçon devait être gêné par l'amplitude du roulis, un instant projeté vers le ciel et la seconde suivante redescendu au niveau des flots comme dans un gigantesque jeu de bascule. Il réussit cependant à sortir de sa ceinture un marteau et cogna sur l'engin rebelle. Hélas, sans résultat ! L'agrès ne bronchait pas davantage qu'un solide nœud marin pris dans un cabillot.

Je craignais que notre courageux sauveteur ne renonce quand, au bout de longues minutes, la poulie céda brusquement, libérant l'écoute de son étreinte. Le drame se joua dès lors à une vitesse incroyable. L'écoute se détendit, redonnant de la longueur et du mou. Une boucle du cordage gorgé d'eau frappa soudain le jeune matelot à la figure. Hélas ! cette gifle n'avait rien de commun avec la rossée d'une garcette, ni un coup du plat du sabre. C'était la mort en personne, la gueuse, la faux, l'ignoble traîtresse qui venait de s'annoncer.

Le garçon fit un écart et perdit l'équilibre. Nous le vîmes chuter puis disparaître du côté de la frégate qui se relevait sous l'effet du roulis. Aucun d'entre nous ne put situer l'endroit exact où il avait touché l'eau. Du haut de la vigie, le guetteur lança le cri fatal : « Un homme à la mer ! » Les jurons fusèrent autour de moi : « Failli chien de métier ! », « Caisse à savon ! », « Bagne flottant ! », « Sabot du diable ! » Les ordres succédèrent aux jurons : « Vite, une bouée de liège ! », « Cargue les voiles basses ! », « Amène en bande les vergues volantes ! », « Prends la panne sous le phare de misaine ! ».

La frégate courant bâbord amures, on affala le petit canot de ce côté-là, à l'abri du vent et des lames déferlantes. Une longue attente commença tandis que le canot s'éloignait à force de rame, disparaissant dans les creux et remontant sur les crêtes.

A son retour, les volontaires maniant les avirons arboraient une mine sinistre, le visage plus blême que l'écume coiffant la cime des vagues. Ils éprouvèrent d'ailleurs les pires difficultés à se rétablir sur le pont. Le fait est que nul rescapé ne se trouvait parmi eux.

Le jeune gabier aurait-il coulé à pic en essayant d'atteindre la bouée qu'on venait de lui lancer ? S'était-il assommé à la suite de sa chute ? Le maître tonnelier à l'ouvrage dans le parc à canons jura avoir entendu un choc inhabituel contre la coque. Le bruit produit par un corps en tombant ? Ma foi ! cela valait mieux pour lui qu'une lente agonie dans l'eau glacée.

J'appris bientôt l'identité de la victime. Il s'appelait Pierre Lainé, un mousse de Saint-Malo dont les débuts remontaient à la première expédition de notre commandant aux Malouines. Son parcours ressemblait à celui d'Alexandre lequel, comme on le sait, avait suivi M. de Bougainville dans toutes ses traversées.

Peu après le retour de la chaloupe, notre "amiral" réunit d'ailleurs la bordée de quart en vue de distribuer les hardes du naufragé. Au préalable, la brigade dont je faisais partie dut subir un blâme. Bien qu'il reconnaisse l'audace du marin perdu en mer et rende ainsi justice au courage des gabiers, M. de Bougainville reprocha aux hommes de quart leur imprudence. Si on l'avait prévenu assez tôt, il aurait veillé à ce que la réparation se déroule dans de meilleures conditions. Il s'étonna que l'un des nôtres puisse courir de tels risques : « Vous devrez être plus disciplinés désormais : Jurez-le ! »

Nous autres, petits mousses de la Boudeuse, baissions la tête devant notre chef suprême et, pour ma part, je l'écoutais avec respect. En même temps, je ne me lassais pas d'admirer la chambre du conseil où je pénétrais pour la première fois. La seule pièce du bord digne de ce nom, la seule à être éclairée par de larges fenêtres, la seule à être richement décorée et meublée, la seule qui puisse faire office de salon de réception. Il me sembla que le chevalier de Bougainville me dévisageait en prononçant son sermon. M'avait-il reconnu, moi le petit galopin rencontré il y a dix jours à peine sur le port de Saint-Malo ? En tout cas, il ne m'adressa pas le moindre mot en privé. Il est vrai qu'à présent j'étais un parmi les autres, simple gabier de misaine et, de surcroît, simple gabier de misaine élève.

Après nous avoir demandé de jurer, M. de Bougainville procéda au partage traditionnel. Les plus nécessiteux, Guillaume et Alexandre, reçurent des hardes de rechange qui, de toute façon, n'auraient pu me convenir en raison de leur taille. Gérald préféra s'attribuer un nécessaire de toilette. Jonas récupéra une pipe, un briquet et le tabac allant avec. N'ayant rien demandé, je pris ce qui restait : un baluchon de grosse toile grise et un oreiller en coutil.

Au moment où tout le monde sortait de la grand 'chambre, Seznec - qui nous escortait en qualité de chef gabier - m'interpella avec une douceur inhabituelle :

— Je vois, Pierre-Yves, que tu as hérité du sac et de l'oreiller de ce pauvre Pierre Lainé. Bravo ! tu n'as pas fait la plus mauvaise opération.

— Ah ! pourquoi donc, Monsieur ? dis-je, en plongeant ma main au fond du sac, comme si celui-ci recelait un trésor oublié par son ancien propriétaire.

— Oh non ! ce n'est pas ce que tu penses. N'espère pas y trouver un objet de valeur ou une pièce de monnaie. C'est tout autre chose...

— De quoi s'agit-il alors ?

— Tu verras bien ! Attends ce soir, tu auras une surprise...

Je n'eus pas trop à me languir, nous étions en hiver et à six heures il faisait nuit.

L'équipage s'était calfeutré à l'intérieur du navire pour oublier tempête et noyade. L'air confiné sentait bon la soupe aux choux et la quiche aux poireaux. Le vin coulait à flots ainsi que le cidre. Chacun reçut son content de viande fraîche, privilège des premiers jours de mer dont je savais qu'il durerait moins que notre tour du monde. En signe de deuil, les officiers décidèrent toutefois de supprimer les farandoles clôturant habituellement le diner, laissant au repos nos quatre musiciens. Les matelots oisifs se mirent alors à giberner.

Pour ma part, je n'étais pas d'humeur à écouter les histoires de monstres marins ou de vaisseaux fantômes que les vieux loups de mer se plaisent à raconter aux plus jeunes pour les impressionner. J'avais eu mon compte de tragédie et, surtout, la surprise annoncée par Seznec excitait ma curiosité. Les conversations se faisant plus rares, les ombres projetées sur les cloisons plus menaçantes, je résolus de gagner l'arrière où logeaient les mousses, traditionnellement tenus à distance des marins plus âgés.

Arrivé auprès de mon branle, j'inspectai les effets hérités de Pierre Lainé : « Rien ! » me dis-je avec dépit. « Il n'y a strictement rien làdedans ! » Je les examinai une énième fois, les tournant et les retournant en tous sens, lorsque Gérald m'apostropha, agacé par mon manège :

— Qu'as-tu donc Pierre-Yves à tripoter cet oreiller ? Il ne te plait donc pas ? me dit-il d'un ton de reproche.

— Ecoute ! Gérald, répliquai-je, un peu gêné, Seznec m'a dit que je n'avais pas fait un mauvais choix en prenant le sac et l'oreiller de Pierre Lainé. Et il m'a même annoncé une surprise.

— Ah oui ! tu y crois donc pauvre naïf, ironisa Gérald. Méfie-toi ! Ce doit être des poux...

— On plutôt des puces ! railla Guillaume, toujours prompt à mettre son grain de sel dans la conversation.

— Regarde si ton baluchon n'est pas troué ! renchérit Alexandre, mon dernier voisin de carrée.

Pendant que mes camarades s'étouffaient de rire, je me renfrognais, rouge de colère. Je m'en voulais autant que j'en voulais à la terre entière. Ah ! je me retenais de ne pas jeter ces petits morveux au bas de leur hamac plus vite qu'ils n'y étaient montés. Le chef gabier aurait inventé une histoire pour plaisanter ? Il aurait voulu me jouer un mauvais tour ? Ah ! non. Je ne me laisserai pas ridiculiser sans réagir...

D'un geste rageur, je lançai les défroques de Pierre Lainé au pied de mon hamac. Puis, je m'endormis, apaisé.

Soudain, je me réveillai en sursaut. Quelque chose venait de me grimper dessus ! Il faisait nuit noire et on n'y voyait goutte. Une veilleuse accrochée au plafond diffusait une lueur trop faible pour éclairer l'intimité de mon carré. Tout semblait paisible autour de moi, si ce n'est l'effet du tangage qui balançait en rythme les dormeurs. Un moment, je crus qu'il s'agissait d'un rat et mes cheveux se dressèrent sur ma tête. Allons, du calme ! me dis-je, ces sales bestioles ne sont pas courageuses au point de venir me narguer sous mon nez. D'ailleurs, un rat ne pèserait pas aussi lourd.

Inquiet, tous les sens aux aguets, je n'osais toutefois plus remuer d'un pouce, quand le calme de la nuit fut rompu par un petit cri ressemblant à un appel. Il semblait provenir du bout de mon branle. Sans trop y croire, je partis en exploration, main tendue, prêt à retirer celle-ci à la moindre alerte. Je touchai d'abord des moustaches piquantes - Hum ! - puis une toison épaisse qui se laissa caresser. A la suite de quoi, j'entendis un ronronnement…

Un chat, pas de doute, c'était un chat ! L'animal s'était installé sur le baluchon jeté hier soir au pied de mon hamac, heureux de retrouver son coussin attitré : le baluchon de Pierre Lainé ! Je compris à ce moment les propos tenus par Seznec : le maître gabier avait dû observer les habitudes nocturnes du félin.

Fallait-il réveiller mes compagnons pour leur annoncer la bonne nouvelle ? « Non ! pas tout de suite. » me dis-je car il me semblait préférable de ne pas indisposer l'animal qui me proposait si obligeamment sa compagnie. « Nous ferons les présentations plus tard, demain matin ! » concluais-je. « Dors bien, mon gros pépère ! » murmurai-je poliment à l'oreille du nouveau venu.

Chapitre VIII : Le passage de la Ligne

Le golfe de Gascogne, Madère, puis l'archipel des Canaries furent doublés sans incident notable. Une fois au large des îles du Cap Vert, la frégate emprunta la route des vents dominants qui soufflent d'est en ouest. Jour après jour, le soleil montait plus haut dans l'azur du ciel. L'astre solaire éblouissait dès l'aube et ses feux multipliés par la surface de l'océan cuisaient autant que le sel au vif d'une écorchure. Il valait mieux rester à couvert, excepté la nuit où tout le monde dormait à la belle étoile, couché pêle-mêle sur le tillac.

L'équipage craignait à présent d'être immobilisé par le calme plat, le fameux pot-au-noir. Vint en effet le moment où la frégate resta encalminée, ababouinée, la toile pendue aux vergues, inutile et comme morte. Certains voulurent essayer la méthode qui consiste à siffler dans la direction du vent désiré : pour l'appeler, que dis-je, pour le supplier de venir. C'était toujours mieux que de fouetter le cul des mousses, une tradition détestable colportée par quelques individus malveillants. La bonne technique consiste au contraire à moduler des trilles très doucettement, très subtilement. Surtout, ne pas déclencher une tornade ou la vengeance divine ! Siffler était d'ailleurs interdit à bord, hormis pour les maîtres nantis de l'instrument réglementaire ou encore pour le cuistot : Pendant qu'il siffle, il ne mange pas les provisions ! Les plus habiles parvenaient même à reproduire la chanson de l'air du large quand il gonfle les voiles. Sans résultat, pas le moindre zéphyr à l'horizon !

En désespoir de cause, chacun passait le temps à sa manière. De mon côté, je m'employais à suivre la classe le matin et à pêcher l'après-midi, deux activités où j'accomplis de notables progrès.

L'école entrait dans les prérogatives des officiers : mathématiques pour Dumanoir, histoire géographie pour Lucas, leçons de navigation du capitaine Duclos-Guyot. Les cours de français, de latin et de catéchisme exigeaient l'intervention de spécialistes : l'écrivain du bord et l'aumônier. A vrai dire, ces deux-là n'étaient pas tenus en grande estime. Le premier en raison de son aspect revêche. Le second à la suite du mal de mer ou de toute autre cause connue de lui seul qui le reléguait constamment au fond de son lit.

Quant à moi, mes efforts portaient à présent sur les disciplines scientifiques où j'obtins d'excellentes notes, à la satisfaction du corps enseignant… et de votre serviteur, étonné d'un pareil succès.

Je dus cependant essuyer de fameuses rebuffades. Comme le jour où je m'étais permis de ne pas écouter attentivement la leçon du lieutenant en second :

— Vous ne comprendrez jamais rien au calcul nautique, garçon, vous pourrez à peine faire un honnête matelot voilier ! Inutile de perdre ma salive avec vous, allez rejoindre votre bordée sur le pont !

Selon l'expression consacrée : « Vent de Noroît, grain en vue, fermez les écoutilles ! » Il fallait courber l'échine et attendre le retour d'un ciel plus dégagé.

La pêche devint l'une de mes distractions favorites lorsque ni le service ni l'école n'absorbaient mon temps. Je m'installai à califourchon sur le tube d'une pièce de huit avec Jonas à mes côtés pour surveiller les environs. Mon camarade avait subtilisé une corne de mât neuve chez son père, maître charpentier de la Boudeuse, si bien que nous disposions d'une canne assez solide.

Pour la ligne, je m'étais adressé au fourrier, lequel ne formula aucune objection car la Royale encourageait la pêche par beau temps et mer belle. Une manière élégante d'économiser les vivres. Pour l'hameçon, nous avions eu l'embarras du choix : clous du charpentier, fils de fer prélevés sur le fret, agrafes ôtées çà et là. Mais attention de ne pas se faire prendre ! Enfin, s'agissant des amorces, le bosco nous avait indiqué une méthode qu'il jugeait infaillible : poser sur un tonneau de bœuf nauséabond un poisson déjà fort mal en point. De fait, au bout d'un jour ou deux, le couvercle du tonneau grouillait d'asticots. Les petits nécrophages préféraient semble-t-il l'odeur du poisson en décomposition à celle de la viande avariée ! Il ne restait plus qu'à prélever ces appâts tout trouvés, les attacher sur nos lignes et jeter l'excédent à la mer.

Equipés des outils et attrape-nigauds nécessaires, la pêche pouvait alors commencer. Elle durait en général des heures, attendu que les niaiseux d'en bas n'étaient pas si stupides. Voyant ce qu'on leur lançait en guise d'amorce, ils faisaient le difficile. Cette activité cantinière nous procura toutefois de belles prises - daurade, colin, limande, raie - qui améliorèrent nos repas et ceux de notre nouveau compagnon.

Je veux parler du matou venu dormir au pied de mon branle. Il recherchait maintenant ma compagnie et acceptait volontiers mes caresses. En raison de ses yeux cernés de noir - comme ceux des pharaons de l'ancienne Egypte - et parce qu'il prenait des poses de sphinx, les deux pattes en avant, immobile et énigmatique, je décidai un jour de l'appeler Ramsès.

Les après-midis passés avec Jonas me valurent également la sympathie de l'hôte le plus illustre de la Boudeuse, à savoir le prince de Nassau. Le prince avait rejoint l'expédition dans la perspective d'effectuer un beau voyage avec M. de Bougainville qui appréciait sa conversation. Un soir où il assistait par curiosité à notre pêche, je lui fis cadeau d'une raie marbrée que Jonas et moi avions réussi à hisser à bord. Une belle prise au regard des capacités de notre canne et de la vigueur de nos bras - les miens et ceux du fils du charpentier -, unis dans le même effort. Le prince reçut cette offrande avec plaisir. A l'instar du plat des mousses, la table du capitaine manquait sans doute de variété.

Peu de temps après ce glorieux épisode, on vint nous avertir qu'un évènement très attendu allait bientôt se produire : le fameux passage de la ligne.

Vers cinq heures et demie du soir, au son d'un bref coup de trompe, un homme descendit du ciel à la manière d'une araignée au bout de son fil. Il se posa avec douceur sur le tillac et se présenta aussitôt devant l'état-major réuni pour souper dans la grand 'chambre. Ce prodigieux visiteur était vêtu en roi de carême-prenant, avec des papillotes épinglées sur sa redingote, des rubans au lieu et place d'épaulettes et des crochets à hamac en guise d'éperons. Une foule de curieux, ravis de son déguisement et plus encore du carnaval qu'il annonçait, l'entourait d'une grande ferveur.

— Je suis l'envoyé du Père la Ligne, seul souverain légitime de ces vastes régions, proclama l'étrange cavalier d'une voix de stentor.

Attroupés devant la porte de la grand 'chambre restée ouverte, nous le regardions sans rien dire, attentifs à ne pas perdre une miette de la tirade ampoulée qu'il proféra sans plus attendre :

— Messire l'amiral ! claironna l'estafette en se rengorgeant, c'est pour vous dire que l'écho de vos exploits guerriers au Canada et votre réputation d'honnête homme sont arrivés jusqu'aux oreilles de mon respecté maître. « Ventre Saint gris ! qu'il a fait - après avoir reluqué cette frégate par un trou dans la culotte du firmament[3] -, je reconnais celui qui la commande, c'est le célèbre chevalier de Bougainville ! »

---

[3] *Il voulait dire la calotte du firmament !*

— Oui, da ! approuvèrent les matelots sur le pont, en riant sous cape de cette métaphore vestimentaire.

— « Va-t'en dire à ce brave capitaine que je serai bien aise de lui souhaiter le bonjour ! a repris le Père la ligne. Je viendrai le voir demain avec ma cour et tout son saint-frusquin. Sauf que ça conviendrait pas et qu'il faudrait lui demander sa commodité ! »

Après un tel assaut de politesses, M. de Bougainville ne pouvait refuser la rencontre officielle qui lui était proposée. En vue de signifier son accord, il offrit un verre de vin à l'honorable porte-parole, lequel le vida d'un trait, avant de s'enfuir dans les hauteurs aussi bizarrement et rapidement qu'il était venu.

Le même genre de cérémonie se renouvela le jour suivant avec cette fois la collaboration de tout l'équipage mobilisé pour la circonstance.

Je dus patienter l'entière matinée dans un recoin aveugle de l'entrepont, sans comprendre ce qui se tramait partout ailleurs. Ayant été désigné pour jouer le rôle d'un diablotin, on me peinturlura en rouge garance de la tête aux pied avec, en plus, du noir de charbon autour des yeux, une gaffe mouchetée à la main et une paire de cornes en carton bouilli sur le crâne : une panoplie complète et parait-il très réussie.

Aux environs de midi, la cloche du bord prévint M. de Bougainville, le capitaine et les officiers que la fête allait commencer. Jusqu'à cet instant, ces messieurs se trouvaient en effet dans la grand 'chambre, soi-disant pour vérifier notre latitude : le fameux point zéro.

Du haut de la vigie, une voix forte harangua la foule des specta-teurs :

— Quel est ce méchant rafiot qui navigue ici-bas, au beau milieu de mon empire ?

— Une frégate du Roi de France ! répondit le personnel aggluciné en bas sur le pont.

— Qui c'est-y qui la commande cette chère frégate ?

— Le chevalier de Bougainville ! s'écria le chœur des marins.

— Ah ! le sire de Bougainville… Pardi ! c'est un sacré finaud c'ui-là. Ni une ni deux, je vais lui présenter mes compliments, car tel est mon bon plaisir.

A ces mots, les mousses furent lâchés sur le tillac avec la con-signe de courir dans tous les sens. Les farceurs qui nous y atten-daient jetèrent à tout va des seaux d'eau, tandis que du gréement tombait une pluie de haricots, ma foi, durs comme des billes.

Le Père la ligne - en réalité le premier maître d'équipage - profita de cet intermède mouvementé pour descendre de son perchoir. Mal-gré la chaleur, le pauvre était vêtu d'une houppelande en peau de mouton et coiffé d'un énorme bonnet d'ours. Un paquet d'étoupe roussâtre lui tenait lieu de cheveux, de moustaches et de barbe. D'autres forbans le rejoignirent sur le pont en jetant pour l'occasion des cris affreux. Parmi la cohue de tous ces marins grimés, j'avisai une figure féminine, ce qui me porta à l'extrême de l'étonnement. Ce masque avait en effet les joues fardées de rose et la tête coiffée d'une perruque de longs copeaux de bois blond. A ses côtés, se trouvait un individu masqué, nanti d'une férule de cuir et d'un énorme crayon. « Le Chancelier ! » ou « le Greffier ! », disait-on, à sa vue.

Arrivé au niveau du fronteau de dunette, le Père la ligne prononça une allocution dans le style de celle déclamée la veille au soir par son messager. A la place des compliments d'usage, il reprocha à notre "amiral" d'être un peu pingre sur le chapitre de la boisson et de ne pas en distribuer autant que le gosier assoiffé des matelots l'exigeait...

En réponse, M. de Bougainville mit chapeau bas et loua le "Père la Ligne" sur son déguisement et celui de sa "fille Tropique". Puis, il ordonna au cambusier de distribuer "la double" voire "la triple", c'est-à-dire d'augmenter à due proportion les rations de vin de l'équipage. Une décision qui suscita des « Hourras ! » et des « Vivats ! » enthousiastes.

Après ces joyeux préliminaires, les néophytes qui n'avaient jamais passé la ligne - dont j'étais - furent placés à la queue leu leu sur le tillac. On nous amarra le pouce au fil de sonde tendu en travers du pont de manière à symboliser le changement d'hémisphère. La procession dut ensuite observer le ciel au moyen d'une lunette montée sur un trépied. Crénom ! les marins brevetés se tordaient de rire chaque fois que l'un d'entre nous regardait par le petit bout de la lorgnette. Je compris qu'un cheveu avait été collé de l'autre côté de l'objectif dans le but de nous faire croire à une coupure dans l'azur du ciel !

Cette première épreuve franchie, les impétrants durent se présenter devant le maître de cérémonie qui trônait désormais sur une caisse placée au centre d'un chapiteau pavoisé aux couleurs de la fête. Sous un taud ombreux, ridé entre la misaine et le grand mât, les spectateurs occupaient les plats bords et les bas échelons du gréement comme s'il s'agissait des gradins d'un théâtre en plein air. Tout ce petit monde trépignait d'impatience en attendant le début des réjouissances mais, une fois celles-ci engagées, il ponctua de cris joyeux leur marche inexorable, exploitant nos craintes pour s'en divertir avec un brin de cruauté.

Les plus chanceux ou les plus riches - qui surent donner la pièce quand il fallait - virent leur bizutage réduit à une simple formalité : une ampoule d'eau de Cologne versée dans la manche de leur habit. En revanche, les moins appréciés devinrent la proie d'horribles simulacres à faire lever le cœur : fausses scies, tenailles et ciseaux, vraies peintures, déshabillage en public, etc.

Après cela, le Chancelier ordonnait à chaque novice de prononcer ses vœux. Le dialogue se déroulait à peu près de la façon suivante :

— Le Chancelier : Acceptez-vous ?

— Le néophyte : Oui, je le jure !

— Le Chancelier : Posez la main sur cette carte à jouer !

Il s'agissait en réalité d'une image bouffonne dont la signification resta pour moi énigmatique.

— Le Chancelier : Je vous baptise !

A peine avait-il prononcé ces mots qu'on entendait un grand « plouf !», suivi des exclamations du public. Le naïf tombait à l'intérieur d'une baille remplie d'un liquide invisible et même douteux car un couvercle en dissimulait le contenu.

Ne pouvant se soustraire à cette nouvelle épreuve - sauf à craindre les représailles annoncées sans équivoque par les grimaces des gardes du Père la ligne -, les impétrants acceptèrent bon gré mal gré ce simulacre de baptême.

Puis vint le tour des mousses. J'étais le plus jeune et donc le dernier à passer. En mon for intérieur, je craignais le pire. Ce fut l'inverse qui arriva. Pressé d'abandonner son étouffant costume, le Père la ligne abrégea pour moi la liturgie. Au lieu de me plonger au fond de la baille en chavirant la planche où j'étais assis, il m'en fit descendre et tourner le dos si bien que je fus douché par l'intégralité de ce qu'elle contenait : un liquide noirâtre et poisseux de nature à vous dégouter de n'importe quel type d'ablution !

A la suite de quoi, le Père la ligne m'adouba d'une voix solennelle, ainsi qu'il l'avait fait envers les précédents baptisés :

— Admis dans la société ! proclama-t-il.

C'était fini ! Ayant courageusement affronté les épreuves du passage de la ligne, je devenais pour la vie un authentique marin au long cours.

Les nouveaux baptisés se hâtèrent de mettre en perce les tonneaux qui s'alignaient à la parade sur le pont. Au même moment, une bande de joyeux drilles profita de la confusion générale pour s'asperger de seaux d'eau. Une bataille bien innocente en comparaison de celle qui nous attendait à l'entrée du Rio de la Plata.

Chapitre IX : Une rencontre imprévue

Un soir où j'étais de service dans les huniers, je remarquai un trait sombre au-dessus de la ligne d'horizon. Personne ne put identifier l'atterrage, « le ciel étant nuageux et le soleil sur son déclin »[4], mais le lendemain des officiers reconnurent sans le moindre doute les faibles ondulations qui annonçaient les côtes d'Amérique à tribord. Il s'agissait des Maldonades, collines situées à l'embouchure du Rio de la Plata où nous projetions de faire escale.

Après huit semaines d'une course en solitaire sur la grande plaine de l'océan, les hommes fêtèrent ces retrouvailles en criant à trois re-prises : « Vive le Roi ! Vive le Roi ! Vive le Roi ! », une tradition en cas de grande joie ou de grande peine.

La Boudeuse se dirigeait vers son mouillage lorsqu'une suite de voiles descendant l'estuaire nous mit brusquement en alerte. La hau-teur des mâts et l'ordonnance des bateaux présageaient une escadre formée de vaisseaux de ligne. Sans doute est-ce la raison pour la-quelle M. de Bougainville ordonna le branle-bas de combat : même en temps de paix, une frégate du Roi de France ne devait pas se laisser surprendre.

---

[4] Louis-Antoine de Bougainville : voyage autour de monde

A cet ordre si nouveau pour moi, et si inattendu, une prodigieuse exaltation me saisit. Je crus qu'une poigne de fer venait de m'agripper au collet. A toute allure, j'escaladai le mât de misaine pour aider à larguer bonnettes, focs et huniers volants, voiles d'appoint que l'on établit par vent favorable dans le but de gagner quelques nœuds.

Vue d'en haut, l'activité du pont avait de quoi donner le tournis. Les consignes fusaient de tous côtés, braillées au porte-voix. Il fallait dégager le pont de batterie pour permettre aux canonniers de prendre leur poste. Tout ce qui encombrait le château et le tillac disparut à l'intérieur du navire. Les cages à poules furent descendues en cale, ce qui ne se fit pas sans bruit, les volailles destinées à l'état-major n'appréciant guère ce brusque changement de domicile. Les canonniers se groupèrent par équipe de quatre ou six autour de leurs pièces. Les officiers montèrent en grande tenue sur le gaillard d'arrière. La troupe se rangea face à son capitaine et ses sergents, l'arme au pied.

Cependant, pour un œil exercé, la Boudeuse n'était pas encore prête au combat : on ne voyait ni boutefeux allumés près des canons, ni filets de casse-tête et d'abordage destinés à protéger la timonerie, ni matelas en surnombre dans les caissons du bastingage pour servir de bouclier aux soldats.

Portée par le courant descendant, l'armada inconnue marchait sur nous à bonne vitesse et se trouvait désormais à moins d'une lieue marine. Accroché à mon perchoir, je pouvais en dénombrai les bâtiments : une dizaine au total, parmi lesquels un trois-ponts, vaisseau le plus prestigieux que puisse déployer une grande puissance.

M. de Bougainville ordonna de hisser les couleurs. A la poupe, le pavillon royal, drapeau blanc semé de fleurs de lys d'or portant les armes de France, entourées des colliers de Saint-Michel et du Saint-Esprit avec deux anges pour les tenir. Cet étendard était si formidable qu'à lui seul il aurait pu recouvrir le pont dans toute sa largeur. A la proue, le drapeau de beaupré certes plus discret, mais dont la couleur blanc uni révélait sans équivoque notre nationalité.

Une annonce tomba tout à coup du grand mât : « Anglais, dix voiles, un quart bâbord avant ! » Sur le tillac, on entendit des cris, des soupirs, une onde sonore pareille à celle produite par une bouche à feu. Ils révélaient l'hostilité, la crainte, peut-être l'admiration.

Je m'adressai à Guillaume qui pour une fois ne pipait mot :

— Pardi ! une telle escadre, dans un ordre aussi impeccable, ce ne pouvait être que nos voisins d'Outre-manche.

— Je les déteste ! répondit Guillaume, ses yeux verts flambant d'étincelles de colère.

— Que Dieu me pardonne, je comprends tes sentiments ! ajouta Gérald, comme nous à poste sur la misaine. Les Anglais sont forts, très forts, et ils le savent mieux que personne.

— Je me demande ce qu'ils viennent chercher si loin de leurs bases ? interrogeai-je. Ces eaux sont espagnoles, n'est-ce pas ?

— Peut-être sont-ils en promenade ? ironisa Guillaume. Le coin a l'air tranquille, il fait chaud, la mer est belle, ça doit les changer de leur île au climat pourri !

— Trêve de balivernes ! coupa Gérald, toujours en veine d'explications.

Notre ancien désirait nous livrer son point de vue. D'après lui, les "Rosbifs" pouvaient faire ce qu'ils voulaient. Maîtres des océans depuis le Traité de Paris ayant conclu la guerre de Sept Ans, ils affichaient leur suprématie navale partout et notamment le long de ces côtes américaines, vierges et prometteuses.

Afin d'illustrer son propos, Gérald nous précisa que cinq ans auparavant, un "British" de soixante-quatre canons, le Lord Clive, avait bombardé le port de Colonia del Sacramento situé en amont sur le fleuve. Sans succès : ses boulets étaient passés à côté de la ville et de la citadelle. En revanche, après avoir déménagé à toute vitesse leurs batteries sur la plage, les Espagnols avaient réussi à couler le Lord Clive et les cent mille pièces d'or constituant sa cargaison. Un trésor qu'ils entendaient garder pour eux puisque, de manière à empêcher le renflouement de l'épave par ses propriétaires, ils s'étaient empressés de la recouvrir avec les pierres trouvées aux environs. Mais les Anglais sont tenaces et voulaient sans doute venger cet affront.

— Voilà les vrais motifs de leur présence ici ! conclut Gérald, toujours très sûr de lui. De toute façon, ajouta-t-il, en mer tout le monde peut agir à sa guise. La seule loi en vigueur est la loi du plus fort : chacun pour soi et Dieu pour tous !

— Les "Angliches" sont donc ici comme chez eux ? interrogeai-je.

— Exact ! tant qu'on ne leur a pas déclaré la guerre, répondit assez sèchement Gérald.

Pendant notre discussion, l'escadre britannique s'était encore rapprochée. Nous allions bientôt croiser sa ligne de file, comme dans une vraie bataille navale, lorsque deux flottes ennemies guettent le moment de se canonner avec succès. A plein bois, de manière à détruire les batteries de l'adversaire. A démâter, en vue de stopper sa marche et le prendre ensuite à l'abordage.

J'observais avec un intérêt passionné la ligne anglaise. Emmenée par une frégate d'un tonnage identique au nôtre, elle comprenait surtout des vaisseaux de haut bord, distants l'un de l'autre d'une cinquantaine de brasses[5]. Bien que chacun ait sensiblement les mêmes dimensions que le soixante-quatorze nous ayant devancés en rade de Brest, le galbe de leurs murailles m'apparut plus accentué et les sabords de la batterie inférieure ouvraient plus bas, au ras de la flottaison.

Au centre de la ligne, se tenait le fameux trois-ponts que j'avais remarqué tout à l'heure. Quel redoutable engin de guerre ! Des mâts de près de trente toises - la hauteur des tours de Notre-Dame de

---

[5] *Une brasse = 1,624 mètre*

Paris -, au moins cent canons, et quels canons. A la corne de son grand mât, une flamme portant une ancre d'argent entortillée d'un câble attestait la présence d'un amiral à son bord.

Soudain, je vis le mastodonte anglais abandonner sa ligne de file et naviguer droit sur nous.

— Ah ! le sournois, balbutia Gérald, médusé et pris au dépourvu.

— Il emmène avec lui le centre et l'arrière-garde de l'armada ! m'écriai-je, en constatant que les bateaux placés derrière le grand trois-ponts imitaient leur chef d'escadre et viraient l'un après l'autre dans notre direction.

— La flotte adverse gouverne au mieux pour passer sur nos hanches, dit Guillaume, lequel observait lui aussi la manœuvre qui s'ébauchait.

Le puissant vaisseau de tête se présentait en effet de trois quarts par l'avant du travers bâbord. Guillaume avait raison : il faisait route pour nous serrer de près et couper ensuite notre sillage. A présent, je voyais distinctement les hommes peuplant ponts et hunes : matelots rouquins à catogans, grands fusiliers reconnaissables à la plume blanche de leur chapeau et aux vestes rouge vif qu'ils arboraient - les fameux "dos de homards" -, officiers l'épée au côté, l'habit bleu rehaussé de fils d'argent et le bicorne posé de biais à la façon des "Brasses-carré". Beaucoup évaluaient avec circonspection notre allure, nos voiles, les soldats sur le tillac. Une tension extrême régnait de part et d'autre. A bord de la Boudeuse, on n'entendait plus que les "pattes de chat" de l'eau contre la coque et le feulement du vent dans le gréement. Tout le monde retenait son souffle.

— Quelle classe ! m'écriai-je à la vue de ce splendide navire.

Je ne m'étais jamais approché d'un trois-ponts d'aussi près, même en rade de Brest. Celui-là me parut monstrueux avec son ancre principale accrochée aux bossoirs tel un hameçon géant, la forêt de chênes de sa mâture, des voiles si larges et hautes qu'elles aveuglaient le soleil. A côté de cette grande pyramide, la Boudeuse me donnait l'impression d'être ridiculement petite.

Un court instant, je quittai du regard le colosse de Plymouth dans l'intention de vérifier l'ordonnance de notre troupe alignée sur le pont : personne n'avait remué d'un pouce depuis tout à l'heure, la frégate continuait son chemin comme si de rien n'était. Ce calme anormal ne dura qu'une poignée de secondes. Un grondement s'éleva soudain des hommes placés en contrebas. Aïe ! le trois-ponts venait de dévoiler ses batteries, en l'occurrence de relever en même temps les trois étages de mantelets de sabords couvrant son flanc droit !

Des cris et des jurons s'élevèrent par dizaines des poitrines françaises. Beaucoup devaient craindre le pire sous la menace de cinquante gueules rouges et noires pointées dans notre direction. Qu'allait-il se passer ? Allions nous essuyer le feu de cette redoutable forteresse ?

Non, pas ! le grand vaisseau anglais poursuivit son chemin sans tirer la moindre salve à blanc. Dès qu'il eut commencé à s'éloigner, un ouf de soulagement monta de l'équipage de la Boudeuse.

— Dieu soit loué ! soupira Gérald. Il voulait seulement nous faire peur !

— Pour ça, c'est gagné ! ajouta Guillaume. Encore un coup fourré de notre ennemi héréditaire ! Mais il est vrai que de la part des "Godons", on peut s'attendre au pire.

Très remonté, Guillaume nous exposa par suite de quelle traîtrise lors du conflit précédent - c'est-à-dire sans déclaration de guerre – "John Bull" avait raflé dans la Manche, aux Antilles, en Méditerranée, les navires battant pavillons français et, du même coup, capturé tout le personnel à leur bord. Avec comme résultat de priver la France de ses marins les plus expérimentés. Fait prisonnier à la suite de cette injure - un véritable acte de piraterie ! s'indigna notre camarade - le père de Guillaume n'était rentré à Nantes qu'au bout de longues années de captivité.

— Quelle curieuse façon d'agir ! l'interrompis-je, pour en revenir cette fois à la manœuvre adverse. Si j'ai bien compris, l'Anglais se disposait à attaquer notre château arrière. Une cible vraiment petite !

— C'est là notre point faible ! répondit Gérald.

L'aîné des mousses nous expliqua qu'une seule salve bien ajustée sur le mince tableau arrière aurait pu traverser le vaisseau de la poupe à la proue, en balayant tout sur son passage. Comme au jeu de quilles !

— Regardez le calibre de sa batterie basse ! s'écria-t-il. Par la lance de Saint Georges, je dirais bien trente-deux livres !

— Et pour les rangées au-dessus, ce n'est pas mal non plus ! ajoutai-je, en montrant les canons des autres ponts.

— Misère ! grogna Guillaume. Nos pièces de huit livres ne pèseraient pas lourd si l'on devait affronter un tel monstre. Nous ferions vraiment figure d'amateurs.

Du vaisseau adverse nous parvinrent alors des sonorités étranges. Un tumulte dont il n'était pas difficile de comprendre le sens : des cris de triomphe et d'insultes, tiens ! Car, à défaut de saisir la signification exacte des mots qui nous arrivaient par bribes, les gestes que nous apercevions en manifestaient clairement le caractère hostile.

L'équipage de la Boudeuse ne perdit pas l'occasion de se défouler à son tour. Il vociféra à qui mieux mieux, hurlant à pleins poumons toute une gamme de cris et d'imprécations déplacés en d'autres circonstances… Une vraie bordée d'injures !

— As-tu réussi à voir son nom ? demandai-je à Gérald, en regardant le grand vaisseau "british" s'éloigner.

— Que le diable l'emporte ! Il s'appelle "Victory".

— Ah ! le sinistre présage, murmurai-je. Si la guerre avec les Anglais devait reprendre, je n'aimerais pas affronter un tel champion pour de vrai.

L'une après l'autre, les unités de l'arrière-garde britannique coupèrent notre sillage. La flotte adverse se rangea ensuite en deux files parallèles, cinq bateaux à bâbord, cinq bateaux à tribord, donnant l'impression d'avoir pris la frégate en tenaille des deux côtés à la fois.

« Nous nous serions bien passés de cette haie d'honneur ! » m'exclamai-je, tout en m'interrogeant sur les raisons de ce carrousel marin. Sans les préparatifs guerriers auxquels la Boudeuse s'était livrée par précaution, l'amiral anglais nous aurait-il offert le même simulacre de combat, la même démonstration de sa puissance de feu ?

Chapitre X : L'Indien de la Pampa

Le lendemain de cette rencontre marquante, la Boudeuse jetait l'ancre en rade de Montevideo. Récemment fondée par les Espagnols, cette ville côtière constituait notre première escale. A quelques encablures de notre mouillage, stationnait une paire de frégates amies : il s'agissait des navires hispaniques désignés pour ravitailler les Malouines avec, à leur bord, le gouverneur chargé d'en prendre possession.

Comme tous mes compagnons, je brulais d'impatience à l'idée de voir du pays. Cependant, M. de Bougainville, qui devait se rendre à Buenos Aires - la capitale de la Province - en vue de régler la cession des îles françaises, contraria cet espoir. Il ordonna de calfater la coque, rapiécer les voiles, faire de l'eau et réaliser l'avitaillement de la frégate pendant son absence. Bref, que des corvées ! A terre, les perspectives ne s'annonçaient guère meilleures : il fallait se déplacer en groupe et, dès huit heures du soir, respecter un couvre-feu.

J'espérais que le Prince de Nassau me demanderait de participer au déplacement de Buenos Aires auquel lui-même était convié. Mais il n'en fit rien, n'ayant semble-il aucun besoin d'un petit mousse pour l'accompagner.

La relâche à Montevideo se révéla tout de même fort plaisante. Dans cette région du monde, c'était déjà le plein été. Le soleil régnait en maître bien qu'une petite brise venue du large tempère ses ardeurs et rafraichisse agréablement nos soirées. Nos hôtes facilitèrent notre séjour en ne laissant jamais passer une occasion de nous donner à boire et à manger. Alors que les salaisons constituaient depuis des semaines notre plat quotidien, je retrouvai avec plaisir le goût des produits frais. Celui de grandes pièces de viande grillées en plein air, par exemple. Les colons en ingurgitaient des quantités incroyables assorties d'un vin local ou d'une boisson chaude appelée "maté", dont il me plait d'évoquer le souvenir.

On prépare le "maté" à l'intérieur de petites courges évidées que les habitants de la Province gardent jalousement sur eux. Il faut remplir ces giraumonts d'eau presque bouillante, puis tourner à l'intérieur une cuillère spéciale en métal et même quelquefois en argent, appelée "bombilla", qui contient les feuilles séchées de la plante. Cela jusqu'à obtenir le stade d'infusion désiré. Cette boisson énergisante tirée d'une plante semblable au houx de nos campagnes était aussi appelée "thé des Jésuites" du nom des religieux chargés d'évangéliser les Indiens.

Précisément, un soir où en compagnie de Gérald et Guillaume j'attendais la navette devant nous ramener sur la Boudeuse, je remarquai plus loin sur la plage un jeune indigène isolé. C'était mon premier sauvage, le premier Américain natif du Nouveau Monde que j'avais le loisir d'observer. Je laisse deviner l'excitation qui me saisit à sa vue.

Le jeune garçon ne cherchait pas à s'enfuir. Il lorgnait au contraire dans notre direction comme s'il voulait faire connaissance. Il ne me fut donc pas difficile de convaincre les autres mousses de le rejoindre en contournant les nappes de roseaux qui parsemaient la grève. Vu de près, l'adolescent m'apparut de petite taille. Son visage brillait d'une graisse foncée et presque noire et, à sa taille, pendait une peau de chevreuil qui cachait à peine sa nudité. Malgré son jeune âge - dix ou douze ans peut-être -, il portait à l'épaule un arc et un carquois garni de flèches. Ce que je lui enviais secrètement.

— Un Indio Bravo ! s'écria Gérald. C'est le nom que les colons donnent aux Indiens nés et restés libres, précisa-t-il, très fier de son érudition.

Le petit indigène porta ses doigts à ses lèvres et nous harangua dans un curieux patois mâtiné d'espagnol. Impossible de comprendre un tel charabia ! Comme le natif de la Pampa continuait toutefois à s'agiter, montrant bouche et ventre de façon expressive, Guillaume en déduisit qu'il réclamait à manger.

Je n'étais pas très riche, l'en-cas que j'avais coutume de prendre avec moi ayant servi pour mon goûter, mais en cherchant au fond de mes poches je sentis les aspérités d'un petit quignon de pain. Je montrai ce viatique au jeune affamé, lequel s'en empara comme d'un trophée, les yeux brillants de convoitise.

— Ce garçon n'a rien dû manger depuis des lustres, soupira Guillaume.

— Il n'a pas l'air de nous craindre, observai-je. A mon avis, il n'est pas si sauvage que ça.

Plutôt que de poursuivre le dialogue, Gérald choisit de s'exprimer par gestes. Après s'être frappé la poitrine en répétant les mots « Francés, Francés », il montra au loin la Boudeuse dont les têtes de mâts émergeaient des broussailles. De son côté, le petit Américain restait silencieux, rongeant son croûton jusqu'à la dernière miette.

— Je suis sûr qu'il venait nous chercher, dis-je. Jamais un Indien isolé ne se serait risqué si près de notre embarcadère sans une bonne raison. Peut-être même une raison de vie ou de mort !

Le jeune garçon acquiesça implicitement mon propos car, une fois rassasié, il nous fit signe de le suivre à l'intérieur des terres. Mais notre trio de mousses hésitait. En nous éloignant de la Boudeuse nous désobéissions aux ordres et il y avait le risque d'être agressés, pris en otage ou même tués par des indigènes auxquels ce garçon aurait servi de rabatteur. A l'inverse, comment des cœurs jeunes et intrépides auraient-ils pu résister longtemps au démon de l'aventure ?

Tout à coup, je me raidis. Derrière moi, un évènement inattendu venait de se produire. Presque rien : un bruit d'herbes froissées, à moins d'une centaine de pas. Il provenait d'un des nombreux bosquets broussailleux qui parsèment la Pampa. Avant que je comprenne quoi que ce soit, le jeune natif empoigna son arc. A la vitesse de l'éclair, il pointa une flèche en direction de cette menace potentielle. La flèche jaillit avec force et disparut au plus profond du hallier.

L'épais feuillage bruissa comme s'il était pris dans une violente tempête. L'Indien poussa un cri de triomphe, celui du chasseur qui n'a pas raté son coup. Il dégagea la végétation devant lui et, d'un geste théâtral, nous montra fièrement le résultat de son tir à l'aveugle : un lézard long au moins d'une toise[6], la tête transpercée d'une flèche.

— Par le dragon de l'île de Batz ! dit Gérald. Un téju !

— Un animal carnivore ? interrogeai-je, impressionné par la dépouille étendue de tout son long à nos pieds.

— Le téju est un varan, répondit notre ainé. Comme tous les varans, c'est un reptile. Et, comme tous les reptiles, il est carnivore. Mais je te rassure, Pierre-Yves et que Saint Pol de Léon me perce d'une flèche si je mens, ce genre de lézard s'attaque de préférence aux charognes.

— Pouah ! Quelle sale bestiole !

— Tu dis vrai, acquiesça Gérald, mais la Pampa réserve d'autres mauvaises surprises, ajouta-t-il. On y trouve des pumas, des jaguars, des hordes de chiens sauvages, des vampires, des araignées, des moustiques gros comme mon doigt…

— Arrête ! Arrête ! suppliai-je, agacé par cette énumération de nuisibles. Sinon - que Saint Gildas me soit témoin ! - je cours d'une traite jusqu'au débarcadère.

En réalité, j'aurais préféré aller à la rencontre des habitants de la Pampa. Nos tergiversations n'avaient plus de raison d'être. Ayant agi

---

[6] *Une toise = six pieds, soit près de deux mètres.*

dans l'intérêt commun, le petit Indien s'était comporté en allié, voire en véritable ami. Ce que je fis admettre sans difficulté à mes camarades. En foi de quoi, nous acceptâmes de répondre à son invitation et de l'accompagner séance tenante.

Après deux heures d'une marche assez facile, notre petit groupe atteignit une cahute isolée, bâtie au milieu de nulle part et pratiquement invisible. Elle était en effet dissimulée par une haie d'arbustes qui devait lui servir de coupe-vent. Cet abri précaire, revêtu de paille, de branchages et de bouse de vache séchée, constituait à vrai dire une médiocre production du savoir-faire humain. A l'intérieur, l'impression n'était pas meilleure : la pénombre laissait deviner un homme allongé sur une natte et, plus loin, un bébé en maillot étroitement ficelé sur deux lattes de bois dressées à la verticale. Curieuse coutume en vérité : adulte couché et nourrisson debout, les positions habituelles s'en trouvaient inversées !

L'homme - le père du petit Indien selon toute vraisemblance - essaya de se lever en nous voyant entrer mais cela eut pour effet de faire glisser le cataplasme de feuilles qui recouvrait son épaule. Tiens donc ! il était blessé et peut-être même grièvement. Confirmant cette déduction, notre jeune guide mima devant nous les différents épisodes d'une escarmouche à laquelle lui-même et sa famille avaient participé. Il imita le tir de nombreux coups de feu, simula une fuite au grand galop, montra l'homme alité, la blessure à demi recouverte d'un bandage, puis s'écroula par terre avec un cri de douleur. Quelle histoire ! Bouche bée et bras ballants, voilà comme nous étions.

L'adulte n'avait cessé de gémir pendant cette pantomime mais, lorsque son fils en eut fini, il recouvra un semblant de lucidité et désigna du regard sa main inerte ainsi que le bébé prisonnier de ses langes. Il demandait de l'aide, ça ne faisait aucun doute.

Emu de cette supplique muette, je proposai aussitôt à mes compagnons de retourner sur la Boudeuse chercher des secours. Ce qu'ils acceptèrent immédiatement et de bonne grâce. Comme moi, ils souhaitaient honorer la confiance du jeune Tupi qui avait préféré s'adresser à nous, étrangers de passage, plutôt qu'aux "rancheros" habitant le pays.

Le lendemain, notre trio de mousses revint au même endroit, en compagnie cette fois du chirurgien major et d'un père jésuite pour servir d'interprète. Une escouade de quatre soldats placée sous les ordres d'un sergent assurait notre sécurité. La présence d'un religieux de la compagnie de Jésus n'était pas une surprise. Les Jésuites bénéficiaient d'une grande notoriété en Amérique latine où l'on appréciait leur parfaite connaissance des indigènes. Sans doute leur ordre venait-il d'ouvrir une mission à Montevideo.

A l'intérieur de la cahute, rien ne semblait avoir changé depuis la veille. L'adulte délirait, en proie à une forte fièvre. Le jeune restait debout, impavide, les bras croisés, peu inquiet des fusils tenus par les soldats ni de la présence sous son toit d'un "Padre" vêtu de noir de la tête aux pieds. Pendant que notre major soignait l'adulte allongé sur sa couche de paille et de feuilles, le père jésuite interrogeait son fils adolescent. Le soldat de Dieu nous traduisit au fur et à mesure les réponses obtenues aux questions qu'il posait.

L'Indien et sa famille n'étaient pas venus seuls dans la région de Montevideo. Ils appartenaient à une tribu Tupi-Guarani - ou Toupi si l'on tient compte de la prononciation. Ces natifs de la Pampa se déplaçaient à cheval, avec armes et bagages, au bord du Rio de la Plata, ne se montrant en ville qu'en vue d'échanger fruits, cuirs et chevaux contre différents articles fabriqués sur place ou importés d'Espagne. Sans oublier l'alcool dont ils raffolaient.

Jouant de malchance, en se rapprochant des lieux civilisés, les Toupis s'étaient heurtés à un groupe de déserteurs venus du Brésil. Ces soldats en rupture de ban - des gredins ne valant même pas la corde pour les pendre - se disposaient à piller les honnêtes citoyens de Montevideo. Ils changèrent d'avis en voyant arriver des Peaux-Rouges. Combattre ces derniers leur éviterait d'affronter les immigrants européens, autrement plus coriaces et mieux armés.

Dans la bagarre générale, l'Indien avait perdu non seulement l'usage de son bras, mais aussi la compagnie de sa femme et de ses enfants, capturés par les déserteurs. Ces derniers avaient en effet la regrettable habitude de réduire en esclavage tous les indigènes tombés entre leurs mains. Soit qu'ils les utilisent comme domestiques au sein d'une base arrière, soit qu'ils s'en servent de monnaie d'échange avec d'autres tribus indiennes, voire avec les Portugais du Brésil. Telle était la dure loi de ce pays neuf, sans police ni civilités.

Coupé de ses frères de race, chassé sans ménagement par les colons blancs, handicapé par sa blessure et la présence d'un nourrisson, l'Indien blessé ne devait plus compter que sur la Providence pour se tirer de ce mauvais pas. Notre jeune guide avait donc eu beaucoup de chance de nous trouver. J'éprouvais une sympathie réelle pour son action et davantage encore pour son courage. J'aurais aimé en faire mon ami, n'eut été la sauvagerie des Indiens, réputés fourbes, voleurs, effrontés, n'hésitant pas à rançonner les voyageurs isolés et à les massacrer au besoin. Une réputation détestable qui justifiait la guerre larvée que les Espagnols leur menaient.

Je m'inquiétai du sort de ces malheureux auprès de Gérald :

— Selon toi Gérald, que va devenir cette famille après notre départ ?

— Euh… (cette fois, l'aîné des mousses hésita sur la réponse)… dès que l'adulte sera sur pied, il retournera où se trouve sa patrie : la Pampa, une contrée vaste et généreuse. Que Dieu lui vienne en aide !

Coïncidence ou non, au même instant le père jésuite offrit au blessé de l'héberger jusqu'à complète guérison. Mais l'Indien s'y opposait farouchement, branlant du chef de droite et de gauche. A vrai dire, je ne comprenais pas les motifs de cette obstination.

Sans prêter attention à la dispute, le major de la Boudeuse se releva, enchanté des soins qu'il avait prodigués.

— Dans quinze jours, il n'y paraîtra plus, dit-il d'un ton confiant. Cette fracture s'infectait bigrement. Il était temps que j'intervienne.

— S'il vous plait, Major, demandai-je, pourquoi donc cet homme refuse-t-il de se rendre à l'hôpital de la mission ?

— Ah ! C'est que les Indios Bravos sont des hommes libres, s'exclama le médecin. Ils refusent la vie d'esclave que leur proposent les Jésuites, ces habiles défenseurs de la Foi. Une vie de labeur où rien ne leur appartiendrait en propre, où actes et même intentions secrètes seraient passées au crible.

Je m'interrogeai sur le bien-fondé de cette réponse. Comment les Jésuites s'y étaient-ils pris pour convertir des tribus entières ? On prétendait que les Indiens se montraient très réceptifs à la musique sacrée. Vraie ou fausse légende ? De mon côté, j'étais persuadé que l'acharnement des Espagnols à évangéliser les Indios Bravos avait d'autres motifs que la religion. Comme chacun sur la Boudeuse, je connaissais le sort réservé à quelques-uns de nos missionnaires en Nouvelle France. Lors des veillées dans l'entrepont, on ne manquait pas d'évoquer la triste fin de ces prêtres, torturés, scalpés, bouillis, les doigts meurtris ou arrachés par ceux-là même qu'ils voulaient convertir. Des sauvages et, même des cannibales, voilà ce qu'étaient pour moi les Indiens restés à l'état de nature !

Au moment de prendre congé, le père jésuite sortit de la hutte à reculons, désolé de ce refus. En revanche, le jeune Toupi nous raccompagna, les yeux pleins de gratitude. Au moment de nous séparer, il me remit un objet formé de deux grosses pierres rondes reliées entre elles par une épaisse tresse de cuir.

— Par la ceinture de Saint Brieuc, quel étrange objet ! dit Gérald, pour une fois perplexe.

— A quoi cela peut-il servir ? l'interrogeai-je.

— Je pense qu'il s'agit d'une sorte de fronde, avança-t-il. Viens ! l'ami, ne restons pas seuls, l'endroit est dangereux, il faut rejoindre les autres.

De retour sur la frégate, on nous apprit que M. de Bougainville et le Prince de Nassau venaient tout juste de rentrer de Buenos Aires. L'équipage avait bien œuvré en leur absence. La Boudeuse était fin prête pour rallier les Malouines. De façon à embarquer le maximum de bétail vivant, la plupart des canons avaient été descendus à fond de cale à l'exception de deux pièces de huit gardées sur le tillac dans le but d'effectuer les signaux à la mer. L'espace, déjà réduit au minimum en temps normal, constituait désormais la denrée la plus précieuse du navire. Une tartane - petit bâtiment non ponté à voile latine - se joignit à nous et aux deux frégates espagnoles. Elle accueillerait chevaux, vaches et moutons, impossibles à loger autrement.

Il fallut se résigner à lever l'ancre. Alors que l'on virait au cabestan, la tristesse de quitter cette escale - la première en terre étrangère depuis notre départ de Saint-Malo - m'étreignit. Comment ne pas regretter la douceur du climat, les jardins emplis de melons, de courges, de pommes, de figues, de prunes, de pêches et de coings ? Comment ne pas succomber au charme de la Pampa, immense et mystérieuse ? Comment ne pas jalouser l'oisiveté apparente des colons espagnols alors que sur la frégate nous étions astreints à une discipline de fer et exposés à des périls constants ?

Je brûlai de connaitre le sort du jeune Toupi venu quelques jours plus tôt chercher notre aide. Etait-il reparti loin de ces rivages ? Sa famille avait-elle cédé aux avances du père jésuite ? Attendait-elle le retour de ses frères de race à proximité de son misérable campement ? Désirait-elle se venger des bandits l'ayant dépouillée de tout ? Les sorties à terre nous étant à présent défendues, de crainte d'une attaque de rebelles ou d'Indiens, personne ne put jamais la revoir.

Il me restait malgré tout un souvenir : les boules reliées par une lanière de cuir que Gérald avait confondues avec une fronde. De retour sur la frégate, j'appris en effet l'utilité de cette arme de jet, typique de la région, que les "gauchos" appelaient "bolas" ou "boleodoras". Elle sert à faire tomber le bétail, ou à l'immobiliser sur place, en le prenant aux jambes. Ce qui exige une grande adresse puisque, de manière à entraver au moins une patte avant, il faut lancer l'engin en direction de l'animal au galop et surtout ne pas le blesser.

Le principe me sembla le même que celui des boulets ramés ou chaînés, reliés deux à deux par un barreau ou une chaîne, projectiles très utiles pour démâter les bâtiments ennemis mais aussi faux très efficaces pour emmener au Ciel les matelots se trouvant sur leur passage. Les « anges » comme on disait avec ironie dans la Royale.

L'ancre dérapait déjà. Après avoir viré à pic, la frégate ferait ses adieux à l'estuaire de la Plata. Bon gré mal gré, je tournai maintenant mes pensées vers notre prochaine escale, les îles Malouines si chères à mon cœur de Malouin.

Chapitre XI : Les Malouines

Le Pampero - un vent mauvais qui s'annonce par un rouleau de nuages couleur de plomb - se leva dès le premier soir de navigation avec pour conséquence de nous séparer de nos alliés espagnols, les deux frégates et la petite tartane. A la suite du violent orage qui ne manqua pas d'éclater vers minuit, la tartane dut même opérer un demi-tour et ne put jamais rejoindre les Malouines.

Cette tempête causa un grand nombre de pertes parmi les bêtes embarquées. L'un après l'autre les animaux de boucherie se cassaient une patte ou dépérissaient faute d'avaler la moindre nourriture. Résultat : Il fallut les abattre avant l'heure et jeter à l'eau leurs carcasses. Ramsès fut plus chanceux ou plus habile. Afin de se soustraire aux balancements du navire, il grimpait sur mon hamac et y restait lové en espérant des jours meilleurs. En d'autres circonstances, ce manque total d'activité aurait pu m'inquiéter mais le ronron qu'il produisait à mon approche me rassurait pleinement. Le matou était vivant et bien décidé à le rester !

La première impression que je reçus des îles Malouines fut exécrable. Un froid vif régnait de jour comme de nuit : cinq ou six degrés Celsius, pas davantage. Une brise coupante traversait le ciel gris de nuages et ruiné de pluie. Le paysage désert, couvert d'une maigre végétation, ressemblait à celui du cap Fréhel non loin de Saint-Malo, moins les bruyères ! En revanche, cent bateaux auraient pu stationner dans l'immense rade qui tenait lieu de port.

L'accueil des habitants vint me réchauffer le cœur. Créé par des colons français, ce territoire ultramarin parlait notre langue et conservait fidèlement nos usages. Les premiers bâtisseurs avaient débarqué aux Malouines six ans plus tôt. Beaucoup étaient d'anciens Acadiens ayant fui la Belle Province - l'autre nom donné au Canada - à l'issue du conflit avec les Anglais. Réfugiés aux environs de Saint-Malo, ils y subsistaient d'une petite pension versée par le Roi, lorsque M. de Bougainville leur proposa de peupler de nouvelles terres vierges. Ce qu'ils acceptèrent avec enthousiasme.

Le chef de ma famille d'accueil - en fait, de lointains cousins - exerçait le métier le plus répandu sur l'île, à savoir celui d'éleveur de moutons. Nullement affecté de son exil, il tirait au contraire vanité de ses trois enfants, conçus sur les rives du Saint-Laurent pour l'aîné, près de ma maison natale s'agissant du cadet, et ici même, aux Malouines, pour la petite dernière encore dans les langes. L'homme m'annonça que les Anglais, nos éternels rivaux, s'efforçaient de coloniser l'autre grande île de l'archipel, baptisé par eux Falklands.

L'aîné des deux garçons, répondant au prénom d'Amaury, avait à peu près mon âge. Plus blond que j'étais brun, ses yeux bleu pâle contrastant avec les miens d'un noir de jais, il partageait ma passion pour la découverte du monde et s'efforça de satisfaire du mieux possible ma curiosité. En échange, il me posa de nombreuses questions sur mon emploi de mousse. A son contact, j'appris la brève histoire du chef-lieu de l'île baptisé Port Saint-Louis. Comment on se dépêcha d'élever un fortin avec douves et muraille, un mess pour les officiers ainsi qu'un vaste logis en pierre servant de maison commune. Malgré six années d'isolement presque total, la population comptait maintenant cent trente âmes.

Je fus en revanche très fâché de voir nos vaillants compatriotes habiter dans des abris creusés à même le sol et chichement recouverts d'une sorte de toit de gazon :

— Mais pourquoi creusez-vous ces misérables terriers ? Vous n'êtes pas des lapins !

— Que veux-tu, Pierre-Yves, nos chaumières ont été bâties avec ce que nous offre la nature. Or il n'y a pas d'arbres sur ces îles et on n'y trouve aucun bois d'œuvre. Alors, ni charpente, ni plancher, ni menuiserie ! Un sacré problème, crois-moi.

— Fichtre ! Cela se peut-il ?

— Cela se peut, Pierre-Yves. La bise qui souffle en permanence sur la lande ne permet pas aux baliveaux de prendre force et élévation.

Le jeune pionnier me confia son espoir - en réalité celui de toute la population - d'acclimater diverses espèces de feuillus en les protégeant des vents dominants. Il espérait que les cales de la Boudeuse contiendraient les graines, semences et piquets nécessaires à cet usage. Le pauvre garçon ne connaissait pas la raison de la présence des frégates hispaniques en rade. Il s'imaginait que M.

de Bougainville avait fait appel à nos alliés espagnols en vue de faciliter leur installation ! Malgré mon désir d'être franc et sincère, je me gardai de lui révéler l'affreuse vérité. C'était reculer l'échéance. Le 1er avril, moins d'une semaine après notre arrivée à Port Saint-Louis, les Espagnols prirent possession de l'archipel au son de vingt et un coups de canon. La veille, M. de Bougainville avait requis l'un de ses parents - pour un jour encore, gouverneur du territoire - de lire en public le message du roi Louis XV destiné aux habitants. Celui-ci leur donnait certes l'autorisation de rester aux Malouines mais à la condition de passer sous la tutelle de Sa Majesté très catholique… le roi d'Espagne !

La lecture de cette lettre provoqua la gêne et la stupeur. Un silence glacial tomba sur l'assistance. Certains se mirent à pleurer. D'autres nous tournèrent le dos en proférant des jurons et des imprécations. Amaury lui-même m'interpella rudement, dès qu'il apprit le sort peu enviable auquel il était promis.

— Notre Roi bien-aimé est-il devenu fou ? Renoncer à notre langue, à notre drapeau, à nos ancêtres ? Passer sous la coupe d'étrangers ? Ça n'a pas de sens. Je pense qu'on se moque de nous.

— Il est vrai que pour agir ainsi, il doit se soucier de vous comme d'une guigne, répondis-je gêné. A mon avis, il souhaite surtout ne pas indisposer son cousin et allié le Roi d'Espagne Charles III.

— Ah, çà ! fulmina le blond Amaury avec aigreur, je vois bien le mépris dont nous sommes l'objet. On nous sacrifie pour faire plaisir au Roi et à sa famille !

Mon cousin devait penser que les colons des Malouines n'étaient que des pions dans une partie jouée d'avance. Quoi ! Permettre aux Bourbons de France et d'Espagne de s'échanger des politesses dans leur dos ? Sa colère était telle que je préférai changer de sujet. Amaury avait la tête près du bonnet, comme on dit, et il valait mieux prendre garde à ses brusques sautes d'humeur.

Le lendemain, M. de Bougainville dut aller au terme de son chemin de croix. Les Espagnols souhaitant que le plus possible de colons peuplent l'île - sans bras ni volonté d'entreprendre les Malouines ne présentaient pas le moindre intérêt - notre chef devait convaincre les Français de rester. La population n'avait pas le temps de tergiverser. Pour ceux qui voudraient malgré tout partir, les frégates ibériques leur offriraient le passage jusqu'au Rio de la Plata. Or celles-ci étaient en instance de retour à Montevideo.

La conclusion de ce triste épisode eut lieu le soir même, au cours d'une réunion où toute la population de l'île - familles, célibataires, hommes, femmes, enfants - avait été conviée. Les débats furent animés, la petite colonie éprouvait manifestement de la rancœur envers ceux qui reniaient leurs promesses et les abandonnaient à de nouveaux maitres sans qu'un seul coup de feu eût été tiré.

Malgré le brouhaha général, certains réussirent tout de même à prendre la parole :

— Mordiou ! s'écria l'un. Nous aurions refusé d'obéir aux Anglais pour devenir maintenant le jouet des Espagnols ? Quelle foutaise !

Nos enfants seront fiers de nous ! Pourquoi n'êtes-vous pas restés au Canada ? demanderont-ils à bon droit.

— Par tous les diables ! c'est ben vrai, renchérit un autre. C'te terre est à peine bonne à engraisser des moutons, alors qu'en Nouvelle France le sol était bien plus fertile. Les arbres n'y fautaient point. Ah ! si j'avais su, j'aurions mieux fait d'écouter les 'Britishs' quand il était cor' temps. C'est'y bête de vouloir rester Français !

— Tudieu ! sur cette île à courants d'air, y'a pas de place pour de vrais laboureurs, proclama un troisième. C'est t'y pas malheureux d'être si loin de la mère patrie. Je me méfie des Espagnols. Y'seraient ben capables de nous traiter en esclaves comme y z'ont fait avec les Indiens d'Amérique.

— Je veux retourner au pays de mes ancêtres ! annonça une femme avec un bel enthousiasme. Je m'en remets à notre bon Roi de France. Un pré et quelques vaches suffiront à mon bonheur.

Un tumulte secoua aussitôt l'assemblée, presque unanime à vouloir abandonner ce territoire ingrat, loin de tout et battu par les vents :

— Laissons à d'autres cette lande récalcitrante ! Nous sommes Français et souhaitons le rester ! Retournons sous des cieux plus cléments ! entendis-je gronder autour de moi.

A l'issue d'un si grand chahut, je craignais qu'aucun expatrié n'accepte de séjourner plus longtemps aux Malouines, lorsque le chef de ma famille hôte se leva brusquement :

— Par ma foi ! je sais que rien de bon ne nous attend au pays, tandis que sur ces îles je peux élever des moutons, cultiver un potager et peut-être même planter quelques arbres. Le climat n'est pas si rigoureux : Jamais de neige durable ! Et il y a la tourbe pour nous chauffer. Les ressources sont abondantes : y'a qu'à voir le produit de la chasse et de la pêche ! Je ne bougerai pas d'ici, c'est dit. De toute façon, les Espagnols ne s'attarderont pas longtemps sur nos îles, vous verrez.

Ces propos reçurent un accueil aussi frais que la température régnant à l'extérieur de la maison commune. Un vieillard puis une femme enceinte eurent toutefois le courage d'annoncer qu'eux non plus ne voulaient pas baisser pavillon :

— Je suis trop âgé pour endurer les fatigues d'un nouveau dérangement. Je ne quitterai pas cette île ! annonça l'ancêtre d'une voix brisée par l'émotion.

— Moi de même ! Je ne saurais risquer ma vie ni celle de mon bébé dans un si long voyage, affirma la jeune femme en se levant de sa chaise de façon à mieux montrer son état.

Un homme aux cheveux blancs interrompit la dispute. Vêtu d'une redingote et d'un gilet en lampas brodés d'oiseaux multicolores, sa figure et son allure étaient celles d'un patriarche. La boucle de ses escarpins brillait à la lueur des chandelles, lui donnant une allure plutôt surprenante dans ces lieux encore laissés à l'état brut. Ce respectable vieillard devait exercer une magistrature morale au sein de la communauté car, non content d'obtenir le silence, une gageure dans l'effervescence générale, il réussit à circonscrire l'objet de la chicane :

— Comptons-nous ! Que ceux qui veulent rester ici lèvent la main !

Après de longues minutes de flottement, quelques mains se levèrent. Je remarquai entre autres celles de la mère et du père d'Amaury.

Mon cousin, furieux de la décision de ses parents, se glissa à mes côtés et me confia son amertume :

— Tu l'as vu comme moi, Pierre-Yves. Ma famille veut rester sur ces îles où il n'y a rien d'autre à faire que de garder des moutons. Quel ennui ! Et aussi quelle honte de devenir Espagnol, Anglais ou je ne sais quoi d'autre ! Je souhaite connaître la vraie vie, la gloire si possible et la fortune pourquoi pas. Je voudrais partir avec toi sur la Boudeuse. Peux-tu m'y aider, s'il te plait ?

— Bien sûr ! répondis-je. Avec joie !

A ces mots mon cousin se leva, désormais indifférent aux pénibles soubresauts de l'assemblée. Un avenir plein d'aventures et de panache venait de se dessiner devant lui.

Après avoir embarqué les trois quarts de la colonie malouine : civils, soldats et officiers ainsi que leurs bagages, les deux frégates espagnoles levèrent l'ancre à destination de Montevideo, ne laissant à Port Saint-Louis qu'une petite garnison de leur nationalité et les rares colons français ayant accepté de rester sur place.

En revanche, s'agissant de l'expédition commandée par M. de Bougainville, l'escale n'était pas encore terminée. La Boudeuse devait en effet attendre la flûte l'Etoile, à laquelle rendez-vous avait été fixé aux Malouines.

L'Etoile se faisant désirer, Amaury me demanda de l'accompagner à la chasse. Il voulait me remercier d'avoir intercédé en sa faveur. A vrai dire, je n'eus pas trop d'efforts à fournir : l'état-major porta en effet au rôle de la frégate tous les célibataires disponibles, y compris les jeunes à peine sortis de l'enfance. Peut-être nos chefs craignaient-ils de manquer de bras. Dans l'enfer des quarantièmes rugissants, il n'y en aurait jamais assez !

Pour en revenir à la chasse envisagée, j'eus la surprise de voir arriver mon cousin Amaury sans fusil, ni poignard, ni fronde, ni filet, ni épieu, ni piège, ni aucun des moyens qui évitent habituellement de rentrer bredouille. Il s'était seulement équipé d'un bâton pour la marche et d'une gibecière. De mon côté, je n'avais au fond de ma poche qu'un petit couteau pliant, un outil pratique s'agissant des besognes courantes de matelotage, mais une arme dérisoire au cas présent. J'oubliai toutefois de poser la moindre question sur la nature du gibier à prendre et les ruses de cette chasse d'un genre nouveau.

Amaury me guida sur la lande à peine réveillée par le chant des oiseaux. Le ciel ressemblait à celui d'une aube naissante : camaïeu de lavis grisâtres, de coulures d'encre violette et de haillons d'un bleu délavé. Le long du rivage, des phoques et des veaux marins se reposaient au pied des rochers ou se précipitaient dans la mer à la recherche de nourriture. Au large, des baleines lançaient de temps en temps leurs jets d'eau. Si ce n'est les picotements au visage provoqués par le froid et la bise, la randonnée au sein de cette nature intacte eut été agréable. Elle n'offrait de difficultés qu'au creux des talwegs où le sol gorgé d'humidité s'enfonçait sous nos pas. Amaury me dit qu'on extrayait les galettes de tourbe à cet endroit. Ces galettes étaient ensuite mises à sécher sur des claies pour servir de combustible en remplacement du bois, le grand absent des Malouines.

Au bout d'une heure de marche, on atteignit un plateau stérile où aucun obstacle ne gênait le regard à une lieue à la ronde. Mon cousin me fit signe l'attendre. Il gravit une petite butte d'où il observa l'horizon, une main en visière devant les yeux.

— Là-bas ! s'écria-t-il en montrant des points qui se déplaçaient lentement sur la lande.

— De quoi s'agit-il ? demandai-je.

— Des outardes ! Ce sont de gros échassiers un peu patauds dont la chair est délicieuse. Mon père sera ravi, dit Amaury, semble-t-il confiant dans le résultat de son entreprise.

Cela me stupéfiait ! De quelle façon prendre en défaut ce genre de volatiles ? Par l'opération du Saint-Esprit ? Amaury ne me laissa pas le temps de m'étonner davantage :

— Viens ! m'ordonna-t-il. Et, s'il te plaît, évite les brusques embardées !

Mille pieds, cent pieds, trente pieds... Nous avancions avec lenteur et les outardes continuaient à picorer le sol, nullement inquiets de notre présence plus proche et donc plus redoutable. Ces idiotes nous ignoraient comme si nous faisions partie du paysage !

— Dis donc ! elles ne sont pas craintives par ici, les outardes...

— Oh que non ! répondit Amaury, en plaçant un doigt sur ses lèvres afin de m'intimer le silence. Mais maintenant tu vas voir...

Mon cousin se rapprocha petit à petit du groupe d'oiseaux qu'il avait pris pour cible. Il effectuait des zigzags et s'arrêtait de temps à autre de sorte que, mine de rien, la distance se réduisait graduellement. Arrivé à trois ou quatre coudées de l'échassier le plus proche, il passa soudain à l'action. Comment donc ? Oh ! ce n'est pas un grand mystère, en lui assénant un vigoureux coup de bâton sur le crâne. Le même bâton dont il s'était servi pendant la marche et qu'il avait ensuite caché dans son dos au cours de son approche ! Un moyen rudimentaire en comparaison de nos armes habituelles, mais en l'occurrence un moyen souverain : l'outarde chuta lourdement au sol et ne se releva plus !

J'en fus éberlué, plein d'admiration pour l'habileté d'Amaury et de surprise pour la naïveté de sa victime. Le gibier assommé - une belle pièce d'au moins trois livres - eut bien du mal à entrer dans la besace que mon cousin portait en bandoulière. Quant aux autres échassiers, ils s'éloignèrent en se dandinant à la manière des canards, sans s'inquiéter davantage du sort réservé à l'un de leurs congénères. Décidément, la prudence ne leur était pas aussi instinctive qu'aux animaux de nos campagnes habitués depuis des lustres à fuir l'homme et ses ruses !

De retour à Port Saint-Louis, je m'empressai de rapporter la scène à mes amis les mousses. A la suite de quoi, beaucoup voulurent se joindre à nous pour une nouvelle partie de chasse. Un beau massacre en perspective ! En les voyant s'échauffer à cette idée, je me dis que les outardes auraient tout intérêt à perdre leur innocence sinon l'espèce entière ne tarderait pas à disparaitre de l'île.

Les jours suivants, mon cousin me proposa discrètement de repartir en balade avec lui, si bien que je pus me gaver d'huîtres, de moules, de poissons et… d'outardes.

Enfin, au bout d'une semaine, on nous apprît que la Boudeuse allait se rendre incessamment à Rio de Janeiro dans l'espoir d'y retrouver la flûte l'Etoile. Sans cette dernière, chargée de transporter scientifiques, instruments de mesure et matériel de secours, notre tour du monde aurait été bien compromis.

Chapitre XII : La guerre de course

La traversée vers le Brésil nous permit de remonter jusqu'au niveau du Tropique du Capricorne, promesse d'un climat agréable et d'une végétation luxuriante. Une fois la côte en vue, la Boudeuse rangea d'abord d'immenses plages de sable blanc avec en toile de fond des montagnes vert émeraude. Puis, jaillirent les morros, pitons en forme de pain de sucre qui plongent accore dans les flots. L'un des plus élevés et des plus remarquables ponctuait la rade de Rio et la surplombait d'environ deux cents toises, couronnant un spectacle extraordinaire aux yeux des voyageurs venant de la mer. A ce moment si attendu que constitue l'arrivée des marins à bon port, tout le monde se retrouva sur le tillac et tout le monde s'extasia d'une telle splendeur.

De mon côté, la fascination ne le cédait nullement à la curiosité. Entouré d'une fidèle équipe composée d'Amaury, de Gérald et d'Alexandre, qui me poussaient du coude et m'encourageaient à mi-voix, j'allai prendre des renseignements auprès du lieutenant Dumanoir. Le jeune officier participait à l'embarquement d'un pilote brésilien et surveillait l'atterrissage, car le goulet semblait encore plus étroit que l'entrée en rade de Brest.

— Ah tiens ! Pierre-Yves, dit-il sur un mode engageant, toujours aussi curieux, n'est-ce pas ?

— Oui ! m'sieur. J'aime bien savoir où je mets les pieds.

— Bonne réponse, mon garçon ! Concernant Rio de Janeiro, navré de te laisser sur ta faim, c'est la première fois que j'y jette mon sac. Je peux seulement te dire que les Portugais pensaient trouver ici l'embouchure d'un grand fleuve. Dans leur langue, Rio de Janeiro signifie d'ailleurs rivière de janvier. Quelques décennies plus tard, un amiral français éleva un fort à cet endroit : Dumanoir désigna d'un geste - en donnant l'impression qu'il possédait parfaitement la topographie des lieux - une petite île accolée à la ville qui s'étendait à bâbord.

— Cette île perpétue le souvenir de notre compatriote, poursuivit-il, car elle a pris son nom : Villegaignon. Les Espagnols lui succédèrent au même endroit, puis les Hollandais, mais sans succès durable. Enfin les Portugais, qui avaient fondé une colonie prospère à Salvador de Bahia au nord du Brésil, se rendirent maîtres des lieux et bâtirent la cité que tu aperçois.

— Quelle leçon ! m'exclamai-je. Le sort de pays entiers, vastes comme des continents, tient vraiment à peu de chose : une erreur de navigation, le besoin de faire de l'eau ou du bois, une avarie soudaine et selon la nationalité des arrivants, tout en est modifié pour des siècles : la race, la langue, la religion...

— Sache, mon garçon, que les mines ont enrichi cette province, ajouta l'officier. On a découvert de l'or et des diamants dans l'arrière-pays. Rio de Janeiro est à présent peuplé de vingt mille blancs et de trente mille noirs ou mulâtres. Bientôt, j'en suis convaincu, les Portugais transporteront ici la capitale du Brésil.

— Ce serait un excellent choix ! approuvai-je, en levant les yeux vers nos voiles dont le blanc radieux tranchait sur le bleu azuré du ciel. Quel dommage que l'amiral de Ville… de Villegaignon dont vous m'avez parlé tout à l'heure n'ait pas réussi à coloniser tout le pays. Décidément, les Français n'ont guère de chance dans leurs entreprises outre-mer, soupirai-je en pensant à la cession piteuse des Malouines.

Dumanoir ne se laissa pas étourdir par mes considérations pessimistes.

— Allez ! Pierre-Yves, lança-t-il gaiement, nos armes ne sont pas toujours malheureuses, loin de là. A propos, garçon, le nom de Duguay-Trouin te dit-il quelque chose ?

— C'est celui d'un capitaine malouin !

— Bonne pioche ! mon petit. Et sais-tu comment ce grand capitaine est devenu célèbre ?

— Oui, monsieur !

Il ne m'avait pas fallu longtemps pour rapprocher le nom de Duguay-Trouin avec la prise de Rio de Janeiro cinquante ans plus tôt. A Saint-Malo, les rescapés de cette action d'éclat se faisaient rares, beaucoup d'entre eux ayant disparu du fait de leur grand âge, mais il traînait suffisamment de ''vieux cachalots'' dans les tavernes de ma cité natale pour raconter l'exploit. Alors, bien sûr, je le connaissais par cœur.

Au moment de l'action, Rio de Janeiro était entouré de sept forts tenus par une garnison de plusieurs milliers d'hommes ; sept vaisseaux de guerre portugais protégeaient de surcroit le mouillage. L'escadre de Duguay-Trouin reçut toutefois une aide inattendue. Celle d'un violent orage qui, se répercutant en écho de colline en colline, fit croire aux habitants de Rio - les Cariocas - que la bataille se livrait tous azimuts, sur terre comme sur mer. Affolés par le bruit et les éclairs, beaucoup préférèrent abandonner la ville sans combattre.

Cette incursion menée très loin des côtes bretonnes poursuivait en réalité un objectif précis : ruiner une colonie portugaise servant de point d'appui à la flotte anglaise. Duguay-Trouin se montra d'ailleurs impitoyable : il brûla le maximum de bâtiments à l'ancre et imposa aux citoyens de Rio une forte rançon avant de quitter les lieux. Lorsqu'il rentra en France couvert de gloire, il fut immédiatement nommé Lieutenant général par Louis XIV, commanda ensuite la Royale à Saint-Malo, à Brest, et termina sa carrière à la tête de la Flotte du Levant à Toulon. Un destin exceptionnel qui me faisait envie !

Le nom d'un autre corsaire célèbre me revint également en mémoire : Jean Bart, l'aîné de Duguay-Trouin, le premier de nos capitaines à s'illustrer dans la guerre de course.

Poussé par ma curiosité habituelle, j'interrogeai Dumanoir à son propos :

— D'après vous, lieutenant, qui de Jean Bart ou de Duguay-Trouin s'est montré le plus brillant ?

— Oh ! je crois que les deux se valent, répondit-il.

Sa réponse succincte, formulée d'une voix forte, attira l'attention des autres mousses restés jusque-là à l'écart. Je veux parler d'Amaury, de Gérald et d'Alexandre. Naturellement, ceux-ci se rapprochèrent pour entendre la suite.

— Jean Bart est l'exemple même de l'ascension "au mérite", annonça d'entrée Dumanoir en s'adressant à son nouvel auditoire. Sa bravoure était légendaire : issu d'une humble famille de marins, mousse à l'âge de douze ans - comme moi ! pensai-je avec orgueil -, il fit ses débuts sur des galions marchands hollandais. De retour au pays, Jean Bart resta pendant quelques années capitaine en second sur des corsaires français, le temps de faire valoir son audace et ses talents à la mer. Promu capitaine, il se rendit célèbre par le nombre impressionnant de prises accumulées en quatre ans : plus de soixante navires !

De tels succès ne pouvaient rester inaperçus à la cour. Louis XIV qui manquait de cadres compétents lui proposa d'intégrer la Royale. Mais, faute du moindre quartier de noblesse, Jean Bart dut en franchir un par un tous les grades, de lieutenant de vaisseau à chef d'escadre.

— Et Duguay-Trouin ? interrogea Gérald, désireux d'entendre vanter les mérites de notre cher "pays".

— Duguay-Trouin est issu de la vieille bourgeoisie malouine, répondit Dumanoir. Ses ancêtres ont toujours armé des bâtiments pour le commerce ou pour la guerre. Le dernier d'entre eux plaça son fils René - le corsaire que l'on sait, celui qui rendit son nom célèbre - chez les Jésuites jusqu'à l'âge de seize ans. Il souhaitait pouvoir le prendre directement comme officier sur l'un de ses bateaux. Une rareté, il faut bien le dire, car, selon la tradition malouine, les fils de famille partaient en mer à douze ans. La mer : seule école qui compte aux yeux de ces Messieurs de Saint-Malo.

— En dehors de la prise de Rio, qu'a-t-il fait de sensationnel, ce fameux Duguay-Trouin ? interrogea naïvement Alexandre, le seul Nantais de notre bande.

Le lieutenant de la Boudeuse haussa les épaules. Une telle question frisait l'irrespect ! Toutefois, après avoir demandé et accepté les excuses d'Alexandre, il consentit à poursuivre son exposé.

— Duguay-Trouin se rendit célèbre en capturant près de Bilbao un convoi hollandais protégé par plusieurs vaisseaux d'escorte. A la fin de la bataille, il réussit même à faire prisonnier l'amiral qui menait le convoi. Une formidable démonstration des possibilités de la guerre de course !

— La guerre de course ? s'étonna Amaury, mon lointain parent des Malouines.

— Pitié ! Tu ne sais donc pas ce que c'est ? Faut-il être benêt, mon Dieu, pour ne pas savoir ça ! ironisa Gérald.

Dumanoir devant s'absenter afin de seconder le pilote brésilien, Gérald reprit la balle au bond et expliqua à notre petit nouveau les règles de la guerre de course. Comment celle-ci prospérait sous le couvert d'une lettre du grand Amiral de France répertoriant les pavillons ennemis. Comment les corsaires attaquaient les bateaux marchands par surprise, en exploitant leur faible maniabilité. Comment ils les prenaient à l'abordage sans les canonner, de façon à ménager bateaux et cargaisons. Comment on distribuait le butin selon des règles préétablies : un cinquième pour le Roi, un dixième pour l'Amiral de France, deux tiers pour l'armateur, et... le restant... pour l'équipage.

— Avec des règles de partage aussi injustes, les plus malins ne devaient pas se priver de camoufler une partie de la prise, expliqua Gérald en baissant la voix.

Notre ainé nous fournit à la suite des détails pittoresques sur la vie des deux marins.

— Duguay-Trouin était d'humeur querelleuse ! proclama-t-il. Un jour où le vaisseau qu'il commandait relâchait à Lisbonne, il se précipita l'épée au poing sur un individu qui déambulait paisiblement sous les ombrages. Il venait de reconnaitre un ancien chef canonnier avec lequel il s'était disputé l'année précédente. Une autre fois, le corsaire malouin - fine lame réputée - provoqua en duel un prévôt de

Paris qu'il avait lui-même recruté à bord d'un de ses bateaux pour y exercer le métier de maître d'armes.

— Et comment se termina l'algarade ? m'inquiétai-je.

— Dans le détail, je l'ignore. En revanche, ce dont je suis sûr, c'est que notre enragé compatriote en sortit bien vivant !

— Hum ! Hum ! Connais-tu également des anecdotes sur Jean Bart ? interrogea timidement Amaury, lequel n'osait pas se lancer après sa bourde de tout à l'heure.

— Tudieu ! oui. En voilà une excellente qui va certainement vous plaire ! s'écria Gérald.

Jean Bart fut moqué à la fin de sa carrière par des courtisans jaloux. Beaucoup faisaient des gorges chaudes des propos qu'il tenait devant le Roi Soleil. Tels ceux-ci, au nombre des plus célèbres :

— *« Louis XIV : Jean Bart, je vous ai nommé chef d'escadre !*

— *Jean Bart : Sire, vous avez bien fait ! »*

Cette répartie directe, à cent lieues des flatteries de cour habituelles, eut l'heur d'amuser le grand monarque. Impressionné d'une telle franchise, Louis XIV s'empressa d'engager Jean Bart pour de nombreuses missions diplomatiques !

Décidément en verve, l'aîné des nôtres continua son récit. Il nous exposa comment les deux capitaines s'étaient l'un et l'autre enfuis d'Angleterre dans des conditions invraisemblables.

Blessé et mis au secret dans une geôle britannique, Jean Bart réussit à s'évader en traversant la Manche au moyen d'une barque "empruntée" à ses geôliers. Après deux jours et une nuit de galère, il rejoignit Saint-Malo en ramant, sans être vu ni repris. Un authentique exploit !

Quelques années plus tard, Duguay-Trouin connut une aventure à peu près semblable. Détenu au fond d'un cachot de la citadelle de Plymouth, il parvint lui aussi à s'évader, en bénéficiant cette fois de la complicité d'une jouvencelle qu'il avait préalablement séduite. Le coureur des mers s'était métamorphosé en coureur de jupons. Or le deuxième surpassait le premier, si l'on en croit les commérages !

Le bruit de l'ancre plongeant au beau milieu des eaux paisibles de la baie de Rio interrompit Gérald.

Deux officiers de la capitainerie du port se présentèrent bientôt à la coupée pour s'enquérir des motifs de notre escale. Par la même occasion, ils nous annoncèrent que Rio de Janeiro venait d'être érigée en capitale du Brésil, validant du même coup la prophétie du lieutenant Dumanoir. A la suite de quoi, M. de Bougainville dépêcha une estafette auprès du vice-Roi qui résidait en ville. Il souhaitait prévenir tout embarras avec lui et voulait peut être faire oublier le souvenir de Duguay-Trouin.

Lorsque le canot portant sa marque revint nous aborder dans la touffeur du soir, mission accomplie, une autre embarcation profita de l'obscurité pour s'immobiliser sur la hanche opposée de la Boudeuse. Oh miracle ! les matelots qui en sortirent parlaient français comme vous et moi. Ces compatriotes venaient en effet de la flûte l'Etoile, notre compagne si longtemps attendue et si ardemment désirée.

Nous eûmes bientôt la clef de ce mystère : le deuxième bateau de l'expédition s'était attardé à Rochefort dans l'attente d'une importante livraison de matériel. Quand il atteignit Montevideo - escale obligée sur le chemin des Malouines -, le hasard voulut qu'il y trouve les frégates espagnoles fraîchement rentrées de Port Saint-Louis avec, à leur bord, les colons français en attente de rapatriement. Bien entendu, ces compatriotes se chargèrent d'informer le capitaine de l'Etoile - M. de la Giraudais - de notre projet de partir à sa rencontre. Dûment renseigné, M. de la Giraudais fit donc route vers Rio de Janeiro et réussit même à nous y devancer de quelques jours. Souhaitant relâcher en toute quiétude, il avait embossé son navire un peu plus loin à l'intérieur de la rade, au vent d'une petite île et, par conséquent, hors de vue des bateaux se disposant à prendre terre et de nous-mêmes.

En apprenant l'histoire, l'équipage de la Boudeuse lança des « Hourra ! » dont les échos résonnèrent sans doute jusque dans les salons du vice-Roi du Brésil.

Ces retrouvailles donnèrent lieu à de nombreuses festivités auxquelles se mêla un autre bateau français - un marchand dieppois - qui attendait le retour de la belle saison pour voguer vers l'île de France[7] et nos comptoirs des Indes via le cap de Bonne Espérance :

_____

[7] *Actuellement, île Maurice*

le fameux cap des Tempêtes. Un grand banquet fut improvisé pour fêter l'heureux évènement.

Il devait, ma foi, me réserver une surprise.

Chapitre XIII : Retrouvailles en baie de Rio

Le banquet entre Français déployait ses fastes sur l'île choisie par l'Etoile pour prendre son mouillage. Nous autres, les petits mousses, étions résolus à bien profiter de la fête. Le paysage avait revêtu ses plus belles parures : plages nonchalantes, feuillages dispensant une ombre salutaire et ciel dégagé à charmer n'importe quel Breton. Un repas de gala nous attendait dont on apercevait au loin l'agitation et les fumées. Que demander de plus ?

Notre canot approchait de l'île prévue pour les agapes, lorsqu'un trait de lumière jaillit de la rive d'en face.

— Regarde ! on dirait des signaux, dis-je en me tournant vers mon voisin Alexandre.

— Que nenni ! tu bas la campagne, répliqua Alexandre. Ce sont des reflets du soleil sur un accessoire de cuisine.

— Décidément Pierre-Yves, ironisa Guillaume, mon autre compagnon de banc, ton imagination est toujours au travail ! Tu ne te reposes donc jamais ?

Cette pique déchaîna l'hilarité de l'assistance, mais l'incrédulité d'Alexandre et la mauvaise foi de Guillaume ne me firent pas changer d'avis. Je bouillai de rage, impatient de fouler la terre ferme, ma curiosité mise en éveil.

L'accostage eut lieu sans que rien ne conforte mes intuitions. Matelots, civils, officiers et soldats se croisaient dans une joyeuse pagaille. En revanche, personne ne vint témoigner avec l'un ou l'autre d'entre nous une possible connivence. Avant d'avoir le temps de dire ouf, je fus transformé en marmiton, foulard au cou, tablier à la ceinture. On me posta devant une rôtissoire en m'ordonnant d'en tourner la broche où cuisaient trois poulets. Une corvée acceptable dans la froidure des Malouines, mais, ici, sous le soleil des tropiques, la chaleur des braises me brûlait cruellement la figure et les exhalaisons de la viande grillée me tiraient de grosses larmes.

Je relevais la tête, l'instant de m'éponger le front et les yeux avec un coin de mon foulard, quand un éclat lumineux, identique à celui observé sur le canot, me frappa derechef. Il arrivait à percer l'écran de fumée qui m'embrouillait la vue. « Pas d'erreur c'est à moi qu'on s'adresse ! » me dis-je. Sur ce, je déguerpis en direction du signal, abandonnant la rôtissoire, la batterie de cuisine et les volailles embrochées. Adieu la compagnie ! j'avais mieux à faire…

L'île où se tenait le banquet était de petite taille et je croyais facile de l'explorer à ma guise. Erreur ! Au-delà de la grève et des clairières du littoral défrichées de manière à faciliter le radoub des navires abattus en carène, la végétation reprenait tous ses droits. En hâte, j'ôtai le tablier qui entravait ma course, puis je m'enfonçai parmi les lianes tombant des arbres comme les rabans dénoués d'une voilure. Aucun chemin, aucune empreinte de pas ne me servaient de guide. Malgré cela, j'avançais sans crainte. Pourquoi ? Dieu seul le sait.

Un éclair m'aveugla de nouveau, rayon de soleil réfracté dont je crus cette fois localiser la provenance. « De ce côté ! » me dis-je. Après quelques minutes d'une marche ralentie par les accidents du terrain, un buisson couvert d'une multitude de fleurs, passant du pourpre incendiaire au mauve ténébreux, stoppa net mon élan. Je n'eus guère le loisir d'admirer ce superbe arbuste. A deux ou trois toises de moi, une silhouette se détacha brusquement de l'ombre qui lui servait de cachette. Ladite silhouette prit rapidement forme et visage et, en l'espace d'une seconde, je reconnus celui que je croyais encore à Saint-Malo, celui dont les gestes d'adieu restaient gravés dans ma mémoire…

— Robert ! m'exclamai-je, incapable d'en dire plus tant étaient grandes mon émotion et ma surprise.

— Salut ! Pierre-Yves. Comment vas-tu, vieux frère ?

— Au nom du Ciel ! Robert, toi ici ? Je rêve ! Peux-tu m'expliquer ce prodige ?

— Que penses-tu de cette partie de cache-cache ? répondit Robert d'un air narquois. Cela doit te rappeler le bon vieux temps ! Allons de ce côté, Pierre-Yves, et mettons-nous au frais !

En signe d'amitié renouvelée, Robert me prit par l'épaule et m'entraîna au pied du buisson fleuri dont l'exceptionnelle beauté m'avait enthousiasmé tout à l'heure.

Nous savourâmes nos retrouvailles sous des ombrages aux couleurs flamboyantes des tropiques. Robert profita de la quiétude des lieux pour m'exposer les péripéties l'ayant mené jusqu'à cette petite île brésilienne si éloignée de nos terrains de jeux habituels.

En voyant la Boudeuse quitter notre bonne ville de Saint-Malo, mon ami d'enfance s'était effondré sur le quai, en proie à une profonde déception. Il ruminait, la tête entre les mains, lorsqu'un inconnu le saisit par le col de sa veste. Levant le nez, Robert eut la surprise de constater qu'il était devenu le centre d'un véritable attroupement. Peut-être son manège à terre - ou le mien en haut du mât de misaine de la frégate - avait-il attiré l'attention ? Bref, autour de lui se dressaient trois officiers de marine en grand uniforme, un civil vêtu avec recherche et, bien sûr, des badauds impatients de connaitre son histoire.

Robert dut raconter l'extraordinaire hasard grâce auquel M. de Bougainville s'était adressé à deux galopins de notre espèce. Il révéla les circonstances de mon recrutement sur la Boudeuse et ses regrets de n'avoir pu partir avec moi. En conclusion, il supplia ses interlocuteurs de lui dire comment faire pour rencontrer les hommes de sciences en instance d'embarquement sur l'Etoile.

L'officier qui venait de prendre Robert par le col se déplia de toute sa haute taille en entendant cette question mais, après avoir parcouru des yeux son entourage, il lui fit une réponse pleine de promesses.

— Oui-da ! il connaissait les scientifiques qui s'apprêtaient à monter sur le second bateau de l'expédition. Oui ! ceux-là auraient besoin de domestiques à leur service. Oui ! il indiquerait à Robert la manière de rallier Rochefort et d'intégrer l'équipage de la flûte.

Les spectateurs souriaient complaisamment à chaque phrase du grand officier et plus d'un hochaient la tête en signe d'approbation. L'affaire était conclue ou presque.

« Voilà ce qu'il fallait dire à Robert pour le consoler de mon envol sur la Boudeuse ! », me dis-je. Il me revint toutefois en mémoire qu'un obstacle d'une toute autre nature s'opposait à son projet :

— Et comment as-tu annoncé ta décision ? Ton père n'a pas tenté de s'y opposer ?

— Oh ! mais pardon, je n'ai rien demandé à personne, se récria Robert.

Mon copain m'expliqua qu'il n'avait pas attendu trois jours avant de sauter dans la première diligence pour Rochefort. Sans prévenir naturellement. Jamais le brave cordonnier dont il apprenait le métier n'aurait accepté de le laisser s'enfuir, lui, le fils unique, l'apprenti tout trouvé, le successeur désigné par la naissance.

En arrivant à Rochefort - le plus bel arsenal de France, selon Colbert, son fondateur - le fugitif eut d'abord bien du mal à se diriger dans ce saint des saints de la Royale. Il finit toutefois par repérer l'Etoile au milieu d'une forêt de mâts et d'agrès. A son bord, une sacrée surprise l'attendait. Il reconnut l'officier de marine en dentelles et perruque, l'homme qui l'avait écouté avec indulgence sur les quais de Saint-Malo, le magicien qui prétendait connaitre les savants de l'expédition. Crénom ! il s'agissait de M. de la Giraudais, le capitaine de l'Etoile en personne.

Robert comprit à cette minute les raisons de sa présence lors de l'appareillage de la Boudeuse : le commandant en second de la flottille était venu assister à l'embarquement de son chef et prendre de lui ses ordres de mission. Le destin voulait donc que Robert bénéficie lui aussi d'un billet de faveur pour la grande boucle. Quelle merveilleuse coïncidence !

M. de la Giraudais se fit un devoir de présenter Robert aux scientifiques en cours d'embarquement. Il y avait là Véron, astronome - le bourgeois en habit civil aperçu sur les quais de Saint-Malo - Commerson, botaniste et naturaliste, Romainville, ingénieur cartographe et peintre officiel, ainsi que Vivès, chirurgien.

Romainville ayant justement besoin d'une arpète pour porter son matériel, Robert fut embauché séance tenante. On lui attribua toutefois un autre emploi, ainsi qu'il est d'usage dans la Marine : celui d'aide canonnier. Poste en totale adéquation avec son physique car le métier de canonnier exige une grande vigueur : il faut être capable de bouger des pièces dont chacune pèse plus d'une tonne.

Robert interrompit à cet instant son récit :

— Ferme les yeux et ouvre la main ! ordonna-t-il.

J'obéis sans réfléchir et je sentis qu'il posait au creux de ma paume un petit objet.

— Devine ce que c'est ? dit-il en me serrant les doigts dessus.

— Je fronçai les sourcils en vue d'indiquer mon ignorance.

— Allons ! ouvre les yeux, grosse bête, dit Robert sur le ton de la plaisanterie.

— Ma médaille en argent ! m'exclamai-je en découvrant de quoi il retournait.

Sapristi ! Les éclats lumineux de tout à l'heure, les signaux qui m'avaient ébloui sur l'eau et mené jusqu'à Robert, provenaient de ma propre médaille, celle oubliée chez moi la veille de mon départ. Nous allions retrouver nos jeux et nos codes car, à la différence de celui qui éclaire timidement Saint-Malo, le soleil dardait avec force ses rayons au Brésil. Il serait, j'en étais sûr, le meilleur des alliés.

— Tu as pensé à me la rapporter, balbutiai-je en contemplant ma relique fétiche.

Pour seule réponse, Robert me tendit la chaînette accompagnant la médaille. J'allais la mettre à mon cou lorsque, à la suite d'une ma-ladresse, celle-ci me tomba des mains. Voyant que je me baissais pour la reprendre, Robert me stoppa net.

— Attention ! dit-il en me prenant le bras. Regarde là, dans l'herbe, ce mille-pattes. C'est un nuisible, d'ailleurs on m'a prévenu à son sujet.

— Hein ! Tu crois ? l'interrogeai-je dubitatif, en observant cette chenille qui me paraissais moins redoutable que les grands fauves peuplant les jungles tropicales.

— Oui, j'en suis sûr ! Ici, à Rio, tous les insectes doivent être ma-nipulées avec précaution. Du plus petit moustique à la plus grosse des araignées. Ces sales bestioles sont urticantes, venimeuses, paralysantes et même quelquefois mortelles. On prétend que les Indiens utilisent leurs sucs pour confectionner des flèches empoisonnées.

— Tu exagères, ou tu as la peau particulièrement sensible ! m'écriai-je, agacé de ces alarmes que je jugeais excessives et de surcroît indignes de mon compagnon.

Je me gardai toutefois d'importuner l'interminable scolopendre qui progressait lentement entre les grosses racines et les feuilles mortes. Les avertissements relatifs aux araignées appelées mygales me revenaient maintenant en mémoire. Il valait mieux se méfier de tout ce qui pouvait y ressembler par le genre ou par l'aspect. En foi de quoi, je résolus d'approuver Robert :

— Tu as raison, l'ami : prudence est mère de toute sûreté !

Robert esquissa un sourire : nous étions une fois de plus d'accord. J'attendis donc patiemment le départ de l'insecte trouble-fête pour récupérer ma médaille. Ce qui ne tarda guère.

Avec Robert à mon bras, j'allais alors rejoindre les autres mousses. Le banquet qui se déroulait sur la plage me permit non seulement de faire les présentations d'usage mais également de bambocher à la plus grande satisfaction de mon estomac.

Certes, on nous servit d'abord une volaille trop cuite et presque carbonisée. Ne serait-ce pas l'une de celles que j'avais abandonnées tout à l'heure sur une broche sans prévenir ? Me l'aurait-on gardée pour me punir de mon abandon de poste ? Malgré les coups d'œil furieux que je lançai à la ronde, je dus me résigner à ingurgiter ce méchant morceau. En contrepartie, on nous présenta au dessert des fruits au goût inhabituel : ananas, bananes, papayes, mangues et noix de coco, dont l'eau - présentée en pot ou en bouteille - constituait le rafraîchissement favori des Cariocas, les habitants de Rio. Tout cela se révéla absolument exquis.

Hélas ! vers la fin du repas, les hommes se mirent à boire un alcool fort, « cent fois meilleur que l'eau de vie », prétendirent-ils. Le rhum ! Une production de Pernambouco[8] et de Salvador de Bahia, la région au Nordeste du Brésil où l'on récoltait la canne à sucre. Pour nous les mousses, il était temps de sortir de table avant que les choses ne commencent à se gâter.

Tandis que Guillaume, Jonas et Amaury allaient herboriser sous la houlette du botaniste Commerson, cinq jeunes - dont j'étais - résolurent de gagner la plage la plus proche. Le maître timonier de l'Etoile, un dénommé Blin, encadrait notre petit groupe, bien décidé à nous apprendre à nager. L'océan brasillait des feux d'un bel été, l'eau dispensait une chaleur d'étuve et le ressac caressait délicatement l'épiderme. Pas de vent, pas de vagues, pas de risques ! En revanche, s'agissant d'apprendre à nager, c'était une autre histoire ! Je me remémorai mes vaines tentatives en Bretagne, un souvenir pénible. Je n'en étais pas chagriné à l'excès car la plupart des marins éprouve une peur viscérale de l'eau. A moins qu'il ne s'agisse d'une

[8] La ville de Recife

superstition. Savoir nager ne prolongerait-il pas le supplice de l'homme qui tombe à la mer ? Embarquer un nageur ne porterait-il pas malheur à tout l'équipage ?

Foin de cette croyance ! la petite bande se précipita dans l'eau avec délice. Entouré de mes amis, soutenu par des flots aussi tièdes qu'accueillants, je me sentis cette fois en confiance : « A Dieu vat ! », dis-je, selon la formule consacrée lors d'un virement de bord.

Sur la plage sablonneuse, maître Blin avait enlevé chaussures et bas de coton mais gardait son tricorne de feutre noir bien vissé sur le crâne. De manière à se défendre du soleil ? A montrer davantage de dignité ? « Peu importe ! pensai-je, pourvu qu'il nous apprenne à garder la tête hors de l'eau ! ».

De son côté, armé d'un porte-voix, un sifflet pendu au cou, le jeune maitre dépêchait ses ordres en les assortissant d'appréciations péjoratives sur nos faibles talents, comme s'il se trouvait sur le tillac et nous, pauvres mousses, à la besogne dans la mâture.

Pour deux de mes compagnons, ce fut immédiatement la déroute. Alexandre se réfugia sur la plage en crachant et toussant, suivi quelques secondes après par le grand Gérald. Quant à moi, je préférai m'écarter de la rive et m'aventurer là où on n'a plus pied. Ayant constaté que je ne coulais pas, j'éprouvai une impression grisante : la fierté d'apprivoiser un environnement hostile, la joie de gouter les plaisirs de l'eau. Je compris à cet instant que je savais nager ! Robert, dont je voyais les yeux briller à une douzaine de brasses de moi, connaissait semble-t-il la même chance.

J'espérais profiter de l'escale brésilienne pour terminer mon apprentissage - avec ou sans les autres mousses, mais en tout cas hors la présence du sieur Blin dont l'attitude m'agaçait prodigieusement - quand un évènement inattendu vint contrarier mes plans.

Alors que Robert et moi recherchions assez loin de notre débarcadère une plage pour nous baigner, j'aperçus, au centre d'une clairière isolée, un groupe d'individus plutôt louches entourés de marins français en uniforme. Je persuadai mon vieux copain d'aller voir de quoi il s'agissait.

Chapitre XIV : Les Bandeirantes

Arrivé à bonne distance de notre objectif - ni trop loin ni trop près -, j'indiquai à Robert un fourré assez grand pour nous cacher l'un et l'autre. Depuis cet observatoire improvisé, l'identification des Français de tout à l'heure me prit moins d'une seconde. Il s'agissait de matelots de la Boudeuse dont la triste réputation m'était revenue aux oreilles. Plus exactement de calfats chargés d'étancher les coutures du pont et de la coque, individus au cou de cuir et à l'habit de travail sali par le brai, une sorte de bitume noir et pâteux.

Les desperados brésiliens n'avaient pas meilleur genre. Ces hommes se vêtaient de manteaux en peau cloutée et présentaient l'apparence d'aventuriers soumis aux caprices de la nature, de mineurs rompus aux plus durs travaux, voire de hors-la-loi prêts à défendre chèrement le seul bien dont la naissance les avait dotés, c'est-à-dire la vie. Je fus d'ailleurs stupéfait du nombre d'armes qu'ils portaient sur eux : pistolets, fouets, sabres, poignards, espingoles. Par comparaison, nos compatriotes avaient l'air civilisés. Le prestige de l'uniforme, sans doute…

L'un des Brésiliens - que son attitude désignait comme l'instigateur de cette inquiétante réunion - s'efforçait de donner le change, tout sourire et tout miel envers la compagnie, mais il exhibait du même coup des dents noircies par le jus de chique, dégoulinantes d'épaisse salive, qui n'étaient pas très rassurantes. A vrai dire, l'homme présentait quelque ressemblance avec le grand méchant loup de la fable.

— Ces individus sont des bandits ! Des bandeirantes ! m'exclamai-je, excité par la présence du danger.

— Ferme-là, crétin ! Essaye plutôt de comprendre ce qu'ils disent...

Robert avait raison, bien sûr. Je fis donc silence et, bien que les échanges s'effectuent en portugais - langue dont j'étais aussi ignorant qu'on peut l'être - je réussis à deviner l'objet de la discussion. Les bandeirantes assemblés sous nos yeux provenaient du Minas Gérais, la région des mines générales. Les trois noms qu'ils évoquaient dans leurs discours : Cerofrio, Ouro Preto et Itambé correspondaient en effet à ceux de trois villes minières aussi célèbres que l'Eldorado, lieu hypothétique recherché par les conquistadores jusqu'au fin fond des Amériques.

Car, de mon point de vue, l'Eldorado était un mythe, une légende du folklore indien, un pays où l'on n'arrive jamais. Il n'existait pas davantage que les gisements d'or et de pierres précieuses du Roi Salomon, la fabuleuse Atlantide ou le royaume du prêtre Jean. En revanche, les villes et les richesses du Minas Gérais étaient pour leur part bien réelles et contribuaient à la renommée du Brésil au même titre que le "brazil", le fameux bois de teinture rougeâtre dont on faisait grand cas en Europe et qui donnait son nom à toute la colonie.

A l'issue d'une âpre joute verbale, il me sembla que l'affaire allait enfin se conclure. L'un des Brésiliens vérifia de droite et de gauche qu'aucune menace ne se présentait ; son acolyte étendit au sol une cape indienne multicolore ; un troisième larron renversa sur cet étal improvisé le contenu d'une boîte en fer remplie de graviers blanchâtres. Fasciné par cet étrange cérémonial, j'interrogeai mon copain Robert :

— Tu as vu ces cailloux ? Qu'est-ce que c'est d'après toi ?

— La paix ! gronda-t-il d'une voix à peine audible. On va se faire repérer !

Acquiesçant de la tête ce nouvel avertissement, j'observai la scène, à présent muet comme une carpe.

Le chef des bandits choisit sur le dessus de la couverture indienne une pierre de belle grosseur. Il souhaitait probablement en apprécier la couleur car il l'examinait longuement, le tournant et le retournant au soleil sous toutes ses faces. Tout à coup un rayon arc-en-ciel en jaillit. Je crus reconnaître le spectre fulgurant qui traverse quelquefois les verres taillés ou les lustres de cristal. Désormais, je savais à quoi m'en tenir.

— Des diamants ! m'écriai-je au comble de l'excitation. Ce sont des diamants…

— Tais-toi, au nom du Ciel ! supplia de nouveau Robert. Tu veux donc nous faire tuer !

Nous étions, il est vrai, exposés à une grave menace. La bande de contrebandiers venus du Minas Gérais s'efforçait probablement d'échapper au registre du Trésor portugais. La fraude devait être soigneusement organisée car les mines d'or ou de pierres précieuses étaient mieux gardées qu'une prison. Le Roi du Portugal prenait d'ailleurs sa part de butin. Tous les six mois, les plus belles gemmes devaient être envoyés à son Palais d'Ajuda dans une cassette scellée et cachetée. Une cassette que nul n'avait le droit d'ouvrir avant lui, pas même le vice-Roi du Brésil. Comment les deux calfats pourraient-ils acheter une semblable marchandise ? Leur solde d'une année entière n'y aurait pas suffi !

J'eus très vite la réponse à ma question. L'un des deux marins français sortit de son baluchon - identique à celui du défunt Pierre Lainé - un incroyable bric à brac : couteaux, écuelles et quarts, boîtes de biscuits, lampes tempête et petits outils. On devinait dans ce bazar ambulant des articles de toilette, du tabac, de la poudre, des cartouches, de l'alcool, des chaînes en or et des montres à gousset. Selon toute vraisemblance, les objets ainsi exposés provenaient de la Boudeuse où ils avaient été volés à leurs propriétaires légitimes. A moins que les deux calfats ne se soient servis directement dans les réserves de la frégate en profitant de la complicité ou de l'inattention du fourrier.

Je m'étranglai de colère :

— Ah ! les voleurs. Ah ! les escrocs. Ah ! les sournois…

— Bon sang ! veux-tu finir, grogna Robert, cette fois en posant avec autorité sa main sur ma bouche.

De toute façon, nous en savions assez. Il était plus prudent de déguerpir. Nous risquions gros, pardi. Les fraudeurs de cet acabit s'exposaient en effet à une forte amende - à condition d'avoir les moyens de la payer - sinon, c'était l'exil sur la côte africaine, voire la peine de mort pour les moins chanceux. Pour ne pas être dénoncés, ces individus à la gâchette facile ne nous auraient pas fait de quartier. J'indiquai à Robert mon intention de fuir au plus vite. Celui-ci m'approuva d'un coup de coude. Les brigands étant occupés à se chamailler sur leur part de butin respective, notre retraite passa inaperçue.

Plus question de chercher une plage où se baigner. Les calfats que nous venions de surprendre n'étaient rien d'autre que des 'gabiers de poulaine', comme on dit dans la Royale. La pire des insultes entre matelots car les poulaines - situées à la proue du bateau sous l'emplanture du mât de beaupré - sont l'autre nom des latrines, les lieux d'aisance de l'équipage… par temps calme ! Ces misérables avaient causé un préjudice à l'expédition. Eh bien ! ils ne resteraient pas impunis, l'état-major de la Boudeuse allait sans tarder être averti de leur forfaiture.

Grace à Dieu, l'officier de quart se trouvait être Dumanoir, mon lieutenant préféré. Celui-ci ne mit pas en doute nos accusations, les approuvant au contraire par moult hochements de tête. Oui ! il était au courant des vols perpétrés sur le navire. Oui ! il savait que les calfats dont nous lui fîmes la description n'étaient pas en odeur de sainteté. Oui ! il les soumettrait à une fouille à corps dès leur retour sur la frégate.

Dumanoir nous apprit à la suite un tragique évènement. L'aumônier de l'Etoile venait de se faire assassiner au cours d'une promenade en canot, sans que l'on sache ni les auteurs ni les raisons de ce crime ignoble. Décidément, l'endroit s'avérait malsain et même dangereux. Comme une catastrophe n'arrive jamais seule, Dumanoir nous expliqua qu'un différend opposait à présent M. de Bougainville au vice-Roi du Brésil. Ce potentat craignait une ingérence des Français dans la gestion de la colonie. Afin de hâter notre départ, il prétextait nos bonnes relations avec les Espagnols, frères ennemis des Portugais, évoquant notamment la cession des Malouines. Il nous accusait aussi d'avoir secouru un bateau de Cadix immobilisé en rade. Il devenait impossible de ravitailler ici même, au Brésil. Pour permettre aux bateaux de regarnir leurs cambuses en prévision d'un long voyage sur les mers du Sud, une deuxième halte à la Plata, en Argentine, s'avérait nécessaire.

Après qu'il nous eut rapporté ces mauvaises nouvelles, le lieutenant me fixa droit dans les yeux.

— Pierre-Yves ! me lança-t-il sur le mode mi-jovial mi-bourru que je lui connaissais, j'apprécie à sa juste valeur ta franchise et celle de ton compagnon. Ma foi, ce que vous venez de me rapporter tous les deux n'a pas vraiment de prix. A la réflexion, il me vient une idée.

Puisque vous semblez constituer une paire d'amis inséparables, Robert et toi, que dirais-tu d'aller le rejoindre sur l'Etoile ?

Cette offre me laissa de marbre. Mon apprentissage à bord de la Boudeuse, la rencontre des maitres Lafleur et Seznec, la camaraderie d'Alexandre, Guillaume, Jonas, Gérald et Amaury étaient chères à mon cœur. Il y avait en outre l'un des innombrables proverbes sur lesquels je réglais ma conduite, en l'occurrence : « Il vaut mieux avoir affaire au Bon Dieu qu'à ses saints ». Or, le Bon Dieu s'appelait M. de Bougainville et avait porté sa marque sur la frégate et non sur la flûte l'Etoile, un modeste navire ravitailleur. En foi de quoi, je déclinai poliment la proposition :

— C'est-à-dire, lieutenant… Juste ciel ! comment dire… Hum ! … Il se trouve que j'aime sincèrement mes copains de la Boudeuse et que je ne voudrais pas les abandonner, ni l'équipage avec lequel je suis désormais en sympathie.

Sans se vexer de ma réponse, Dumanoir reformula son offre en termes cette fois plus convaincants :

— Je comprends ton attachement à notre frégate amirale, mon garçon. Mais un bon marin doit savoir tout faire et ne pas hésiter à changer de bateau aussi souvent que possible. C'est obligatoire pour acquérir de l'expérience. Tu as déjà eu beaucoup de chance de débuter sur une frégate de la Royale. Alors, que penserais-tu de rallier maintenant l'Etoile en qualité d'élève pilotin ?

— Pilotin ! Pilotin ! Vraiment, vous êtes sûr ?

La fonction jouissait d'un grand prestige. Elle permettait d'arpenter la timonerie, de côtoyer l'état-major, d'apprendre beaucoup de choses concernant le réglage de l'allure, les travaux de pont et la marche d'un grand voilier. Bref, un poste de premier plan qui ouvrait en grand les portes de la carrière d'officier. Impossible à refuser ! Alors tant pis pour mes copains de la Boudeuse...

— D'accord pour l'Etoile ! Merci lieutenant ! je vais immédiatement chercher mon sac et le transporter sur la flûte.

Il ne me restait plus qu'à prévenir les autres mousses de ce changement d'emploi et de navire.

La rencontre espérée eut lieu non loin de la cale d'accostage de nos chaloupes. Mes camarades entouraient Commerson et observaient le résultat de sa cueillette. Entre autres curiosités, je remarquai une bouture du superbe arbuste fleuri sous lequel Robert m'avait narré ses exploits le jour de nos retrouvailles. Autant le scientifique décrivait cette découverte avec fougue, autant l'homme à ses côtés me semblait falot par comparaison. Ce dernier - un dénommé Jean Baret - en intriguait d'ailleurs plus d'un, en raison de sa voix aigüe et de son visage glabre, sans l'ombre d'un poil de barbe ou de moustache. Un fort curieux domestique que les évènements me permettaient d'observer de plus près.

Alors que Commerson installait ses trésors dans des pots en terre cuite, j'annonçai aux autres mousses ma mutation. Tous me félicitèrent et aucun ne me posa trop de questions sur les motifs d'une telle faveur. Cela nous arrangeait bien, Robert et moi, car nous avions juré de garder le silence tant que nos voleurs, pris en flagrant délit, n'auraient pas été mis hors d'état de nuire. Il y eut toutefois un hic. La figure chagrine de Gérald trahissait son amertume. Espérait-il pour lui la promotion dont je venais de bénéficier ? Lorsque je voulus faire diversion en évoquant l'étrangeté de Jean Baret, il bredouilla des mots inintelligibles puis détourna la tête.

Sans s'inquiéter de la réaction de Gérald, qu'il n'avait peut-être même pas remarquée, le naturaliste continuait ses travaux de jardinage :

— Allons ! au travail, les amis. Regardez ce spécimen touffu orné de fleurs jaune vif. Vous voyez les quatre ou cinq cosses placées juste au-dessus des racines. Eh bien ! ce qu'elles contiennent est du plus grand intérêt.

Je n'étais pas très féru en botanique mais je me fis un devoir d'observer la plantule désignée qui me semblait pourtant assez anodine avec ses feuilles rondes et ses tiges mollassonnes. Le naturaliste ouvrit l'une des cosses - dont l'enveloppe semblait constituée d'un carton épais - et en retira deux haricots, identiques par la taille aux cocos de Paimpol cuisinés chez nous, en Bretagne.

— Mes chers enfants ! je prédis à ces graines le plus bel avenir. Vous verrez que dans peu de temps on pourra s'en régaler et peut-être même en extraire de l'huile. Tenez ! je vais vous en donner quelques-unes à faire griller.

Commerson confia à Gérald une poignée de gousses que celui-ci jeta illico sur les braises d'un feu éteint. Au bout de cinq minutes, une agréable odeur nous chatouilla les narines et, quand on en arriva au stade de la dégustation, nous fûmes définitivement conquis : une fois décortiquées, les graines torréfiées avaient un goût exquis et assez de corps pour calmer notre appétit féroce.

Je fis part de mon enthousiasme au scientifique, sans oublier de l'interroger sur la plante qui donnait de si beaux fruits.

— Il s'agit d'une légumineuse appelée arachide, répondit sans hésiter le botaniste. Cette plante a un développement surprenant, continua-t-il comme s'il s'adressait à un auditoire d'étudiants. La fleur porte un pédoncule qui s'allonge jusqu'au sol où se forme une enve-loppe appelée cacahuète, ensuite le fruit s'enterre tout seul jusqu'à produire les graines que vous venez de savourer. Un bel exemple d'adaptation fourni par la nature puisque, au sein de la terre chaude brésilienne, les cacahuètes bénéficient d'une température et d'une humidité constantes, propices à leur mûrissement…

Commerson continua son discours érudit mais, dans ma hâte de prendre mes fonctions de pilotin, je ne l'écoutais déjà plus.

Chapitre XV : Elève pilotin sur l'Etoile

Ma condition de mousse changea du tout au tout le jour où je posai mon sac sur l'Etoile, le second bateau de l'expédition. Au lieu d'aller et venir dans la mâture, comme à l'époque où j'étais apprenti gabier sur la Boudeuse, je devais rester sur la dunette aux ordres d'un officier ou de mon nouveau capitaine, M. de la Giraudais. Transmettre les renseignements permettant de gouverner au mieux : force du vent, allure du bâtiment, profondeur de l'eau, observation des voiles, constituait désormais mon service.

Une fois celui-ci terminé, j'adorais cependant reprendre mes anciennes habitudes, c'est-à-dire grimper dans la voilure et rejoindre le nid de pie. Une pratique qui avait le don d'agacer Robert resté en bas à me regarder faire. Pourtant, en suivant mes conseils ou parce que le régime du bord l'avait sérieusement amaigri, mon vieux copain réussit lui aussi à se gambiller dans les enfléchures. Il s'aventura de plus en plus haut et finit par se rétablir un beau matin sur la hune du grand mât. Dès lors, tous les deux installés à la vigie, le pont rétréci sous nos pieds à la dimension de ce que l'on appelait entre nous "un petit modèle", nous pouvions guetter l'horizon : Navire ? Baleine ? Nuage ? Terre de beurre ? Question, pari, attente, dispute. A bord de notre radeau des airs, le temps passait beaucoup trop vite.

Avant de quitter la baie de Rio, il avait fallu décider du sort d'un autre compagnon : Ramsès, le chat fétiche de la Boudeuse. Me suivrait-il sur l'Etoile, ce que j'appelais ardemment de mes vœux, ou devrait-il rester sur le bateau amiral, ce qu'exigeaient avec non moins de vigueur les mousses de la frégate ? A vrai dire, ces derniers disposaient d'arguments parfaitement recevables. La mascotte de l'équipage était venue vers moi à la suite d'un heureux concours de circonstances : ayant hérité de l'oreiller et du sac de Pierre Lainé, j'avais obtenu en prime la compagnie de Ramsès. Un hasard ! En réalité, le matou, indépendant comme tous ses congénères, ne m'appartenait pas plus qu'à eux.

D'ailleurs, un chat serait-il le bienvenu sur l'Etoile ? A bord de la petite flûte de charge, on ne trouvait plus aucun espace disponible. Impossible de tendre un hamac dans l'entrepont, les marins s'allongeaient où ils pouvaient, entre les caisses et les paquets. Même les scientifiques, pourtant mieux lotis, pestaient contre cette détestable habitude qui consiste à privilégier la cargaison au détriment de l'équipage. Sans succès ! Les traditions ont la vie dure. De mon côté, j'avais dû me contenter d'un emplacement exigu situé entre deux balles d'habits de rechange. Une cachette découverte au bénéfice de ma petite taille un soir où, en marchant à quatre pattes, je recherchais Ramsès.

J'espérai que le chef gabier de la Boudeuse m'aiderait à résoudre le problème. Après tout, Seznec avait été le seul à m'avertir de l'arrivée du mistigri au moment de la distribution des hardes de Pierre

Lainé. Peut-être connaissait-il les motifs de sa présence sur une frégate de guerre ? Mais Seznec répondit à mes questions d'un geste agacé : "le cas Ramsès" ne l'intéressait pas. Que faire ? Abandonner le chat à son sort et le laisser où il était ? Certainement pas ! Déclencher une bagarre entre nous ? Perdu d'avance et de surcroît peu souhaitable ! Tirer tout bonnement à la courte paille ? L'enjeu était trop important pour être laissé au hasard. En conséquence, j'élaborai un stratagème. Mais avant tout, je devais convaincre mes compagnons d'en accepter les règles :

— Laissons Ramsès choisir lui-même son bateau, proposai-je.

— Comment cela se pourrait-il ? demandèrent-ils, stupéfaits.

— Eh bien ! organisons une sorte de concours entre mousses qui permette à l'animal de choisir.

Je leur exposai mon idée. Robert et moi d'un côté, nos adversaires de l'autre, prépareraient la meilleure pâtée qui puisse s'imaginer. On présenterait au félin deux bols de même contenance. Le bol terminé en premier désignerait les vainqueurs. Il ne devait plus rien rester au fond, pas la plus petite miette, pas le moindre résidu : os, arête, débris ou quoi que ce soit d'autre.

— Pierre-Yves, tu es génial ! Excellente idée ! D'accord ! entendis-je applaudir de tous côtés.

— Dépêchons-nous avant que les deux bateaux appareillent, répliquai-je en vue de couper court à ces compliments hypocrites.

Aussitôt, je concoctai un menu de gala à l'intention du matou. J'inventoriai les réserves constituées en prévision de notre voyage.

De son côté, Robert ne resta pas les deux pieds dans le même sabot, le comble pour un apprenti cordonnier. A nous deux, il ne fut pas difficile de réunir : un morceau de poisson débarrassé de ses arêtes, du mou coupé au ciseau et un foie de volaille reliquat de notre banquet à terre. J'assaisonnai le foie avec un peu d'huile d'olive car j'avais remarqué que l'odeur de cette huile excitait les félins d'une manière incroyable.

On alla ensuite chercher l'unique joueur et arbitre de la partie : sa majesté le chat. En vue de le mettre en confiance, je ne lui ménageai pas les caresses. Mais les ronronnements obtenus à la suite ne nous garantissaient pas la victoire : les minets ont la réputation d'être ingrats. De plus, le doute me tenaillait : Le mou était-il assez souple ? Le poisson comme il faut ? Le foie bien saignant ? La petite cuillérée d'huile d'olive correctement dosée ? … Trop tard pour rien changer !

Quand nos rivaux "frégatons" se présentèrent, leurs sourires me firent comprendre qu'eux aussi espéraient la victoire, ils avaient l'avantage du nombre, la lutte promettait d'être serrée. D'une main tremblante, je posai mon ragoût devant notre convive et le camp adverse fit de même, lui présentant un brouet bien saignant dont ni l'origine ni la composition ne nous furent révélées. Peut-être des abats ?

Ramsès hésitait, ne sachant par où commencer. Les deux équipes l'encouragèrent : « Vas-y, grosse bête ! », « Mange, mange donc, bougre d'âne ! », « Allez, allez, encore un effort ! », « Vite, grouille-toi un peu ! » L'indolence dont les chats sont coutumiers nous mit les nerfs à vif. Enfin, au bout d'un long suspense, le gourmet releva le bout de sa truffe et se lécha tranquillement les babines.

Les mousses dont j'étais resserrèrent le cercle. Il y eut une bousculade, des jurons prononcés à voix basse, mais l'un des deux récipients fut reconnu plus propre que tout juste sorti d'un vaisselier. Et ce bol parfaitement nettoyé portait l'estampille... de l'Etoile. Hourra ! le menu concocté par nos soins avait été englouti jusqu'à la dernière miette tandis que de gros morceaux demeuraient bien visibles dans la gamelle de nos concurrents. Ramsès était à nous !

A l'instant d'emmener notre prise sur la flûte, je m'aperçus toutefois que j'avais oublié de prévenir le capitaine la Giraudais de l'arrivée d'un nouveau matelot moustachu. Zut ! Comment faire ? Plutôt que de m'exposer à une éventuelle rebuffade, je résolus de transformer mon chat en passager clandestin. Je le cachai à l'intérieur du baluchon de Pierre Lainé, puis j'embarquai sur l'Etoile avec ce sac à l'épaule comme n'importe quel marin de retour après une virée à terre ! C'est ainsi que je pus m'approprier Ramsès, heureux de la manière employée et surtout de son résultat.

La Boudeuse et l'Etoile cabotaient à présent vers Montevideo où, pour la seconde fois depuis le début de notre périple, l'expédition devait ravitailler. Chemin faisant, je me désolai de voir mon nouveau bateau rester à la traîne. La petite flûte aux formes arrondies n'était pas taillée pour la course et surtout n'était pas très étanche. En pompant continuellement les sentines, la flûte arrivait à se maintenir dans le sillage de la frégate mais, avec la brume qui nimbait les atterrages aux abords de la Plata, il devint bientôt impossible de la suivre des yeux. Un matin, notre veilleur annonça l'avoir perdu de vue.

Afin de rétablir le contact, M. de la Giraudais résolut de faire tirer au canon. Deux pièces de huit avaient été laissées sur le tillac afin d'effectuer les signaux de correspondance maritime. Moins difficiles à remuer que l'artillerie de gros calibre des vaisseaux de ligne, il fallait tout de même des malabars à gros bras - et pas n'importe lesquels - pour les amener en position. Je fus d'ailleurs ébahi de la lutte menée par le chef artilleur contre sa propre pièce. Râblé et tout en muscles, l'homme ne ménageait ni sa peine ni celle de son commis, un matelot plus longiligne qui exécutait ses ordres sans broncher.

D'une voix de tonnerre, hélas flétrie par un horrible zézaiement, le chef apostropha Robert qui surgissait des échelles :

— Alors, numéro trois, cette gargou_z_e, c'est pour aujourd'hui ou pour demain ! Grouille-toi, crénom de crénom ! Qu'attends-tu pour la donner à numéro deux, bougre d'imbécile ?

— La voilà, m'sieur ! répondit Robert, présentant au servant désigné le sachet de toile qu'il venait de retirer d'un cylindre de cuir épais.

— Pas trop tôt, moustique ! dit l'homme en prenant la charge de poudre.

Hé hop ! de l'enfiler dans la gueule du canon avec une grande cuillère, puis de la caler bien au fond, à l'aide du refouloir.

Sur les vaisseaux de haut bord, le nombre de canonniers pouvait s'élever à sept ou huit - et même jusqu'à quinze, s'agissant des bouches à feu de trente-six livres - en revanche, pour correspondre en temps de paix, un trio de matelots entrainés s'avérait largement suffisant.

Quel que soit le bateau, les canonniers s'interpellaient par leur numéro. Sur l'Etoile, le numéro un - le chef de pièce - mettait l'affût en position, amorçait, visait, tirait. Pour sa part, le numéro deux chargeait, bourrait et écouvillonnait. Quant au numéro trois - mon copain Robert – il devait aller chercher les gargousses, fournir l'étoupe, vérifier le niveau de l'eau de la baille de combat destinée à rafraîchir les gueules brulantes des canons. Sans oublier de jeter du sable sur le plancher lorsque celui-ci devenait glissant en raison de l'état de la mer ou de tout autre catastrophe imprévue : l'hémorragie d'un blessé par exemple.

Le chef artilleur piqua une aiguille dans la lumière de la culasse, remplit cette ouverture avec l'étoupille servant d'amorce, puis l'alluma au moyen du boutefeu appelé mèche ou corde selon l'humeur du moment. L'outil incandescent produisit le même effet qu'une baguette de magicien. Le numéro deux et Robert eurent à peine le temps de se boucher les oreilles qu'une détonation retentit : Boum ! Au milieu d'un flot de fumée grise, le canon sauta en arrière et raidit à bloc la brague, le câble qui retenait l'énorme masse de fer aux membrures du navire. « Tiens bon comme za, mouzaillon ! » ordonna le chef de pièce qui surveillait le numéro deux occupé à nettoyer la bouche à feu avec l'écouvillon, une gaule munie à son extrémité d'un rouleau en peau de mouton. La procédure de tir se répéta par trois fois aux ordres du maître tenant l'ampoulette : « Boum ! Boum ! Boum ! » C'était le message convenu entre les deux bateaux dans l'hypothèse où ils seraient à la recherche l'un de l'autre.

On nous intima le silence. Le capitaine la Giraudais faisait grise mine sur son banc de quart. Moi-même je tendais l'oreille, un peu inquiet, lorsqu'à l'issue d'un délai trop long à mon gré, cinq coups de canons lointains ébranlèrent le rideau aveugle de la brume. La Boudeuse venait de nous répondre après avoir pris le temps de mettre une pièce en batterie.

Les servants s'empressèrent d'arrimer le canon au repos. Ils avaient déposé leurs ustensiles, rangé les coins de mire, refermé le mantelet de sabord et embraquaient les palans de retraite afin d'assujettir l'affût aux mailles fourrées du vaigrage : « A la serre ! », comme on dit en langage marin.

— Ouf ! gémit Robert. Cette pièce de huit est de petit calibre mais elle pèse tout de même son poids !

— Dans ce cas, vous devriez profiter du roulis pour la remettre à sa place.

— Oh ! tu ne crois pas si bien dire, Pierre-Yves. Il ne faut surtout pas laisser cet engin de mort sans attache. Il serait capable de défoncer la coque en profitant du roulis !

— Je comprends ! Je comprends ! acquiesçai-je en hochant la tête. Hum ! et si malgré tout le canon échappe à votre contrôle et divague d'un bord à l'autre, y a-t-il moyen de l'arrêter ?

Le patron de Robert, qui nous avait entendus, donna une réponse à sa façon :

— Pour z'ûr qu'y'a moyen, garzon ! zozota l'irascible personnage tandis qu'il s'épongeait à nouveau le visage et le torse. Mais, des fois, y' ze pourrait ben qui z'y manque le courage…

— Seriez-vous de ceux-là ! hasardai-je sur un mode ironique.

— Amarre ta langue ! s'écria mon interlocuteur furibond. Mille boulets ! V'là ti pas qu'un failli chien de mouze oze me causer plus fort qu'un matelot. Te crois-tu zur un bateau de Turcs ? Faut que tu zaches à qui tu cauzes, freluquet.

— Je… Je… Je m'excuse…

— File ton nœud, tête d'achôcre ! jura-t-il dans son patois mi- marin, mi- normand, après m'avoir considéré d'un œil torve.

Le chef de pièce emmena avec lui aide, petit matériel et jurons. Un tantinet vexé, je pris à témoin le seul des trois canonniers qui restait présent : c'est-à-dire Robert.

— Pas facile du tout, ton patron ! Dis-moi, il sait ou il ne sait pas, ce stupide édenté ? demandai-je, car je voulais absolument éclaircir le mystère.

— Un madrier ! Il faut placer un madrier entre les roues du canon lorsqu'il devient méchant, consentit à m'expliquer Robert.

— Jarni ! je me doutais bien qu'il y avait moyen, m'écriai-je.

— Attention ! me prévint Robert. Sur cette flûte, on ne plaisante pas avec le respect dû aux anciens. En discutaillant comme tu l'as fait tout à l'heure, tu risques de prendre la tosse du maître d'équipage. Sans compter la rancune du chef canonnier. Le bougre a une sacrée mémoire !

Une menace on ne peut plus réelle que je fis semblant ne pas prendre au sérieux. Je me croyais presque intouchable depuis ma promotion au grade d'élève pilotin et je pensais déjà à l'escale suivante - la baie de Montevideo - où j'espérais retrouver le jeune Indien Tupi et sa famille.

Chapitre XVI : Aventures au Rio de la Plata

Un accident nous immobilisa davantage que prévu à la Plata. La flûte était tranquillement au mouillage lorsqu'un gros galion de compagnie - le San Fernando -, dépalé par une soudaine rafale, chassa sur ses ancres et vint de nuit nous heurter.

Je fus jeté au bas de mon branle et à demi estourbi sous la violence du choc. Encore tout chamboulé, je montai sur le tillac où les hommes d'équipage s'étaient regroupés pour voir. L'inquiétude se lisait sur leurs visages : la coque du grand vaisseau espagnol frottait contre l'Etoile et les gréements enchevêtrés du galion et de la flûte faisaient craindre le pire. Des matelots galopaient en tous sens à la recherche d'objets susceptibles de leur servir de bouée. D'autres, plus organisés, se pressaient autour des annexes en vue de les affaler à la mer.

Craignant la bousculade, je préférai me réfugier au creux du filet du mât de beaupré, un abri de fortune qui me permettrait d'éviter les mauvais coups. Là, j'attendis la suite des événements, prêt à plonger dans l'eau noire et pas plus tranquille que ça, je l'admets. Mais par un miracle inexplicable, si fréquent à propos des choses maritimes, les deux bateaux se séparèrent d'eux-mêmes, sans que personne n'ait besoin d'intervenir le moins du monde.

Il fallut cependant patienter jusqu'aux premières lueurs de l'aube pour constater les dégâts. Ils s'avérèrent assez graves et nombreux : agrès sectionnés, espars perdus, bordages enfoncés… pire encore, les voies d'eau de l'Etoile s'étaient considérablement aggravées. Au lieu de trois pouces d'eau, elles donnaient maintenant près de huit pouces à l'heure, soit une surcharge qui empêcherait d'étaler et de porter toute la toile. A la pompe de jour comme de nuit ! Une sacrée corvée et même une corvée inacceptable, les mers du Sud ayant la réputation d'être dangereuses entre toutes.

Devant un tableau aussi désastreux, M. de Bougainville ordonna de conduire l'Etoile à l'Ensenada de Baragan, havre situé en amont de l'estuaire où il pensait trouver de quoi raccommoder. En ce qui me concerne, le voyage allait bientôt reprendre.

Avant de partir, je voulus retrouver l'endroit où nous avions découvert l'habitation du jeune Tupi. Qu'étaient-ils devenus : lui, son père alité et le bébé à nourrir ? Nous restions sans nouvelles de cette famille depuis que le chirurgien du bord avait prodigué ses soins au plus âgé. Etait-il encore en vie ?

Il fallait que j'en aie le cœur net. A force d'insister, je finis par obtenir l'autorisation d'excursionner aux environs. Mais une fois encore, le chef Blin - qui avait surveillé nos baignades durant l'escale de Rio de Janeiro - nous offrit ses services, c'est-à-dire la présence indiscrète de son encombrante personne. Car à vrai dire ce gradé ne me plaisait pas davantage qu'au Brésil : des manières trop affectées pour être sincères, un accoutrement excentrique à la limite du ridicule, toujours à nous observer d'un œil inquisiteur et dépourvu d'indulgence... Mais, en vérité, je n'avais pas le choix : ou monsieur Blin ou pas d'exploration à terre.

Au préalable, Blin nous livra une information sensationnelle : les Jésuites venaient d'être chassés par le Roi d'Espagne et leurs missions étaient en cours de démantèlement dans toutes les Amériques. Je songeai au Padre nous ayant servi la dernière fois de traducteur. En dépit de ses bons offices, cet ecclésiastique se retrouvait désormais sans emploi, empêché d'exercer son ministère auprès de la population locale. Cet avatar politico-religieux imposait une grande prudence : livrés à eux-mêmes, les Indiens pouvaient se livrer aux pires exactions.

Malgré les risques encourus, la curiosité fut la plus forte : à l'heure dite, j'emmenai Blin et les autres mousses à l'endroit de notre précédente rencontre avec les Indiens. Je souhaitais rejoindre la hutte des Tupis en empruntant un chemin exploré d'un bout à l'autre et dans les deux sens. Peine perdue ! Notre petite armée tourna en rond sans voir autre chose que de hautes herbes en veux-tu en voilà. Il fallut se rendre à l'évidence, pas de hutte, pas d'Indiens ! J'étais déçu et en même temps soulagé que ces derniers aient abandonné les rives de la Plata, à présent hostiles aux Indios bravos.

Robert ne fut pas de mon avis :

— Quoi ! j'aurais fait tout ce trajet pour rien, s'indigna-t-il, frustré de ne pas rencontrer les Tupis dont je lui avais tant parlé.

— Allons, Robert ! s'il te plait, ne sois pas mauvais joueur, le voyage continue.

Je ne croyais pas si bien dire, la remontée de l'estuaire s'annonçait périlleuse. Un puissant courant descendant, inverse du flux de marée et accéléré par de nombreux bancs de sable, générait des séries de vagues déferlant à la fois de l'amont et de l'aval. Aucun bateau ne pouvait impunément chevaucher de telles pentes : notre coque allait souffrir. De surcroit, le chenal n'était pas balisé et aucun pilote ne se trouvait pour le moment disponible. Eu égard aux circonstances, M. de Bougainville résolut de diriger lui-même l'opération. Il rejoignit ce faisant les charpentiers et calfats recrutés sur la Boudeuse en vue des travaux de radoub.

Au cours de cette lente remontée du fleuve, je pris place sur le canot de l'Etoile de manière à sonder la profondeur de l'eau. Mon emploi consistait à jeter le plomb le plus loin possible à l'avant pour ne pas gêner les rameurs, laisser la ligne filer, puis chanter d'une voix forte lorsqu'elle descend : « Pas de fond », « A pic, tribord », « Fond, ''tant'' de brasses », aussi souvent que nécessaire. Je m'en acquittai du mieux possible et dès que j'eus pris les choses en main, personne ne critiqua ma façon de faire.

Hélas, le bateau suiveur frôla la catastrophe. Ce n'était pas ma faute, je le jure, mais celle des courants du fleuve qui créaient des javeaux, à savoir des îles éphémères qui disparaissaient et réapparaissaient en fonction de la marée ou des crues. Depuis sa collision avec le galion espagnol, l'Etoile avait aussi beaucoup de "différence" comme on dit, c'est-à-dire un tirant d'eau plus accentué vers la proue. C'est ainsi que le deuxième jour, après une nuit de mouillage tranquille, la flûte resta échouée sur une plature de galets. Position aussi précaire que dangereuse car le bateau risquait de raguer sa quille au retour de la marée. Heureusement, le flux dégagea l'Etoile en douceur.

Après ce premier incident, il fallut de nouveau naviguer à tâtons. Preuve des difficultés rencontrées, la seule balise aperçue durant notre bornage prit l'aspect d'un bateau coulé dont seule la pointe des mâts émergeait hors de l'eau.

Trois jours furent nécessaires pour arriver à destination. Quant au port de relâche, il ne se révéla pas davantage accueillant : des fonds de vase inégaux qui obligeaient à décharger avant d'affourcher les ancres, rien de bien intéressant à terre hormis de pauvres cabanons recouverts de cuir, aucun magasin où s'approvisionner. C'est là, dans cet endroit inhospitalier et mal pratique, qu'il fallut néanmoins caréner la flûte. Récompense de toutes nos peines, les entrées d'eau diminuèrent dès que la flûte commença à s'alléger et cessèrent complètement à partir de huit pieds de tirant d'eau. En ôtant le doublage de la coque vers la proue, les charpentiers découvrirent des interstices non étoupés, sans parler de trois trous de tarière non rebouchés. Les ouvriers de l'arsenal de Rochefort avaient laissé des "dimanches", des oublis dans leur travail. Ah ! les négligents. Ah ! les gredins.

Il fallut un mois entier pour aveugler la brèche, calfater, puis réarmer l'Etoile. De mon côté, je fus fort aise de quitter ce mauvais port.
Durant mes rares moments de repos, je m'y étais ennuyé ferme.
D'ailleurs, les hommes traînant en ville semblaient n'éprouver d'intérêt qu'envers la boisson. Or il ne s'agissait pas de l'inoffensif maté
dont j'ai décrit le rituel mais du tafia, une eau de vie mélangée à du
sucre et à du jus de fruits que les bateaux de passage embarquaient
par tonneaux entiers en prévision des grains de pluie ou des grands
froids.

Le retour à Montevideo fut synonyme pour moi d'une frayeur mémorable. J'avais repris ma place habituelle sur le canot de l'Etoile
lorsque la sonde que je tenais entre les mains donna trois brasses
de fond. C'était assurément trop peu, la flûte devait changer de route
et la consigne en fut donnée. Hélas, un alea de navigation gêna la
manœuvre. Le temps que les hommes lèvent leurs rames, l'annexe
vire lof pour lof et la nage aux avirons puisse reprendre, le canot se
trouva engagé sous l'étrave de l'Etoile qui nous suivait de près. Bon
Dieu de vache ! la flûte fonçait droit sur nous, ayant mal compris le
renseignement que mon patron venait de lui fournir. Bref ! son boute-
hors nous menaçait déjà. Terrorisés par l'approche du danger, les
matelots laissaient courir l'embarcation sur son erre. Pour ne pas me
faire écharper, je dus bondir sur la lisse opposée du canot.

Les minutes suivantes restent gravées dans ma mémoire. La collision avec l'Etoile m'envoya d'un seul coup en enfer. Plongé au sein

d'une obscurité plus noire que l'encre où je trempe ma plume, ballotté au gré d'un tourbillon de bulles et de remous, abasourdi par les bruits amplifiés du naufrage, j'en oubliai presque de respirer. La lumière me revint comme une délivrance. Avec un soulagement intense, j'aperçus le soleil percer le plafond de ma prison liquide : la surface brillait au-dessus de moi comme un miroir étincelant. J'avais trouvé mon ancre de salut ! D'un coup de rein, je regagnai la vie que je croyais perdue. Je repris mon souffle, essayant de garder la tête hors de l'eau. « Allons, monsieur Blin n'est pas si mauvais bougre ! », grommelai-je en me remémorant mes premières leçons de natation sous sa conduite.

Autour de moi, en revanche, c'était un vrai désastre ! Le canot avait coulé bas. Un matelot naufragé agrippait l'amarre qui continuait à relier notre annexe au bateau naufrageur. Un autre crochait une échelle à montants de filin lancée en urgence par l'Etoile. Un troisième gesticulait comme un furieux, les yeux exorbités et l'écume à la bouche. Le pauvre se noyait, comment prétendre le contraire. Baste ! je fis mine de ne pas le voir et lui tournai même le dos. Dans sa folie, le malheureux aurait pu m'entraîner vers le fond aussi sûrement qu'un lest de fer. Triste cérémonial réservé aux péris en mer, d'abord cousus à l'intérieur de leur hamac, puis basculés sur la planche du coq avec un boulet de canon bien propre et bien huilé entre les pieds. Je ne tenais pas à les rejoindre avant l'heure.

Tandis que la muraille gluante de la flûte passait devant mes yeux, je réussis à agripper l'un des cordages traînant le long de son bord.

Sauvé ! Lorsque je remontai sur le pont, aidé de fortes poignes, Robert se trouvait là, ainsi que M. de Bougainville, M. de la Giraudais, Blin et la plupart des officiers mariniers. Je frissonnais de tous mes membres. On jeta une couverture sur mes épaules. Un gradé me fit asseoir au pied du grand mât. Quelqu'un alla me chercher un quart de vin chaud. M. de Bougainville lui-même me pressa de questions, s'étonnant que je sache nager. Je lui dis la vérité toute crue :

— Je vous remercie de vos bontés, commandant, mais il ne faut point vous inquiéter, je me porte à merveille et je ne suis pas plus mouillé que par un bon embrun. Quant à la brasse dont vous avez admiré la vigueur, je dois admettre qu'il y a peu j'en étais incapable. J'ai débuté mon apprentissage en baie de Rio, sous la houlette de Maître Blin, ici présent.

— Messieurs ! s'écria d'un air réjoui M. de Bougainville, je vous recommande ce garçon à qui tout réussit. Après avoir été gabier sur la Boudeuse, le voilà maintenant élève pilotin sur l'Etoile et, non content de l'instruire dans l'art de la navigation, notre croisière semble le rendre insubmersible !

Les spectateurs applaudirent cette saillie en lançant des "Vivats". Le rouge me monta aux joues et Blin, qu'il m'avait fallu nommer au bénéfice de la politesse, se crut obligé de me tisser à son tour des louanges :

— Voilà qui est parlé ! Chevalier. Je confirme vos impressions : ce gamin de Saint-Malo est assez dégourdi. Je suis sûr qu'il tiendra les promesses que son exploit d'aujourd'hui nous a laissé entrevoir.

A ces mots, M. de Bougainville me donna une tape cordiale dans le dos et, sans rien ajouter me concernant, s'éloigna en échangeant des civilités avec l'aréopage composant sa suite.

Après son départ, Robert vint à son tour me féliciter.

— Tu l'as échappé belle, Pierre-Yves ! La flûte a bien failli te fracasser le crâne…

— Tu as vu l'accident ?

— Non ! on me l'a rapporté. En revanche, j'ai collaboré au sauvetage. Et pour ça, j'y ai mis du cœur, tu peux me croire. Mais tu ne sais pas tout, dit-il en prenant un air funèbre.

— Quoi ? Qu'y a-t-il ?

— Trois morts ! soupira Robert.

Sur les cinq occupants de l'annexe, trois avaient en effet disparu. L'homme agrippé au câblot s'était laissé glisser d'épuisement, celui qui se noyait non loin de moi avait fini par couler à pic, quant au troisième naufragé, Robert ne put rien me dire à son sujet. Etait-ce l'horreur de ces tristes nouvelles ou simplement la fatigue, je me mis à trembler de la tête aux pieds. Je dus prendre le bras de Robert et solliciter son aide au moment de regagner la chaleur bienfaisante de l'entrepont.

De retour à Montevideo, je ne manquai pas de raconter la collision entre mon canot et l'Etoile à mes copains restés sur la Boudeuse. Il ne me fut pas difficile de faire le faraud, tous s'étonnèrent que j'aie pu réchapper d'un pareil naufrage.

— Tu n'as pas eu trop peur lorsque ton canot a sombré ? s'émut Gérald.

— Je n'en ai pas eu le temps, les choses sont allées trop vite. J'ai simplement essayé de retrouver la surface pour nager.

— Admirable ! me félicita le plus âgé des mousses. J'aimerais tellement savoir nager, moi aussi !

— Bonne idée ! ricana Amaury, lequel faisait bande à part en compagnie de Jonas et de Guillaume.

— Mais pourquoi cette tête de cent pieds de long ? m'étonnai-je, surpris de leur comportement inhabituel et… boudeur !

Mes camarades Jonas, Guillaume et Amaury m'avouèrent, non sans réticence, s'être unis dans le but de contrer la fatalité dont ils se croyaient victimes.

Pour Jonas, le problème était d'ordre familial. Son père - maître charpentier de la frégate - souffrait d'une affection incurable dont il avait jusque-là dissimulé la gravité. Ce handicap ajouté à son âge mûr lui interdisait désormais de reprendre la mer. Le père et le fils resteraient donc à Montevideo en attendant de trouver un bateau pour la France. Ils ne furent d'ailleurs pas les seuls à abandonner l'expédition. Vingt marins et soldats désertèrent à la Plata, séduits par la douceur du climat et les avantages d'une vie libre.

S'agissant de Guillaume, je compris que sa mauvaise humeur dis-paraîtrait le jour où nous ferions nos adieux à la Pampa. L'effronterie dont il faisait preuve depuis notre départ de Saint-Malo avait fini par lui attirer des ennuis. Le capitaine, très en colère contre lui, était formel : ou bien mon ami changeait immédiatement d'attitude, ou bien il le débarquerait à l'issue de notre escale. Les sœurs Augustines tenant pension en ville se chargeraient de lui apprendre les bonnes manières. De crainte d'être enfermé dans un couvent de femmes, Guillaume choisit bien entendu la première solution. Mais il baissait le nez en ronchonnant sur ce qu'il ressentait comme une injustice.

La condition d'Amaury s'avérait plus délicate. Ni vraiment fâché, ni même d'humeur chagrine, il était simplement mal à l'aise. Mon cousin retrouvait en effet à Montevideo les colons français qu'il pensait encore aux Malouines ou repartis sous d'autres cieux. Ces expatriés sans moyens ni relations - à qui tout le monde avait conseillé de rester sur leur île - attendaient toujours le bateau qui les ramènerait en France. Ils nous réservèrent un accueil glacial lors de notre retour de Rio et ne cessèrent de brocarder les officiers de l'expédition. Amaury était donc pris dans un conflit de devoirs où s'opposaient la fidélité à ses compatriotes des Malouines et les obligations de son nouvel emploi de mousse. Il n'avait qu'une hâte : que nos deux vaisseaux cinglent au plus tôt vers les mers du Sud.

Sa prière fut entendue et exaucée aussitôt. Le 14 novembre, un an jour pour jour après notre départ de France, la Boudeuse et l'Etoile sortaient ensemble du Rio de la Plata, cap vers l'inconnu.

Chapitre XVII : Mauvaise passe

Le froid, la pluie, le vent, harcelèrent nos bateaux dès leur appareillage. Pire encore, nous eûmes à encaisser un coup de tabac au voisinage des îles Vierges qui annoncent le détroit de Magellan. Ce grain, bref mais violent, provoqua une véritable hécatombe. Il n'y eut bientôt plus à bord que deux animaux vivants : un bœuf de boucherie et une chèvre dont l'utilité - en dehors de nous donner du lait - se révélera bientôt. Mais attention, ni les poules, ni Ramsès ne figurent dans ce triste décompte. Pendant ce pénible épisode, le brave minet resta à l'abri de ce qui lui tenait lieu de cabine, sans chercher à remonter sur le pont. Quant aux volailles, elles bénéficiaient de la protection d'une cage en osier et ne risquaient pas grand-chose.

A la faveur d'une accalmie, les deux navires purent embouquer le chenal exploré en premier par Magellan. Cet interminable labyrinthe escamotait la pointe du continent américain et protégeait des aléas du Cap Horn mais que de prières et d'actions de grâce en perspective ! Il faudrait éviter les bancs de sable, lutter contre le courant, mettre à la cape ou en panne lorsque de brusques rafales menaceraient de déchirer les voiles. J'admirais l'audace de nos prédécesseurs car nous connaissions désormais les pièges à éviter, tandis qu'ils ignoraient la nature exacte de ce qu'ils avaient sous les yeux :

estuaire, fjord, ria, cul-de-sac ou passage espéré vers un autre océan ?

Honneur à toi, Magellan ! Que ton nom reste gravé dans la mémoire de tous ceux qui un jour ou l'autre de leur morne existence ont rêvé de voyage lointain, d'aventure maritime et d'exploration outre-mer !

Le détroit se resserrant, nous finîmes par en apercevoir les rives et, sur la plus proche de nous, des traces d'occupation humaine. Plusieurs soirs de suite, de grands brasiers allumés au sommet des collines avaient indiqué la présence d'indigènes. D'ailleurs, ce cap austral, ce bout du monde, ne s'appelait-il pas Terre de Feu, Tierra del Fuego selon nos alliés espagnols ? Ces bûchers en étaient-ils la cause ? A moins qu'il ne faille l'imputer aux volcans actifs dans la région ?

Peu m'importait en vérité, l'essentiel pour moi était de rencontrer les natifs du Pays.

Cet évènement se produisit lors d'un mouillage sous une baie appelée Baie de la Possession. J'étais de service à bord d'une chaloupe dépêchée à terre, convaincu que des sauvages guettaient notre arrivée : après les brasiers des premiers soirs, des indigènes presque nus avaient en effet suivi nos bateaux en courant le long de la rive et le surlendemain, d'autres Indiens avaient agité un drapeau blanc en haut d'une crête. Je m'interrogeai cependant : par quel miracle ces hommes connaissaient-ils notre code de politesse ? Quelle nation leur avait expliqué l'usage exact du drapeau blanc ? Ces naturels étaient-ils les fameux Patagons que les conquistadors avaient décrits comme des géants ? M. de Bougainville aurait sans doute pu répondre à ces questions, mais les matelots qui m'entouraient n'étaient pas si tranquilles et, de mon côté, je fus bien aise de rester consigné sur la chaloupe tant que durerait la descente.

La suite des évènements devait justifier mes craintes. A peine les soldats s'étaient-ils déployés en éventail sur la grève que les fameux Patagons surgissaient au grand galop de leurs mustangs. Ils n'étaient pas plus grands que les plus grands de nos soldats et des dents très blanches donnaient même à certains un air de coquetterie. En revanche, leur tête me parut d'une grosseur surprenante et leurs pieds me semblèrent tout simplement énormes. S'agissant de l'habillement, hormis le strict nécessaire - un pagne en peau de chèvre identique à celui du jeune Tupi de Montevideo -, ils portaient un manteau attaché à l'épaule qui s'ouvrait sur leur corps dévêtu. Ces Indiens à la peau cuivrée seraient-ils devenus insensibles aux morsures du froid et du vent ?

Les Patagons se rapprochèrent joyeusement, mains ouvertes dans l'intention de les presser contre les nôtres. Ils criaient à tue-tête « Chaoua ! Chaoua ! », un mot qui semblait vouloir dire « ami » dans leur langue. Ils nous montrèrent ensuite la façon d'avaler tout cru la viande suspendue à la selle de leurs montures, fracassant les os sur les rochers, en aspirant avec bruit la moelle, faisant mine d'éprouver un plaisir extrême. Quant aux chevaux et aux chiens qui étaient avec eux, ils allèrent s'abreuver aux flaques laissées par l'estran. Leurs animaux domestiques ignoraient-ils l'eau douce ? J'observai la scène, ébahi de leurs mœurs barbares et à vrai dire un peu dégouté : « De vrais sauvages ! » me dis-je.

A l'issue de ces préliminaires, ma foi assez réussis, M. de Bougainville ordonna une distribution de galettes et de pain frais. En réponse, les cris « Chaoua ! Chaoua ! » reprirent de plus belle. Cela se prolongea longtemps et Commerson en profita pour aller herboriser en compagnie du Prince de Nassau.

Au moment de regagner les navires, les Patagons souhaitèrent toutefois nous raccompagner, curieux de voir nos embarcations et surtout d'en explorer le contenu. L'un d'entre eux s'enhardit à dérober une serpette et le patron du canot dut lui demander fermement de la rendre. Comme l'homme y consentit de bon cœur, j'en déduisis que, faciles à éblouir, les habitants de la région étaient également faciles à mater : nous étions à présent leurs maîtres.

Le lendemain, il fallut abandonner ce premier mouillage en terre inconnue. En l'honneur de nos hôtes et pour les remercier d'un accueil aussi affable, l'équipage rugit un grandiose « Chaoua ! Chaoua ! » dont retentit toute la côte.

Notre croisière se poursuivit au milieu de paysages sans cesse renouvelés. Aux steppes des premiers jours succédèrent forêts, torrents, cascades, marais semés de joncs et pics étincelants de neige. Les orages de grêle alternaient avec de rares éclaircies. Le ciel changeait souvent et jamais le soleil ne se montrait pour une journée complète. La nature ruisselante d'humidité venait grossir les eaux boueuses du labyrinthe. Le détroit lui-même semblait pris de caprice. Un matin, l'aussière d'une ancre supée par la vase se rompit brutalement et dut être abandonnée. Le soir, une ligne de cent vingt brasses ne put atteindre le fond... insondable. Chose plus surprenante encore, le courant s'inversait de goulets en goulets, allant tantôt vers l'ouest et tantôt vers l'est. Selon le mot de M. de la Giraudais, il y avait de quoi y perdre son latin. Pour ajouter à la confusion, l'eau du Détroit se changea un jour en véritable mer de sang. Ce n'était que des crevettes par milliers dont le naturaliste Vivès alla observer des spécimens dans sa chambre. L'équipage, très superstitieux comme d'habitude, y vit cependant l'annonce d'un mauvais présage.

Les navires s'embossaient à intervalles réguliers en vue de faire de l'eau et du bois. L'un et l'autre abondaient, ainsi que les traces d'occupation humaine : cabanes, restes de feu, amoncellements de coquilles vidées de leur contenu, etc.

A l'occasion d'une de nos nombreuses descentes à terre, j'éprouvai une nouvelle frayeur. Alors qu'on demandait aux gens de l'Etoile d'aller reconnaître un hameau déserté par ses habitants, j'eus l'idée - aberrante, je l'avoue - de prendre mon chat avec moi afin de lui faire retrouver le sentiment de la nature. J'en fus bien mal récompensé. A peine sorti de son sac - le fameux baluchon de Pierre Lainé - Ramsès se libéra de la longe que je m'évertuais à lui passer et me fila entre les doigts. Je me reprochai ma sottise. Comment avais-je pu croire qu'il resterait tranquille à mes côtés en ayant sous ses pattes la délicieuse sensation de la terre ferme ?

La chance me secourut un fois encore : le chat revint très vite, le poil ébouriffé et la queue comme un ballon, avec, à ses trousses, un chien de fort mauvaise humeur si l'on en juge aux aboiements qu'il faisait. L'irascible cabot devait être en quête de nourriture aux alentours du hameau vidé de ses habitants.

Quoi qu'il en soit, mes compagnons voulurent rattraper les deux fuyards. A l'aide d'un filet de pêche abandonné, ils ne tardèrent pas à capturer poursuivi et poursuivant qui se coursaient autour des huttes indigènes. Déclarant le chien bien sans maître, ils résolurent de l'offrir à M. de Bougainville car, depuis le transfert de Ramsès sur l'Etoile, le chef d'expédition manquait d'animal de compagnie. Mais, au préalable, il fallait vérifier que le nouveau venu ne mordait ni ne bavait. Gare ! on n'est jamais trop prudent avec les bêtes que l'on ne connaît pas. Grâce à Dieu, le chien se montra, ma foi, assez docile, si bien que la bordée le trouva à son gout. Elle le brossa, l'orna d'un collier de plumes et de rubans, puis le présenta fièrement à notre amiral. Ce dernier, superbe, répondit : « C'est bon comme ça ! Messieurs. Je vous remercie de votre amabilité. Le cambusier va vous donner un coup de tafia pour fêter l'arrivée de ce nouveau matelot très poilu ! » L'équipe de quart obtint ainsi un petit supplément à l'ordinaire et de mon côté je m'en tirai avec les honneurs puisque, non content d'avoir récupéré mon chat, j'étais à l'origine d'un cadeau offert à notre chef suprême !

Je désespérais de revoir des indigènes - une attraction sensationnelle à mes yeux -, lorsqu'un matin trois pirogues doublèrent la pointe
du promontoire accore où nous étalions la marée, baptisé Cap Ga-
lant. L'une d'entre elles se dirigea vers l'Etoile et finit par nous accoster. Elle portait un homme, une femme, ainsi que deux enfants à
l'image d'Adam et Eve au jardin des Hespérides : tout nus, malgré la
froidure régnant dans cette extrémité du monde ! L'homme se hissa
le premier sur le pont. Il dévora la nourriture qui lui fut présentée :
pain, bœuf salé, haricots, suif, etc. Peu après, sa femme et ses enfants voulurent également être nos hôtes. Après avoir mangé, ils ar-
pentèrent le bateau de long en large sans paraître s'étonner de rien,
chantant et dansant à leur aise. Nous éprouvâmes cependant
quelques regrets de les avoir laissés monter sur le tillac : à la différence des Patagons, ces naturels d'un genre souffreteux puaient de
manière ignoble. Comment se débarrasser d'individus aussi mal élevés ?

D'aucuns proposèrent de mettre à contribution la chèvre du bord.
Blanchette avait en effet la fâcheuse manie de flanquer des coups de
corne à ceux qui lui tournaient le dos. L'emploi d'un tel moyen - ex-
péditif, c'est le moins qu'on puisse dire - serait-il efficient ? Que
nenni ! La chèvre demeura dans son coin, se bornant à jeter un œil
torve sur les nouveaux venus. Eu égard au nombre de derrières à
botter, elle ne devait plus savoir où donner de la tête !

D'autres suggérèrent de déposer des biscuits dans la pirogue amarrée le long du bord. Hourra ! le résultat escompté se produisit enfin. Dûment appâtés, les "machoirans" locaux - le nom donné aux pique-assiettes dans la marine - consentirent enfin à quitter la flûte. Il ne nous restait plus qu'à nettoyer le pont et les différents objets tripotés par eux durant leur visite.

Peu de temps s'écoula avant de revoir les Fuégiens, nation qui dispute aux Patagons la possession de la Terre de Feu. Ils revinrent dès le lendemain après s'être peint des taches rouges et blanches partout sur le corps. Foin de costume, mes amis !

Instruit par les événements de la veille, l'état-major décida de leur rendre la politesse, c'est à dire d'aller inspecter le hameau de cabanes que l'on apercevait au loin. Nullement contrariés par ce changement de programme, les Indiens firent demi-tour dès qu'ils nous virent affaler les chaloupes. Quant à moi, je filai mon nœud en compagnie des matelots, bien décidé à m'associer aux réjouissances qui s'annonçaient.

De fait, une fois de retour chez eux, les Fuégiens se livrèrent à des libations et à des danses en notre honneur. Hélas, leur joie fut de courte durée. Alors que la fête battait son plein, un garçon d'une dizaine d'années se mit à cracher du sang.

— Il s'est blessé à la bouche en croquant le miroir que je viens de lui donner ! s'écria l'un des Français à mes côtés.

— Il en aura avalé un morceau par mégarde ! dis-je, en voyant le pauvre garçon se tordre de douleur et porter la main à son estomac.

A compter de cet instant, les indigènes nous regardèrent avec méfiance. Un sorcier courut vers l'enfant et arracha l'étoffe que nous venions de lui offrir en vue de couvrir sa nudité. Peut-être craignait-il que ce vêtement ne détienne un pouvoir caché ? Une séance d'exorcisme commença ensuite sous nos yeux. Le chaman appuyait de toutes ses forces sur le ventre du petit indigène en faisant semblant de prendre quelque chose entre ses doigts. Puis il le dispersait au gré du vent d'un geste solennel. Une vieille femme en pleurs, agenouillée près de la tête du garçon, criait à son oreille des mots bizarres. De son côté, le blessé continuait à cracher du sang. Il n'exprimait plus ni plainte ni émotion et, petit à petit, semblait perdre conscience.

Mis au courant du drame qui se jouait à terre, M. de Bougainville nous rejoignit en compagnie du chirurgien-major de la Boudeuse. Ce dernier distribua autour de lui la potion qu'il avait confectionnée, espérant par ce moyen convaincre les natifs du bienfait de sa médecine. En jouant des coudes, l'homme de l'art réussit enfin à en donner une cuillérée à celui qui en avait le plus besoin. Pendant ce temps, le sorcier continuait ses simagrées dans son dos. Il voulut même adouber notre major comme un confrère, car il lui offrit une coiffe de plumes identique à celle qu'il portait. Le chirurgien la prit mais, par crainte du ridicule, se garda de la revêtir en notre présence. Le chaman insista pour qu'il la mette. Nouveau refus gêné. Je vous laisse voir la scène.

A la nuit tombée les Français rembarquèrent la mine basse, non sans que l'aumônier eût donné le baptême au jeune garçon. Dans son état, qu'aurait-on pu faire de mieux ?

Vers deux heures du matin, une clameur s'élevant de la rive fit comprendre aux veilleurs de nos bateaux que le petit Fuégien avait succombé à ses blessures. Bien que la chose soit prévisible, elle produisit sur nous un effet terrible : la civilisation dont nous étions porteurs avait donné la mort mais se montrait incapable de sauvegarder la vie.

Dès l'aube, les Indiens abandonnèrent leur campement et s'éloignèrent à grands coups de pelle, fuyant le mauvais œil dont ils nous tenaient responsables. Leurs frêles esquifs ne purent toutefois arrondir le cap qui bornait l'horizon. Pris dans un brusque grain, ils furent sans pitié chassés au large.

Quel sinistre présage ! Trop d'incidents étaient arrivés depuis notre départ du Rio de la Plata. La mort tragique d'un petit innocent ne constituait-elle pas une sorte d'avertissement ? Ne faudrait-il pas renoncer à poursuivre plus avant notre voyage ?

Chapitre XVIII : El Mar Pacifico

Une bourrasque fit vrombir les cordages d'une manière si brutale qu'elle nous mit instantanément en alerte. Je compris que nous étions passés : cette bourrasque remplie d'odeurs salines et iodées annonçait la mer libre. La petite flûte avait deviné, elle aussi : voiles basses à toucher l'eau, elle tira sa révérence avant de s'enfuir au plus vite du détroit.

Pardi ! quel soulagement de quitter cet enfer. Je me rappelais les instants critiques où notre capitaine s'immobilisait, attentif aux vibrations du navire. Je le revoyais l'œil aux aguets, prêt à donner une instruction que les hommes exécuteraient avec zèle, chacun l'annonçant selon son grade et son vocabulaire :

— A vos ordres, capitaine !

— Paré, capt'aine ! Vous pouvez compter là-dessus…

— On fera pour le mieux ! Cap'taine...

— Bien sûr ! Cap'taine…

— C'est comme si c'était fait ! Cap'taine.

Lors des passages difficiles, tous les regards se tournaient en effet vers M. de la Giraudais, le "Grand mât" comme nous l'appelions entre nous. Chacun espérait son signal, les plus humbles des matelots n'étant pas les moins dévoués. Ceux-là ne doutaient pas que le salut viendrait de la promptitude à rompre un câble, à choquer une écoute, à brasser carré ou en pointe. Allez ! en dépit du gel et des secousses infligées par la bise, il se trouverait toujours dix volontaires pour monter dans le gréement.

La vigie lança presque aussitôt un cri de délivrance :

— Le Cap des Victoires, les quatre Evangélistes, à bâbord devant !

— C'est la fin de nos misères, n'est-ce pas Monsieur ? demandai-je au capitaine la Giraudais.

— Exact, mon garçon ! nous avons bien marché ces derniers jours. Débouquer avec deux bateaux intacts et tout leur personnel sain et sauf, voilà du bel ouvrage dont nous pouvons être fiers.

Sous le coup de l'émotion, le capitaine se livra aux confidences. Quelques années auparavant, un commodore anglais avait perdu en franchissant le détroit quatre vaisseaux et près de huit cents hommes. Magellan lui-même ne disposait plus que de trois unités sur cinq à la sortie du dédale qu'il venait d'inaugurer. L'écrivain de son expédition - un dénommé Pigafetta - a laissé le témoignage de la minute glorieuse où ''l'homme de fer'' aperçut à l'horizon la ligne plate annonçant l'océan : « Les yeux de l'amiral se remplirent de larmes. Elles roulèrent sur ses joues et dans sa barbe. » Moi aussi, j'étais ému, je l'avoue. Je pensai à ma famille restée à Saint-Malo. Que de choses à lui dire, que d'aventures à raconter une fois de retour au port !

A peine étions-nous entrés dans l'océan Pacifique - el Mar Pacifico, selon le nom espagnol donné par son découvreur -, que je fus pris d'une mauvaise toux.

Le voisinage des glaces polaires en était-il la cause ? Je me rappelle un soir où une brume épaisse enveloppait le navire. Il avait fallu mettre en panne, éventer ou masquer selon que l'on croyait ou non se rapprocher des rives, courir d'un bord à l'autre, épier le moindre clapot qui fasse craindre la présence d'un haut fond ou d'un écueil. J'avais terminé mon service trempé de sueur et fourbu. Et maintenant, cette toux insistante m'expédiait sur les cadres, c'est-à-dire à l'hôpital du bord. J'en garde l'un des souvenirs les plus marquants de mon voyage, l'un des plus étranges aussi, car je me mis à délirer d'une façon incroyable.

J'étais seul sur un radeau. La houle gonflait dessous à donner la nausée. Une ligne de pêche était attachée au pied d'un mât de fortune et un petit foc cinglait vaillamment à ce qui tenait lieu de proue. J'aperçus plus loin la Boudeuse sur mon travers. Impossible de signaler ma présence : bras et jambes étaient engourdis et comme paralysés. Robert se trouvait au milieu de la frégate, accoudé au bastingage. Les mains en porte-voix il essayait de me héler mais, aussi fort qu'il puisse crier, ce qu'il tentait de me dire n'arrivait pas jusqu'à moi. Deux officiers s'approchèrent d'ailleurs de lui dans l'intention de le raisonner. Cédant à leurs prières, il se releva avec lenteur et disparut à l'intérieur du navire. Misère de misère ! on m'abandonnait à mon sort, on me laissait partir à la dérive…

La ligne de pêche se tendit brusquement. Une vague d'étrave se forma à l'avant du radeau et des rubans d'écume s'effilochèrent le long du bord. Qui donc pouvait me remorquer à cette allure d'enfer ? Pas un requin, s'il vous plait !

Alors que mon méchant "sabot" continuait sa course folle, j'eus soudain la vision d'autres naufragés. Il me sembla reconnaître Pierre Lainé, le matelot perdu lors de la traversée du Golfe de Gascogne : il agitait un polochon de toile identique à celui dont j'avais hérité. Je croisai ensuite le patron de la chaloupe qui avait sombré au Rio de la Plata : le malheureux me regardait d'un air terrible, comme si j'étais responsable de l'accident où il avait perdu la vie. Après cela, je crus reconnaitre le petit Fuégien qui crachait des morceaux de verre rougis de sang. Quel triste défilé !

« Un marsouin doit être à l'autre bout de la ligne ! », me dis-je. Sacrebleu ! le hisser à mon bord, extraire son foie, le presser comme une éponge. La soif m'obsédait, tournant à l'idée fixe. Cette perspective me redonna de la vigueur : je tirai de toutes mes forces sur la ligne. Zut ! le mammifère marin grossissait au fur et à mesure que la distance entre nous diminuait. A l'issue de cette métamorphose, il me sembla reconnaitre le dos d'une baleine et en particulier l'évent grâce auquel elle lançait des jets d'eau. Soudain la baleine leva sa queue gigantesque dans l'intention de couler bas. Elle allait nous entraîner vers les abymes, moi et mon radeau !

A ma grande surprise, j'atterris au milieu d'un jardin flou, gris, couleur de cendres. Mes craintes se dissipèrent et je me sentis au contraire apaisé, guéri de la soif qui m'avait si cruellement tourmenté. Je surpris au loin une discussion entre des "ombres". Elles voletaient, me frôlaient, m'encourageaient à venir les rejoindre. Elles semblaient me connaître et connaître ma famille mais, pour moi, pauvre mortel, ces "ombres" étaient des inconnus. Après avoir écouté leur conversation bien renseignée, je finis cependant par comprendre qu'il s'agissait de… mes propres ancêtres !

Des mots exprimés d'une voix puissante interrompirent le cours de cette rencontre. Mes yeux se dessillèrent, s'ouvrant sur un panorama de ciel d'azur. Un colosse m'apparut, trônant sur un gros nuage blanc. Son verbe roulait comme le tonnerre sur le pavé des cieux. Il se présenta en maître de ma destinée et me proposa avec splendeur une place dans son Royaume ! Réitérant son offre, il la reformula en affirmant que je ne souffrirais plus.

Pour ne pas lui répondre, je détournai la tête. Aussitôt, j'entendis des femmes qui bavardaient entre elles. Leur proximité me fit du bien, je l'avoue. Je retrouvai avec elles la douceur du foyer, la sécurité d'un logis, le papotage intarissable des commères. J'aurais tant aimé me placer sous leur protection. La plus charmante s'intéressa d'ailleurs à moi et me posa des questions auxquelles je répondis par la pensée, sans qu'un seul mot franchisse mes lèvres. Je voulais rester en vie, pour ne pas quitter Robert, pour ne faire de la peine à personne. Je souhaitais terminer mon voyage. En réponse, la noble dame qui m'avait interrogé prit ouvertement mon parti. Ses compagnes l'approuvèrent à la suite. Obtiendraient-elles gain de cause ?

Un conciliabule s'engagea dont je fus tenu à l'écart. Les femmes et les hommes ne semblaient pas d'accord entre eux. Je priais pour qu'on accède à mes désirs. Enfin, au bout d'un long suspense, un messager inconnu vint m'annoncer que j'étais autorisé à redescendre sur terre. Je remerciai les ''ombres'' de s'être préoccupées de mon sort, jurant de ma gratitude éternelle.

Aïe ! une douleur m'atteignit au même moment au pli du coude. Un couteau s'enfonçait profondément dans ma chair. « Arrêtez ! Arrêtez ! » suppliai-je. Encore une illusion liée à la fièvre ? Eh bien non ! cette fois-ci la douleur était bien réelle.

— Il se réveille ! s'écria quelqu'un sur ma gauche.

— Tenez-le solidement ! renchérit un autre sur ma droite. Attention qu'il ne bouge pas ! Il va nous en mettre partout…

Ces mots me sortirent de mon cauchemar ou plutôt de mon délire. Je reconnus à mes côtés le chirurgien et l'un de ses aides, un homme très grand à la mine sévère. Au même instant, un filet de sang gicla de mon avant-bras et zigzagua sur ma peau jusqu'à une coupelle en métal. Tiens donc ! le major venait de me saigner.

A la suite de cette ponction, il va sans dire que la soif me reprit de plus belle. Je passai ma langue sur mes lèvres gonflées en clignant des yeux pour implorer du secours. L'assistant chirurgien dut comprendre ma détresse car il me souleva de ma couchette comme un fétu - ou plutôt un chat maigre, si l'on se souvient du surnom dont j'étais affublé -, puis me versa entre les dents le contenu d'un quart rempli d'eau. Pouah ! cette eau avait un gout terrible de vinaigre et de fer. Rien d'étonnant à cela, le vinaigre servait sur les navires à tout désinfecter. Quant aux relents de fer, ils provenaient des boulets rougis au feu que l'on plongeait dans l'eau potable en période d'épidémie. N'importe ! cet ignoble breuvage me procura un réel soulagement.

La fièvre m'ayant affaibli, je dus rester tout de même alité près de huit jours mais, contre toute attente, cette période d'inaction se révéla très plaisante. Pas de travail, des propos aimables, une vraie couchette, une nourriture variée : œufs, lait de chèvre, fromage, pain frais, confiture, si bien qu'on aurait pu se croire à la table du capitaine. Mon réveil à coup de lancette et d'eau vinaigrée fut vite oublié, d'autant que Robert passait souvent me voir et me donnait du même coup des nouvelles de Ramsès : « Ton chat te cherche partout ! », prétendait-il gaiement. Enfin, ce qui devait arriver arriva, personne ne me voyant plus tousser, cracher ou me plaindre, le médecin en second vint m'annoncer qu'il était temps pour moi de mettre les voiles.

Avant de me rendre la liberté, l'homme de l'art me proposa de visiter son domaine. Il s'appelait Jean Daventure, un nom ad hoc s'agissant de naviguer au long cours. A part ça, un grand rouquin un peu chauve, maigre de nature, l'œil bleu froid comme la banquise. Quand il vous regardait de haut, ses prunelles fixes et claires n'inspiraient rien qui vaille et les patients ne devaient pas broncher en sa présence, ni les tire-au-flanc s'attarder dans son officine.

A la faveur d'un rapide tour du propriétaire, l'aide chirurgien me décrivit les combats auxquels il avait participé sous les ordres de la Galissonnière - l'un de nos rares capitaines à remporter une victoire navale sur les ''English'' durant la guerre de Sept Ans[9] -. Il me décrivit le bruit et la fureur, le sifflement des boulets, leurs ricochets contre l'artillerie et les maîtres baux, les éclats de bois plus tranchants que des poignards, les mortiers et les pierriers, les grosses caronades anglaises qui tirent jusqu'à cent balles de fusil à la fois. Oui-da ! la mort qui rôde et l'odeur du sang. Pour terminer, il sortit son coffre à instruments et le posa sur la grande planche de bois délavé où se pratiquaient les amputations. « Un bras ou une jambe, quelquefois les deux ! » s'écria-t-il. « Crénom ! on ne fait pas dans la dentelle lorsque les blessés se pressent à la porte de l'infirmerie ! » ajouta-t-il comme s'il proclamait une évidence.

Ayant remarqué mon trouble - j'étais bouleversé qu'on puisse réaliser de telles interventions sans plus y réfléchir -, l'aide chirurgien eut un léger sourire et sortit triomphalement une scie de son étui :

— Vois-tu, fiston, il s'agit d'éviter la gangrène. Si l'on n'y prenait garde, cette pestilence se mettrait sous les bandages et nous tuerait davantage d'hommes que tout un combat naval.

— Pitié ! m'exclamai-je, j'espère au moins qu'on endort les estropiés avant de les amputer à vif…

— Il y a la tape, garçon ! dit-il en clignant de l'œil d'un air sadique.

---

[9] *Bataille navale de Fort-Mahon*

— La tape ? C'est quoi au juste la tape ? dis-je, en évitant de le regarder de face car je craignais le pire.

Il me montra une languette de cuir tressé. Une férule plus courte et plus souple que celle dont les maîtres d'école nous menaçaient à la moindre vétille. Joignant le geste à la parole, il la mordit de toutes ses forces et la seconde suivante un épouvantable rictus déforma son visage. A la vue de cette grimace, digne des gargouilles de la cathédrale Saint-Vincent qui se dresse au milieu de Saint-Malo, je compris à quoi servait la tape. On la plaçait entre les lèvres des blessés et, lorsque la douleur devenait trop vive, les patients pouvaient serrer dessus sans retenue. Car la pression exercée par les mâchoires est terrible. Au point de se casser les dents. Voilà l'utilité de la chose barbare dont il était si fier !

Je m'enfuis de mes jambes à peine valides, n'ayant plus désormais qu'une hâte : retrouver l'air du large.

Indifférent aux protestations de l'infirmier, je grimpai à toute vitesse les degrés de l'échelle principale…

— Oh là ! Pierre-Yves. Ne cours pas si vite, crénom ! Je ne t'ai pas tout dit : il y a aussi le tafia !

— Peste soit de la maladie, des chirurgiens et de leurs instruments ! grommelai-je, les oreilles bouchées pour ne plus l'entendre et les yeux mi-clos pour ne pas être ébloui par le soleil retrouvé.

Chapitre XIX : L'archipel dangereux

Je repris mon poste sur la dunette à la satisfaction de mes chefs et davantage encore à la mienne. Tout était d'un calme absolu. La flûte arborait ses voiles de beau temps, trinquettes et focs hissés, captive d'une sphère où le ciel et l'eau fusionnaient leurs belles couleurs bleutées, d'un univers désertique qui réapparaissait dès l'aube et se répétait inlassablement de jour en jour. Malgré ces conditions favorables, l'inquiétude rongeait les hommes de quart. Nous étions sur une mer inconnue, sans savoir à quel moment nous reverrions la terre, sans connaitre les écueils placés sur notre route. Bien sûr, les officiers souhaitaient faire mieux que Magellan et ne pas devoir traverser l'océan Pacifique d'une seule traite. Mais où aller pour trouver du bois et des rafraîchissements : A l'ouest, seule façon de boucler la boucle ? Au sud, pour enjoliver le voyage et réaliser un exploit dont le monde entier parlerait ? Peut-être croiserions-nous en chemin le fameux continent austral que d'aucuns situaient au midi des mers du Sud ? Qu'importe, à vrai dire. Instruit de ma destinée par ceux que j'appelais "mes ombres", j'éprouvais une croyance naïve dans le succès de notre entreprise.

La Boudeuse marchant mieux que l'Etoile aux allures portantes, la flûte restait toujours un peu à la traîne durant la journée. La nuit, en revanche, les deux bateaux s'attendaient l'un l'autre et mettaient en panne de concert. Faute de découvrir quelque chose par moi-même, j'aurais aimé communiquer à l'équipage de la flûte la bonne nouvelle : la découverte de quelque chose par la frégate qui nous précédait. Mes yeux brûlaient à force de guetter les pavillons montant à la corne de son grand mât.

La surprise vint où et quand je ne l'espérais plus. Je comptais les nœuds du loch - une ligne destinée à mesurer la vitesse du bateau - lorsqu'une brindille passa le long de la carène. Je courus chercher le maître timonier. Ce dernier se saisit d'une gaffe, agrippa le morceau de bois flotté et le présenta aussitôt à l'officier de quart. La brindille étant encore ornée de feuilles, elle ne pouvait avoir dérivé très long-temps. « Hourra ! » me dis-je. « Enfin du nouveau ! Enfin un indice qu'une terre est proche ! Nous allons bientôt sortir de notre bulle ! »

Je dus déchanter ainsi que tous mes compagnons de voyage. Le lendemain, puis le surlendemain, plus aucun signe avant-coureur : même les oiseaux et les poissons semblaient avoir déserté cette par-tie de l'océan. Le troisième jour enfin, alors que je dormais d'un som-meil tranquille - ô miracle ! - Robert prononça à mon oreille les mots magiques :

— Branle-bas, Pierre-Yves ! Et plus vite que ça, s'il te plait. La terre est en vue ! ajouta-t-il, en me secouant par l'épaule d'une façon presque trop brutale.

— Crénom ! je ne veux pas être le dernier à profiter du spectacle, dis-je en me redressant d'un coup.

Mis de mauvaise humeur par ce réveil en sursaut, je lui lançai toutefois un avertissement :

— Gare à toi si tu me racontes une histoire, j'en toucherai deux mots au coq ! Ce roué de cuistot s'arrangera pour gâter ton plat !

Après cela, je sautai d'un bond hors de mon hamac et, prenant au vol chemise et chapeau, j'escaladai les échelles, suivi de Robert, hilare.

Une grande activité régnait sur le tillac. On aurait cru que tout l'équipage s'était donné rendez-vous au même moment sur le même bord. Robert ne m'avait pas menti : notre flottille allait bientôt ranger deux îlots. Hélas, ceux-là semblaient pour le moins difficiles d'accès. Ces îlots inhospitaliers, à peine recouverts de végétation, me rappelaient les écueils, grands fauteurs de naufrages, que l'on trouve à foison en baie de Saint-Malo.

— Ça, une terre ? Franchement j'espérais mieux ! soupirai-je en faisant la grimace.

— Ce n'est qu'un début, attendons de voir la suite ! répondit mon vieux copain.

A peine avait-il prononcé ces mots qu'une flamme de transmission ondoya au sommet de la Boudeuse. La frégate nous demandait de faire cap à l'ouest. Le capitaine et le lieutenant alignèrent leur longue-vue dans cette direction et annoncèrent qu'une autre île gisait au deux cent soixante. Nous étions tous impatients de la reconnaître mais, plus que personne, je soupirais après la descente.

L'île se précisa enfin, ourlée de sable et piquetée de cocotiers hir-sutes. Des oiseaux par milliers voletaient au-dessus des frondaisons, des fleurs de toutes nuances émaillaient la prairie, de subtils effluves dérivaient au gré de l'air mou du petit matin. Cependant, entre la plage et nos bateaux, l'océan butait contre un obstacle invisible. Il fallut arrondir la belle inconnue dans l'intention de découvrir une brèche ou un havre. En vain, une grosse lame brisait partout, levant d'interminables rouleaux d'écume, érigeant une barrière infranchis-sable. L'île était-elle ceinturée de récifs ?

Le chef d'expédition ne voulut pas risquer le naufrage et commanda de prendre le large. Sur l'Etoile, nous étions pourtant incapables de détacher les yeux d'une telle oasis de verdure. Bien nous en prit : soudain, deux ou trois insulaires jaillirent des bois comme des diables. Ils étaient grands, nus et, de loin, leur peau bronzée ressem-blait à la nôtre. Puis, aussi vite qu'ils s'étaient montrés, ils firent volte-face et retournèrent à couvert.

Dûment avisée, la Boudeuse mit en panne et nous adressa des signaux. Après les avoir décryptés - exercice où à présent je me mon-trais plus rapide que les officiers -, je compris qu'en voyant cette île si petite, si éloignée de tout et ne pouvant la croire habitée, M. de Bougainville nous ordonnait de porter secours à ce qu'il pensait être des Européens naufragés ! La suite des évènements se chargea de le détromper. Nos matelots affalaient une chaloupe en vue d'exécu-ter ses ordres quand des hommes revinrent en grand nombre sur la plage, formant de minces rangées de silhouettes qui brandissaient des piques d'un air hostile. Cette fois, le doute n'était plus permis, il s'agissait de sauvages. Sur l'ordre du capitaine, je communiquai le renseignement à la Boudeuse laquelle nous demanda en retour de sonder, l'Etoile se trouvant en meilleure position pour le faire. On mouillât une ligne de deux cents brasses mais sans pouvoir toucher le fond, si bien que M. de la Giraudais en conclut à l'impossibilité de faire relâche. A la suite de quoi, M. de Bougainville nous enjoignit à nouveau de gagner le large, une instruction qui proclamait notre défaite et fut exécutée à contre cœur.

Les jours suivants furent en tous points identiques à celui qui venait si cruellement de tromper nos espérances. Les îles et le îlots se succédaient les uns aux autres, mais, chaque fois, un cordon de récifs s'opposait à nos projets de débarquement. L'archipel que nous côtoyions n'était pas inhabité, au contraire, car des naturels se pressaient sur le rivage pour suivre des yeux notre flottille, tenant à la main de longues piques. Ces terres inabordables auraient ainsi pu briguer le nom donné à la première d'entre elles, à savoir l'île des Lanciers.

Pour ma part, je mourrais d'envie en observant les noix de cocos se balancer à la cime des arbres. Cet étalage de fruits frais me rappelait l'île de Rio où j'avais retrouvé Robert et festoyé comme à Mardi gras.

Faisant front contre l'adversité, M. de la Giraudais mit tout le monde à l'ouvrage : il doubla le "quart en haut" par un "quart en bas".

Lorsque je n'étais pas de veille sur le château arrière ou au bossoir, je devais me présenter à un atelier tournant. Un jour, il fallait confectionner de l'étoupe avec de vieux cordages, le lendemain recoudre les laizes déchirées des voiles, le matin suivant effectuer le ménage dans l'entrepont, le soir commettre des fils de chanvre pour fabriquer des aussières. Le capitaine soignait le mal par le mal, quitte à remplacer les soupirs par des gémissements.

Au prélude d'un bel après-midi - ma foi, le temps est assez clément sous les tropiques - notre bordée fut ainsi désignée pour briquer le pont à clair. Le soleil invitait à retrousser ses manches. Barboter pieds nus dans l'eau et le sable répandus sur le tillac n'avait donc rien de déplaisant. Le patron ne se montra pas non plus mauvais bougre : il nous plaça Robert et moi sur le gaillard d'avant, la pointe étroite du bateau. On nous équipa d'une brique en grès, plate d'un côté, arrondie de l'autre, dotée d'une poignée de corde servant à lui imprimer l'indispensable mouvement de va-et-vient. Hélas ! Au fur et à mesure que les minutes passaient, la pierre à briquer devint si lourde que la partie de nettoyage se transforma petit à petit en corvée.

— Flûte ! soupirai-je au bout d'une heure, les reins meurtris.

— Ça oui, tu peux le dire ! s'amusa Robert. Tu ne te souviens donc pas que nous sommes sur une flûte ?

— Trop drôle, l'ami ! Garde tes sarcasmes et tes bons mots ! ripostai-je.

Un divertissement se présenta à point nommé pour mettre fin à notre querelle. Au vent du mât de misaine, un gros oiseau venait d'atterrir en catastrophe. Il s'ébrouait derrière un baquet plein d'eau qui le dissimulait aux hommes de quart. S'agissant de l'aspect général, il faisait penser à une oie bernache dont il avait la grosseur et la taille. Pour les pattes, qu'il avait jaunes et palmées, on aurait dit un canard. Quant à son bec, il ne ressemblait à rien que je connaisse : très long et très large, on lui voyait dessous une membrane formant une sorte de poche.

Je donnai un coup de coude à Robert qui s'échinait toujours à frotter le plancher.

— Psitt ! dis-je assez discrètement pour ne pas effaroucher l'animal. Ouvre tes mirettes, vieux frère, et lâche un peu cette brique, nous avons de la visite.

— Ah çà, par exemple ! murmura Robert en levant les yeux. Quel drôle de numéro ! C'est la première fois que je vois ce genre de bestiole. Et toi ?

— La même chose ! A mon avis, nous avons décroché la timbale. Il suffirait de ramener cet oiseau à Commerson ou au chirurgien Vivès pour qu'ils puissent l'examiner. Nous serions peut-être affranchis de corvée.

— Halte là ! Autant dire que tu veux faire périr cette pauvre cruche. Tu peux me croire : les scientifiques vont la trucider pour la disséquer à leur aise !

— T'as raison ! acquiesçai-je, sans trop m'attarder, car je m'inter-rogeais déjà sur la façon de passer à l'acte. Donc, on l'attrape vivant et ensuite… ensuite… on verra bien !

Ni une ni deux, je saisis la grande lavette qui nous servait à es-suyer le pont. En rampant sur le sol mouillé, je m'approchai de mon gibier, prêt à lancer cette vadrouille gorgée d'eau comme les rétiaires devaient jeter leur filet à l'époque des gladiateurs. Il n'y avait place que pour un seul essai, le premier devait être le bon. Arrivé à distance convenable, je décochai de toutes mes forces ma serpillière à la tête de l'oiseau, espérant l'aveugler. Par chance, le lourd projectile frappa son long cou, le faisant vaciller sous le choc. « Il est à moi ! » pensai-je. A la seconde, je me précipitai, empoignant son bec pointu de mes deux mains redevenues libres. Mon prisonnier n'opposa aucune ré-sistance. Etait-il fatigué au moment de se poser sur le bateau ou transi de peur à la suite de mon assaut ? En tout cas, il se laissa facilement capturer.

A présent, la bordée s'était aperçue de l'incident et un groupe se forma pour aller voir. Les hommes encerclèrent le volatile et ouvrirent son bec dans le but d'inventorier le contenu de la poche placée des-sous. Cet appendice excitait leur curiosité d'une manière incroyable, personne n'avait jamais vu chose pareille. Ayant observé ce qu'ils voulaient observer - en réalité, pas grand-chose - ils passèrent un cordage autour du cou de l'animal et le laissèrent aller. Sa démarche chaloupée ressemblait à celle du canard et ses cris étaient tellement affreux que je me bouchai les oreilles pour ne plus les entendre.

Je protestai avec énergie : « Cette bestiole est mienne puisque c'est moi qui l'ai capturée de mes mains ! », claironnai-je. A l'issue d'une laborieuse négociation, les matelots reconnurent le bien-fondé de mes arguments : ils me cédèrent la laisse du pitoyable oiseau.

Robert et moi tinrent aussitôt conseil : quel sort lui réserver ?

— Tant pis si on nous traite d'idiots ! dis-je. Rendons la liberté à cet animal affligé par la nature et évitons-lui la cruauté des humains.

— Je suis de ton avis, Pierre-Yves ! Il me déplairait de le savoir épinglé sur une table à roulis ou plongé dans un bocal d'alcool.

Libre de toute attache, l'oiseau déploya ses abattis et s'envola après deux ou trois claquements d'ailes, secs comme ceux d'un drapeau hissé par bonne brise. Il plana autour du bateau avec aisance et, après quelques minutes de vol passif, se dirigea droit vers la terre. A contempler ses évolutions, a priori surprenantes venant d'une bête blessée ou fatiguée, je ne remarquai pas qu'un péril arrivait droit dans mon dos.

— Il est admirable, n'est-ce pas ! entendis-je tout près de mon oreille, ce qui me fit sursauter.

Je me retournai d'une pièce. C'était Vivès, le chirurgien ! On l'avait prévenu de notre coup d'éclat et nous allions nous faire disputer, Robert et moi !

— Mille excuses ! bredouillai-je. Ce curieux bipède est venu à bord se reposer et je n'ai pas eu le courage de le retenir captif…

— C'est le plus beau de l'histoire ! s'écria le savant. La vérité est que j'aurais aimé pouvoir l'étudier en détail.

— S'agit-il d'un oiseau rare ? demanda Robert, l'air gêné.

— C'est un pélican ! répondit sèchement Vivès. Son bec lui sert de harpon, d'épuisette et de garde-manger, rien de moins. Quant à la poche qui a tant suscité l'intérêt des matelots tout à l'heure, elle lui permet de transporter ses prises à des lieues et des lieues de distance. Comme vous le voyez, ce grand voyageur est bien équipé pour nourrir sa famille !

Le savant termina ses commentaires par une mise en garde très explicite :

— Prenez garde ! la bleusaille. A compter de ce jour, je vous demande de m'avertir dès qu'il y aura du nouveau.

Robert et moi échangeâmes un sourire de connivence, nous venions d'échapper à une punition bien méritée.

Compte tenu de l'impossibilité d'accoster ces îles inabordables à fleur d'eau, M. de Bougainville ordonna de quitter ce qu'il appelait ''l'Archipel dangereux''[10] et de faire route au sud-ouest. Il lui semblait inconcevable que de tels confettis puissent être habités, hors la présence d'une grande terre aux environs. Nous partions pour de bon à la recherche du continent austral.

Plusieurs jours s'écoulèrent avant que l'on puisse observer autre chose que la ligne d'horizon. Enfin, un matin, aux alentours de dix heures, une montagne fut aperçue au nord-est. On l'appela Pic de la

---

[10] *Les îles Tuamotu.*

Boudeuse en l'honneur de notre frégate qui l'avait signalée la première. Cette découverte fut bientôt suivie d'une autre, un second sommet se révélant derrière le précédent. La terre ! La terre tant désirée et, cette fois, il ne s'agissait pas d'une île à demi submergée... Mon cœur s'emballa. Aux dires de l'Etat-major, nous étions en présence d'une "terra incognita", d'une côte dont aucune carte ne mentionnait l'existence. Etait-elle déserte ? Accueillante ? Serions-nous les premiers à en prendre possession ?

Toute la journée, un calme plat déjoua notre ardeur. Le soir, le vent voulut bien souffler mais la brume puis l'obscurité empêchèrent les navires d'avancer. Le lendemain, on dut tirer des bords contre des vents contraires, ce qui nous éloigna de notre but et faillit enlever à notre vue les montagnes aperçues la veille. C'était à enrager ! L'équipage piaffait d'impatience. Une fois la nuit tombée, les bateaux purent enfin louvoyer de quelques degrés vers le nord. Cette navigation fut, je l'admets, assez heureuse : elle nous permit de découvrir une multitude de feux clignoter sur la côte. Hourra ! ces terres des antipodes étaient habitées et même fortement peuplées. A l'aube du troisième jour, la brise se leva du bon pied et nous porta vent en poupe. L'objet de notre convoitise grossit à la vitesse de notre allure grand largue : les reliefs se précisèrent et des détails apparurent.

Les officiers crurent d'abord entrevoir deux îles montagneuses assez proches l'une de l'autre mais, lorsqu'il n'y eut plus qu'une lieue de distance, ils changèrent radicalement d'avis : les deux îles, reliées par une étroite bande de terre, n'en faisaient qu'une. Et surtout - ô merveille ! - le reflux laissait deviner un chenal praticable au milieu des récifs.

J'étais occupé à sonder sur ordre de M. de la Giraudais, quand une rumeur s'éleva du tillac et roula d'un bord à l'autre. Un nombre prodigieux de pirogues venait à la rencontre de nos deux bateaux restés au large. Quelles intentions animaient cette multitude : amicales ou hostiles ?

Chapitre XX : Tahiti

L'une des embarcations indigènes rangea la Boudeuse, puis s'immobilisa près de l'Etoile. Il s'agissait d'un curieux assemblage de deux pirogues reliées entre elles et relevées à chaque extrémité. Dépourvue d'avant et d'arrière véritables, ce genre d'embarcation devait être facile à manœuvrer. Sur l'estrade centrale, des hommes à demi nus agitaient de grandes palmes, on aurait dit des chrétiens saluant la fête de Pâques avec des rameaux d'olivier. Ils nous souriaient de toute la blancheur de leurs dents et une honnête joie de vivre éclairait leur figure. Aucune arme ne se voyait sur eux ni sur leur radeau.

— Tayo ! Tayo ! criaient-ils gaiement.

— Ohé ! Ohé ! répondaient les matelots accoudés au bastingage, en montrant du mieux possible nos intentions pacifiques.

— Taïaut ! Taïaut ! brailla Robert, reprenant le cri de ralliement des piqueurs pendant les chasses à courre.

— C'est malin ! lui dis-je, agacé. Tu ne vois donc pas que ces indigènes nous offrent l'hospitalité, alors, s'il te plaît, arrête cette plaisanterie stupide !

De fait, je n'avais aucune envie de me moquer d'eux. Ils étaient grands, bien bâtis et leur peau dorée brillait sous le soleil. Parmi ces héros à l'antique, un colosse captivait les regards en raison de son

205

abondante chevelure hérissée en épis : un cacique, un notable, pro-bablement. Il offrit à notre capitaine la palme - symbole universel de paix et de bienvenue -, un petit cochon vivant ainsi qu'un régime de bananes.

D'autres pirogues doubles ou à balancier approchèrent bientôt de la flûte. Les natifs de l'île présentaient des cocos, des légumes et des fruits exotiques. En réponse, l'équipage offrait verroteries, mouchoirs, bonnets. Une fois le marché conclu, nos gens affalaient au bout d'une élingue des paniers vides, en incitant les insulaires à les remplir. Ce qui se réalisa sur le seul gage de nos promesses et fut interprété par nous comme l'indice d'un agréable caractère. De mon côté, contre un paquet de clous empruntés chez le fourrier, je reçus une main de bananes. Je la partageai avec Robert, lequel me fit gouter au lait de coco dont lui-même avait hérité. Un nectar digne des dieux, bien meilleur que l'eau en tonneaux dont nous étions abreuvés depuis des semaines.

A la tombée du jour, la prudence contraignit les bateaux à regagner le large tandis que les indigènes retournaient sur leur île. La nuit complète nous permit d'apercevoir une ribambelle de lumières scintiller le long de la côte. Peut-être naïvement, je les imaginai allumées en notre honneur. M. de Bougainville dut penser la même chose car il y répondit par un feu d'artifice tiré depuis le petit canot de la Boudeuse. Les ténèbres s'animèrent alors des illumina-tions et des pétards de la fête : on se serait cru le soir de la saint Jean !

Le lendemain, les officiers se préoccupèrent de trouver un mouillage plus sûr. On sonda une passe profonde d'une trentaine de brasses et large de deux encâblures à peine. Ce n'était pas beaucoup, mais cela devait suffire. Nos deux bateaux s'engouffrèrent l'un après l'autre dans cet étroit chenal.

Vu de près, le paysage déploya sa luxuriante beauté. Partout de la verdure, des arbres garnis de fruits, des prairies semées de fleurs. Plusieurs cascades tombaient de la montagne en chute vertigineuse et mêlaient leurs eaux pures à celle du lagon. Au loin, un hameau dispersait ses paillotes entre les plantations de bananiers, les cocotiers graciles et les bosquets ombreux. On apercevait des hommes et des femmes vaquer à des occupations paisibles, entourés d'animaux familiers, prenant l'allure nonchalante des populations auxquelles rien ne manque et que rien ne presse.

— Le jardin d'Eden ! Le jardin d'Eden ! s'écriait-on autour de moi.

— Oh oui ! renchéris-je en hochant la tête. Il est tout à fait possible que le Paradis ressemble à cette île.

A peine l'Etoile eut-elle affourché ses ancres que les naturels revinrent nous solliciter. Ils proposaient fruits et légumes, volailles et pigeons, coquilles et poissons, pièces de vêtement et nattes bariolées, outils de pêche et de chasse. Plusieurs montraient les clous que je leur avais donnés la veille en répétant « Aouri ! Aouri ! » d'un air quémandeur. J'en fus stupéfait : « Si le fer les intéresse à ce point, c'est qu'ils n'en ont pas sur leur île, me dis-je » Un troc enthousiaste retint ce matériau pour base. Je soupçonnai les mate-lots de prélever des apparaux dans le gréement ou les cales en vue d'alimenter le trafic. Nos chefs durent menacer de sanctions ceux qui s'y laisseraient prendre.

Cette fois, des femmes se trouvaient à bord des embarcations. Aussi belles que les hommes étaient beaux et tout aussi dévêtues, ces créatures de rêve, peintes en bleu foncé au bas des reins, excitèrent nos gens d'une manière incroyable. Les plus naïfs s'étonnèrent bien sûr de ce manque de pudeur mais, à l'inverse, il y eut assez de libertins pour leur jeter des regards concupiscents. Quant à moi, j'aurais préféré voir des enfants de mon âge mais ceux-ci ne faisaient pas partie de la visite.

Nous retirions les filets anti-abordage de manière à faciliter le troc, lorsqu'un indigène, plus audacieux ou plus agile que les autres, en profita pour se hisser sur le pont. Il suscita immédiatement la curiosité générale. Le chirurgien de l'Etoile ne fut pas le moins attentif à son égard et entreprit de l'interroger. J'écoutai avec avidité ce dialogue venu du fond des âges.

— Amis ! Amis ! annonça Vivès, après s'être désigné ainsi que les hommes à ses côtés.

— Tayo ! Tayo ! répondit le natif de l'île, qui ajouta en bombant le torse : Aotourou ! Aotourou !

— Vivès ! Vivès ! s'écria aussitôt notre major, l'index pointé vers sa poitrine pour montrer qu'il avait compris.

Puis, d'un geste circulaire, il désigna la terre :

— Et là ?

— O'taïti ! O'Tahiti ! dit l'indigène en réponse à l'interrogation du chirurgien.

Ainsi donc O'taïti ou Tahiti était le nom donné à leur île. « Quel admirable nom pour cet admirable pays ! » pensai-je. Je répétai plusieurs fois ces trois syllabes : « Ta ! Hi ! Ti ! » trois notes de musique que je fis claquer contre mes dents jusqu'à moduler un long trille.

Aotourou promenait à présent son regard de droite et de gauche, avec beaucoup d'intérêt et un peu d'étonnement, mais sans jamais s'attarder ni poser de questions. A l'issue de ce rapide coup d'œil, ses yeux se posèrent sur moi et je me sentis observé jusqu'au tréfonds. Puis il m'apostropha dans sa langue. Bien que m'échappe le sens exact de ce qu'il disait, je me sentis obligé de répondre. Pour ce faire, je recourus au même type de présentation que celle utilisée juste avant moi par le major Vivès : « Pierre-Yves ! Pierre-Yves ! » proclamai-je, en me frappant orgueilleusement la poitrine.

Le 'Tahitien' extirpa d'une poche nouée à sa taille l'un des clous que j'avais distribués la veille et prononça le fameux mot « Aouri ! » avec un air de satisfaction extrême. Il fouilla de nouveau sa ceinture et en retira cette fois une grosse perle de couleur gris noir. Un chef-d'œuvre de la nature auprès duquel notre pacotille ne valait pas tripette. Ce somptueux cadeau était-il le dédommagement des clous fournis en abondance à ses compatriotes ? « Merci ! Grand merci ! » dis-je, le poing fermé sur mon cœur. A la suite de quoi, l'insulaire m'incita par gestes à venir chez lui, mais le soleil déclinait et je savais que, par mesure de précaution, nous resterions consignés sur la flûte. Craignant de le vexer, j'inversai donc les rôles et lui offrit de passer la nuit à bord. Ce qu'il accepta sans hésiter. Victoire ! j'avais un invité et de surcroit un invité de marque.

Dès l'aube, une délégation de Français, guidée par Aotourou qui à présent faisait office d'interprète, se transporta en grand cérémonial auprès du chef de l'île appelé Eréti. Nous autres, les petits mousses, devions attendre l'issue de cette entrevue pour savoir si la descente à terre était ou non permise.

Sur l'Etoile, le troc reprit au point qu'on ne sut bientôt plus où mettre objets et victuailles. Exploitant ce désordre fortuit, des femmes s'enhardirent à escalader le bastingage et - provocation ou non - se montrèrent dans le plus simple appareil, telles que le Bon Dieu les avait créées. Un chahut s'ensuivit sur le tillac, les hommes d'équipage ne manquant pas de s'empresser autour des demoiselles. Bien sûr, on me tint à l'écart de ces réjouissances qui n'étaient pas de mon âge. Ces Tahitiennes n'étaient-elles pas des séductrices en mal d'époux, usant de toutes sortes d'agaceries pour parvenir à leur fin ?

Au même moment, des histoires égrillardes circulèrent dans l'entrepont dont le héros, ou plutôt la victime, était le cuisinier de la Boudeuse. Passé à terre sans autorisation, il avait montré son nez au matin, plus mort que vif, rapportant les divers ''supplices'' qu'il avait endurés : mélodies langoureuses à faire perdre la tête, danse suggestive de femmes en petite tenue et, de surcroit, vol de tous ses vêtements. De mon point de vue, on pouvait tenir pour certain que les dames de ce pays présentaient une grande ressemblance avec les sirènes - moitié femme et moitié poisson - rencontrées par Ulysse au cours de son voyage de retour. Celles dont il craignait tellement la venue qu'il se fit ligoter au mât du bateau pour ne pas succomber à leur chant : le fameux chant des sirènes.

Le soir revint et avec lui notre ambassade. Hourra ! l'autorisation nous était donnée de passer à terre. Mieux encore, les déplacements sur l'île ne seraient soumis à aucune restriction dès lors que nous demeurerions groupés. « Allons, vite chercher Monsieur Blin ! » ironisai-je car je faisais par avance la grimace à l'idée de re-trouver mon ennemi intime.

Les retrouvailles eurent lieu dès le lendemain, sur la plage. Tous les mousses de la Boudeuse étaient présents. Quelle joie de papoter entre copains ! Après avoir laissé à chacun le soin de raconter son histoire, Blin réunit notre petite troupe, procéda à l'appel et nous in-forma de son projet de se rendre au village le plus proche. A l'entendre, il devait s'agir d'une promenade de santé : les Tahitiens nous réserveraient le meilleur accueil, le climat était agréable - vingt-cinq degrés Réaumur pas davantage -, il n'y aurait pas à craindre les attaques de bêtes féroces qui abondent partout ailleurs dans les ré-gions chaudes

La balade s'interrompit auprès d'une petite rivière qui coupait le gazon et dispensait une fraîcheur exquise. Des hommes se tenaient à proximité, la plupart assis, les autres debout. Oisifs, ils prenaient l'air tranquille de matelots gibernant sur le gaillard d'avant, un beau dimanche sous les tropiques. Aujourd'hui encore, je revois l'un d'entre eux souffler avec le nez dans une flûte. Bien que le son ainsi produit n'ait rien de discordant, la chose me sembla bizarre : « Des bergers d'Arcadie en chair et en os ! » pensai-je.

En réalité, l'endroit tenait lieu de poste frontière : dès qu'ils nous virent arriver, les Tahitiens lancèrent en effet de bruyants appels en direction du village voisin. Ce n'est qu'après cette mise en alerte qu'ils nous laissèrent franchir le gué, libres et sans escorte.

Les appels des hommes devaient être destinés aux femmes de la tribu car celles-ci vinrent à notre rencontre et manifestèrent par des transports de joie presque excessifs leur désir de faire connaissance. Les mises de ces dames étaient empreintes d'une élégante simplicité. Elles marchaient pieds nus et s'habillaient d'une natte d'écorce peinte, nouée sous les bras ou autour des hanches. Un chapeau de cannes tressées et garni de fleurs les préservait des ardeurs du soleil. Avec émerveillement, je découvris l'éclat de leur teint, plus clair que celui des hommes, la propreté des atours colorés qu'elles portaient, ainsi que les perles de nacre dont beaucoup s'ornaient avec discrétion. Ce peuple donnait de lui une image flatteuse, beaucoup plus agréable que celle offerte par les Patagons ou les Fuégiens trois mois plus tôt.

De leur côté, les Tahitiennes nous observaient autant que nous les avions observées. Elles ne se contentaient pas de juger notre allure mais s'approchaient au point de palper corps et vêtements, laissant libre court à une curiosité sans frein. La mésaventure du cuistot de la Boudeuse, première victime de l'audace des indigènes, n'était pas une histoire inventée de toutes pièces, je pouvais maintenant en attester.

A l'issue de cette revue de détail, les femmes se retirèrent dans l'intention de tenir conseil. La discussion devait porter sur nous les mousses car elles regardaient souvent dans notre direction et désignaient quelquefois l'un ou l'autre par geste. Instinctivement, je fouillai le contenu de ma poche. Aïe ! mon petit couteau pliant ne s'y trouvait plus. « C'est trop fort ! » me récriai-je en serrant les poings de rage. « Voilà qui est fâcheux, très fâcheux ! » Et tout à coup l'estime que je portais à ce peuple accueillant se trouva fort diminuée.

Je m'apprêtais à rechercher mon voleur ou plutôt ma voleuse dans l'assemblée, lorsque maître Blin annonça tout de go que les femmes de Tahiti souhaitaient nous offrir un festin de bienvenue. Selon les traditions de la Royale, il nous disposa au préalable deux par deux. Le matelot avec lequel je devrai faire équipe serait Amaury, le mien cousin enrôlé aux Malouines. Quant à la famille d'accueil, elle vint se servir elle-même, si je puis dire. A peine Blin eut-il fini de donner ses instructions, qu'une forte matrone se campa devant moi et me passa autour du cou un collier de fleurs odorantes. Elle était avenante – j'en conviens - et, malgré l'exaspération provoquée par le vol de mon canif, je m'efforçai de lui faire bonne figure. Là-dessus, Amaury m'ayant rejoint, je suivis celle qui se faisait appeler ''vahiné'' jusqu'à son proche logis.

Notre trio s'arrêta devant une large case rectangulaire, revêtue d'un toit de feuilles et enclose de cannisses mais ouverte à tous les vents puisque laissée sans portes ni fenêtres.

Une adolescente grande et élancée vint à notre rencontre. Je ne l'avais pas remarquée tout à l'heure. Pourtant elle était jolie, très jolie même, avec ses grands yeux espiègles et son sourire épanoui. Détail significatif d'une coquetterie féminine de bon aloi, une grosse fleur écarlate ornait sa chevelure de jais. Cette fillette semblait ravie de nous voir. Ne serait-ce pas elle qui aurait suggéré à sa mère de nous inviter ?

D'émotion, rougissant, incapable de prononcer le moindre mot, Amaury laissa tomber le tricorne qu'il tenait à la main. De mon côté, je tremblai un peu, n'osant prendre la parole en premier. Après quelques hésitations, chacun entreprit toutefois de se présenter. La petite Tahitienne articula lentement son prénom : Aopoé, un délicieux vocable. Puis elle répéta les nôtres. Dans sa langue musicale - où l'on roule les 'r' mais où il manque pas mal de consonnes - le pauvre Amaury hérita d'un vilain sobriquet : 'Aorrhi'. Grand Dieu ! quel ma-lencontreux patronyme. Mon prénom, Pierre-Yves, subit lui aussi une nette contraction pour devenir 'Perr'ivi', ce qui ne valait guère mieux. Selon la coutume locale nous aurions dû échanger nos noms à l'issue de ces politesses, mais comme nous étions trois, je vous laisse deviner notre embarras.

La petite vahiné prétendit être de la même famille qu'Aotourou, le premier Tahitien à être passé sur la flûte, celui-là même qui m'avait offert une grosse perle noire le jour de notre arrivée.

En aparté, je me félicitai d'avoir caché cette perle sur la flûte, car sinon j'aurais craint de me la faire voler en même temps que mon couteau. La question liminaire que je posai d'ailleurs à notre charmante égérie concernait la perte de ce couteau. Sa disparition n'était pas irrémédiable puisque le fourrier du bateau pouvait y suppléer, mais il me semblait impossible d'accepter les cajoleries des naturels, tant que justice ne me serait pas rendue. La jouvencelle se rembrunit au fur et à mesure que je plaidais ma cause et, lorsque j'en eus fini, elle opina gravement du chef, semblant désapprouver l'attitude de ses frères de race. Etait-elle sincère ?

La mère d'Aopoé sortit peu après de la grande case : le ''faré'', selon le terme employé ici. Elle nous fit asseoir sur une banquette aménagée à même le sol, en ayant soin de nous placer plus haut que les femmes et les autres enfants des deux sexes. Sans doute s'agissait-il d'une marque de courtoisie car les hommes festoyaient de leur côté dans la grande case.

La suite reste gravée dans ma mémoire. La mère d'Aopoé n'était pas seulement affable, attentive à exaucer nos désirs, mais aussi très bonne cuisinière, ce qui ne gâte rien. Elle nous servit du poisson cru assaisonné de citron vert et accompagna ce plat d'une garniture appelée "popo'i". Un vrai délice, cette purée !

En discutant avec notre nouvelle amie, j'appris que l'on confectionnait le - ou la – "popo'i" à partir d'un gros fruit olivâtre et grumeleux cueilli sur un arbre que nous baptisâmes aussitôt l'arbre à pain. Pour connaître les secrets de fabrication du "popo'i", je dus - malgré mon peu d'intérêt antérieur pour la chose - prendre une leçon de cuisine.

Une fois le fruit de l'arbre à pain débarrassé de son écorce, il faut écraser sa pulpe blanchâtre jusqu'à la réduire en une pâte gluante. A ce moment, l'appareil est mis entre des feuilles et, si on veut le garder longtemps, enfoui dans le sol où il peut rester des mois et peut-être même des années. En vue de le consommer, il convient de se livrer à diverses opérations. Après avoir entouré la pâte avec de nouvelles feuilles, on la dispose sur des pierres chauffées aux braises. Ensuite, le résultat de la cuisson est humecté d'eau froide et délayé dans une calebasse. Pas au point de devenir liquide, mais assez pour qu'il soit possible d'en prendre une lichette de l'index et du majeur réunis.

Les Tahitiens cuisaient selon cette méthode, à savoir enveloppés de feuilles de bananier et posés sur des pierres brûlantes, les poulets et les porcs réservés aux repas de fête. Au cours de la discussion, je compris également que les natifs de l'île ne buvaient que de l'eau ou du lait de coco et jamais de vin ou de boisson fermentée. En ignoraient-ils l'existence ? Ce régime frugal était-il la cause de leur superbe allure ?

Voyant en revanche que les hommes des mers du Sud ne possédaient ni céréales, ni bovins ou caprins, ni même certaines volailles, M. de Bougainville offrit à la communauté insulaire un couple de dindons et un autre de canards pour que ceux-ci se reproduisent et se multiplient. Il fit aussi semer à proximité du village tout un potager comprenant blé, orge, avoine, maïs, fèves, oignons, riz et bonnets de prêtre, en indiquant la façon de les cultiver et en fournissant les outils à cet usage.

L'excursion avait été agréable, le soir s'annonçait, dans quelques minutes, le soleil disparaitrait entièrement derrière l'horizon. Il fallut dire au revoir à nos hôtes et regagner les bateaux. Tout était d'un calme absolu : sur le chemin menant à l'embarcadère, il n'y avait même pas assez de brise marine pour agiter les frondaisons. L'air embaumait du parfum des fleurs et le ciel prenait de splendides teintes rouges et or. Je sentis mon cœur se serrer et j'eus envie de rendre grâce au créateur d'une telle beauté.

Chapitre XXI : AOPOÉ, la petite vahiné

Les jours suivants furent occupés à débarquer les malades, alimenter la cambuse et raccommoder les deux vaisseaux. Les Français avaient établi leur camp à l'embouchure d'une petite rivière : une quinzaine de tentes, entourées d'une clôture et placées sous la surveillance d'un peloton de soldats. Au début, le Roi Eréti ne s'étonna pas de ce bivouac permanent avec armes et bagages. Mais bientôt lui ou son conseil élevèrent des protestations. Ils regrettaient que nous passions la nuit sur leur île et auraient voulu que nous regagnions tous les soirs nos bateaux. En foi de quoi, je fus consigné par prudence sur l'Etoile de même que les autres mousses.

Je résolus de mettre à profit cet embarras. Comme Aotourou revenait fréquemment nous voir et me témoignait de l'intérêt, j'entrepris d'étudier le vocabulaire local. A l'aide d'un livre d'images prêté par M. de la Giraudais, mon précepteur indigène désignait choses, bêtes ainsi que verbes d'action et j'en répétais le nom après lui dans sa langue. Grâce à cette méthode, il me fallut peu de temps pour apprendre les mots les plus simples et les plus usuels du parler tahitien.

Incidemment, Aotourou m'informa que des transactions étaient en cours. Les chefs de l'île souhaitaient connaître nos intentions : combien de temps pensions-nous rester ? Dès que les discussions s'engagèrent, M. de Bougainville proposa dix-huit jours. Un délai très bref en vérité, qui nous laisserait à peine la possibilité de faire de l'eau et du bois. Nos hôtes ne voulurent d'abord rien savoir, allant jusqu'à exiger notre départ immédiat. Les négociations reprirent et les Tahitiens finirent par accepter une escale d'une semaine. C'était encore trop peu. Fallait-il passer outre et recourir à la force ? L'accueil des insulaires et leur hospitalité généreuse s'opposaient à l'emploi de moyens aussi brutaux. Pour emporter la décision, notre amiral et ancien conseiller d'ambassade fit alors preuve de psychologie. Montrant à ses interlocuteurs une pile de beaux deniers de France, il s'engagea à leur en donner un par jour jusqu'à notre mise sous voiles. Une ruse bien conçue et bien manigancée. Succombant à l'appât du gain, le Roi de l'île accepta son offre : nous pouvions rester autant de jours qu'il y avait de pièces de monnaie dans la pile !

Lorsqu'on nous permit de passer à terre, la corvée de ravitaillement menait bon train : les arbres à couper étaient numérotés ; un jeu de goulottes placées au fil de la rivière remplissait nos tonneaux ; Commerson et Jean Baret sillonnaient la campagne en vue de cueillir des herbes médicinales ; une grande activité régnait de tous côtés, témoignant du zèle de l'équipage à regarnir nos réserves.

Les insulaires ne se montrèrent pas moins désireux de faciliter notre départ. Si la majorité se bornait à épier nos faits et gestes, à demi cachés par les hautes herbes entourant le camp de toile, certains se proposèrent pour abattre des arbres ou rouler les futailles d'eau douce jusqu'aux chaloupes. Quelques-uns se risquèrent même à l'intérieur du périmètre interdit, rôdant autour des tentes, guettant la moindre distraction qui leur soit favorable. Mais nos sentinelles les surveillaient du coin de l'œil et, d'un coup de baguette à fusil, éloignaient les plus hardis. S'agissant des Tahitiens qui s'étaient mis à notre service, ils furent payés en clous dont le nombre était proportionnel au travail effectué. Pour avoir contribué à répandre l'usage de cette monnaie d'échange, je me fis l'effet - détestable, je le reconnais - de n'être rien d'autre qu'un habile faux-monnayeur.

Souhaitant quitter au plus vite notre campement, hélas encombré de scorbutiques et de soldats, je pris langue avec Amaury, mon cousin embarqué aux Malouines. Je lui proposai d'aller au village tahitien, ce qu'il accepta avec enthousiasme. Amaury était ravi à l'idée de retrouver Aopoé, la petite vahiné. Mais il fallait d'abord franchir un obstacle de taille : le sergent de garde ! L'homme se tenait en faction devant l'entrée du camp menant au village et nous toisa d'une manière effroyable lorsque notre duo de mousses se présenta devant lui :

— Holà, doucement ! Où allez-vous comme ça, freluquets ? s'écria-t-il en plissant le front d'un air soupçonneux. Vertuchou ! nous ne sommes pas au port de Brest ? C'est plein de sauvages ici ! Avez-vous une autorisation au moins ?

— Bien sûr ! répondit Amaury.

En même temps qu'il prononçait ces mots, mon cousin laissa tomber par terre le cadeau que nous souhaitions offrir à la jeune tahitienne.

— Quel maladroit ! m'exclamai-je faussement en m'adressant au garde.

Je profitai en effet de la confusion pour lui graisser la patte, c'est-à-dire pour glisser dans sa grosse main calleuse une carotte de tabac à priser.

— Ça ira comme ça ! concéda le cerbère, mi-figue mi-raisin. Mais prenez garde aux voleurs, garçons ! Je vous préviens, ces drôles seraient capables de chiper la cloche de la Boudeuse au nez et à la barbe des hommes de quart. A bon entendeur, salut ! conclut-il en redevenant à ces mots aussi raide qu'un piquet.

Sans demander notre reste, nous courûmes à toutes jambes sur le sentier menant au village, avec l'impression qu'une armée entière était à nos trousses.

Dès qu'elle nous aperçut au bout du chemin, Aopoé vint à notre rencontre, souriante et gaie, manifestement heureuse de nous revoir. Amaury lui donna en rougissant notre cadeau… certes un peu cabossé depuis sa chute, mais toujours aussi affriolant pour une jeune indigène. Amaury certifia l'avoir fait tomber exprès devant la sentinelle afin de détourner son attention. Après tout, il n'y avait là rien d'impossible, il n'était pas seulement maladroit, il était aussi as-tucieux.

Le cadeau en question consistait en une boite de rubans multicolores. Notre amie tahitienne en explora fiévreusement le contenu et poussa des cris de joie en déroulant les bobines. Son bonheur faisait plaisir à voir. Cependant, au lieu et place des remerciements habituels, elle nous offrit de l'accompagner en promenade. Elle alla se changer puis, au bout d'une attente longue comme un jour sans pain, réapparut vêtue d'une robe d'écorce multicolore. Ô surprise ! la demoiselle avait accroché nos rubans à son chapeau. C'est sûr, nous avions gagné des points !

Il fallut d'abord traverser tout le village, des plantations d'arbres fruitiers, un petit bois de tipaniers, avant d'atteindre une plage beaucoup plus calme que celle envahie par nos compatriotes. Une rangée de pirogues tirées au sec sur le sable semblait nous y attendre. Les indigènes qui se trouvaient là causaient tranquillement en vérifiant leurs engins de pêche. Ils nous accueillirent avec de francs sourires. Parmi eux, je reconnus Aotourou, le chef tahitien qui m'apprenait la langue du pays. Il y avait également dans cette assemblée un géant de six pieds de haut, bâti comme un athlète, dont l'allure me fascinait. Sa bonne mine, la distinction de ses manières et l'exactitude de ses proportions étaient telles qu'après l'avoir vu, on ne pouvait en détacher les yeux.

Ce splendide représentant de sa nation nous montra le faîte d'un palmier ondulant au gré de la brise légère. Je compris qu'il demandait si nous voulions une noix de coco fraîche. Aopoé acquiesça de la tête. L'indigène se précipita, pieds et mains posés à même le tronc rugueux. Avec une aisance surprenante, il gravit les douze toises qui le séparait des palmes fécondes. Juché en haut du fût, à l'endroit où s'attache le bouquet des feuilles et des fruits, le géant lança un bref appel dans notre direction : il voulait savoir quelle coco choisir parmi celles se trouvant à sa portée. L'adolescente fit un signe convenu et, à la seconde, une grosse noix chevelue atterrit près de nous avec un bruit sourd. Pour être moi-même grimpé aux mâts de la Boudeuse, je mesurai l'exploit à sa juste valeur. « Nom d'une pipe ! me dis-je, cet homme a des dons physiques exceptionnels ! »

La suite se révéla encore plus passionnante. Notre trio composé d'Aopoé, Amaury et moi, s'installa dans une pirogue à balancier conduite par Aotourou. J'aperçus au fond du bateau un poulpe vivant. Puis, nous prîmes notre envol. L'embarcation bondit sur l'eau à la manière d'un dauphin, filant à bonne allure et sans effort. Autour de nous, l'eau changeait de couleur selon la nature des fonds : verte ou bleue, quelquefois turquoise, le mélange des deux. On entendait plus loin le fracas des vagues contre la barrière de récifs ceinturant le lagon. Au-delà de cette limite, l'océan Pacifique prenait une teinte violette, plus foncée. De petits nuages immaculés s'attardaient au-dessus de nos têtes et ponctuaient délicatement le ciel d'azur. Ils allaient ensuite s'agglutiner sur l'horizon jusqu'à former une vaste nébuleuse, circulaire et cotonneuse.

Le prao - le nom donné par Aotourou à notre embarcation -, emporté par sa vitesse, risquait à tout moment de se briser sur les patates de corail affleurant le miroir de l'eau. Mais, à l'approche du danger, notre hardi capitaine virait de bord, provoquant le décollage d'un des deux flotteurs. A la suite de ce ballant, nous étions jetés les uns contre les autres et trempés de la tête aux pieds. Cet innocent chahut, plein de fraicheur et de secousses, faisait pouffer de rire tout le monde.

Aotourou consentit enfin à ralentir l'allure. Après avoir roulé la voile en écorce du bateau, il le laissa dériver sur son erre, prépara lignes et filets, puis se saisit d'un harpon terminé par trois pointes à l'instar du trident de Neptune, le dieu de la mer et des fleuves. Le poulpe servait d'appât vif car notre bon sauvage en débitait des tronçons avant de les poser tout tortillant sur ses hameçons.

Pendant qu'Aotourou pêchait, j'essayai de dialoguer avec Aopoé. Non pas jusqu'à tenir une vraie conversation, mais assez pour en savoir davantage sur l'île et ceux qui l'habitaient. La meilleure entrée en matière étant de rendre hommage à sa beauté, je félicitai notre compagne sur sa longue chevelure brune dont les reflets chatoyaient sous les caresses conjuguées du soleil et de l'eau. Elle dut croire que je lui présentais une requête car elle prit la paume de ma main et y déposa un cône d'onguent graisseux. D'un geste catégorique, elle exigea que je m'enduise avec. Je dus céder à son caprice, c'est-à-dire me barbouiller avec cette huile visqueuse qui, hélas, sentait le rance. Il parait que je brillais comme un sou neuf ! Ce quiproquo déclencha un fou rire général. Reprenant mon sérieux, j'exigeai des explications. Pourquoi certaines Tahitiennes prenaient-elles soin de se protéger du soleil, alors que d'autres déambulaient dans leur village à moitié nues ?

Aopoé me répondit à la manière d'une dame de haute noblesse soucieuse de la fraicheur de son teint.

— Ce n'est pas convenable d'être de couleur foncée, affirma-t-elle, en détachant les voyelles et en roulant les rrrrr !

— Mais alors, comment se fait-il que les Tahitiens aient tantôt la peau claire et tantôt la peau chocolat ?

— Il y a les seigneurs et les valets ! dit-elle.

De manière à renforcer son propos, elle éleva et abaissa plusieurs fois la main par degrés.

— Et Aotourou ? demandai-je, car je m'étais aperçu que son parent arborait une coiffure crépue et non pas un toupet de cheveux fins et lisses ramenés sur le haut du crâne, comme la plupart de ses compatriotes.

— Il y a la guerre ! lança-t-elle d'un ton vif.

A ces mots, elle se redressa sur son séant et me montra un hangar où attendaient de longues pirogues pointues dont chacune aurait pu accueillir au moins cent rameurs.

— Regarde ! Regarde ! ordonna-t-elle d'une voix oppressée.

La petite vahiné nous apprît qu'Aotourou était né de l'union d'un chef de la maison royale avec une esclave capturée sur une île voisine. D'après elle, il s'agissait d'un sang impur. Ses origines moins prestigieuses que celles d'Eréti - le roi actuel de Tahiti - l'obligeraient à combattre s'il voulait un jour lui succéder. En revanche, Aopoé se montrait très fière de sa naissance et se flattait d'appartenir à la race la plus noble et la plus ancienne de toutes. Désignant du doigt le volcan qui surplombait le lagon, elle se mit à déclamer : « Orofuena ! Orofuena ! », le nom de cette montagne sacrée. Le même chant devait avoir pour but d'attester les droits de son peuple puisque, selon les explications qu'Aotourou me fournit par la suite, il disait également : « Hors de l'eau est sortie Tahiti - la Terre - et nous dessus ! »

Après cet extraordinaire exorde, la petite vahiné enchaîna sur l'histoire de son clan. Elle récita la liste de ses ancêtres jusqu'à la genèse et se prétendit fille d'Oro, le Dieu soleil. Je restai stupéfait devant une telle généalogie. Je crus relire les premiers chapitres de la Bible où, à la suite d'Adam et Eve, on obtient en quelques pages le nom de leurs descendants et par voie de conséquence celui des douze tribus d'Israël. Moi qui comparais jusqu'à présent les occupants de l'île aux bergers d'Arcadie, je découvrais combien cette nation guerrière était hiérarchisée en castes, avec des rois, des hommes libres et aussi des esclaves.

Pendant ce temps, Aotourou avait pêché des poissons de calibre et de couleur variables. Tout à coup, sans prévenir, il plongea dans le lagon, stoppant net notre dialogue. Où était-il passé ? Je commençai à m'inquiéter car j'avais aperçu des ailerons de requins sillonner plus loin la surface. « Pourvu qu'il ne lui arrive rien ! » me dis-je. Je lançai un coup d'œil en direction d'Aopoé, mais celle-ci ne montrait aucun signe d'inquiétude. A bon droit, car le plongeur n'était pas perdu corps et biens. Il finit par émerger en brandissant au bout du poing une tortue enserrée dans un filet. Aotourou jeta son paquet au fond de la pirogue et se rétablit à bord avec aisance, un large sourire aux lèvres. A voir son attitude triomphante, il était évident que la promenade touchait à sa fin. De fait, il nous ramena prestement au point de départ de notre sortie en barque.

Aotourou et sa jeune parente nous raccompagnèrent ensuite jusqu'au village tahitien. Au croisement des sentiers se dressaient des idoles en bois sculpté : les "tikis", selon le nom utilisé par Aopoé. Autre témoignage des croyances indigènes, les arbres de la forêt s'ornaient de grands oiseaux factices. Ces derniers devaient ressembler aux papegais de plumes et de bois que les archers du nord de la France prennent habituellement pour cible. Mais ici, à quoi servaient-ils ?

En approchant de la grande case royale, une nouvelle surprise nous attendait. Etendue sur des tréteaux et camouflée sous une natte d'écorce, une forme humaine gisait immobile. L'odeur infecte régnant alentour ne laissait aucun doute sur son état : un cadavre et, pire encore, un cadavre en décomposition ! Aopoé ne se démonta pas : « Ta'oto ! » chuchota-t-elle en mettant un doigt sur sa bouche, ce qui signifiait : « Il se repose ! » dans la langue de Tahiti. Allons donc ! Cet endormi d'un genre particulier devait être un membre de sa tribu récemment décédé. Ils n'enterraient donc pas leurs morts ? « Curieuse façon d'honorer ses ancêtres ! » pensai-je, choqué par cette coutume si contraire à nos lois, si ce n'est à celles de la nature.

La promenade se conclut sur cette lugubre découverte. Je remerciai la jeune Tahitienne de ses explications et la complimentai longuement pour son obligeance. En réponse, Aopoé me fit promettre de revenir les jours suivants, ce à quoi je consentis de bonne grâce, heureux de trouver un nouveau prétexte pour échapper aux corvées.

Je partis content, ébloui, ému. De temps à autre, je me retournai pour saluer Aopoé de la main. « Un cœur fier ! » me dis-je après l'avoir perdue de vue.

Chapitre XXII : Ramsès a disparu !

Après avoir quitté Aopoé, notre petit groupe réduit à trois personnes : Aotourou, Amaury et moi, retrouva en chemin Commerson et son aide. Le botaniste semblait avoir oublié les végétaux pour s'intéresser désormais aux hommes qui peuplaient l'île :

— *« Le seul coin du Globe où habitent des êtres sans vices, sans préjugés, sans besoins, sans dissensions ! Nés sous le plus beau ciel, nourris des fruits d'un sol fécond, régis par des pères de famille plutôt que par des rois, ils ne reconnaissent d'autres dieux que l'amour… »*[11]

Bien que je ne sois pas de cet avis après ce que je venais de voir et d'entendre, je me gardai de contredire le grand homme, il y avait plus urgent et même péril en la demeure : Aotourou serrait de près Jean Baret, le domestique chargé de porter le matériel du savant ! Le prince tahitien n'était pas le premier à lorgner ce matelot imberbe, aux joues lisses et rondes comme des balles. Mes compagnons de voyage avaient déjà remarqué son physique un peu tendre et sa voix androgyne. Le scientifique répondait d'une pirouette à leurs allusions perfides : « C'est ma bête de somme ! » disait-il, achevant de féminiser inconsciemment le personnage. Toujours est-il que la soi-

---

[11] *A. de Bougainville, relation du Voyage autour du monde.*

disant bête de somme était à présent épiée par Aotourou qui la montrait du doigt, la regardait par en dessous et répétait à l'envi « Tamahiné ! Tamahiné ! », un mot dont la traduction est « fille » en tahitien...

— Dites-lui que je suis un garçon et que cette brute me laisse un peu en paix, avança timidement Jean Baret.

— Tamaroa ! Tamaroa ! lança à son tour d'une voix forte le scientifique, employant à dessein le terme ''garçon'' que je venais de lui souffler.

Il croyait s'en tirer à bon compte. Holà ! c'était méconnaître l'obstination des habitants des mers du Sud. Les mots « Tamahiné ! Tamahiné ! » prononcés par Aotourou avaient dû se répandre sur l'île comme une trainée de poudre car une horde d'indigènes sortit tout à coup du couvert. Parmi eux, je reconnus le géant qui était allé nous cueillir une noix de coco au début de l'excursion. Avant même que nous puissions deviner le danger, il enleva Jean Baret au nez et à la barbe de son maître, ou selon l'expression d'un témoin : « Comme un loup affamé enlève une brebis à la vue du berger ».

Cette fois, les Tahitiens dépassaient les bornes. Le chevalier de Suzanne qui se trouvait là par hasard se proposa en renfort. Il gagna à la course le ravisseur gêné par son fardeau et, après un formidable « Montjoie, Saint Denis ! », dégaina l'épée qu'il portait au côté. Sous cette menace, le loup lâcha sa proie. Pauvre Jean Baret, ses malheurs ne faisaient que commencer ! Les matelots français venus à la rescousse voulurent en effet profiter des circonstances pour éclaircir le mystère qui entourait le naturaliste et son aide. Deux d'entre eux se précipitèrent au chevet de la victime à moitié assommée dans sa chute et, pendant que le capitaine d'armes s'efforçait de la ranimer, vérifièrent discrètement ce que la pudeur interdit de nommer. Que croyez-vous qu'il arriva ? Aotourou ne se trompait pas, ni ses semblables, ni nos braves matelots : Jean Baret était décidément, évidemment, naturellement… une fille !

Je dois dire que le retour vers le bivouac fut animé. Le chevalier de Suzanne menait le cortège avec, à ses côtés, Commerson maugréant et furieux. Jean ou plutôt Jeanne Baret suivait en pleurs, escortée par les Français venus assister au spectacle. Plus loin, les indigènes complétaient le tableau en criant « Tamahiné ! Tamahiné ! » mais cette fois d'un air triomphant.

Alors que "l'affaire Jeanne Baret" occupait les conversations de l'équipage, des incidents plus graves - les vols à répétition commis par les insulaires - exaspéraient l'état-major. Il ne s'agissait plus de larcins isolés comme celui dont j'avais été victime le premier jour avec mon couteau, mais d'un véritable pillage en règle : la lunette d'approche d'un officier lui était volée jusque dans sa poche, les bouées signalant l'emplacement des grelins d'amarrage disparaissaient durant la nuit, le registre d'observations astronomiques - un cahier très précieux indiquant notre point exact -

restait introuvable... Les natifs auraient voulu jeter la confusion dans nos rangs qu'ils ne s'y seraient pas pris autrement.

Malgré cette situation tendue, Aotourou s'efforçait toujours de nous plaire. Etait-il un espion au service du roi Eréti ou seulement curieux de connaître nos usages ? En tous cas, le Tahitien me témoignait une constante amitié. A l'occasion d'une de ses visites, il alla jusqu'à m'offrir une paire de petits chiens. Mais j'eus un haut le cœur en les voyant. Je savais bien la raison pour laquelle il me les donnait : pour que nous les mangions, pardi !

Du coup, je m'inquiétai du sort de mon compagnon à quatre pattes, le chat Ramsès. Lui aussi risquait d'être transformé en rôti s'il se faisait prendre. Par précaution, je résolus de ne le laisser aller et venir sur le pont qu'une fois la nuit tombée, après que les indigènes furent retournés sur leur île.

S'agissant des petits chiens d'Aotourou, n'ayant guère l'envie de m'en occuper, l'idée me vint de les offrir à Romainville. J'espérais gagner les faveurs du naturaliste dont Robert était l'aide et retrouver ainsi le complice de mes jeux à Saint-Malo. Des scrupules me vinrent cependant à l'esprit : « Des chiens sont peut-être encombrants pour un homme de sciences ? », me dis-je. A tort : Romainville prit les deux mignons sans manifester le moindre déplaisir. Mieux encore, le lendemain, l'ingénieur cartographe me fit appeler en vue de l'accompagner sur l'île. Hourra ! j'avais atteint mon but.

Notre atelier s'installa à mi-chemin entre le bivouac français et le village indigène. Les souches des arbres récemment abattus par les nôtres nous servirent autant que possible de sièges. Romainville souhaitait réaliser une planche avec des Tahitiens en costume local ou, ce qui revenait au même, ornés de dessins bleu foncé tracés artistiquement sur la peau. Un bleu indigo ! observa l'ingénieur peintre, attentif comme il se doit aux couleurs. Misère ! au fur et à mesure qu'il étalait ses lavis, des mouches vinrent nous agacer. Deux ou trois au début, puis un véritable essaim. Elles se collaient sur le papier humide des aquarelles et, aussi nombreuses qu'obstinées, finissaient par en estomper le motif. Pis ! un naturel se tenant non loin de nous, c'est-à-dire à l'affût, eut la fâcheuse idée de mettre les doigts dans l'assiette où Romainville mélangeait ses couleurs. Ce gredin voulait s'en badigeonner le visage et le buste. Pour achever notre défaite, de grosses gouttes d'orage se mirent ensuite à tomber.

Il fallut changer nos dispositions. On alla quérir un soldat afin de surveiller les indigènes. Le peintre réduisit la voilure, se bornant à réaliser des esquisses, notant les coloris sans les poser immédiatement. Robert se chargea de l'abriter sous un parasol transformé en parapluie. Quant à moi, je m'efforçai d'éloigner insectes et curieux en agitant de grandes palmes.

C'est au moment où l'on pliait bagage que la catastrophe se produisit. Du hameau voisin, retentit le claquement caractéristique d'un coup de feu. Tout le monde s'arrêta net, craignant une bagarre avec les autochtones. De fait, ceux qui nous entouraient s'égayèrent comme une volée de moineaux. Un silence de mort s'abattit sur l'île : ni bruit d'altercations ni échos de lointains combats. « Fausse alerte ! » me dis-je. D'ailleurs, aucune menace ne se précisant, l'atelier acheva de remballer le matériel du peintre et regagna tranquillement la flûte.

Je veillai tard ce soir-là sur l'Etoile, aidant Romainville à passer des rehauts d'aquarelle sur les dessins qu'il avait crayonnés dans la journée. En guise de remerciement, l'ingénieur artiste me fit cadeau d'une planche à peine sèche : un Tahitien en pied devant sa pirogue. J'appris à cette occasion que le coup de fusil de l'après-midi - français bien entendu - n'avait pas raté sa cible. Romainville ne put toutefois me dire la raison de cette échauffourée qui avait causé une grande émotion sur l'île. « Un vol qui aura mal tourné ! » pensai-je, sans m'interroger davantage.

Le jour suivant, des heurts contre la coque me réveillèrent en sursaut. Une chaloupe venait d'aborder la flûte. Les navettes avec Tahiti avaient déjà repris.

Mon premier soin fut de localiser Ramsès de manière à le soustraire comme prévu à la cupidité des indigènes. Mais le petit coquin resta invisible, au pied de mon branle, dans l'entrepont, sur le tillac agité du va-et-vient des gens et du matériel. « Où te caches-tu fripon ? » grommelai-je, agacé. Tandis que je déambulais de droite et de gauche, le maître canotier, constatant ma vacuité, me fit signe de rallier son bord : il voulait effectuer des relevés en vue de baliser un nouveau chenal pour nos bateaux. Je dus reprendre mon poste, l'esprit ailleurs, inquiet du sort de mon cher matou.

Il fallut ramer de longues heures. Je veux dire ceux qui étaient aux avirons car, pour ma part, je me tenais comme d'habitude à la proue, afin de brasseyer la sonde. Vu du lagon, Tahiti ressemblait à une ''fabrique'' colossale, une sorte de Mont Saint-Michel exotique dominé par le volcan qui l'avait soulevé des eaux. Au soir, nos efforts furent enfin récompensés. Un passage, plus large et plus facile d'accès que celui dont nous avions tiré avantage le jour de notre arrivée, s'ouvrait au nord de l'île.

Cette reconnaissance aurait dû me laisser aussi énervé qu'un vieux cordage, pourtant je ne m'accordai aucun repos. Dès mon retour sur la flûte, je partis en quête de celui qui était devenu le centre de mes préoccupations : Ramsès ! En vain, aucune trace de l'animal. Je passai une nuit agitée, ne dormant que d'un œil, espérant reconnaître son trottinement sur le plancher. Mais non, rien ! A l'aube, je dus me rendre à l'évidence : Ramsès avait disparu ! Persuadé qu'il s'agissait d'un enlèvement, j'entrai dans une rage effroyable. Les insulaires avaient devancé mes précautions. Impossible de laisser mon chat entre leurs mains : d'une seconde à l'autre ils pouvaient l'occire et le mettre à cuire comme un vulgaire poulet !

Robert m'ayant rejoint, je sollicitai son aide. Il fallait tout de suite mettre en alerte les autres mousses. Ce serait bien le diable qu'aucun ne puisse obtenir un renseignement ou un indice. Mais, trêve de discussions, l'officier de quart me faisait signe de passer une nouvelle fois sur le canot de l'Etoile. Quand je fus installé à son bord, on m'apprit que les deux vaisseaux étaient posés sur de mauvais fonds, notamment la Boudeuse dont les ancres dérapaient au moindre coup de vent. Il était urgent de la déplacer et de l'emmener en lieu sûr.

Une seconde journée d'angoisse commença pour moi. Soucieux, incapable de tenir correctement mon poste, j'obéissais aux ordres avec retard. Le patron du canot de l'Etoile - un dénommé Barvil, personnage craint et détesté de tout le monde - s'en rendit compte bien entendu et me houspilla avec sa méchanceté habituelle :

— Rattrapez-moi ce mou-là, cette fleur de nave, ce bon à rien de petite bigaille ! s'écria-t-il soudain. Marin comme ma sœur ! ajouta-t-il en me fusillant du regard.

— Surtout ne pas lui répondre ! ronchonnai-je en baissant la tête.

Cet individu au cœur aussi dur que ses poings pouvait-il comprendre les motifs de mon étourderie, lui que j'avais surpris en train de frapper la chèvre parce qu'elle bêlait un peu trop fort à son gré ? Etait-il de connivence avec le chef canonnier qui m'avait agoni d'injures à l'approche de Montevideo ? Quoi qu'il en soit, il semblait préférable de serrer les dents et d'éviter ses foudres.

Le soir venu, je me jetai dans les bras de Robert, impatient d'apprendre les conclusions de son enquête. Hélas ! il secoua la tête dans tous les sens, balayant sans équivoque mes espoirs. Personne n'avait aperçu Ramsès, ni au camp de toile, ni au village tahitien. « Tout de même, c'est trop fort ! » me dis-je. Ce chat a le pied marin, il ne sera pas tombé à l'eau tout seul. Et si on l'a jeté par-dessus bord… Ah ça ! Malheur à celui qui aura osé : sept ans de galère pour lui et ses complices ! »

Dépité, curieux d'en savoir plus, je résolus de me rendre le lendemain à Tahiti sous prétexte d'aider les savants. Romainville bénéficiait de ma préférence : Robert était son assistant et je connaissais les habitudes de son maître. La réponse fut hélas négative : l'ingénieur ne quitterait pas sa cabine. Il était souffrant, semble-t-il.

Je décidai alors de m'adresser à Commerson, lequel n'osait plus se rendre à terre en compagnie de Jeanne Baret depuis que celle-ci s'était fait démasquer. Bien m'en prit, Commerson accepta ma proposition avec joie. Pour ma part, je fus ravi d'annoncer la bonne nouvelle à maître Barvil. Qu'il ne compte pas sur moi le jour suivant, j'avais mieux à faire ! Le triste sire ne répondit pas, se bornant à hausser les épaules. Ouf ! J'étais exempt de corvée et enfin libre d'aller où bon me semble, c'est-à-dire à Tahiti.

Chapitre XXIII : La Boudeuse en perdition

Au matin, Jeanne Baret me transmit les consignes. Très simples en vérité : bien servir le maître, ne pas s'en éloigner de plus d'une toise, livrer avec promptitude ce dont il avait besoin et surtout, surtout, répéta-t-elle, ne jamais le contredire lorsqu'il se mettait en colère. A l'entendre insister sur ce dernier point, je compris que cela devait arriver plus souvent que de raison.

Jusqu'à ce jour, cette femme déguisée en homme ne me plaisait guère. Mais en découvrant sa vraie nature - honnête et généreuse -, mon opinion changea du tout au tout. Privé d'affection féminine depuis notre départ, j'eus soudain envie de m'abandonner aux épanchements d'un fils. Un dialogue s'établit d'ailleurs entre nous. Je voulais savoir par quel miracle une femme se trouvait sur l'Etoile en bravant ipso facto les interdits de la Marine. Sa réponse me parut empreinte d'une sorte de fatalisme :

— Que veux-tu, dit-elle, il y a déjà longtemps que j'accompagne Philibert Commerson. Alors, je n'ai pas vraiment eu le choix lorsqu'il a fallu monter sur ce bateau.

— Vous l'avez suivi comme… une bête de somme suit son maître ? ironisai-je, en pensant au sobriquet peu glorieux dont elle était affublée.

— Tu es bien insolent, freluquet ! s'écria-t-elle, vexée. Si j'ai revêtu des habits de matelot, c'est pour ne pas perdre mon emploi qui est toute ma fortune ! Je n'ai ni parents, ni relations, ni moyens de subsistance, un interminable procès m'a ruiné me privant de tous mes biens.

— Oh ! madame, vous êtes moins à plaindre que vous croyez. En y réfléchissant, vous avez même une chance extraordinaire.

— Allons bon ! Pourquoi cela ?

— Ma foi ! vous serez la première femme à effectuer un tour du monde et votre nom passera à la postérité…

— Fichtre ! je n'avais pas pensé à ça, s'écria-t-elle d'un ton inquiet.

L'innocente Jeanne Baret prit sa tête entre ses mains. Des larmes de chagrin ou de faiblesse inondèrent ses joues. Notre seule et unique passagère semblait étourdie par le cours imprévu que prenait sa destinée. Afin de ne pas la contrarier davantage, j'écourtai la discussion et rejoignis le naturaliste dont l'impatience à se rendre à terre n'était que trop visible.

A peine étais-je descendu de canot que Gérald, Alexandre, Guillaume et Amaury se précipitèrent à ma rencontre. Ils semblaient aussi affectés que moi de la disparition de Ramsès mais ne savaient que faire ni à qui s'adresser.

Je les incitai à continuer leurs recherches : aux abords du camp français, auprès des familles d'accueil, partout où ils pourraient aller et venir librement.

Nous allions nous séparer lorsque l'un des nôtres eut soudain une idée. Offrir une récompense à celui ou celle qui nous ramènerait le chat. En l'occurrence, il s'agissait d'une scie qu'il détenait dans son bagage. Tiens donc, une scie ! Aurait-elle été volée, et dans ce cas par qui ? Mais peu importe l'origine de l'objet en question. Comme il était en métal, matériau infiniment désirable aux yeux des indigènes, la proposition fut accueillie avec l'enthousiasme que l'on devine.

Sur ce, chacun retourna à ses occupations. De mon côté, j'allai aider le botaniste à ranger sa collecte du jour à l'intérieur d'une caisse de transport en châtaignier. La caisse avait dû être fabriquée à cet usage car une glissière en réglait les claires-voies de façon à dispenser plus ou moins de lumière aux végétaux. Circulèrent ainsi entre mes mains des plants d'arbre à pain, des boutures de tiaré à fleurs blanches, quelques pousses de taro dont les tubercules servaient de nourriture aux indigènes, de gros pots de frangipanier et d'autres plantules natives de Tahiti dont j'ignorais le nom.

Pendant tout ce temps, le savant ne cessait de grommeler dans sa barbe. Poussé par la curiosité, je m'enhardis à lui en demander la raison.

— Sauf votre respect, Monsieur, quel est le chagrin qui vous tourmente et dont vous n'osez parler ? demandai-je timidement, craignant qu'il ne s'emporte contre moi ou contre l'incurie de la pauvre Jeanne Baret.

— Ah ! très cher enfant, je vois que tu devines mes pensées...

Mais après cette banale entrée en matière, la suite de ses propos me prit totalement au dépourvu :

— J'espérais trouver les épices qui font la richesse des Indes, soupira-t-il : le poivre, la cannelle, le gingembre. Ah ! la précieuse girofle. Ah ! l'inestimable muscade. Taratata ! c'eut été trop beau. Il n'y a pas la moindre épice ici, pas le plus petit grain de poivre aux environs. Je crains que la renommée de notre voyage ne tienne qu'à une fleur.

— Une fleur ! m'étonnai-je. Le tiaré ? Le frangipanier ?

— Non ! la fleur dont je veux parler ne pousse point sur cette île. Il y a déjà de nombreux mois que je la soigne sur l'embelle de la Boudeuse.

Je croyais avoir deviné : sa protégée ne serait-elle pas originaire de la baie de Rio, plus exactement de l'endroit où j'avais retrouvé Robert et du même coup ma médaille ? Je gardais le souvenir d'un superbe végétal aux multiples inflorescences pourpre ou violacé dont il avait cueilli une pousse. En espérait-il la gloire à défaut de la fortune ? Je m'empressai de lui poser la question.

— Eh bien ! oui, mon garçon. Tu as vu juste ! s'écria Commerson, l'œil pétillant. Il s'agit de cette prodigieuse grimpante. J'ai d'ailleurs résolu de l'appeler bougainvillée en l'honneur de notre chef d'expédition.

— Bougainvillée… Pfut ! sifflai-je, admiratif. Avec un nom pareil, je lui prédis un glorieux destin !

Je n'eus guère le loisir de m'attarder sur la fleur magnifique dont le savant s'était plu à faire l'éloge. Amaury venait de nous rejoindre. Mon cousin souhaitait rendre visite à Aopoé et obtenir par son truchement des nouvelles de Ramsès. Une idée qui tombait à pic compte tenu de mes inquiétudes du moment. Après avoir demandé la permission du naturaliste, j'abandonnai végétaux et outils puis, sans perdre une minute, je courus avec Amaury jusqu'au village voisin.

Aopoé sortit de son faré en nous apercevant, mais nous manifesta une froideur inhabituelle. De mon côté, je me gardai de l'embrasser, le pauvre Ramsès se trouvait peut-être inscrit au menu de son prochain repas.

Il fallut expliquer à la petite vahiné le motif de notre visite. L'espèce féline étant inconnue à Tahiti, comment lui décrire l'animal ? Tant pis, le jeu en valant la chandelle, je mimerai son apparence.

Voilà que je fais le gros dos, marche à quatre pattes, pointe mes doigts au-dessus de ma tête de manière à former deux oreilles, lisse les poils de mon habit, montre le gris du ciel où un orage grondait. J'essaie même de reproduire le cri du petit quadrupède. Je miaule, moi, Pierre-Yves, le comble du ridicule ! Mais de quelle pitrerie ne me serais-je pas rendu capable pour retrouver Ramsès. En conclusion, j'offre un outil en fer à qui nous le rendra.

Cette pantomime reçut un accueil glacial. Aopoé ne me gratifia pas du plus petit sourire, ne me dit pas le moindre mot à l'issue de ce numéro, elle me toisa simplement de ses extraordinaires yeux noirs et branla du chef de droite et de gauche : « Non ! elle n'avait pas vu cet animal et personne ne lui en avait parlé. » - « Oui ! elle me préviendrait, ou me ferait prévenir par Aotourou, si l'un des siens l'apercevait. »

J'étais désespéré et furieux. Compte-tenu des vols à répétition dont nous étions victimes, je doutais de l'honnêteté de son peuple. La demoiselle stoppa net mes récriminations, retournant aussi sec mes arguments : « Tayo ! Maté ! » s'écria-t-elle d'un ton de reproche mêlé de crainte, ce qui voulait dire en français : « Tu es notre ami et tu nous tues ! »

Faisait-elle allusion au coup de feu de la veille ? Si tel était le cas, je devais sur le champ lui répondre : « N'aie crainte, le coupable sera puni ! » répliquai-je sèchement. Joignant le geste à la parole, je pris au sol une longue brindille que je fis siffler autour de moi. Les yeux d'Aopoé s'agrandirent de terreur. Sans prononcer un mot, elle vira de bord et se rendit d'un pas rapide auprès d'un digne vieillard assis au seuil de son faré. J'avais noté qu'en passant devant lui, les hommes s'inclinaient les mains jointes et les femmes dénudaient respectueusement leurs épaules. La jouvencelle se prosterna à son tour et lui causa avec déférence, les yeux baissés. Après l'avoir écoutée sans l'interrompre, le cacique pénétra à l'intérieur de sa paillote, puis réapparut au bout de quelques minutes en tenant dans ses bras un lourd objet. Il nous fit signe d'approcher, Amaury et moi.

De surprise, j'en oubliai presque les raisons de notre présence au village tahitien. Je venais de reconnaître une plaque de plomb encore brillante de l'éclat du neuf. Il était impossible que cet objet ait été fabriqué par un peuple ne connaissant même pas l'existence du métal !

En y regardant de plus près, Amaury découvrit une inscription comportant deux noms propres : Dolphin et Wallis, probablement ceux d'un bateau et de son capitaine.

— Des Anglais nous ont précédés à Tahiti ! s'écria Amaury en rougissant d'émotion.

— Crasse de meule ! nous avons été devancés. Et par nos concurrents directs qui plus est ! ajoutai-je.

— La plaque est on ne peut plus récente, poursuivit Amaury, regarde cette date en bas…

— Zut, alors ! m'exclamai-je après l'avoir lue. Si je sais compter, Wallis était ici il y a cinq mois à peine, au moment où nous venions de sortir du Rio de la Plata pour les Malouines. Sans le retard de l'Etoile à rejoindre l'expédition, nous aurions été les premiers Européens à découvrir Tahiti.

Une intuition me traversa soudain l'esprit. Si les natifs prononçaient « aouri » en montrant les clous, ce vocable ne serait-il pas une façon de dire « iron », mot difficile à prononcer en tahitien et qui désigne le fer en anglais ? J'exposai ce raisonnement subtil à mon ami.

— Waouh ! c'est toi le meilleur, s'exclama Amaury. En tous cas, si « aouri » et « iron » veulent dire la même chose, ça signifie que les habitants des mers de Sud n'ont pas oublié le vocabulaire des Britishs !

— Ni la frousse que leur inspire le fouet infligé à leurs marins punis ! ajoutai-je, en me rappelant la réaction épouvantée d'Aopoé tout à l'heure, quand j'avais fait siffler une brindille d'un air méchant autour de moi.

Il fallait tout de suite informer l'état-major de cette succession de trouvailles plus sensationnelles les unes que les autres. Mais, alors que nous nous apprêtions à partir, des cris s'élevèrent en contrebas : « Maté ! Maté ! » entendait-on au milieu d'autres appels paniqués. Aopoé fondit en larmes. Avant que nous ne puissions comprendre quoi que ce soit à ce remue-ménage, les Tahitiens abandonnèrent en hâte leur logis et s'enfuirent vers la montagne, les bras chargés d'effets. Le vieux cacique rentra à l'intérieur de son faré et en ressortit très vite, soutenu par les membres de sa famille. Comme les autres, il prenait le chemin de l'exil. Peut-être emportait-il dans ses bagages la tablette de plomb que nous venions de déchiffrer. Que s'était-il passé ? Hormis les chiens errants et les oiseaux en cage, on ne voyait plus personne dans le hameau. Aopoé et sa mère nous avaient plantés là, sans même prendre le temps de nous dire au revoir.

Aux abords de notre camp de toile, la silhouette blanche et empanachée du chevalier de Suzanne nous servit de guide. Dressée au centre du terre-plein central, elle était aussi visible qu'une balise à flot. Toujours accompagné d'Amaury, j'allai lui rendre compte, rapportant de mon mieux le vent de panique qui avait dispersé les natifs loin de leur village.

Le capitaine d'armes de la Boudeuse écouta mes déclarations d'un air préoccupé et nous conduisit auprès du Prince de Nassau, lequel conférait plus loin avec le capitaine Duclos-Guyot. Mis au courant de l'existence d'une plaque en plomb signée du nom de Wallis, nos chefs ne firent pas l'étonné. Peut-être avaient-ils été informés de la récente relâche d'un bateau européen à l'occasion des négociations sur la durée de notre escale. En revanche, s'agissant de la fuite éperdue des Tahitiens vers la montagne, ils se montrèrent aussi surpris qu'intéressés. A l'issue d'un rapide conciliabule, le Prince de Nassau proposa d'aller élucider ce mystère et partit sur-le-champ, accompagné d'une escouade de soldats.

J'aurais bien aimé connaître l'issue de cette reconnaissance, lorsque Barvil m'aperçut depuis la grève. Son canot n'attendait plus que l'ordre d'appareillage, tous avirons levés.

Le patron du canot me héla d'une voix impérieuse, il avait besoin de moi ! Une fois à bord, j'appris le motif de son appel pressant : notre frégate venait à nouveau de couper ses ancres. La malheureuse était drossée à la côte, quasiment en perdition !

Chapitre XXIV : Retenu pour le service

En approchant de la Boudeuse désemparée, l'embarcation où j'avais pris place s'anima de furieuses discussions :

— C'est à cause de ces damnés coraux ! grogna l'un de mes voisins de banc. Par tous les diables ! ils sont tellement tranchants qu'ils seraient ben capables de cisailler des amarres grosses comme mon bras...

— Vertubleu ! quelle poisse d'être tombé sur des filous pareils, s'écria un autre de mes compagnons, en parlant cette fois des Tahitiens. Ces gredins ont profité de la nuit pour nous voler nos bouées ! Je vous préviens, mes amis, dès qu'on aura perdu notre supériorité, ils ne nous feront pas de quartier...

— C'est foutu ! geignit un matelot, les yeux révulsés d'horreur et le nez tordu de désespoir.

— Du calme, les gars, et nagez ! tonna Barvil, lequel en profita pour augmenter la cadence : Deux ! Deux ! scanda-t-il sur un rythme plus rapide.

Tandis que les jérémiades poursuivaient leur cours, je m'aperçus que nous n'étions pas les seuls à vouloir assister la Boudeuse. D'autres embarcations s'affairaient déjà autour du bâtiment en perdition. A bord de la grande chaloupe, Lamené suivait leurs évolutions et les dirigeait au porte-voix. Il ordonnait de prendre le navire en remorque et de ramer à contre. Trente paires d'avirons unies dans le même effort pour éviter qu'il soit jeté au plain : tout le monde y mettait du cœur…

La frégate ne se trouvait plus qu'à une encâblure du rivage quand soudain - ô miracle ! - une petite brise se leva. C'était à peine un souffle, tout juste une brulante haleine que nous n'aurions pas remarquée en d'autres circonstances. Mais cet air-là venait du bon côté et respirait de belle manière. Les voiles de la Boudeuse farguèrent sous cette risée providentielle. Lentement, le grand navire se releva de son atterrage puis s'embossa au milieu du lagon à l'aide des ancres de secours que nous lui prêtâmes. L'inquiétude fit place au soulagement, les plaisanteries jaillirent de nouveau autour de moi. In extremis, le dieu Eole s'était prononcé en notre faveur !

Après cette chaude alerte, M. de Bougainville ordonna au capitaine de l'Etoile de sortir de l'atoll. Le second bâtiment de l'expédition devrait croiser au large en attendant notre mise sous voiles. Comme il avait raison et comme ces sages précautions reçurent un bon accueil de notre part. Elles garantissaient la recherche d'un secours par l'un au moins des deux navires.

Il fallait à présent repêcher câbles, ancres, orins et grelins perdus par la Boudeuse à la suite de son mauvais mouillage. Tandis que les matelots empoignaient les avirons ou dégageaient le grappin, je m'enhardis à solliciter Barvil. Me donnerait-il l'autorisation de plonger dans le lagon de manière à localiser plus facilement les épaves ?

Contre toute attente, l'irascible patron accepta mon offre. De pilotin, je devenais poisson pilote, ce qui n'était pas pour me déplaire !

Accroché au filin que la chaloupe traînait exprès derrière elle, je glissais à la surface, le visage immergé, les yeux grands ouverts, ne respirant que par intervalles. Flotter entre deux eaux en même temps qu'exercer mes talents de nageur me permit d'admirer un extraordinaire spectacle. Les fonds se déroulaient à la façon d'un papier peint : les couleurs des minéraux, des gorgones, des animaux, leurs écailles argentées et scintillantes, le mouvement gracile des algues, les poissons tropicaux en forme de voile latine, tout était prétexte à émerveillement. « Les reliefs sous-marins surpassent en beauté les montagnes de l'île ! » me dis-je. Je voyais si parfaitement le fond que je réussis à repérer un grelin et, plus loin, une ancre à jet. En revanche, impossible de retrouver l'ancre auxiliaire de la Boudeuse.

Au cours de cette plongée aussi agréable qu'utilitaire, il me fallut cependant rester prêt à remonter dans le canot en urgence. Aotourou nous avait mis en garde contre les dangers du lagon : grandes raies venimeuses, méduses urticantes ainsi que murènes tapies à l'ombre du récif. Sans oublier les requins, infatigables prédateurs susceptibles d'attaquer à tout moment. Pour moi, le péril fut autre. Je me disposais à poser le pied sur une patate de corail affleurant la surface de l'eau, quand je remarquai la présence de ce que je pensai d'abord être un galet. Mais la chose n'était pas inerte, au contraire, car elle s'enfuit à mon approche dans un nuage de sable. C'est à peine si j'eus le temps d'identifier le redoutable poisson pierre. Un tambour roula la charge dans ma poitrine : au dire d'Aotourou, ce menu fretin portait en réalité sur son dos des épines chargées d'un poison fatal. Ouf ! Je l'avais échappé belle.

Après pareille rencontre, je remontai dare-dare à bord du canot. J'y retrouvai mes compagnons de corvée dont le visage trahissait l'épuisement. Toute la journée, ils avaient dû souquer ferme, traîner la drague, relever ancres et filins, puis aider à les hisser sur la frégate. Un vrai travail de forçat ! Beaucoup d'entre eux avaient projeté une descente à Tahiti en vue de se remettre d'un tel labeur mais, une fois la nuit tombée, les mêmes préférèrent s'écrouler dans leur hamac plutôt qu'endosser une tenue de sortie.

A l'aube, Barvil me héla de nouveau dans le but de reprendre l'ancre de l'Etoile prêtée la veille à la Boudeuse. Au même instant, j'aperçus Robert qui suivait Romainville. Je pris le temps de l'interroger :

— As-tu des nouvelles de Ramsès ? demandai-je.

— Non, aucune ! Je crois qu'on peut en faire notre deuil, dit-il d'un ton las.

— Ah ! misère de misère… Les Tahitiens ont-ils regagné leur village ? marmonnai-je, de façon à cacher la contrariété que m'occasionnait cette réponse.

— Grâce au ciel ! ça va mieux, mais nous avons eu chaud…

Robert me rapporta brièvement ce qui s'était passé à terre pendant que j'effectuais mon service sur le canot de l'Etoile.

Nassau avait traversé le village après nous : un désert, parait-il ! Le Prince gravit ensuite les pentes du volcan et retrouva à mi-hauteur les habitants de l'île rassemblés autour de leur chef, Eréti. Dès qu'il eut reconnu Nassau, Eréti s'approcha de lui, l'air bouleversé. « Pour la seconde fois depuis votre arrivée, des membres de ma lignée ont été tués ou blessés par les vôtres ! » affirma-t-il. Du coup, ni les hommes, ni surtout les femmes de sa tribu ne voulaient redescendre au village. Les uns et les autres redoutaient nos fusils, ces longs bâtons tonnants capables de foudroyer des hommes à distance. Les pensaient-ils doués de magie ?

Me rappelant l'effroi causé par le coup de feu d'hier pendant que j'aidais Romainville, je bouillonnai de colère :

— Connait-on les auteurs de cette fusillade ?

— Attends ! Laisse-moi finir, le temps presse ! répliqua Robert, agacé.

Je m'exécutai sans protester afin de permettre à Robert de continuer son récit. En voici la suite : Pendant que le Prince négociait, des femmes se jetaient à ses pieds pour implorer pitié. De son côté, Nassau déployait des trésors d'éloquence en vue de convaincre les insulaires de rentrer chez eux. Il y réussit au point que, peu après, les plus fidèles d'entre eux se présentaient au camp français, les bras chargés de fruits et de légumes comme au premier jour.

Un remue-ménage interrompit à cet instant mon copain : Romainville lui faisait signe de rejoindre son bord tandis qu'au même moment Barvil me désignait pour une nouvelle corvée. Il fallut nous séparer, c'est-à-dire, pour moi, reprendre mon poste sous les ordres du maître exécré : « Tiens bon ton cap, garçon, direction la Boudeuse à grands coups de pelle ! » me jeta-t-il goguenard.

Un heureux hasard modifia le cours de ce programme. A l'approche de la frégate, notre canot croisa une navette qui se rendait à terre. Une alternative se présentait à moi : d'un côté un pénible labeur sous le regard aiguisé du patron, de l'autre une virée sur l'île où j'espérais retrouver Aopoé que j'avais quittée hier sens dessus dessous.

Je n'hésitai pas une seconde. Profitant d'un moment d'inattention du maître canotier, j'enjambai discrètement le plat-bord. Nageant à bonne vitesse, j'atteignis la chaloupe de la Boudeuse avant que celle-ci ne se mette hors de portée. En me voyant agripper un toron d'épais cordage qui pendait le long de la lisse, les rameurs de la chaloupe se contentèrent de sourire. Ils me connaissaient tous, bien entendu, de même qu'ils connaissaient la réputation de l'ignoble Barvil. Mon manège devait certainement les amuser.

C'est ainsi que je pus rejoindre notre bivouac lequel à vrai dire faisait plutôt penser à une foire. Les indigènes s'empressaient en effet auprès des nôtres et les transactions prospéraient comme chez nous, un jour de marché : animaux vivants contre outils de fer, ignames contre tissus de Cholet et dentelles du Puy, fruits exotiques contre biscuits de marin, voilà le genre de troc et comment choses et bêtes s'échangeaient dans une ambiance bon enfant. Au milieu de cette foule, j'aperçus Alexandre, Gérald et Guillaume qui se montraient leurs emplettes. Non sans difficultés, je me frayai un passage jusqu'à eux :

— On a une piste ! lancèrent-ils d'un ton enthousiaste. Et, pour me faire comprendre qu'ils voulaient parler de Ramsès, Guillaume forma une paire d'oreilles en pointant ses doigts au-dessus de sa tête.

— Une piste ? Vous savez où se trouve Ramsès ? interrogeai-je. Est-il encore en vie ?

— Ecoute ! m'interrompit Gérald, on n'est sûrs de rien, mais nous étions tous les trois présents lors des incidents d'hier et on a entendu des choses bizarres.

— Euh la ! très bizarres, confirma Guillaume, en levant les bras d'un air inspiré.

— Quoi donc ? m'exclamai-je. Miséricorde ! qu'allais-je encore apprendre…

Chapitre XXV : La fosse aux lions

Sans plus attendre, Alexandre, Gérald et Guillaume se chargèrent d'éclairer ma lanterne. Ils commencèrent leur récit là où précisément Robert avait interrompu le sien.

Le retour des Tahitiens dans leur village ne s'était pas effectué aussi aisément que Robert le prétendait. Pour calmer les esprits, Nassau avait dû fournir des preuves de notre bonne foi, c'est-à-dire bon gré mal gré désigner des coupables. Il y était parvenu sans trop de peine : les témoignages recueillis chez les indigènes incriminaient sans ambages deux calfats. Ah tiens donc ! deux calfats... Ceux que Robert et moi avions démasqués en baie de Rio ? Eh bien oui ! il s'agissait des mêmes ignobles crapules. Leurs bas instincts s'étaient de nouveau manifestés car ils n'avaient pas hésité à tirer sur le propriétaire d'une idole en bois que celui-ci s'obstinait à ne pas vouloir leur céder. Ah ! les canailles.

— Cette race de Caïn est-elle passée aux aveux ? demandai-je à mes camarades.

— Oui ! mais ce n'est pas tout, dit Gérald en ménageant le suspense. M. de Bougainville a ordonné de les coller à un poteau et de faire semblant de les fusiller.

Un simulacre d'exécution ! Pourquoi donc ? Notre chef d'expédition souhaitait-il impressionner les insulaires ? Espérait-il par ce biais obtenir la grâce de nos compatriotes ? Le peuple tahitien, si peu respectueux de la propriété privée, comprendrait-il notre implacable rigueur à l'égard des pillards et des assassins ? J'étais curieux de connaître la fin de cette mauvaise farce.

— Que s'est-il passé après ? Les Tahitiens ont-ils tenté quelque chose en faveur des condamnés ?

— Affirmatif ! reprit Guillaume. Mais devine la personne qu'ils ont choisie pour brandir la palme, symbole universel de paix entre les hommes ?

— Heu ! je ne sais pas, bredouillai-je d'un ton faux, car en réalité je croyais avoir deviné la réponse.

— Aopoé ! ta chère jouvencelle. Elle toute seule, devant les autres membres de sa tribu. Tu te représentes le tableau ? Croquignolet, n'est-ce-pas…

L'explication de Guillaume me remplit de joie. J'imaginai notre petite vahiné menant le cortège puis offrant le rameau de la réconciliation à M. de Bougainville entouré de son état-major. Dommage que la corvée d'hier sur le lagon m'ait empêché d'assister à cette scène d'anthologie !

— Et alors ? Que vient faire Ramsès là-dedans ? repris-je en rougissant, submergé d'émotion.

— Maintenant que tu sais l'essentiel, souffla Guillaume, je peux te raconter la suite. Au moment où les prisonniers ont été amenés vers notre embarcadère pour être mis aux fers sur la frégate, l'un d'entre eux a fait « miaou ! » en passant devant moi.

— Tu es sûr ? insistai-je. Tu auras mal entendu. Il aura voulu dire « maou ! », un mot qui signifie « être arrêté » en tahitien. Es-tu vraiment certain qu'il s'adressait à toi lorsqu'il a prononcé ce fameux « miaou ! » ?

— Au nom du ciel, j'y étais ! témoigna Gérald, et moi aussi j'ai entendu « miaou ! ».

— C'est une piste, Pierre-Yves ! renchérit Alexandre. Nous attendions ton retour avant de prendre une décision.

Mes joues s'empourprèrent derechef. Ô chance ! enfin des nouvelles de Ramsès. Il fallait que j'en aie le cœur net et, pour cela, que je me rende sur la Boudeuse. Je réalisai toutefois que mon abandon de poste compliquait singulièrement ce projet. J'avais quitté sans permission le canot de Barvil et déserté ipso facto mes fonctions de pilotin. En outre, je me demandai quel prétexte invoquer pour monter sur la frégate amirale où les deux calfats purgeaient à présent leur peine. Par tous les saints, que faire ?

Les autres mousses se chargèrent de me tirer de mon embarras :

— Allez, viens ! Nous dirons que nous reprenons notre service sur la Boudeuse et que tu dois nous accompagner.

— D'accord ! acquiesçai-je, tout de même inquiet de ce qui allait suivre.

La chaloupe qui nous accueillit était déjà bien encombrée de pièces d'eau. Occupé à leur trouver une place, son personnel ne fit pas attention à nous et je pus aisément y monter en quart avec mes trois amis.

Arrivé au voisinage de la Boudeuse, le patron de la chaloupe ordonna d'affaler une à une les futailles de manière à pouvoir les gaffer jusqu'au pare-battage en vieux chanvre installé contre la coque. Impossible d'attendre la fin de ce déchargement. Je sautai à l'eau en demandant à Guillaume, Alexandre et Gérald de me rejoindre dès que possible. Au bout de quelques brasses vigoureuses, j'agrippai l'échelle de corde pendue au flanc de la frégate et me hissai sur le pont. Béni soit le climat tropical qui m'autorisait ces bains répétés sans faiblir !

Souhaitant éviter les questions indiscrètes, je ne m'attardai pas au niveau du pont supérieur ni du parc à canons, toujours très animés, et descendis rapidement vers les cales. J'espérais y découvrir la geôle où l'on mettait les prisonniers aux fers - la "fosse aux lions", comme on dit dans la Royale -. L'ayant repéré à l'aplomb du poste d'équipage, je m'en approchai avec prudence. Hélas, le factionnaire qui surveillait sa trappe d'accès ne voulut pas me laisser voir et encore moins me laisser entrer. Il fallut prévenir le sergent de garde, lequel partit à son tour en quête du chevalier de Suzanne. Le sergent rentra bredouille : le chevalier de Suzanne était de service à terre. Sur ces entrefaites, Guillaume, Alexandre et Gérald vinrent me retrouver, ils avaient enfin réussi à monter sur la frégate. Nous délibérâmes brièvement et résolûmes d'exposer l'affaire au premier officier que nous rencontrerions. Par chance, notre route croisa peu après celle du lieutenant Lucas. Il fallut tout lui raconter, depuis la disparition de Ramsès jusqu'à l'arrestation des deux matelots français.

— Fort bien ! dit-il, après avoir écouté de bout en bout notre récit. Nous allons vérifier si vos soupçons sont ou non fondés. Suivez-moi, les mousses ! Je vais de ce pas interroger ces vermines.

— Merci, lieutenant ! soupirai-je, heureux d'être parvenu à mes fins.

Une fois sur place, Lucas se fit ouvrir la trappe de la fameuse ''fosse aux lions''. Aïe ! il s'agissait d'un puit obscur exhalant une pestilence affreuse. Il est vrai que, sous de telles latitudes, la chaleur rend les lieux confinés irrespirables. A la clarté oscillante de la lanterne tenue par le garde, je discernai au fond de ce cul de basse fosse deux hommes à moitié nus. Ils étaient enchaînés par les pieds à une barre de fer : la ''barre de justice'', comme on l'appelait entre nous avec un mélange de crainte et de respect.

Mon regard accrocha celui d'un des deux prisonniers. Je crus apercevoir un éclair de haine dans ses yeux. Me reconnaissait-il, moi qui l'avais dénoncé avec son compagnon lors de l'escale de Rio ?

— Te voilà enfin ! s'écria-t-il du ton de celui qui attend quelqu'un.

— Tu sais qui je suis ?

— Mouchard ! Face à Judas ! Blanc-bec ! Par ta faute, j'ai déjà passé six mois aux fers, me lança-t-il d'une voix hargneuse.

— Mon chat ? lui demandai-je d'un ton vif. Où est-il ? Qu'en as-tu fait, sale figure de nuit ?

— Miaou ! Ronron ! Grrrr ! railla son voisin de chaine, ne sortant de son mutisme que pour ironiser à mes dépens.

— C'en est assez ! tonna Lucas, excédé par le culot des deux compères. Si vous ne voulez pas rester au pain sec et à l'eau pour le restant de notre voyage, je vous conseille de me dire ce que vous savez !

Le second prisonnier ouvrit de grands yeux affolés :

— Il est dans le "trou-madame" ! lança-t-il de façon précipitée, de manière à obtenir l'indulgence du lieutenant.

— Va donc le chercher sur l'Etoile, figure de prince indien ! reprit avec insolence son acolyte. Ton chat est toujours en vie. Une chance, car sans nous, il serait mort, dévoré par cette race maudite… et sa fourrure servirait de bonnet à l'un de leurs rois de carnaval. Tous des singes et des voleurs ! jeta-t-il, plein de morgue.

Nous en savions assez : Ramsès était vivant, certes, mais captif sur l'Etoile, l'autre bateau de l'expédition. Il fallait sans tarder que j'aille le délivrer.

Alors que se refermait la trappe de la "fosse aux lions", je demandai autour de moi si quelqu'un connaissait l'endroit baptisé curieusement "trou-madame". Gérald fut le plus rapide à répondre :

— Viens ! nous allons te montrer. Il s'agit d'un petit logement situé à l'extrémité du gaillard d'arrière. Un coqueron toujours laissé vide en raison de sa forme peu logeable. Il y en a un sur la Boudeuse et un autre sur l'Etoile.

— Mais pourquoi l'appelle-t-on ainsi ? interrogeai-je.

— C'est un emplacement idéal pour cacher une épouse ou une maîtresse ! insinua Guillaume en arborant un sourire idiot.

Bien décidé à vérifier les aveux des deux calfats, je me disposais à prendre la première annexe qui me permettrait de rallier l'Etoile, lorsque je vis la petite flûte de charge abandonner son mouillage. Elle s'en allait toutes voiles dehors en empruntant la passe du Nord que j'avais contribué à reconnaitre avec Barvil. « Décidément, je joue de malchance ! » bredouillai-je, ému autant de ma condition de déserteur que du sort de ce pauvre Ramsès. Dans quel état se trouvait-il ? Et moi-même, comment me sortir d'un tel imbroglio ?

Le lieutenant Lucas donna alors une consigne qui acheva ma déconvenue : interdit de passer à terre sans motif sérieux ! Tout le monde était consigné sur la Boudeuse en prévision de son appareillage. Pour signifier l'imminence du départ, l'officier de service ordonna d'envoyer le fanion ad hoc et de tirer un coup de canon.

Je songeai à la nation tahitienne que j'avais tenue à tort responsable de la disparition de Ramsès. Voilà qu'on m'interdisait d'aller serrer Aotourou et Aopoé dans mes bras. Cette perspective me révulsa. D'une manière ou d'une autre je devais leur présenter mes excuses ou au moins mes adieux...

Alors que la nuit tombait, j'aperçus un groupe d'hommes en habits civils discuter au pied du fronteau de dunette. Les savants qui d'habitude logeaient sur l'Etoile, sortaient de la grand' chambre de la Boudeuse. Parmi eux, je reconnus Commerson et m'en approchai dans le but de lui exposer mon affaire. Le naturaliste prêta une oreille distraite à mes propos mais finit par hocher la tête en esquissant un sourire lorsque je mentionnai l'endroit où Ramsès était retenu prisonnier. Dès lors, convaincu que le grand homme interviendrait en ma faveur, l'espoir me revint et la brise du soir me sembla plus légère.

A son contact, en écoutant les bribes de conversation échangées de-ci de-là, j'appris que les officiers voulaient abréger notre escale. Le mouillage n'était pas sûr et il ne fallait pas gâcher nos chances de retour. Démonter le camp, reprendre les scorbutiques s'y trouvant encore, charger matériel et vivres, constituaient désormais les priorités. Avant de lever l'ancre, M. de Bougainville souhaitait toutefois que les Français prennent possession de l'île au nom du Roi de France. Une cérémonie à laquelle certains s'opposaient ouvertement, à preuve la querelle entre Commerson et Romainville dont je fus témoin :

— Hum ! Hum ! Bougainville ne manque pas d'audace, ronchonna le naturaliste. Voilà qu'il veut s'approprier l'île de Tahiti sans prévenir ni Eréti ni son peuple. Enterrer un acte officiel au fond d'un trou et, pire encore, de nuit et dans le plus grand secret... Vraiment, quelle farce ridicule !

— Ah ça ! répliqua l'ingénieur cartographe. De quel droit osez-vous parler d'hypocrisie ou d'imposture vous qui travestissez une femme en homme pour la prendre ensuite comme domestique ?

Cette allusion à la farouche Jeanne Baret mit un terme à la dispute. Commerson s'éloigna, rouge de colère, cédant le terrain à

Romainville, ravi de triompher. « Belle joute verbale ! » pensai-je. « A vouloir prouver leur supériorité à tout propos, ces messieurs se montrent aussi féroces que des requins ! »

M. de Bougainville sortit à son tour de la chambre du conseil et se dirigea vers la coupée. Lucas le suivait respectueusement à trois pas, portant d'une main une petite plaque de chêne et de l'autre une bouteille cachetée à la cire. Ainsi que le laissait supposer l'esclandre de tout à l'heure, le chef d'expédition s'apprêtait à rallier Tahiti de manière à y déposer sa marque. Une fois qu'il eut pris place sur la yole, le deuxième lieutenant lui remit les certificats de notre venue sur l'île :

— Tout est en ordre, Monsieur !

— J'espère que vous n'avez oublié personne ? interrogea M. de Bougainville en observant par transparence le contenu de la bouteille.

— Nous avons dressé la liste selon vos désirs, protesta Lucas, il y a les noms de tous les officiers et de tous les savants de l'expédition...

Cette dernière phrase me fit l'effet d'une gifle. Non seulement on me retenait consigné à bord de la frégate en m'interdisant ipso facto de libérer Ramsès, mais de plus on ne me jugeait pas digne de figurer sur la liste des découvreurs ! J'eus comme une sorte de vertige, un bref moment d'égarement.

Chapitre XXVI : Nouveau départ

La nuit qui suivit fut la dernière passée à Tahiti. Consigné sur la Boudeuse et trop perturbé pour trouver le sommeil, je montai sur le pont et m'accoudai aux batayoles. Sur la rive, un bûcher illuminait l'emplacement de notre camp défunt. On en brûlait les restes dans l'intention de faire place nette. Je regardai avec tristesse le paysage que les ténèbres estompaient déjà. Adieu verdure ! Adieu fruits et légumes formidables de goût et de fraicheur ! D'autres images défilèrent bientôt devant mes yeux : les grands yeux rieurs d'Aopoé, les mets succulents de notre repas avec les vahinés, la légende d'Orofuena - le volcan sacré qui avait donné naissance à cette île -, sans oublier les leçons de tahitien avec Aotourou.

L'idée de revenir un jour m'effleura, telle la caresse d'une petite brise, et les parfums du soir me plongèrent dans une langueur nostalgique. « Jamais je ne pourrai oublier ces lieux paradisiaques ni ce peuple hospitalier ! » me dis-je.

Ma rêverie s'interrompit lorsque la lune sortit de son écrin de nuages. Sa clarté blanchâtre me révéla la présence d'Amaury qui venait de monter sur le tillac :

— A quoi penses-tu, Pierre-Yves ? dit-il après s'être approché de l'endroit où je méditais. Tu devrais descendre te reposer, me dit-il d'une voix amicale.

— Je contemple l'île où nous avons été comblés de bienfaits. Quel regret de devoir l'abandonner aussi vite !

— Ah oui ! je partage tes sentiments. Je ne cesse de penser à cette chère Aopoé. J'aurais tellement aimé la revoir, ne serait-ce qu'une fois ! soupira mon cousin d'un air funèbre.

Je me retournai, ébahi de cette confidence inattendue. Amaury venait d'avouer ses penchants pour notre amie tahitienne !

— Tu es amoureux ? l'interrogeai-je sans trop insister car, ma foi, il me semblait normal d'éprouver de l'attirance pour une aussi charmante vahiné.

Amaury piqua son fard. Peut-être craignait-il d'en avoir trop dit. Il demeura encore quelques instants à mes côtés, puis s'en alla discrètement, ombre parmi les ombres, désintégré par la nuit.

Vers une heure du matin, une violente rafale de vent secoua les navires. Les annexes furent hissées en hâte aux portemanteaux et on paumoya les grelins de manière à vérifier que nos ancres crochaient correctement le fond. Il n'aurait plus manqué qu'un sort cruel nous jette au sec la veille de notre départ. Mais la frégate tint bon, laissant passer l'orage.

Aux premiers lumières de l'aube, les activités reprirent leur cours. Les mousses furent incorporés dans leur bordée tandis que je me trouvais abandonné à moi-même, me demandant si je devais briguer un poste de hale bouline - chargé de hisser les voiles depuis le pont -, ou bien redevenir gabier comme à mes débuts sur la frégate. Je me mis sur le chemin de mes anciens chefs pour attirer leur attention. Peine perdue, il fallut près d'une heure avant que l'un d'entre eux daigne enfin m'adresser la parole :

— Tiens donc, Pierre-Yves ! Te voilà de retour sur la Boudeuse ! déclara Dumanoir sur le ton de celui qui semble surpris de vous trouver là. J'ai ouï-dire que l'autorité de Barvil te pesait ?

— Hum ! lieutenant, je ne suis pas du genre à filer mon câble, dis-je, reprenant les mots de ceux qui veulent déserter. Hélas ! les tristes individus que vous avez mis aux fers l'autre jour sont la cause de mon infortune….

— Tais-toi ! coupa sèchement Dumanoir. Avant d'en savoir plus long sur ton compte, je te place sous l'autorité de Maître Seznec. Jusqu'à nouvel ordre, tu redeviens gabier de misaine. Et ne te plains pas, garçon, ton insubordination d'hier aurait pu te valoir une heure de peloton sur la dunette.

Mordiou ! j'étais rabaissé d'un cran dans la hiérarchie des matelots. Une rétrogradation qui brisait net mon rêve de passer un jour officier. J'eus un bref serrement de cœur. « Quelle injustice ! » murmurai-je en refrénant avec peine mes sanglots.

Un évènement inattendu vint toutefois me distraire de mon chagrin : le roi Eréti lui-même embarquait sur la Boudeuse. Nous ayant vu mettre les voiles, il avait sauté sur son prao et depuis son arrivée sur le pont étreignait l'un après l'autre les hommes qu'il rencontrait en versant à chaque fois des torrents de larmes. Ces effusions étaient probablement exagérées mais elles ne pouvaient toutes être feintes !

Une flottille indigène naviguait à bonne distance derrière son chef. La grande pirogue royale s'en détacha et nous accosta peu après. Sur la plate-forme centrale, à l'abri d'un dais de palmettes et au milieu de pyramides de fruits dressés, se tenaient la famille d'Eréti ainsi que ses nombreuses épouses. Entre autres passagers de cette embarcation de prestige, je reconnus mes amis Aotourou et Aopoé. Avant que je puisse intervenir, Amaury héla la petite vahiné et lui proposa de venir à l'échelle de coupée. Mais la demoiselle fit non de la tête : femmes et jouvencelles semblaient effarouchées par quelque interdit mystérieux.

De son côté, Eréti mit un terme aux épanchements dont il était prodigue. Il partit chercher Aotourou sur la grande pirogue royale, l'aida à passer à bord de la Boudeuse, puis le conduisit en grande cérémonie auprès de M. de Bougainville et de ses officiers. Il s'arrêtait devant chacun pour échanger des politesses et faire les présentations d'usage.

Je compris rapidement le but de cette ambassade : mon précepteur tahitien allait rester sur la frégate et partager désormais notre aventure !

La suite des événements devait me donner raison. Après avoir reçu des cadeaux de toutes sortes, Eréti finit par prendre congé. Il regagna la pirogue royale en compagnie d'Aotourou qui voulait dire adieu à sa famille. Là, notre nouveau matelot embrassa ses parents, s'efforçant de les consoler du mieux possible car beaucoup de femmes pleuraient. Il détacha les perles noires qu'il portait à l'oreille - des perles analogues à celle qu'il m'avait offerte le jour de notre arrivée -. La première échut à la mère d'Aopoé, dont les pleurs redoublèrent, et la seconde à notre jeune amie, plus pâle que d'habitude. Puis, sans marquer le moindre signe de chagrin ou de faiblesse, Aotourou abandonna son univers habituel et nous rejoignit sur la frégate.

Il fallut quitter des yeux cet émouvant spectacle : Seznec me donnait l'ordre de monter au mât de misaine. Je m'exécutai sans rechigner, escaladant à toute vitesse les enfléchures jusqu'au câblot du petit perroquet, retrouvant du même coup mes sensations d'ancien gabier.

La Boudeuse gouvernait déjà vent arrière quand j'aperçus au loin Aopoé faire de grands gestes d'adieu. Etais-je le seul destinataire de cette démonstration exubérante ? Nous étions tant et tant, accoudés au bastingage, suspendus aux enfléchures ou comme moi à poste sur une vergue, que l'on pouvait raisonnablement en douter. Afin d'en avoir le cœur net, je me proposai de lui adresser des œillades à l'aide de ma médaille en argent. Son dieu Oro n'était-il pas le soleil, mon allié sur les remparts de Saint-Malo ? Après quelques secondes d'hésitations, je dus toutefois y renoncer : la fillette ne connaissait pas nos codes et n'aurait pu répondre à mes signaux. Je la perdis bientôt de vue, elle et la flottille qui la portait. « Je reviendrai ! » claironnai-je, souhaitant être entendu du Ciel ou au moins de mes proches compagnons. « Dussè-je espérer ce retour jusqu'à perpète ! », ajoutai-je, de façon quelque peu péremptoire. Ce que mes voisins immédiats ne se firent pas faute de relever.

Empruntant le chenal reconnu avec maître Barvil, la Boudeuse atteignit une heure plus tard la mer libre. Elle retrouva l'Etoile qui s'était mise en panne pour l'attendre. Du haut des cimes où j'effectuais mon service, j'aperçus un canot déborder de la flûte : la Giraudais venait probablement prendre ses ordres. Une furieuse envie me prit de me précipiter à sa rencontre. J'aurais tellement voulu lui témoigner ma gratitude… et surtout obtenir la permission d'aller libérer Ramsès. Hélas ! impossible d'abandonner mon travail.

Une péripétie chassant l'autre, mon regard fut attiré par un évènement cette fois beaucoup plus proche. Un homme de belle prestance grimpait avec agilité les échelons du grand mât. Veste bleue, cravate blanche, pantalon à rayures ceinturé de laine pourpre, chapeau rond de feutre noir, souliers vernis à boucle et à talon, à vrai dire sa tenue de marin me sembla presque trop exemplaire. Je n'eus donc aucun mal à reconnaitre celui qui, contrairement aux usages, s'habillait de propre et de neuf au moment de prendre la mer :

— Aotourou ! m'exclamai-je.

— Mazette ! nous avons hérité d'un fameux gabier, jaugea Alexandre en modulant à la suite un long sifflet flatteur.

Arrivé sur la vigie de la grande hune, le Tahitien observa son île qui s'éloignait, peut-être de façon à en apprécier sous un nouvel angle les abords ou le relief. Puis, sans se montrer affecté par cet adieu muet, il se retourna vers la proue du bateau et évalua la position respective du soleil et de l'horizon. Ce faisant, notre nouveau compagnon m'aperçut sur la misaine et, m'ayant reconnu, agita un objet trop petit pour que je puisse l'identifier. Il semblait vouloir me le remettre.

Je résolus d'aller le retrouver, laissant à mon compagnon Alexandre le soin de dénouer les garcettes restantes et de lâcher les ris, car le service touchait à sa fin. Je choisis pour ce faire le chemin le plus direct : le gros cordage qui assujettit les mâts entre eux et contribue à stabiliser le gréement.

— Tu es fou ! s'écria Alexandre affolé, en me voyant grimper à califourchon sur l'étai. Tu devrais savoir que c'est formellement interdit.

— Bah ! quelle importance ? lui dis-je de manière déplorable. Je ne pèse pas si lourd et faire le cochon pendu est si amusant ! D'ailleurs, ironisai-je, je suis déjà sous le coup d'une punition. Alors, un peu plus un peu moins…

Au bout de longues minutes d'effort - Dieu ! que la pente était raide - je me rétablis au-dessus de la hune du grand mât, applaudi par les gabiers qui s'y tenaient. En revanche, sur le pont, les maîtres voiliers détournèrent la tête, sans doute pour ne pas devoir sanctionner ce numéro de haute voltige. Aotourou me donna une franche accolade et me remit l'objet qu'il m'avait présenté de loin. Un objet que je croyais définitivement perdu lors de ma première visite au village tahitien…

— Mon couteau ! m'étonnai-je, stupéfait.

— Vahiné ! Vahiné ! dit Aotourou en guise d'explications ou d'excuses, je ne sais.

Voulant confirmer que le mot « vahiné » désignait bien les coupables de la disparition de mon canif, il sortit de sa poche un morceau de ruban tout frisotté. Je reconnus immédiatement ce minuscule bout de tissu : il provenait d'une des bobines offertes en cadeau à notre amie tahitienne. La rage m'envahit. Comment, c'était Aopoé ou sa mère qui avait volé mon couteau de poche !

— Mais pourquoi ? Pourquoi donc ? demandai-je à notre nouveau compagnon en fronçant les sourcils.

— Vahiné ! Vahiné ! répéta-t-il derechef.

Sans rien ajouter d'autre, il leva les yeux au ciel comme s'il s'agissait d'un grand mystère. Impossible d'en savoir davantage ! Faute de réponse à ma question, je me persuadai que les femmes des mers du Sud avaient des raisons qu'elles voulaient garder secrètes. Furieux, j'indiquai d'un geste brusque mon intention de rejoindre ma bordée.

Pendant la descente, je jetai un coup d'œil au canot de l'Etoile. Ce dernier s'éloignait avec les savants venant d'y prendre place. Parmi eux, je reconnus Commerson. L'irascible botaniste tournait le dos à Romainville. Rien de très surprenant après l'altercation de tout à l'heure ! Mais il y avait également, assis sur l'un des bancs de nage, celui que j'aurais aimé ne pas voir, ni à cet instant ni à cet endroit. Qui ? Gérald ! Le meilleur des mousses… après moi, naturellement.

En le voyant ainsi changer de bateau, il me sembla évident qu'il allait me remplacer sur l'Etoile. « Gérald est en train de me piquer ma place ! » pestai-je. « Me voilà viré de mon poste de pilotin ! » ajoutai-je. Et, une fois n'est pas coutume, je me mis à jurer comme le dernier des matelots.

« J'espère au moins qu'il aura la bonne idée de faire libérer Ramsès ! » me dis-je en guise de consolation.

Chapitre XXVII : Nouvelles rencontres

Les premiers jours de navigation furent empreints de mélancolie. Chacun songeait à l'île bienheureuse, la Nouvelle Cythère pour reprendre l'expression de ces messieurs. Quant à moi, la sanction dont j'étais frappé - injuste, de mon point de vue - participait au sentiment général et me perturbait plus que quiconque.

Constatant mon trouble et ma peine, Aotourou s'était chargé de me distraire. Notre passager tahitien démontrait en effet un sens de l'orientation étonnant. Aussi à l'aise sur l'eau qu'il l'avait été sur son île, il ne semblait jamais perdu.

Le jour, il détectait la proximité de la terre grâce à la luminosité du ciel où elle se reflète, en observant l'orientation des houles, leurs coloris, leurs formes. Il évaluait les distances selon le type d'oiseaux rencontrés en cours de route, telles les frégates, nos gracieuses et endurantes homonymes des airs.

Le soir, il prenait l'une des échelles de corde montant à l'assaut de la voute céleste. De retour sur le pont, il plaçait bout à bout des brindilles de façon à schématiser les constellations observées du haut des mâts. « Avei'a ! Avei'a ! » s'écriait-il, mot dont la traduction est le "chemin d'étoiles" ou "le guide". M'indiquant un astre très brillant, la croix du Sud par exemple, il reportait son emplacement sur ce qui lui tenait lieu de carte et prononçait un autre mot dans sa langue. Puis, déplaçant son index, il indiquait un nœud ou un che-vauchement de deux rameaux. « Là ! affirmait-il d'un ton péremp-toire. » Là, nous aurions des amis, des femmes, une terre opulente offrant des rafraîchissements et des distractions de toutes sortes.

Beaucoup d'entre nous restaient toutefois sceptiques sur les ca-pacités nautiques d'Aotourou et craignaient qu'il ne nous entraine vers des rivages dangereux appelés « îles Pernicieuses » par les voyageurs du temps jadis. M. de Bougainville lui-même n'écoutait que d'une oreille distraite les suggestions de ce nouveau pilote, refu-sant qu'on lui dicte un itinéraire.

Une nuit où j'étais de service, l'incident qui menaçait entre lui et nous finit d'ailleurs par éclater. Très faché que l'on rejette ses conseils, Aotourou prit de force la roue du gouvernail dont il avait repéré l'usage et ne voulut plus la décramponner. Il fallut une "bour-rade" du timonier - une vraie secousse à démâter -, suivie d'un "pare à virer" du maître d'équipage - un coup de poing digne du boucher - pour lui faire entendre raison. Comme on s'en doute, notre Tahitien en fut très contrit. Dès la pointe de l'aube, il s'installa sur la vigie et y demeura l'entière matinée pour guetter l'île qu'il aurait voulu rejoindre. Je ne sais s'il réussit ou non à l'apercevoir.

Juste après cette pénible séance, je confiai mes doutes à Guillaume qui prenait comme moi son service de gabier.

— Par quel miracle ces hommes primitifs peuvent-ils retrouver leurs îles ? Elles sont toutes petites par rapport à l'immensité de l'océan qui les entoure.

— Eh ben ! ... Hum ! je pense que les peuples des mers du Sud ont l'habitude de se faire la guerre, ils sont comme des soldats en campagne qui envoient des éclaireurs. Voilà le secret ! décréta Guillaume, manifestement enchanté de la logique sous-tendant sa réponse.

— Peut-être bien ! dis-je, d'un ton dubitatif. Mais qui leur a appris à naviguer ? Où sont leurs livres et leurs instruments ?

Pour moi, la science des étoiles d'Aotourou, ses convictions et ses certitudes, tenaient en réalité du prodige. Car le Tahitien ne se trompait jamais. Jamais ! Absolument jamais ! Chaque fois que notre route croisa des terres habitées, il nous prévint de leur approche.

En l'honneur des talents ainsi démontrés par son passager indigène - talents qu'il avait finis par admettre - M. de Bougainville appela ces îles « l'archipel des Navigateurs »[12]. Notre chef d'expédition n'explora pourtant aucune des terres verdoyantes qui se présentaient à ses yeux. L'abondance des vivres accumulés dans les cales ne l'exigeait pas et les natifs courant le long des grèves ressemblaient trop à ceux que nous venions de quitter. Il fallait également avancer sur ce que chacun pressentait comme le chemin du retour.

---

[12] *Les îles Samoa.*

Dès le lendemain de notre départ de Tahiti, je voulus profiter du moment où le petit canot de l'Etoile abordait la Boudeuse en vue du rapport quotidien pour aller présenter mes excuses à M. de la Giraudais. « Le seul moyen de rentrer en grâce ! » pensai-je. En vain ! On m'interdit de l'approcher et je dus me contenter de le voir passer derrière une haie de soldats au garde-à-vous. Certes, le ''grand mât'' effectua un imperceptible battement de cils en apercevant ma tête pointer entre deux solides épaules. Mais, à supposer que cette discrète mimique me soit destinée, comment l'interpréter ?

Je n'eus guère le loisir de m'interroger. Après le diner, alors que l'équipage s'apprêtait à danser la gigue, la contredanse et le menuet sous un ciel plus bleu que le saphir porté au petit doigt par le Prince de Nassau - un saphir birman, m'avait-il précisé dans le but de m'instruire ou de m'étonner - Dumanoir vint me voir d'un air guilleret. Compte tenu de l'ambiance joyeuse de notre soirée festive, sa bonne humeur ne me surprit pas. En revanche, ses propos amènes me prirent totalement au dépourvu :

— Tu as de la chance, Pierre-Yves ! Beaucoup de chance même, M. de la Giraudais est satisfait de tes états de service.

— Je vais pouvoir retourner sur l'Etoile ? dis-je, haletant d'émotion.

— Non pas ! impossible, répondit le lieutenant, Gérald a pris le poste d'élève pilotin que tu occupais jusqu'à présent. Mais, n'aie crainte, nous aviserons bientôt à te donner un nouvel emploi, ajouta-t-il d'une voix égale.

Ces quelques mots me firent l'effet d'une potion magique ! La farandole des marins sur le pont me sembla plus animée et les lanternes accrochées au gréement prirent un éclat plus ardent.

Sans attendre une quelconque réponse de ma part, le lieutenant jeta à mes pieds le baluchon contenant les effets personnels que j'avais laissés sur l'Etoile. Puis il sortit de sa poche une lettre toute chiffonnée portant au recto mon nom, hélas cerné de quelques taches d'encre. « Ça vient de ton ami Robert ! » dit-il d'un air badin. « Bonne lecture, mon garçon ! » ajouta-t-il en s'éloignant comme d'habitude d'une foulée ample.

Dès qu'il eut tourné les talons, j'ouvris fébrilement le pli précieux qui allait me donner des nouvelles de Robert et peut-être de mon chat Ramsès :

« Mon cher Pierre-Yves

Tes malheurs m'attristent terriblement. L'annonce de ta punition m'a mis la tête à l'envers ! Après ce que tu as fait pour nous, je la ressens comme une injustice.

Afin de te consoler, j'ai rassemblé quelques-uns de tes souvenirs de voyage : la perle d'Aotourou, les boules données par l'Indien de la Pampa et les branches de coraux cueillies dans le lagon. Plus un lot de perles de nacre, un cadeau pour toi. Tu les trouveras dans le baluchon de Pierre Lainé que tu viens de récupérer.

Mais je me doute de ce qui te préoccupe : Ramsès, ton chat perdu à Tahiti. Ne te bile point, il est sain et sauf ! Dès le retour de Commerson sur l'Etoile, je suis parti à sa recherche. Sans l'aide d'un matelot breveté de la Royale, jamais je n'aurais découvert le trou-madame, tant son accès est bien caché. A l'intérieur de ce coqueron, nous avons retrouvé non seulement Ramsès mais aussi une foultitude d'objets volés par les deux calfats : des miroirs, des lampes, des briquets, de gros sachets de clous, des dents de requin, des plumes, des coquillages et même des perles. Tu imagines, un vrai trésor ! Je crois que ces gredins voulaient échanger Ramsès contre d'autres objets locaux de grande valeur et seul notre départ précipité de Tahiti les en a empêchés.

J'ai laissé ton matou aux bons soins de Jeanne Baret le temps qu'il se requinque car je dois maintenant m'occuper des deux chiens d'Aotourou et, comme tu le sais, chiens et chats ne font pas bon ménage.

Et voici la meilleure, elle concerne ton ennemi intime : l'ignoble Barvil. L'autre soir, il était tellement ivre qu'il a failli passer par-dessus bord. A moins qu'une poigne vengeresse ne l'ait poussé contre le bastingage. En tous cas, le capitaine l'a mis aux fers le temps qu'il se dessoûle.

Voilà ! j'espère n'avoir rien oublié. A la prochaine escale, nous aviserons pour savoir sur quel bateau doit voyager Ramsès. D'ici là, tant de choses peuvent encore arriver !

Ton ami ROBERT »

La flamme capricieuse d'une chandelle me permit d'écrire une réponse à faire passer dès le lendemain sur l'Etoile. « Merci Robert ! Merci mille fois ! » écrivis-je de ma plus belle plume, convaincu de retrouver bientôt Ramsès ainsi que mon vieux copain. Après avoir écrit ces quelques mots, j'allai m'étendre au creux de mon hamac où je m'assoupis d'un cœur léger.

Les jours suivants s'écoulèrent par beau temps et mer calme. Puis, un beau matin, on vint m'avertir que je changeais d'affectation. Victoire ! après cinq semaines de punition, j'étais rétabli dans mon emploi d'élève pilotin et mieux encore sur la Boudeuse, le bateau amiral ! L'un des deux titulaires du poste venait en effet de décéder d'un arrêt du cœur lié à sa constitution trop fragile. Le dicton : « le malheur des uns fait le bonheur des autres » trouvait de nouveau à s'illustrer.

Sans doute la protection du capitaine la Giraudais m'avait-elle été bénéfique. A moins que l'on ne veuille vérifier la rectitude de ma conduite ? En tous cas, la fonction de pilotin était le meilleur moyen de devenir officier. L'endroit où je devrais me tenir : la dunette, constituait en effet le saint des saints, le nec plus ultra, l'endroit où l'on pouvait croiser les hauts gradés : M. de Bougainville, Duclos-Guyot, Dumanoir et Lucas, le Prince de Nassau et Véron, l'astronome dont M. de Bougainville sollicitait régulièrement les conseils.

L'autre avantage du poste était d'être appelé dans les premiers, dès qu'une expédition se préparait sur mer ou sur terre.

Coïncidence ou pas, juste après ce changement d'attribution, on découvrit de nouvelles îles habitées. Mais cette fois, les hommes qui les peuplaient étaient de vrais sauvages et ne se laissaient pas facilement approcher.

Avant d'aller chercher des vivres - le poste aux choux -, M. de Bougainville demanda à l'écrivain du bord de nous faire une lecture : le récit du meurtre de Magellan par les habitants des Philippines. Notre chef d'expédition devait penser que, n'étant plus très loin de l'endroit où eut lieu ce funeste évènement, il fallait nous informer des risques encourus à l'occasion d'une descente à terre.

Je ne fus pas le seul à écouter bouche bée cette histoire dont l'impact fut sur nous prodigieux. On y évoquait un lest de fer échangé contre son pesant d'or, un roi idolâtre qui demandait le baptême, une conversion en masse d'un millier de ses sujets, un traité de commerce et d'alliance avec les Espagnols, un prince rebelle contre son souverain légitime, une expédition punitive et, pour terminer, un ultime combat du grand découvreur, tué les armes à la main sur une île du Pacifique.

Intéressé par ce récit prodigieux, je résolus de me procurer le livre dont on venait de nous lire un passage. « Quand bien même serait-il en latin, je saurai en tirer profit ! » me dis-je. A peine l'écrivain de la Boudeuse eut-il refermé la précieuse reliure - un maroquin de cuir rouge portant l'écusson du Parlement de Paris -, que j'allais implorer Dumanoir :

— Sauf votre respect, lieutenant, pourrais-je consulter le livre dont on nous a donné lecture.

— C'est impossible, garçon ! L'ouvrage dont tu parles ne peut pas quitter la bibliothèque du bord.

— Juste pour en recopier un ou deux passages…

— Comment ? C'est hors de propos, pilotin ! Tu devrais savoir que la grand' chambre est réservée aux officiers...

— S'il vous plait !

— N'insiste pas, Pierre-Yves, ma patience a des limites ! Rejoins immédiatement ton poste, c'est un ordre !

Comment aurais-je pu rester sur cet échec cuisant ? Je remuai donc ciel et terre - formule inexacte puisque nous étions sur l'eau -, si bien que l'après-midi même on aurait pu me surprendre à retranscrire fidèlement des bribes du livre en question. Mon soutien habituel, le Prince de Nassau, ami intime de M. de Bougainville, était allé le prendre à la bibliothèque du bord pour ensuite me le prêter.

L'auteur de cet ouvrage - un certain Pigafetta, écrivain de l'expédition espagnole - relate de quelle manière les Espagnols, abusés par de mauvais fonds, ont dû laisser sur leurs chaloupes bombardes et mousquets et comment leur tir de loin, faute de portée suffisante, s'avère inopérant pour appuyer Magellan et ses soldats qui progressent vers la grève :

« Lorsque les indigènes se rendirent compte que nos balles ne leur faisaient aucun mal, ils cessèrent de reculer, poussant des cris de plus en plus fort et sautant de côté et d'autre pour éviter nos projectiles. Ils se rapprochèrent peu à peu en se couvrant de leurs boucliers et firent pleuvoir sur nous une grêle de flèches, de telle sorte que nous pouvions à peine nous défendre. »

« Lorsqu'ils remarquèrent que si nos bustes étaient protégés, nos jambes ne l'étaient pas, ils les prirent pour cibles. Le capitaine eut le mollet traversé par une flèche, sur quoi il donna l'ordre de reculer pas à pas ».

La suite se devine aisément : les Espagnols essayent de rejoindre en toute hâte leurs canots. Les sauvages ont tôt fait de les rattraper en profitant de leur agilité et de l'eau basse. Ils reconnaissent Magellan à l'habit qu'il porte et l'encerclent. L'amiral plante sa pertuisane dans la poitrine d'un de ses adversaires mais ne peut plus ensuite la retirer. Au même moment, il vient en effet de recevoir la pierre d'une fronde au bras droit. De sa main encore valide, Magellan tente de dégainer son épée. En vain ! il est touché à la jambe gauche et s'effondre dans l'eau la tête la première. Aussitôt, les sauvages se précipitent et l'achèvent à coups de lances.

« Et c'est ainsi, conclut Pigafetta, *qu'ils tuèrent notre miroir, notre lumière, notre consolation, notre chef dévoué. »*

La morale de cette histoire ? Le lendemain matin, au moment d'embarquer sur les chaloupes, nous étions tous prêts à combattre jusqu'à la mort !

Chapitre XXVIII : Hostilités

A l'aube, nos embarcations, montées chacune par une trentaine d'hommes, se dirigèrent vers la côte encore nimbée de brume. Les craintes de M. de Bougainville étaient hélas justifiées. En approchant du rivage, nous constatâmes qu'une bande de va-t-en-guerre y attendait de pied ferme notre arrivée. Nus comme au premier jour, secs comme du bois, leur chevelure faisait penser à de la laine dont elle prenait les couleurs variées : du noir au blanc en passant par un jaune assez criard. Ces sauvages multipliaient les gestes hostiles : certains bandaient leurs arcs, d'autres ramassaient des pierres, plusieurs agitaient des casse-têtes.

Le chevalier de Suzanne qui conduisait le détachement ne se laissa pas impressionner. Il fit tirer une salve de mousqueterie au-dessus de la tête de ces diables, lesquels reculèrent prudemment. Le chevalier en profita pour débarquer ses fusiliers sur la plage. Nos adversaires refluèrent de nouveau. Non ! ils ne paniquaient pas et ne lâchaient pas leurs armes, je crois qu'ils voulaient seulement nous interdire de pénétrer plus avant sur leur île. Cette drôle de guerre dura un bon moment.

N'y tenant plus, le Prince de Nassau se risqua alors entre les lignes. Il produisit à la vue des sauvages les pacotilles, brimborions, mouchoirs, miroirs et étoffes de toute nature qui servent d'habitude à les amadouer. La curiosité l'emporta sur la crainte que nous devions inspirer : les farouches guerriers prirent les étoffes avec convoitise mais ne montrèrent en revanche aucune appétence pour la verroterie ni même les clous. Peut-être n'en connaissaient-ils pas l'usage ?

A la suite de ce premier succès, les Français n'eurent aucun mal à se rendre maître des bois qui bordaient la plage. Ils commencèrent à scier des arbres sous la protection des soldats tandis que, plus loin, les natifs restaient aux aguets. Il y eut tout de même quelques échanges. Le Prince obtint des fruits, des ignames et des cocos. En revanche, nos vis-à-vis ne voulurent rien savoir de nos représentations concernant un coq tout ébouriffé et si quelques-uns aidèrent à charrier le bois jusqu'aux chaloupes c'était - j'en suis persuadé - dans le but d'accélérer notre départ.

Vers une heure de l'après-midi, M. de Bougainville se rendit à terre afin de vérifier le bon déroulement de la corvée. En voyant approcher la yole qui portait sa marque, je fus au comble de l'excitation : cette barque à faible tirant d'eau servait aussi à reconnaitre les rivières et les mangroves. Peut-être ferais-je partie de l'exploration qu'elle présageait ?

J'avais vu juste. Dumanoir, qui commandait en second après le chevalier de Suzanne, ne mit pas longtemps à rassembler un équipage pour la grande chaloupe et la fameuse yole. En même temps, il nous fit signe, à Guillaume et à moi, de le rejoindre sur cette dernière :

— Où allons-nous, lieutenant ? demandai-je.

— Pierre-Yves, à la sonde ! Guillaume à l'écope ! ordonna-t-il en éludant ma question.

Dumanoir s'adressa ensuite aux hommes déjà assis sur les bancs de nage :

— Vous tous, parés aux avirons, nous allons chercher de l'eau douce !

Puis, il donna l'ordre aux deux embarcations de décoller :

— Arrache ! cria-t-il d'une voix de stentor.

Le lieutenant était bien renseigné. Dès que la yole eut arrondi la pointe fermant la baie, il nous montra l'échancrure d'une crique boisée. C'est là que se trouvait l'aiguade. C'est là que nous devions aller.

Dumanoir poussa la yole aux abords de la crique en vue d'en reconnaître l'aspect et d'en tâter le fonds. La chaloupe avec ses futailles vides devait, quant à elle, rester au large. Le lieutenant fronça les sourcils : pour passer à terre, il fallait d'abord franchir un goulet étroit dont la profondeur n'excédait pas une brasse. Je crus qu'il renoncerait, mais, après avoir longuement hésité et sondé au moyen d'une gaffe, il fit observer que la marée était au plus bas. En foi de quoi, il demanda d'aller jusqu'à la grève où l'on échoua bientôt.

Sur la plage où nous prîmes pied, il n'y avait qu'une poignée d'indigènes - des femmes et des enfants - et ceux-ci reculèrent en lisière de bois lorsqu'ils nous virent débarquer. Le lieutenant dut juger de ce fait que nous ne courions aucun risque car il ordonna à la chaloupe de franchir à son tour la passe. Ce qu'elle fit avec précaution, en touchant le rocher du bout de ses rames et en risquant de s'engraver dans le sable.

C'est alors qu'un roulement de tambour se répercuta de colline en colline. Notre inquiétude grandit. Ce signal ne constituait-il pas une sorte de tocsin destiné à mettre les habitants sur le pied de guerre ?

— Restez sur la yole, les mousses ! Tenez-vous parés à toute éventualité ! enjoignit Dumanoir.

— A vos ordres, nous sommes parés ! acquiesçai-je d'une voix blanche, tandis que Guillaume baissait le nez car lui non plus n'était pas au mieux.

Malgré cette alerte, la corvée d'eau commença le plus normalement possible : les soldats formèrent une haie pour protéger les marins, ces derniers placèrent des goulottes dans le lit de la rivière et, par simple gravité, les futailles commencèrent à se remplir. Aïe ! pendant que l'aiguade se poursuivait, d'autres sauvages se montrèrent aux environs. Très peu au début, puis davantage au fur et à mesure que le temps passait. Le tam-tam de tout à l'heure avait-il prévenu la population locale du débarquement d'étrangers ? Bref, il y eut bientôt sur la plage une myriade de farouches guerriers, dont la menace se faisait à chaque seconde plus pressante pour nous qui n'étions même pas une trentaine.

Nous espérions cependant finir l'aiguade - de toute façon, il était désormais impossible d'appareiller normalement - lorsque Dumanoir commit une faute sans le savoir. Il distribua de la nourriture aux matelots et aux soldats épuisés par la corvée ou une longue faction sous le soleil. Les naturels en éprouvèrent-ils de la jalousie ? Nous avaient-ils pris jusque-là pour des dieux et non pour des humains ? Cherchaient-ils un prétexte à déclencher les hostilités ? Bref, un tumulte se propagea immédiatement dans leurs rangs. Beaucoup se baissèrent pour ramasser des pierres, d'autres agitèrent des casse-têtes et des lances, quant aux femmes et aux enfants, ils se retirèrent vers l'intérieur des terres. Mauvais signe !

Cette fois, le lieutenant ordonna de faire retraite. Il enjoignit au patron de la chaloupe de prendre le large avec ceux qui s'y trouvaient déjà, laissant à la yole le soin d'évacuer l'arrière-garde et lui-même en dernier. Encouragés par ce repli précipité, les sauvages se montrèrent plus insolents : ils attaquèrent les soldats qui s'efforçaient de monter sur la yole. Ceux-ci ne restaient pas les bras croisés, ils refoulaient leurs agresseurs à coups de crosse ou de rame, tous les moyens étaient bons pour endiguer cet assaut. Leurs visages prenaient les couleurs du déchaînement des passions, du livide le plus pâle au cramoisi le plus sombre. Debout à la proue de la yole, Dumanoir avait dégainé son pistolet. Il dominait la mêlée de sa haute taille et encourageait les soldats qui pataugeaient dans l'eau basse. Je crus un moment qu'il tirerait en l'air dans le but de nous dégager, mais il n'en fit rien. Craignait-il de précipiter l'émeute ?

Pour empêcher notre départ, un groupe d'indigènes s'était saisi du câblot qui nous reliait à la côte. Ils l'embraquaient au point d'en souquer le nœud. Craignant d'être à mon tour attaqué, je décidai de trancher l'amarre avec mon couteau. Ce qui fut vite fait et bien fait car je l'aiguisais fréquemment avec un os de seiche. A la suite de quoi, la yole consentit enfin à déborder du rivage.

— Ouf ! il était moins une, m'exclamai-je, les mains agitées d'un tremblement nerveux.

— Bravo ! Pierre-Yves, approuva Guillaume, tandis que les derniers retardataires montaient à bord avec notre aide.

Nous restions cependant exposés et menacés de toutes parts. Le salut vint, je crois, de nos pièces d'eau abandonnées sur le sable. Voyant que nous avions réussi à partir, les sauvages tournèrent leur colère contre elles. Ils les renversèrent avec une violence incroyable, s'acharnant sur les cerclages et les douves. Une diversion qui nous permit de quitter ces lieux maudits.

Hélas ! un autre péril nous guettait à l'embouchure de la crique. A cet endroit resserré, la largeur du chenal n'excédait pas vingt coudées et d'autres guerriers en tenaient les deux rives. Nous étions, je dois dire, en fâcheuse posture : la yole était remplie de soldats qui se gênaient les uns les autres et beaucoup d'armes à feu étaient mouillées en raison de la précipitation du départ. Mon cœur s'accéléra. L'allure de nos adversaires indiquait clairement leurs intentions : nous faire un mauvais sort, puis récupérer la yole et son contenu. Effectivement, dès qu'ils nous virent à portée, les naturels nous accablèrent de projectiles. Pour la seconde fois en moins de dix minutes, la situation était redevenue intenable.

C'est alors qu'une série de détonations claqua sur les rochers. Le patron de la chaloupe, qui avait réussi à franchir la chicane peu de temps avant nous, la mer étant haute désormais, essayait de couvrir notre passage. Ses deux premiers tirs restèrent sans effet, faute de toucher leur but, mais à la troisième décharge, un indigène tomba raide mort à l'instant où il levait son bras pour jeter une sagaie. En voyant leur camarade tué net, comme par le feu du ciel, nos assaillants restèrent abasourdis, paralysés sur place. Un répit providentiel que je comptais bien exploiter. Mon intention était de sauter à l'eau et de rallier la chaloupe à la nage.

— Viens ! ne restons pas là, l'endroit est malsain, lançai-je à Guillaume.

— Imbécile que tu es ! me dit-il, d'une voix étranglée par l'émotion. Dans l'eau, tu vas faire une cible idéale. Et en plus, il y a les requins.

— Je préfère prendre mon sort entre mes mains plutôt que d'autres en décident à ma place ! répliquai-je fièrement.

A ces mots, je plongeai la tête la première. Mais, à peine avais-je refait surface, que je me reprochai ma sottise. Ne m'accuserait-on pas à nouveau d'abandon de poste ? Ne serais-je pas la proie d'un prédateur marin ? J'entendis à ce moment un grand « plouf ! » derrière moi, Guillaume venait de sauter à l'eau et tentait de me rejoindre ! Je commençai à nager dans sa direction, lorsque j'aperçus la bande d'énergumènes qui avait voulu nous occire se retirer du rivage. Elle emmenait avec elle le premier mort de cette guerre.

« Le Ciel soit loué ! » soupirai-je en voyant la menace s'éloigner. Je rejoignis la chaloupe qui voguait vers nous de toute la vitesse dont elle était capable. La yole fut à son tour récupérée si bien que nous nous retrouvâmes au complet, soldats et matelots du détachement. Chacun se félicita d'être sain et sauf et Dumanoir prononça un bref discours où l'éloge de notre sang-froid se mêlait aux regrets de nous avoir entraînés dans une pareille aventure. Quant à moi, j'étais si fatigué que je m'endormis sur mon banc... ou plus exactement sur l'épaule de Guillaume.

La navigation reprit entre ces îles qui furent baptisées « Grandes Cyclades »[13] sans que j'en connaisse exactement la raison. Formaient-elles un cercle comme les Cyclades de Grèce ? Quoi qu'il en soit, la population de l'archipel s'étant montrée particulièrement hostile, les descentes à terre furent réduites au minimum.

Hasard ou conséquence, le scorbut - une épidémie qui frappe les gens de mer au cours des grandes traversées - se propagea à grande vitesse sur nos bateaux. Les symptômes en étaient déjà apparus avant l'escale de Tahiti - les hommes atteints de cette maladie avaient d'ailleurs été brancardés à terre pour qu'ils s'y rétablissent – mais, cette fois, la vie de tous et non plus seulement d'un petit nombre était menacée. Car il faut savoir que le scorbut est mortel s'il

---

[13] Les Nouvelles-Hébrides

n'est pas soigné à temps : ceux qui en sont atteints ont de la fièvre, leurs yeux se creusent et surtout, indice de la progression du mal, les gencives se mettent à saigner. Lorsque les dents tombent l'une après l'autre, c'est la fin, il n'y a plus qu'à remettre son âme à Dieu. Je tenais ces détails horribles de Jean Daventure, l'aide chirurgien de l'Etoile.

Cette anecdote me rappelle un matelot - un "bat la houle" vrai de vrai - dont l'habileté à effectuer des tours de cartes suscitait l'admiration générale. Natif du pays de Penthièvre, ce breton "gallo" chiquait encore, malgré ses dents branlantes, et ne voulait ingurgiter que des gourganes[14] ou de la viande salée. Il refusait toute autre nourriture, objectant chaque fois qu'on voulait lui en donner :

— Non ! inutile, ça passera pas, groumait-il.

— Allons mon p'tit gars, ne fais pas le narreux ! lui disait Jean Daventure. C'est bon pour c'que t'as !

— Mais qui donc a pu touiller cette ration du diable ? répliquait l'homme vertement. Le coq est un failli gargouillou ! ajoutait-il en balayant d'un geste rageur le plat en question.

A force d'insistance, l'irascible gourganier consentit cependant à prendre un peu de lait de chèvre assaisonnée de "Poudre de perlimpinpin". L'infirmier de l'Etoile - quelque peu charlatan, à vrai dire - lui avait fait croire que cette potion miraculeuse était réservée aux officiers ! Ainsi va le monde...

---

[14] *Des pois ou des fèves*

Quant à moi, j'occupais mon temps libre à m'initier au maniement des armes. Le chevalier de Suzanne accepta sans difficultés que j'apprenne les rudiments de son art, espérant par ce moyen rendre service à la troupe sous ses ordres. Chaque fois que possible, je me mêlais aux soldats à l'exercice sur le pont. En les regardant faire ou bien sous leur conduite, j'appris à monter et démonter les fusils à silex, fourbir les ferrures, nettoyer l'intérieur du canon avec la baguette, utiliser la poire contenant la poudre, fixer la baïonnette au canon, viser et tirer. Certes, il fallait des dents solides pour déchirer les cartouches et des bras costauds pour épauler et mettre en joue. Autant dire que je n'étais pas mûr pour ce fichu métier. Mais je savais au moins comment m'y prendre.

De son côté, Aotourou se rendait utile en proposant des "tatoo", des motifs bleu foncé qu'il pouvait peindre partout sur le corps, en particulier sur le dos et les membres. Il se flattait des arabesques qui lui grimpaient le long des côtes, les exhibant volontiers à la demande, montrant le poinçon d'os, de coquillage et de plume grâce auquel on les réalisait.

Les plus enclins à l'écouter furent les calfats (hormis les gredins mis aux fers à Tahiti, toujours prisonniers de la "fosse aux lions" et donc hors d'état de demander quoi que ce soit). L'épiderme des calfats étant souvent maculé par le brai - un goudron qui sert à rendre étanche les coutures des ponts et du vaigrage - ces matelots défavorisés préféraient sans doute arborer sur la peau un dessin au contour artistique plutôt que des salissures de forme hasardeuse. Toujours est-il qu'ils lancèrent une grande mode parmi nous.

Voyant que les piqûres des ''tatoo'' cicatrisaient rapidement, je voulus à mon tour essayer. J'étais impatient de conserver sur ma paume un souvenir de mon voyage : non pas un dragon cracheur de feu ou une ancre de bossoir, encore moins un cœur percé d'une flèche et souligné d'une phrase mièvre comme certains qui m'avaient précédé, je souhaitais rester discret. Mais la représentation d'un trois-mâts me satisferait pleinement. Alors, je me prêtai au cérémonial inventé par les populations des mers du Sud. Bien que sur le moment les picotements du poinçon soient assez désa-gréables et que, les heures suivantes, la brûlure produite fasse pen-ser au frottement contre du chanvre rêche, je me sentis très fier d'arborer ce signe d'appartenance à la corporation des marins.

Peu après ce délicieux supplice, nos bateaux cessèrent de voir la terre. A nouveau la mer libre, à nouveau la route à l'aveugle vers l'ouest, à nouveau les périls d'un océan inexploré.

Un soir où l'obscurité avait brutalement investi le vaisseau car, sous ces latitudes, la nuit tombe d'un coup sans prévenir, je surpris ce dialogue entre M. de Bougainville et le Prince de Nassau.

— « *Ne peut-on passer en panne ou sur les bords, le temps des ténèbres ?* interrogea le Prince.

— *La disette d'eau, le défaut de vivres, la nécessité de profiter du vent… quand il daigne souffler, ne nous permettent pas de suivre les lenteurs d'une navigation prudente !* répondit notre "amiral" qui ajouta à mi-voix : *On ne se figure pas avec quels soins et quelles inquiétudes, on navigue dans ces mers inconnues. Inquiétudes plus vives encore dans ces longues nuits de la zone torride, menacés de toutes parts de la rencontre de terres et d'écueils ! »*

De fait, la nuit du 4 au 5 juin, deux mois après notre départ de Tahiti et une semaine après avoir rangé les Grandes Cyclades, la pleine lune nous laissa deviner une ligne claire qui fermait complètement l'horizon. Il fallait prévenir l'Etoile de rester sur ses gardes. En urgence, je me dépêchai d'accrocher dans les hauts quatre lanternes pour l'informer du danger : la première aux haubans du grand mât, la seconde à ceux du grand hunier, la troisième au mât de misaine et la dernière au hunier d'artimon...

Chapitre XXIX : Famine

L'aube nous précisa la nature de l'obstacle aperçu dans la clarté lunaire : une barre infranchissable, un rouleau de vagues énormes qui brisaient à perte de vue. Des bouts de bois, des lanières de goémon et même des branches garnies de fruits exotiques passaient le long de la carène au milieu de l'écume et des embruns. L'air se chargeait d'odeurs chaudes et épicées. La mer amenait des animaux bizarres sous notre étrave, tels ces poissons volants rouges et noirs, dotés de quatre ailes, dont plusieurs spécimens atterrirent sur les passavants. Une grande île ou même un continent devait s'étendre derrière ces crêtes fumantes ourlées de blanc. Oui, mais comment y accéder ?

« La Nouvelle Hollande ! La Nouvelle Hollande[15] ! », criait-on autour de moi, bien qu'au-delà du récif on n'aperçoive rien d'autre que des langues de sable couvertes d'oiseaux. Encore ces dernières étaient-elles si basses qu'il fallait grimper aux mâts pour les voir.

Portés par les vents et la marée, nos deux navires rangeaient de près la ligne de déferlantes, tiraient des bords afin de mieux la reconnaître. Comment imaginer chose pareille ? Lorsque l'océan des mers du Sud heurte de front une barrière de corail, la houle brusque-ment contrariée forme des lames gigantesques qui retombent dans un fracas terrible. Quel tumulte, quelle clameur ! Ne serait-ce pas la

---

[15] *L'Australie*

voix de Dieu que nous entendions là ? Ne fallait-il pas fuir au plus vite devant cette menace ? Abandonner la route à l'ouest suivie depuis Tahiti ? Oublier la recherche du continent austral ? D'ailleurs ce continent mythique et la Nouvelle Hollande ne constituaient-ils pas une seule et même terre ?

D'aucuns ne voulaient pas renoncer. Le capitaine Duclos-Guyot espérait abréger le trajet de retour en longeant la côte vers le nord. Un itinéraire nouveau qui relevait de l'aventure maritime. C'est du moins ce que pensait notre chef d'expédition :

— Combien nous restent-ils de jours de vivres, lieutenant ? interrogea Bougainville.

— Nous avons du pain pour deux mois et des légumes pour quarante jours, mais la viande empeste et l'eau douce fait cruellement défaut, répondit Duclos-Guyot. Il serait bon d'aller voir ce que nous cache ce prodigieux obstacle, ajouta-t-il.

— L'océan est hérissé d'écueils. Les rivages dont on pressent l'existence ne sont probablement qu'un chapelet d'îles inhospitalières, objecta notre commandant. A supposer que, par miracle, il soit possible d'atteindre l'une d'entre elles, nous aurions toutes les peines du monde à nous en relever contre les vents dominants.

— Pourquoi ne pas essayer de passer au sud de la Nouvelle-Guinée ? insista le capitaine Duclos-Guyot. Nous inaugurerions de la sorte une route directe vers les Moluques, les îles aux épices...

— Dieu nous en préserve ! s'écria Bougainville. La famine où nous sommes réduits et les fatigues accumulées ne laissent pas place aux explorations. Mettons le cap dehors et gouvernons jusqu'à rencontrer une terre déjà connue.

Ainsi que le laissait entendre notre chef suprême, après le scorbut un nouvel ennemi venait de s'inviter sur le bateau. Un ennemi redoutable qui allait hélas nous tenir compagnie du matin au soir et même une bonne partie de la nuit : je veux parler de la faim… Adieu le menu quotidien appelé « ordinaire », le suif rance, la viande salée et les gourganes, ces pois durs comme des billes que d'interminables ébullitions ne parvenaient pas à ramollir ! Depuis près d'un mois, les portions avaient été réduites des deux tiers et l'état-major en était réduit à consommer la même nourriture que l'équipage. Les gradés ayant droit à deux pintes de vin quotidiennes, les plus chanceux ne se privaient pas de compenser la pénurie d'aliments par l'excès de boisson. Mais en ce qui me concerne, je n'étais ni gradé ni buveur ! Le pain constituait donc l'essentiel de mon régime… tant qu'il y aurait assez de farine et d'eau douce pour en pétrir la pâte.

A ce sujet, je crois qu'il est temps d'évoquer la cucurbite : une invention d'un dénommé Poissonnier ! Conçu pour dessaler l'eau de mer, cet alambic géant donnait un boisseau d'eau potable par jour, ou plutôt par nuit, car on allumait le feu dessous aux heures fraîches, de cinq heures du soir à sept heures du matin. Je vous laisse cependant deviner le goût et l'odeur de la liqueur ainsi distillée : Pouah !

Enfin, il y avait l'imprévu, le produit des échanges avec les indigènes, la chasse et tout d'abord la pêche.

A l'aide d'un hameçon en nacre prêté par Aotourou et d'une vieille ligne que Jonas et moi nous étions procurés lors de la traversée de l'Atlantique, je réussis à prendre un petit thon à rayures. Peine perdue ! cette prise intéressa Commerson car la bonite était rayée sur le ventre et non sur le dos, selon les lois habituelles de l'espèce. Le thon s'en alla donc avec lui sur l'Etoile et je ne le revis plus. « Bon appétit, messieurs ! », fulminai-je, privé injustement du produit de ma pêche.

Pour sa part, Aotourou s'intéressait aux poissons volants qui jaillissaient sur l'océan comme une nuée d'étourneaux jaillit brusquement d'un arbre ou d'un buisson. Lorsque l'un de ces scintillements argentés retombait par erreur sur le pont, il l'attrapait prestement et le mangeait tout cru sans chichi. Si je n'avais pas craint d'être pris pour un sauvage, je l'aurais volontiers imité.

Les matelots préféraient la pêche au gros : celle des requins qui rôdaient autour de nos bateaux. Je pus ainsi vérifier que la voracité de ces monstres ne constituait pas une légende. Un gros touille de près de mille livres ayant été ferré sur une ligne de traine, des soldats lui tirèrent dessus plusieurs coups de fusils qui restèrent apparemment sans effet. Puis des matelots le crochèrent et le guidèrent le long de la muraille. « Piqué ! Hâle à bord ! » se réjouit le chef dirigeant la manœuvre, croyant l'affaire conclue.

Il se trompait du tout au tout. Avant que l'on puisse hisser cette magnifique prise sur le pont, un, deux, puis trois autres squales s'approchèrent, excités par les coups de queue de leur semblable contre la coque. Ils l'attaquèrent d'abord prudemment puis, s'enhardissant, le mirent en pièces sous nos yeux, arrachant chaque fois d'énormes bouchées de chair qui révélaient un peu plus l'éclat blanc de ses os ou de ses arêtes. Eh bien ! même après ce terrible assaut qui l'avait sérieusement entamée par endroits, la bête était encore vivante. Elle clignait de l'œil d'un air complice et semblait ne ressentir aucune douleur. Impossible de se régaler d'un tel monstre ! Résignés, les hommes coupèrent la ligne de pêche et le laissèrent partir à la dérive. Mais en suivant des yeux ce requin - ou plutôt ce qu'il en restait - je vis que le squelette ambulant gardait suffisamment d'appétit pour donner de grands coups de mâchoire de droite et de gauche. L'infâme lamie mangeait les lambeaux de chair flottant autour de lui, c'est-à-dire ni plus ni moins que ses propres entrailles !

Peu après ce pénible spectacle, un autre requin put être hissé intact sur le pont. En lui ouvrant l'estomac, on y découvrit les restes d'une tortue, ingurgitée toute entière, carapace comprise. Le requin ainsi pêché était assez gros pour améliorer plusieurs de nos repas mais, après la scène à laquelle ils avaient assisté, la plupart des convives ne voulut pas toucher à cette nourriture barbare. C'est un peu comme si on leur avait demandé de manger du loup ou du lion, qui plus est cannibale. Je ne me montrai pas davantage enthousiaste : cette chair presque noire avait un goût prononcé et s'avéra aussi mauvaise que la nature du grand squale. Comme souvent, les parties étaient semblables au tout !

Revenons-en à l'essentiel : la chasse. Elle se déroulait à l'intérieur du bateau puisque le seul gibier envisageable était constitué des rats qui infestaient les cales.

Depuis la sortie du Détroit de Magellan, près de deux cents rats - dont on tenait le décompte exact - avaient été occis dans les règles et payés quatre sols pièce. Mais à présent nous recherchions les rats pour eux-mêmes et non plus pour quelques pièces de monnaie. Car, une fois dépecés, découpés et vinaigrés, ces sales bestioles donnaient une excellente gibelotte ! A preuve, l'échange entre M. de Bougainville et le Prince de Nassau dont je fus témoin :

— Quelle nourriture est la nôtre ! s'écria Bougainville. Les moments les plus pénibles de nos heures de veille sont ceux où les coups piqués sur la cloche du bord nous avertissent de passer à table.

— J'ai mangé hier mon premier rat en compagnie de l'écrivain du bord, répondit le Prince. Eh bien ! nous l'avons trouvé excellent. Heureux si l'on nous en sert encore, avant que d'autres n'en fassent leur délice !

Instruit par cet exemple, je devins moi-même chasseur. Je descendais au niveau de l'archipompe et, arrivé à destination, je m'étendais le plus confortablement possible sur le plancher, un biscuit entre les dents. Oh ! il n'y avait guère à patienter : un nuisible à longue queue se présentait aussitôt, les yeux brillants de convoitise et les moustaches en alerte. Il fallait le saisir au plus vite c'est-à-dire lui jeter dessus une couverture pour éviter de se faire mordre. J'accommodais cette prise avec du vinaigre et la faisait cuire longuement sur la popote de l'équipage : un simple tas de sable couronné de braises.

De son côté, le maître coq nous cuisinait des matelotes de cueros - le nom donné aux sacs en peau de vache embarqués à Montevideo. Bien qu'attendris par un long séjour dans l'eau bouillante, les cueros me semblèrent toutefois beaucoup moins bons que les rats.

Le 17 juin à l'aube, la chèvre de la Boudeuse, brave cantinière qui donnait chaque jour un peu de lait aux malades, fut discrètement assommée d'un coup de marteau par le maitre boucher. Je pleurai en apprenant la nouvelle. Puis un jeune chien, la dernière bête vivante de la frégate, à l'exception des rats bien sûr, fut immolée à la demande pressante des matelots. Dans un accès de mauvaise humeur, leurs estomacs affamés avaient appelé au sacrifice. Hélas ! il s'agissait du chien capturé pendant la traversée du détroit de Magellan, l'animal qui avait été offert en grand cérémonial à M. de Bougainville. La faim est sans pitié ! En apprenant la nouvelle, je m'inquiétai du sort de mon cher Ramsès resté sur l'Etoile. « Pourvu que Robert pense à le cacher, me dis-je, sinon, il est perdu ! »

Il y a pire encore et j'éprouve presque de la honte à le raconter. De cruels récits que des hommes mal inspirés colportaient à la veillée me jetèrent dans l'angoisse, perturbant mes nuits et me couvrant de sueur. Ces histoires insinuaient qu'en période d'extrême disette l'équipage pouvait se résoudre à manger, faute de mieux et compte tenu de l'absolue nécessité... Quoi donc ? Le mousse, tudieu ! Sur l'instant, je m'étais forcé à rire - d'un rire jaune, je le confesse -, croyant avoir affaire à une banale plaisanterie. Mais maintenant que le péril semblait plus proche et peut-être imminent, je ne riais plus du tout. Je n'osai cependant avouer mes craintes, de peur de passer pour un couard ou de servir la méchanceté de quelques matelots.

A l'issue d'une longue errance au milieu d'îles inabordables aux-quelles on donna le nom de golf de la Louisiade[16], nos deux vais-seaux réussirent à doubler un cap aussitôt baptisé cap de la Délivrance. L'île montagneuse dont nous longions la côte défilait sous nos yeux, cachée sous un épais manteau de verdure qui recouvrait le sol jusqu'au rivage. La touffeur était écrasante, rendant le moindre effort pénible. Des cataractes de pluie tambourinaient par intervalles sur le pont. Les haillons jaunis qui nous tenaient lieu de vêtements collaient à la peau et beaucoup se mirent torse nu pour être plus à l'aise. Deux reconnaissances en canot furent effectuées qui revinrent toutes les deux bredouilles : il y avait aucun havre où atterrir facilement. Quelle déception !

Le lendemain, des naturels aussi noirs que les grands noirs d'Afrique, le nez et le front ornés de disques faisant penser à des os de seiche, vinrent nous visiter sur des pirogues mal dégrossies. Leurs desseins étaient hostiles car ils brandirent des sagaies en nous

---

[16] *Les Iles Salomon*

voyant approcher. Cette terre fut appelée « Choiseul », en l'honneur du secrétaire d'Etat ayant rédigé nos ordres de mission.

Peu après, les navires rangèrent une nouvelle île, dotée semble-t-il d'un bon mouillage. Dans la grande tradition des voyages d'exploration, l'île fut baptisée du nom de son découvreur, à savoir « Bougainville ». Je faisais partie de l'équipe désignée pour la reconnaître lorsqu'une flottille indigène, sortie d'on ne sait où, nous tomba dessus à force de rames. Diable ! les petits marins de cette escadre n'avaient pas l'air commode. Ceux-là devaient penser qu'ils auraient facilement raison d'une poignée d'étrangers en apparence désarmés. C'eut été mal nous connaître. Une décharge de fusils leur fit comprendre quel genre d'hommes nous étions vraiment. Affolés par le bruit et la fumée, les présomptueux guerriers se dispersèrent ou se jetèrent à l'eau. A l'intérieur d'une pirogue vide, on trouva des fruits exotiques, des noix d'arec, ainsi qu'une mandibule à demi grillée.

Personne n'avait failli à son devoir et moi-même j'avais subi l'accrochage sans rien dire, trop absorbé à recharger les fusils des soldats. Nos chefs jugèrent cependant plus prudent de renoncer à faire relâche. Ils appelèrent la baie où eut lieu l'engagement : « anse des guerriers ».

A l'aube suivante, une troisième île, plus basse, mais tout aussi inconnue que les précédentes, s'offrit à nos regards. Là encore des indigènes vinrent rôder autour de nos vaisseaux. Noirs, entièrement nus, les cheveux crépus, ils montraient des dents rougies par le bétel - une plante stimulante mélangée à de la chaux - et criaient à tue-tête : « Bouca ! Bouca ! ». L'île fut ainsi baptisée « Bouca », nom que l'on avait repris après eux pour leur faire plaisir. Le capitaine croyait les avoir amadoués en affalant des radeaux chargés de pacotilles et en jouant du violon sur le pont, quand l'un des leurs tira une flèche qui, heureusement, n'atteignit personne.

Compte-tenu de ces déceptions, on poussa plus au nord. Les officiers espéraient y trouver une terre reconnue par les Anglais ou les Hollandais sous le nom de « Nouvelle-Bretagne ». Effectivement, le six juillet au point du jour, le guetteur annonça au trois-cent-vingt des rivages accueillants. Une descente fut de nouveau organisée et je sautai à bord d'une chaloupe placée cette fois sous le commandement du chevalier de Suzanne.

Chapitre XXX : Port-Praslin

Après avoir rangé une île, un îlot, puis le bec littoral qui engageait le passage, l'embarcation où j'avais pris place se retrouva soudain au calme, à l'abri des vents régnants. Le coup d'œil était agréable : rade circulaire, hauteurs couvertes de bois, arbres immenses, plages en pente douce qui semblaient attendre que l'on y tire au sec nos chaloupes. La sonde donnait partout de vingt à trente brasses sur fond de sable blanc mêlé de vase : nous ne risquions pas de talonner ou de perdre nos ancres. Aucun indigène non plus, ni sur l'eau ni sur terre : rien n'aurait pu mieux nous convenir après les hostilités de ces derniers jours.

De crainte de rester encalminée une fois à l'intérieur du port, la frégate franchit le goulet avec tout dessus. Elle fut suivie comme son ombre par la flûte et les deux bateaux s'amarrèrent aux nœuds de bouée déposés par le chevalier de Suzanne. M. de Bougainville jugea le mouillage favorable car il nous fit connaître son intention de prolonger la relâche jusqu'à complet ravitaillement. A cette nouvelle, la joie se peignit sur les visages : les scorbutiques se voyaient déjà guéris, les affamés en salivaient d'avance et même les plus marins d'entre nous se réjouissaient à l'idée de fouler un sol enfin immobile.

La nuit fut secouée d'un orage dont les roulements se répercutaient de colline en colline. Etait-ce le bruit ou l'excitation, toujours est-il que je dormis très peu au cours de ces quelques heures où je dus réprimer mon impatience ainsi qu'une faim inassouvie.

A l'aube, un détachement se rendit à terre et on m'autorisa à débarquer avec lui. Là où nous accostâmes, trois rus, séparés chacun d'une centaine de pas, offraient complaisamment leurs eaux vives. Le premier remplit les futailles de la Boudeuse et de l'Etoile, un deuxième servit pour la lessive et le troisième fut réservé à la baignade. « Des bulles ! De la mousse ! », m'écriai-je, ébahi d'un tel luxe dans ce décor primitif et sauvage. Les arbres alentour pouvaient fournir du bois à volonté. En revanche on ne découvrit ni fruit ni racine, ni aucune nourriture comestible dont on aurait pu tirer profit. Nous restions sur notre faim, expression à prendre au pied de la lettre compte tenu des circonstances.

Vers deux heures de l'après-midi, j'aperçus Robert sur la plage. Il débarquait de l'Etoile avec Commerson, Jeanne Baret et Romainville. A vrai dire, je trouvai Robert bien amaigri et les traits creusés.

— Nom d'une pipe ! Robert, il n'y a rien à manger dans le coin, m'exclamai-je.

— Comment ça, rien à manger ? C'est ce que l'on va voir ! s'écria Commerson qui s'invitait dans notre conversation et prenait pour ce faire le ton furieux dont il était coutumier.

— Tu n'as pas trop souffert de la faim, mon petit ? demanda Jeanne Baret en contrepoint de son maître.

Je n'eus pas le temps de leur répondre, le savant et sa compagne étaient déjà appelés plus loin en vue d'identifier une plante exotique. A la faveur de cet intermède, je pris langue avec Robert. Certes, nos retrouvailles furent chaleureuses mais, en même temps que son embonpoint, mon camarade avait perdu sa placidité habituelle :

— C'est horrible ! pleurnicha Robert. J'ai la fringale ! Le jeûne auquel nous sommes soumis me torture jour et nuit. A la longue, un supplice d'une telle cruauté est insupportable.

— Et Ramsès ? interrogeai-je.

— Ramsès ! Ramsès ! Tu n'as que ce nom-là à la bouche, répliqua Robert, les yeux étincelants. S'il te plait, change un peu ta chanson. Crois-tu que je m'intéresse au sort de ton animal alors que nous mourrons de faim ?

— Vous l'avez tué, j'en suis sûr ! m'exclamai-je, plaidant le faux pour savoir le vrai.

— Non ! mon garçon. Ne t'inquiète pas pour ça ! s'écria Commerson, qui venait de faire son retour parmi nous et tenait encore une fleur à la main. Ton ''greffier'' est toujours en vie. Il a élu domicile dans ma cabine et ne sort en promenade que sous le regard attentif de Jeanne Baret.

Grâce au Ciel, Ramsès était toujours vivant. Personne n'avait osé l'occire sans ma permission. Finalement, son exil loin de moi sur l'Etoile lui avait porté chance. En revanche Blanchette, la chèvre mascotte de l'Etoile, ainsi que les deux chiens offerts à Romainville lors de l'escale de Tahiti n'étaient plus de ce monde, mangés les uns après les autres, non sans d'interminables palabres dont je devinais aisément les méandres. Du coup, je m'interrogeai : comment mon pauvre matou avait-il pu résister à la disette générale alors qu'on lui interdisait désormais de chasser les rats dans les profondeurs du navire ? Robert me donna la clef de l'énigme : les deux naturalistes lui réservaient les viscères des poissons qu'ils disséquaient pour compléter leurs collections. Le thon rayé sur le ventre, pêché par mes soins et cédé contre mon gré à Commerson, avait donc profité à Ramsès : A la bonne heure !

Soulagé quant au devenir de Ramsès, je proposai mes services à Veron lequel déballait sa pendule garde-temps, son quart de cercle et une lunette astronomique de douze pieds de long. Le savant souhaitait observer la méridienne et, si ses calculs étaient justes, une éclipse de soleil. Il comptait également faire un point en longitude indépendamment des distances lunaires, puis mesurer la vraie largeur de l'océan Pacifique.

Mon service terminé, j'allai explorer les environs, une nouvelle fois sous la surveillance de Maître Blin, mais avec Vivès, Romainville, Commerson et Jeanne Baret pour cicérones. Non loin de notre débarcadère, s'élevait un gros rocher en forme de dent de géant, un menhir haut de quinze toises, plus étroit à sa base qu'en son milieu. Ebloui par ce prodige de la nature, Romainville en réalisa un croquis à la pierre noire. Plus loin, vers l'embouchure des trois rivières,

Commerson et Vivès examinèrent les arbres de belle taille qui y montaient la garde dont du bois d'arec et des poivriers. Hélas, ce n'était l'époque ni des fleurs ni des fruits, il n'y avait là rien à cueillir de bon.

Alors que nous remontions le ru où l'Etoile effectuait sa corvée d'eau, notre balade s'interrompit au pied d'une magnifique cascade. Son flot écumant chutait de vasque en vasque, prenant à chaque degré plus de largeur et de reflets, débordant à vau l'eau pour former le torrent qui chantonnait à nos pieds. Le gazouillis des multiples fontaines, les dentelles de pierre luisantes d'humidité, les perles arc en ciel accrochées à la rocaille, le flou des frondaisons et des nuages sur l'onde étale, toutes ces grâces et ces attraits disposées au gré des fantaisies de la nature auraient fait l'orgueil des jardins royaux de Versailles ou de Marly. Aussi décida-t-on d'appeler ce lieu "cascade Praslin" en l'honneur du ministre qui avait succédé à Choiseul. Mais le duc de Praslin était-il encore ministre ? Voilà bien la question : nous étions sans nouvelles de France depuis près d'un an !

De retour sur la frégate, j'appris que l'on venait de découvrir les traces d'un campement indigène et, à demi enfouie dans le sable, une tablette en plomb témoignant du passage récent d'un vaisseau anglais. Il ne s'agissait pas du Dolphin de Wallis, celui dont nous avions déchiffré le nom à Tahiti, mais de son "sister ship", le Swallow, aux ordres d'un dénommé Carteret. Ces deux navires, partis ensemble d'Angleterre pour un tour du monde semblable au nôtre, s'étaient perdus de vue, tout Anglais qu'ils soient. Ainsi, nous restions dans la course, affichant même une nette supériorité navale puisque la Boudeuse et l'Etoile continuaient à faire voile de conserve. Mais pas de triomphe hâtif, le voyage était loin d'être fini !

Le jour suivant, Commerson proposa d'aller voir l'endroit où la tablette avec ses inscriptions avait été découverte. En arrivant sur place, j'aperçus des cabanes de branchages dont un hangar abritant une pirogue en dépôt. A côté, des souches d'arbres récemment abattus portaient des traits de scies datant de quinze jours à peine. Ceux-ci confirmaient au besoin la venue très récente des Anglais. Les "godons" nous avaient précédés, comme à Tahiti, mais nous avions comblé en partie notre retard, semble-t-il.

Malgré l'importance de cette découverte, Commerson et Vivès se montrèrent davantage intéressés par les cendres d'un feu éteint indiquant la nourriture des indigènes et donnant l'espérance de celle que nous pourrions trouver. Une fois qu'il eut retourné un à un les os calcinés qui jonchaient le foyer, le naturaliste lança avec exaltation :

— Nous sommes sauvés, des babiroussas !

— Des babiroussas ? Qu'est-ce que c'est que ça ? demanda Robert, d'un ton sec et nerveux, plutôt inhabituel chez lui.

Robert ne resta pas longtemps dans l'ignorance. Le naturaliste, toujours en veine d'explication, nous apprit que les babiroussas - une espèce locale de sangliers - étaient pourvus de défenses ressemblant, en plus petit bien sûr, à celles des éléphants. Leurs canines sortaient d'abord sur le côté, puis se recourbaient vers l'arrière en spirale. Il arrivait d'ailleurs qu'à la suite d'une pousse exagérée l'un de ces bizarres ornements leur crève un œil ou leur transperce le crâne. Horrible, assurément ! Ce genre de porcs devait en revanche constituer un gibier de choix car, à peine ses commentaires terminés, le savant s'écria :

— Jeanne ! vite, mon fusil. Nous partons à la chasse…

Cependant, le soir tombait et l'état-major exigea que l'on remette la chasse au lendemain.

Au petit jour, j'emboîtai le pas au naturaliste et à Jeanne Baret chargée de porter son matériel. Alexandre, Amaury ainsi que Robert, nous rejoignirent en chemin, suivis comme il se doit par Maître Blin. Décidément, il était impossible à décramponner celui-là !

D'autres groupes de chasseurs se formèrent afin d'accroître les chances de capturer du gibier : Gérald et Guillaume s'éloignèrent en compagnie de Vivès dans une direction opposée à la nôtre. Romainville préféra rester seul car il souhaitait peindre à son aise le site où mouillaient les bateaux, site que l'on appelait désormais "Havre Carteret" et non plus "Port Praslin".

Notre petite troupe se jeta à l'assaut des pentes qui dominaient la rade. Vue du pont de la frégate, la balade s'annonçait agréable mais, une fois à pied d'œuvre, il en allait tout autrement : chaleur et humidité rendaient l'ascension pénible, sans compter les pierres, racines, serpents et autres nuisibles qui obligeaient à ne pas quitter le sol des yeux. Lors des pauses de plus en plus fréquentes, le scientifique nous demandait d'observer les oiseaux qui peuplaient le sous-bois, volatiles qu'il désignait du nom évocateur d'oiseaux de paradis ou encore d'oiseaux lyres. Hélas, ce menu fretin ne présentait aucun intérêt comestible.

A mi-pente, au seuil d'un espace libre de végétation, maître Blin eut la chance d'abattre une tourterelle. Je fus émerveillé par sa livrée de couleur ardoise, mais non par sa taille ridicule, plus proche de celle d'un geai des chênes que d'un pigeon ramier. Nous n'aurions pas de quoi en faire chacun une bouchée !

Alors que j'allais ramasser la tourterelle dans la clairière, j'aperçus des traces de piétinement entre deux plaques rocheuses. Les traces étaient anciennes et embrouillées mais le naturaliste les identifia sans hésiter : des babiroussas ! Un conciliabule eut lieu à la suite de cette découverte. Commerson nous avoua sa fatigue, il n'irait pas plus loin. Ne pouvant me résoudre à rentrer bredouille, je proposai que nous autres, les mousses, servions de rabatteurs. Robert et moi continuerions la grimpette à main droite, tandis qu'Amaury et Alexandre prendraient à main gauche. Les deux groupes se retrouveraient au sommet et feraient le maximum de vacarme à la descente. Une authentique battue aux sangliers comme chez nous en forêt de Paimpont ou de Brocéliande !

Bien entendu, Monsieur Blin s'efforça de contrecarrer ce mirifique projet :

— Restez avec nous, les garçons ! Vous allez vous égarer dans les bois, malheureux que vous êtes.

— Pas du tout ! répliquai-je. Il n'y a qu'à suivre la pente à l'aller et au retour.

— Je suis d'accord pour t'accompagner, Pierre-Yves ! s'écria Robert, sans doute impatient de débusquer le fameux sanglier local.

Amaury, grand chasseur devant l'Eternel, et Alexandre, toujours partant pour l'escalade, approuvèrent ma proposition avec joie. Commerson acquiesça de la tête en signe d'approbation. Jeanne Baret ne formula aucune objection car elle venait de poser le matériel de son maître et semblait contente de pouvoir souffler un peu. Quant à notre mentor habituel, il dut s'avouer vaincu. Maître Blin proclama qu'il resterait à l'orée de la clairière où il venait d'abattre une tourterelle, et ferait feu s'il voyait un babiroussa débouler.

L'escalade reprit donc à deux, Robert et moi, comme à l'époque de nos frasques malouines. L'ascension s'avéra en revanche plus difficile que prévue. La densité du sous-bois, des éboulis de rochers, un fossé profond comme un saut-de-loup, des buissons en veux-tu en voilà, nous interdirent d'avancer rapidement. Bref, au bout d'une heure d'errance, il fallut admettre que nous étions perdus.

Le soleil culminait à son zénith lorsque Robert me montra plus haut, à travers le houppier d'un arbre, ce qui semblait être un sommet dégagé. Reprenant courage, nous en gravîmes les pentes dans l'espoir de mieux nous orienter. C'était bien là le meilleur parti : il fut enfin possible de sortir de cet enfer de feuilles et de lianes où l'on ne voyait pas davantage que par temps de brume. Une fois la crête atteinte, un vaste panorama s'offrit en effet à nos regards, aussi bien vers la côte que vers l'arrière-pays. Hélas ! d'autres cimes cachaient vaisseaux, mouillage et jusqu'à l'itinéraire emprunté jusque-là.

Tandis que nous parcourions des yeux le paysage, essayant d'y trouver un chemin, une laie ou au moins un passage, je remarquai une mince colonne de fumée grise s'élever d'une plage en contrebas. Un feu allumé à l'initiative des nôtres ? La chose était tout à fait possible car nos chaloupes exploraient la côte à chaque escale. Mais s'il s'agissait de sauvages ?

Après quelques hésitations, nous résolûmes d'aller voir ça de plus près. Il fallait courir le risque, à vrai dire nous n'avions pas le choix. Notre duo de mousses dévala une pente identique à celle si péniblement escaladée. Cela se fit avec précaution, c'est-à-dire sans bruit, la gorge nouée par la proximité du danger. Les volutes de fumée qui flottaient au-dessus des frondaisons nous guidèrent ensuite vers notre objectif. Dès que la mer étincela de tous ses feux entre les arbres, une vision d'épouvante arrêta net notre élan. Assis en rond ou debout sur une jambe, l'autre formant un diabolo - c'est-à-dire un demi-losange - avec leur javeline plantée verticalement en terre, des sauvages tenaient tranquillement conseil sur le sable. Leur aspect me rappelait celui des indigènes nous ayant attaqués dans l'anse des guerriers. A l'intérieur du cercle formé par les hommes, des femmes mastiquaient une sorte de racine et en recrachaient le jus dans une poterie destinée à cet usage.

Je me précipitai à l'abri d'un fourré de miki-miki, suivi comme il se doit par Robert. Impossible de prendre la moindre initiative : nous ne disposions d'aucune arme à feu qui puisse impressionner cette forte bande.

Une longue attente commença. Une éternité, à vrai dire ! Nous étions blottis dans notre cachette depuis un bon moment, lorsqu'un lointain roulement de tambour nous mit soudain en alerte. Il fut suivi de cris gutturaux qui s'amplifiaient au fur et à mesure que les minutes passaient. A ces clameurs barbares, les hommes rassemblés autour du feu répondirent en entonnant une mélopée d'un autre âge. Je fus glacé de terreur et mes dents grincèrent comme des poulies prises par le gel. A l'autre extrémité de la plage, une cohorte de sauvages armés d'arcs, de javelots et de casse-tête déboucha du couvert. Elle progressait au rythme lent de la litanie qui nous avait mis en alerte, Robert et moi. Au milieu de ce sinistre cortège, deux porteurs tenaient une lourde charge suspendue à une perche. De loin, cette charge de couleur bistre, faisait penser à une grosse pièce de gibier. Je compris que nous assistions à un retour de chasse.

— Ils ont eu un babiroussa ! grommela Robert, envieux peut-être.

— Je n'aime pas du tout leur allure ! répondis-je, ces individus ne m'inspirent rien qui vaille.

A peine arrivés près du foyer, les indigènes accommodèrent la viande selon la méthode tahitienne, c'est-à-dire en la faisant cuire, parée de feuilles, sur des pierres brulantes. Ils s'occupèrent ensuite à danser et à chanter, brandissant des lances au-dessus de leurs têtes, poussant par intervalles des cris féroces, singeant la chasse ou la guerre, je ne sais. Pour terminer, ils ajoutèrent de l'eau dans la jarre remplie du crachat des femmes puis, après avoir filtré cet ignoble breuvage au moyen de copeaux de bois, ils le burent en faisant circuler de mains en mains une sorte de coupelle.

Brusquement, l'un des hommes fit volte-face et se tourna dans notre direction. Aïe ! il brandissait à bout de bras un javelot et le balançait d'avant en arrière d'une façon qui ne laissait aucun doute sur ses intentions de le lancer. J'avais vu juste : le guerrier décocha immédiatement son projectile. Malgré ma frayeur, je notai qu'un fourreau prolongeait d'environ une coudée la longueur de son bras. L'arme s'éleva, vibra, siffla puis se perdit au terme d'une courbe majestueuse dans les halliers situés non loin de nous. Ce premier péril en cachait en réalité un autre. L'homme courut à la recherche de sa javeline tombée à terre et stoppa net à moins de trente toises de l'endroit où nous étions accroupis. Se retournant vers la plage, il exhiba triomphalement le volatile embroché par sa javeline, ce que la végétation abondante nous avait empêché d'observer. Grâce à Dieu ! il n'avait pas remarqué notre présence. Moi, en revanche, je pus le dévisager et jamais expression humaine ne me sembla moins aimable : son regard creux, vide de toute humanité, témoignait d'une sauvagerie sans remède. Cette vision atroce eut raison de ce qui me restait de courage. Je fis semblant d'ignorer les fourmis qui grimpaient à l'assaut de mon pantalon et me résignai à attendre la fin du banquet.

Tandis que la tribu passait à table, la nuit s'annonça, précédée des violentes couleurs du crépuscule. Le ciel en était incendié et la mer teintée de larges rivières de sang. Je songeai à Commerson, Blin et à nos autres camarades qui avaient probablement rejoint nos vaisseaux.

— Dès demain matin les Français partiront à notre recherche, pensai-je, pour me rassurer.

— Il est bien gros, ce babiroussa ! gémit de son côté Robert, en voyant les sauvages découper la pièce de gibier tout juste sortie du foyer.

— Je le trouve bien long, ce cochon ! rétorquai-je, surpris des morceaux que je voyais prendre.

Les sauvages finirent toutefois par plier bagage. Ils allèrent chercher sous les frondaisons de grandes pirogues et y montèrent jusqu'au dernier, emmenant avec eux ce qui, de loin, pouvait faire penser à de la viande emballée dans des feuilles.

Après qu'ils se soient éloignés sur l'horizon, je fis signe à Robert de sortir de notre cachette. Il était temps, les grosses fourmis commençaient à percer de leurs antennes la toile de nos pantalons. Je m'approchai des restes du feu éteint, aiguillonné par l'espoir d'y glaner un peu de nourriture. Mais alors, quel spectacle ! En fouillant les os carbonisés, je reconnus sans hésitation, bien que brisé et vidé de sa substance... Quoi ? Je le donne en mille : un crâne humain !

Oui ! impossible de se tromper, un crâne humain parfaitement iden-
tifiable avec sa calotte, ses orbites et ses dents pareilles aux
miennes. J'étouffai d'indignation et Robert faillit se trouver mal. Horreur ! ce que nous avions pris pour un babiroussa n'était autre que
l'un de nos congénères et les chasseurs ayant joyeusement festoyé
sous nos yeux appartenaient à un peuple cannibale.

Je savais que les hommes des mers du Sud se livraient à des
combats fratricides et sans merci mais je n'imaginais pas qu'ils en
viendraient à se dévorer entre eux. Car la belle pièce de gibier
observée tout à l'heure ne possédait pas la peau blanche de nos
compatriotes et les ossements humains que nous venions de découvrir ne pouvaient donc provenir d'un Européen. C'était forcément
ceux d'un indigène.

Nous nous éloignâmes au plus vite, le cœur serré. Toute la nuit,
sous une pluie diluvienne, il fallut courir en lisière des bois bordant la
grève de manière à passer inaperçus. A l'aube, épuisés d'effort et
d'émotion, c'est avec un soulagement indescriptible que nous attei-
gnîmes le havre où mouillaient nos bateaux.

Chapitre XXXI : Nouveaux combats

Robert et moi résolûmes de passer sous silence l'horrible scène à laquelle nous venions d'assister. Inutile d'inquiéter les matelots avec notre histoire d'anthropophages ou à l'inverse d'en exciter certains. Les récits de mousses dévorés par leurs compagnons d'infortune n'étaient peut-être pas si niais que ça. De surcroit, notre longue absence d'un jour, et surtout d'une nuit, me faisait craindre une nouvelle punition, perspective intolérable après mon rétablissement au grade de pilotin. Quand on m'interrogea, je racontai pour me disculper notre longue errance au milieu de la jungle et les heures passées à regagner le camp français. Ce qui sonnait juste et fut accepté sans réticence : Alexandre et Amaury, lâchés en même temps que nous dans la nature, avaient éprouvé les pires difficultés à retrouver la clairière où les attendaient Commerson, Jeanne Baret et maître Blin. Résultat : personne ne nous tint rigueur de cette insubordination qui aurait pu mal tourner. Les officiers et les savants devaient avoir d'autres préoccupations en tête. L'impossibilité de ravitailler notamment.

A Port-Praslin, on ne prit en effet rien d'autre que deux ou trois petits oiseaux semblables à celui abattu par maître Blin au début de notre excursion. Une misère ! Quant à la pêche, elle se résumait aux coquillages et crustacés cueillis à la main sur la grève. De gré ou de force, nous devînmes végétariens, nous contentant de fruits exotiques et de cœurs de palmiers dont les bourgeons comestibles étaient appelés par facilité de langage choux palmistes.

Tout de même, à propos de notre escapade - ou plutôt de son épilogue dramatique -, je voulus en avoir le cœur net. J'allai voir Aotourou dans l'intention de lui demander si... à Tahiti... ?

— Aotourou, mon ami ! te rappelles-tu cette mâchoire à demi grillée que l'on a trouvée l'autre jour, au fond d'une pirogue, dans l'anse des guerriers ?

— Papou ! me répondit-il, mot que l'on peut traduire par « Oui ! bien sûr ».

— Cette mâchoire, d'après toi, était-ce du cochon ou du chien ? demandai-je habilement.

Notre nouveau compagnon me regarda de biais d'un air gêné. Puis il secoua la tête en signe de dénégation et répéta plusieurs fois l'expression « Taata-ino », qui veut dire « mauvais homme » en tahitien. Il porta ensuite l'avant-bras à sa bouche et le mordit cruellement. Aotourou n'aurait pu être davantage explicite : la mandibule carbonisée de l'anse des guerriers ne provenait ni d'un porc ni d'un chien mais hélas d'un être humain ! Comme je le craignais, les insulaires des mers du Sud tenaient pour habitude de dévorer leurs semblables. Mais alors que de périls encourus depuis notre entrée dans l'océan soi-disant pacifique ! Le souvenir de mes balades à Tahiti – "l'île bienheureuse", vraiment ? - me donnait à présent des sueurs froides.

Voyant le trouble qui me gagnait, le Tahitien sourit hypocritement et me tint à peu près ce langage :

— Manger les guerriers vaincus est normal puisqu'ils en auraient fait de même s'ils s'étaient trouvés à notre place...

— Ah, ça ! la plus parfaite créature de Dieu est sacrée. Comment pouvez-vous faire des choses pareilles ? m'écriai-je.

D'une voix douce - trop douce à mon gré -, celle que les natifs de la région utilisaient parfois pour atténuer l'horreur de leurs propos, Aotourou se lança dans une explication longue et embrouillée. Je finis par comprendre que les chefs tahitiens s'autorisaient de temps à autre les sacrifices humains. Quant aux ennemis faits prisonniers, ils étaient engraissés jusqu'à ce qu'ils deviennent assez gros et gras pour subir le même sort. « Ignoble ! » pensai-je. « Vivement que nos missionnaires débarquent sur ces îles et donnent un peu de civilité à ces sauvages ! » Je m'enfuis la tête basse, abandonnant mon interlocuteur indigène à ses mauvaises raisons.

Peu après cet échange glaçant, la Boudeuse et l'Etoile quittèrent notre mouillage, toulinées chacune par leur chaloupe. Véron venait de finir ses mesures astronomiques et l'état-major souhaitait abréger le séjour à Port-Praslin. Nous sortions de cette escale avec pour tous la faim au ventre et, pour certains dont j'étais, la peur bleue d'être mangés !

Notre croisière s'attarda encore quelques temps le long des côtes de la Nouvelle-Bretagne, un nom plutôt mal choisi au regard des paysages qui défilaient sous nos yeux : relief prononcé, chaleur étouffante et surabondance de végétation d'un vert éclatant. Rien qui rappelle les délicates bruyères ou les petits chemins creux de ma lointaine Bretagne.

J'avais transbordé Ramsès sur la Boudeuse sans rencontrer d'opposition. Tout le monde se rappelait que j'avais obtenu sa garde de haute lutte après l'escale de Rio. En revanche, le principal intéressé ne manifesta guère d'émotion en changeant de bateau : à peine un ronronnement, le premier soir où il se blottit au fond de mon hamac. Comble d'abnégation, je devrais à présent le nourrir bien que la chasse aux rats reste la plupart de temps infructueuse. Rendus méfiants par la diminution brutale du nombre de leurs congénères, les petits machoirans demeuraient invisibles. A moins qu'il n'en reste aucun ! De temps à autre, l'officier de quart m'envoyait d'ailleurs en reconnaissance :

— Va voir si les sentines puent bien, pilotin !

— A vos ordres ! lieutenant. A vos ordres ! capitaine.

Cette injonction poursuivait en réalité un double objectif. Primo : attester qu'aucune entrée d'eau ne diluait la pestilence des fonds - l'odeur des amarres mises à sécher sur des clisses devient vite insoutenable -. Deuxio : vérifier s'il ne resterait pas une ou deux bestioles à queue annelée dont ces messieurs auraient pu faire leur repas.

Comme se balader seul dans les cales n'était pas très souhaitable, je prenais le plus souvent avec moi un autre mousse. Un jour, ce fut Amaury - occupé à recoudre les grègues d'un gradé afin de gagner de l'argent de poche - qui devint pour quelques heures mon matelot.

Je l'emmenai jusqu'aux sentines en m'éclairant du mieux possible avec une lanterne. Arrivé là, je m'aperçus que les rats avaient laissé place aux blattes, cancrelats, cafards et vermines en tous genres. S'agissant de l'inspection demandée, je préférai toutefois m'adresser à une vieille connaissance : Lafleur, dit "Le Compteur", le seul avec le charpentier, le maître voilier et le maître d'équipage à pouvoir circuler librement au plus profond de nos abysses. Bien entendu, le dieu des ténèbres avait repéré notre présence. Dès qu'il vit nos minces silhouettes se faufiler dans les réserves, l'homme ne nous laissa aucune chance :

— Holà ! les mousses, où allez-vous si vite par cette chaleur ?

— Inspecter les sentines !

— Ah ! vraiment… Les officiers ne pensent donc qu'à se remplir la panse ! railla le préposé à la cambuse, lequel avait tout de suite compris les raisons de cette incursion dans son domaine. Venez donc par ici, mes mignons ! nous ordonna-t-il d'un ton sans appel.

"Le Compteur" nous fit d'abord traverser la soute aux voiles, les nommant au passage au moyen des initiales portées sur un de leurs coins relevé en triangle, ce qu'on appelle "le baptême" en langage marin : PH pour petit hunier, GH pour grand hunier, CI pour civadière et ainsi de suite concernant la grand-voile, la voile d'artimon, la perruche, la contre civadière, la brigantine, les perroquets, les bonnettes. Il contourna le repaire du "bout de bois" - c'est-à-dire l'atelier du charpentier, une caverne d'Ali Baba que mon camarade Jonas m'avait fait visiter lors de la traversée de l'Atlantique - et descendit encore d'un niveau.

Nous étions à présent au paradis des pièces d'eau, des caisses et des ballots, arrimés de façon à ce que rien ne bouge, même en cas de grosse tempête. Au centre de la coque, les saumons de lest jouxtaient les puits à boulets selon le principe du plus lourd dans les fonds. Les projectiles de nos canons semblaient si rongés de rouille et si collés les uns aux autres que je redoutai la corvée de nettoyage préalable à leur mise en service. Car les boulets de fer devaient être piquetés, grattés, fourbis et huilés, avant d'être chargés… de fort mauvaises intentions envers ceux auxquels on les destinait.

— Les matafs de la flûte n'ont pas eu notre chance ! s'écria tout à coup Lafleur.

— Pourquoi donc ? interrogea Amaury.

— Eh bien ! ils ont dû nous céder leurs réserves à Port-Praslin et se sont retrouvés presque lège.

— Vous voulez dire léger ? interrogeai-je.

— Lège ! corrigea notre interlocuteur en haussant les épaules. Sans cargaison ou sans lest, précisa-t-il.

Lafleur nous expliqua que l'Etoile avait dû fabriquer à Port-Praslin le lest qui lui faisait défaut, en équarrissant de lourds madriers de bois. Un travail plus que pénible sous ce climat torride.

Peu après, la balade s'interrompit brusquement. Nous étions rendus à destination et notre guide se mit à fureter dans les recoins les moins accessibles des fonds. Ah ! le gredin, il avait confectionné des pièges et se préparait à en toucher la recette sous nos yeux. Il inspecta plusieurs souricières vides, des attrape-nigauds appâtés avec des biscuits de marin, puis découvrit un petit rongeur captif qui poussa des cris aigus à notre approche. D'un geste brusque, "Le Compteur" sortit une baïonnette cachée dessous les pans de son habit et nous demanda de regarder ailleurs. Hop là ! d'un geste assuré dont je n'aperçus que les prémices, il fit passer de vie à trépas le locataire indélicat. Continuant sa tournée, il en cueillit ensuite deux autres et les trucida de la même manière, sans hésiter une seconde. Décidément, l'endroit était mal fréquenté ou si l'on préfère giboyeux.

Après nous avoir ramenés au pied de l'échelle, l'astucieux braconnier nous proposa le marché suivant : il garderait l'une des trois prises qu'il venait de faire pour sa consommation personnelle, négocierait la seconde auprès de l'état-major, quant à la troisième, il se disait prêt à nous l'offrir gratis à condition que nous ne soufflions mot de son petit trafic. Vu l'état d'indigence où se trouvaient nos estomacs, cette offre fut acceptée avec plaisir. Sacré Lafleur !

Nous étions toujours au voisinage de la Nouvelle-Bretagne, lorsque d'autres indigènes vinrent côtoyer nos vaisseaux. Ils acceptaient les bagatelles qu'on leur offrait depuis le pont et nous faisaient signe de venir à terre mais… pas si bêtes !

Ces natifs des îles avaient beau exhiber bracelets et colliers, plumes et aigrettes, pendants d'oreilles et anneaux au bout du nez, cette profusion d'ornements leur conférait une coquetterie appuyée que je n'appréciais guère. A la fin, je résolus de confier mes doutes au lieutenant Dumanoir :

— Mon lieutenant, je n'aime pas ces hommes !

— Ah ! tiens. Et pourquoi donc ?

— Ce sont des féroces, des païens, des... des... cannibales !

— Tais-toi ! Pierre-Yves, murmura l'officier, tout à coup très pâle.

M'ayant pris sous son aile, Dumanoir me conduisit à ses quartiers - un réduit de six pieds sur trois, chichement meublé d'un coffre en bois peint et d'une couchette protégée d'une moustiquaire - puis, s'arrêtant net, me demanda à brûle-pourpoint comment il se pouvait que je connaisse les habitudes anthropophages des hommes des mers du Sud.

Je dus lui raconter notre récente mésaventure, lorsque Robert et moi avions assisté, sans y être invité, à l'un de leur terrible festin. A la suite de quoi, je lui rapportai la légende concernant les mousses dévorés par l'équipage en période d'extrême disette. Dumanoir éclata de rire mais, après s'être bien gaussé à mes dépens, me fit jurer de ne dire à personne ce que je savais. « Il ne faut pas alarmer nos compagnons de voyage avec de telles sottises » affirma-t-il. Je jurai, une promesse qui ne me coûtait guère puisque Robert et moi avions fait le serment de rester muets à ce sujet.

A la suite de ce serment, Dumanoir prit dans son coffre une verrine fermée d'une rondelle de liège. En transparence, je vis qu'elle renfermait des confitures de prunes mombin cueillies lors de notre dernière escale. Dans les circonstances actuelles marquées par la famine, ce cadeau n'avait pas de prix. Merci, lieutenant !

Pour en revenir aux indigènes, mes craintes se révélèrent fondées. Deux ou trois jours après notre première rencontre, un essaim de pirogues se présenta sur notre travers puis, nous ignorant complètement, courut sus à la flûte, sans doute jugée - à tort - moins bien défendue que la frégate amirale. La riposte ne se fit pas attendre. Une brève fusillade suivie d'un coup de canon mit les fâcheux en déroute. Autour de moi, beaucoup glosèrent sur l'épisode, disant que « malgré leur grande faiblesse, nos frères de l'Etoile n'étaient nullement disposés à finir dévorés par une population cannibale ! »

Ainsi, contrairement à ce que m'avait affirmé Dumanoir, tout le monde à bord ou presque appréhendait les mœurs barbares des habitants des mers du Sud. Je découvris du même coup que mon lieutenant préféré savait parfois mentir...

Notre voyage se déroula dès lors plus calmement et nous porta vers une nouvelle île, grande et montagneuse, appelée terre des Papous[17]. Nous retrouvions l'extrémité du monde connu, notamment

---

[17] *La Nouvelle-Guinée*

des Hollandais qui s'étaient emparés des Indes orientales[18] au détriment des Portugais.

Dans cette région reculée - mais déjà colonisée -, je fus quelquefois surpris de l'attitude des indigènes. Nous rencontrâmes ainsi un homme seul dans une pirogue, un noir presque nu, qui produisit sur nous une forte impression en riant d'un air entendu lorsqu'on essaya de l'appâter avec des bagatelles. Sans doute avait-il une longue habitude des Européens, à moins qu'il ne soit un esclave marron échappé d'on ne sait où ?

Au voisinage de l'équateur, j'appris à faire le point au large, malgré l'absence d'amers pour faciliter les relèvements. Véron et Dumanoir m'expliquèrent comment mesurer la méridienne avec l'octant. C'est en effet la hauteur du soleil au-dessus de l'horizon qui donne la latitude. Pour la longitude, grâce aux indications d'une montre de marine - le fameux garde-temps -, je devais noter l'écart avec l'heure du méridien de Paris. Du même coup, je pouvais évaluer le chemin restant à faire en vue de regagner la France : exactement la moitié de la circonférence du globe terrestre. Vertudieu ! que ma famille loge à la verticale de mes pieds, les bien nommés antipodes, me donnait le tournis.

Cependant, tout n'allait pas de soi. A la suite d'une glissade sur les rochers de Port-Praslin, je m'étais écorché sous la cheville. D'abord bénigne, cette blessure n'avait pas tardé à s'infecter. Elle

---

[18]*L'Indonésie, comprenant Java, Sumatra, Bornéo, les Célèbes et les Moluques*

suppurait, se creusait et s'apprêtait à ronger les chairs jusqu'à l'os. Perspective peu réjouissante qui annonçait l'amputation et le pilon de bois des pirates des Caraïbes. Ni Commerson ni Vivès ne pouvant me renseigner puisque l'un et l'autre prenaient leurs quartiers sur l'Etoile, je m'adressai au chirurgien de la Boudeuse. En vérité, je ne fus pas le seul à lui rendre visite. A peine sortis de notre dernière escale, beaucoup d'entre nous se retrouvèrent sur les cadres, malades du scorbut, d'accès de fièvres bilieuses ou d'ulcères variés. « Ah ! le charmant climat ! » me dis-je, « Je m'explique mieux pourquoi cet endroit du monde est si mal fréquenté ! »

Le plus touché d'entre nous fut le bosco, porte-parole de l'équipage au quotidien et Père la Ligne à l'occasion. Le pauvre n'allait pas tarder à mourir du scorbut. Il fut immergé au fil de l'océan cruel qu'il avait contribué à reconnaître, après que la cloche de la dunette eut sonné en son honneur le modeste glas des marins hauturiers. L'équipage, chapeau bas, rangé en vis-à-vis des deux côtés du tillac, écouta avec respect l'oraison funèbre à laquelle lui donnait droit sa qualité de premier maître.

Chez le major, je fis aussi la connaissance de ce qu'il est convenu d'appeler "un cas" en termes de médecine. L'un des nôtres s'était fait mordre à la jambe par un serpent en recherchant des coquillages sur les grèves de Port-Praslin. Une demi-heure plus tard, le malheureux était pris de convulsions. On dut le brancarder inconscient sur la Boudeuse ; puis, deux hommes le promenèrent de vive force sur le pont, le temps qu'il reprenne ses esprits. Lui-même se croyait perdu lorsque les médecines qu'il reçut réussirent à le tirer d'affaire. Il transpira d'abondance, se calma et dormit. Mais pendant encore quelques jours le rescapé dut se faire soigner à l'hôpital du bord et c'est là qu'il me narra son histoire.

Quant à moi, misère ! La nuit me trouvait brûlant de fièvre et l'aube me laissait poissé de sueur. Bientôt, mon pied gonfla au point de tripler de volume. Ensuite, la croûte de l'écorchure se détacha en laissant place à une inflammation. Dans le but de hâter ma guérison, j'expérimentai le truc du marin qui a des engelures ou des crevasses. Un maître voilier me l'avait enseigné lors de la traversée du Détroit de Magellan : on place un brin de laine sur la plaie à vif, ou mieux on utilise un fil de caret que l'on maintient en place avec un bas de coton. Rien à faire : l'abcès grossit tant et plus, je me mis à boiter vilainement. Mon Dieu ! l'emplacement était fort mal choisi : la cheville, une articulation précieuse pour qui souhaite rester vaillant...

Le chirurgien de la Boudeuse me prescrivit divers potions, bandages, onguents mais sans plus de succès. Il en résultait ce genre d'échange aigre-doux chaque fois que je lui rendais visite :

— Comment, va notre jeune homme, aujourd'hui ?

— Le jeune homme irait mieux sans ce fâcheux abcès à la cheville, major !

— Vous êtes fort impatient, mon petit ! bougonnait le médecin, pendant qu'il examinait ma blessure.

J'éprouvais presque de la jalousie envers l'homme mordu par un serpent, car lui au moins connaissait l'origine de son mal tandis que je me pensais victime d'un poison mystérieux me rongeant les chairs et me conduisant inéluctablement au trépas. Cédant à mes penchants naturels, je résolus de soigner le mal par le mal. Au cours de mon précédent séjour à l'infirmerie, j'avais appris que l'on appliquait du brai en fusion sur les membres amputés en vue d'éviter la gangrène. Eh bien ! je résolus de m'infliger ce remède de cheval et j'allai quérir l'aide chirurgien pour qu'il me l'administre. Avant d'étaler son goudron fumant, l'homme prit toutefois la précaution de me faire boire du laudanum, un sédatif qui eut pour effet de m'estourbir rapidement... mais pas complètement ! Je ne souhaite en effet à personne d'endurer un tel supplice : le brai grésillant et visqueux me brula comme un fer rouge.

C'était toutefois la bonne solution. L'ulcère se transforma en brûlure et se réduisit progressivement à la dimension d'un pois chiche. Bientôt, il ne me resta plus sur la peau qu'une petite cicatrice de couleur pourpre violet, sans que je sache si ce vilain stigmate provenait du mal ou du remède. Peu importe à vrai dire, puisque je sortais encore une fois vainqueur de ce pénible épisode.

En cherchant contre vents et marées à rallier les comptoirs hollandais des Indes orientales, l'expédition découvrit un détroit inconnu baptisé aussitôt "passage des Français"[19]. Au cours de cette navigation difficile, je fus constamment en alerte, à la sonde, au loch, à l'ampoulette, au garde-temps ou encore aux caissons et drisses de

---

[19] *Détroit de Bougainville*

pavillon destinés aux transmissions. Nous réussîmes cependant à franchir la passe, c'était là l'essentiel. Dès ce moment, les courants s'inversèrent et le fond devint aussi insondable que celui d'une mer libre. Nos gens eurent aussi la chance de prendre une tortue de près de deux cents livres. Enfin de la viande fraîche qu'il n'était pas nécessaire de dessaler !

Juste après cette pêche providentielle, une multitude de feux scintillant au cœur de la nuit révélèrent la proximité d'une terre habitée et même fortement peuplée. Un nouveau Tahiti ? Le 1er septembre, l'aurore aux doigts de rose confirma cet heureux présage. Les lueurs du petit jour réveillèrent une large baie dominée par un volcan gigantesque. Selon les calculs de l'état-major, il s'agissait de Céram, une grande île de l'archipel des Moluques. Des embarcations indigènes vinrent à notre rencontre mais s'éloignèrent en faisant des gestes hostiles lorsqu'ils nous virent hisser le pavillon hollandais selon l'usage. Surpris de cette attitude mais ne voulant pas risquer l'affrontement, l'expédition mit le cap dehors et évita au large. Je l'appris par la suite, les natifs du cru étaient en guerre contre les marchands d'Amsterdam et les avaient chassés de leur île.

La nuit suivante nous enveloppa de senteurs tièdes et épicées. Un délicieux mélange où les effluves de feuilles mouillées laissaient discerner un parfum nouveau que certains réussirent tout de même à identifier : le poivre, l'une des épices les plus recherchées en Europe. Nous touchions au but !

A l'aube, l'entrée d'un véritable port s'ouvrit devant nos yeux embués de larmes. Ô joie ! des maisons entourées d'un petit enclos, une citadelle protégée par une solide palanque, une église au toit pointu, dans les prairies attenantes de gras bestiaux qui paissaient librement ! Il y avait mieux encore : derrière le remblai servant de jetée, des bateaux comme le nôtre - oui ! comme le nôtre - arboraient le drapeau hollandais.

Cette île appelée Boëro[20], ce port baptisé Cajeli, annonçaient-ils la fin de nos misères ? Il y avait près de dix mois que nous avions quitté Montevideo. Après un si long voyage, si loin de toute civilisation, faudrait-il découvrir à nos dépens que le Roi de France était en guerre contre les Provinces-Unies ?

M. de Bougainville résolut, je crois, de prendre un risque calculé. D'un côté il espérait ce comptoir bien doté en ravitaillement, de l'autre il le voyait mal défendu. A eux seuls, les deux vaisseaux français seraient plus forts que toute la colonie. Il résolut en conséquence de se présenter hardiment à l'entrée du port.

Une première embarcation se porta à notre rencontre. Elle arborait bien entendu le drapeau hollandais et l'individu qui la menait nous adressa la parole en flamand. Il refusa toutefois de monter à bord et de répondre à nos questions. De ce fait, la Boudeuse prit une seconde fois l'initiative. Précédée de son canot et suivie comme il se doit par l'Etoile, elle franchit le goulet fermant le port.

---

[20] *Buru, petite île de l'archipel des Moluques*

A peine l'ancre décrochée du capon, une autre gabare locale nous aborda. Deux soldats en uniforme - dont l'un parlait français -, acceptèrent cette fois de venir sur la frégate et demandèrent les motifs de notre présence en ces lieux. Sur quoi, M. de Bougainville envoya un officier à terre prendre des renseignements. Ce dernier fut bientôt de retour, les lèvres serrées et la mine déconfite : le Gouverneur des Indes orientales hollandaises avait réservé l'entrée du bassin à flot aux seuls bateaux de la Compagnie éponyme. Du coup, il nous était interdit de débarquer.

"L'amiral" réagit sur-le-champ. Il griffonna un billet au magistrat de l'île, lui notifiant que nous resterions stationner au port tant que les secours conformes aux usages maritimes ne nous auraient pas été donnés. Tout le monde trépignait d'impatience en voyant si proche ce dont nous étions privés depuis si longtemps. Nous manquions en effet du strict nécessaire et les quatre cinquièmes de l'équipage se montraient incapables de prendre leur service. Je laisse imaginer l'échauffement des esprits à l'idée de boire et manger comme avant.

C'est alors que les soldats s'alignèrent le long du fronteau de dunette et commencèrent à charger leurs armes...

Chapitre XXXII : Un Frère de la côte

L'escale à Boëro - ou plus précisément au port de Cajeli - dura en fait six jours. Et quelle escale, mille tonnerres !

Le gouverneur hollandais nous avait-il pris en pitié ? La présence de M. de Bougainville lui procurait-il une agréable distraction dans ce comptoir du bout du monde ? N'importe ! dès le premier soir il reçut notre commandant chez lui et le retint à diner avec trois de ses officiers. Mieux, il fit porter sur nos bateaux de quoi faire un bon repas, boire à sa santé et surtout à la nôtre. A vrai dire, jamais repas ne me parut plus délectable. Pourtant je suis difficile sur le sujet et j'avoue que le souvenir de mon premier banquet à Tahiti enchante encore ma mémoire.

La suite fut à la hauteur de ce diner improvisé. Tous les jours de la viande fraîche - principalement du cerf qui abondait dans l'arrière-pays -, assez souvent des fruits, quelquefois du sagou - une sorte de pain confectionné avec des cœurs de palmier -, du riz à volonté, bref, que des bonnes choses. L'île étant bien pourvue en bovins, on y trouvait également du beurre, lequel fit des adeptes au sein de notre équipage presque exclusivement formé de Bretons et de Normands. Quant aux choux et autres légumes verts destinés à vaincre le scorbut - ce que l'on savait d'expérience -, les malades débarqués à terre en eurent autant que le jardin du gouverneur fut capable d'en produire. Le Ciel soit loué ! une admirable abondance succédait à la plus cruelle des disettes.

Dès le lendemain de notre arrivée, je pus me rendre à terre. Pour l'occasion, j'endossai mon habit de sortie : un vêtement ravaudé que je gardais bien propre et sec dans mon sac. Mais les aléas de la descente furent tels, qu'à peine endossé, il se trouva taché de vase : comme on nous avait fait débarquer par une demi-brasse de fond, je dus patauger un bon moment avant d'atteindre la grève.

Les habitants rencontrés sur le port me donnèrent l'impression de vouloir appartenir à toutes les nations à la fois. Malais par la douceur de leurs traits, enturbannés et de croyance musulmane à la façon des Arabes, ils suivaient la mode chinoise en portant de grandes tuniques de soie boutonnés jusqu'aux pieds. Pour achever ce mélange des genres, je découvris qu'ils s'exprimaient en hollandais, langue dont personne d'entre nous ne comprenait le moindre mot.

On m'affirma que cette population d'un naturel assez docile appréciait la tutelle des Occidentaux qui leur apportaient la paix avec les Papous, guerriers farouches et belliqueux dont les bandes venaient jadis incendier leurs villages avant d'emmener en esclavage tous ceux qu'ils n'avaient pas d'abord égorgés. Fichtre !

A peine commençais-je à gravir l'unique rue de la petite bourgade coloniale, que deux matelots de la Boudeuse vinrent m'accoster. Ils souhaitaient me présenter un troisième luron qui vadrouillait en leur compagnie - un Européen lui aussi - lequel me fit l'effet d'être un fameux gaillard.

— Crénom ! s'écria l'inconnu en me regardant droit dans les yeux. Voilà que se présente sur mon travers le mousse dont on m'a tant vanté les mérites.

— Je m'appelle Pierre-Yves ! dis-je, surpris de constater que cet individu à la figure loyale parlait français comme vous et moi et cherchait à me mettre le grappin dessus sans tarder.

— Viens par ici ! m'ordonna-t-il crûment, tout en crachant un large rond de salive. Avant de faire plus ample connaissance, nous allons nous humecter le gosier car le service que j'ai à te demander est de la plus haute importance et je dois d'abord délier ma langue qui, sinon, serait capable de se dessécher comme hareng en caque et oublierait de m'obéir.

L'inconnu me prit par le cou et, d'une sacrée bourrade, me fit asseoir à la terrasse d'un cabaret situé à trente coudées. Hélant le tenancier de la voix et du geste, en réalité un solide coup de poing sur la table, il commanda à boire pour nous deux. On nous servit une bière - d'une blondeur toute nordique - que je jugeai excellente et honnêtement rafraîchie, peut-être à l'eau de la rivière coulant en contrebas. Cette boisson qui débordait d'un pichet en émail orné de canaux et de moulins provenait-elle de la lointaine Hollande ?

En tous cas, l'individu assis en face de moi se prétendit Français et Breton de surcroît. Hélas déserteur, puisqu'il avait filé son câble lors d'une relâche à Batavia[21], à moins qu'il ne s'agisse de Trincomaley[22] ou de Calvit le vieux[23], je ne sais plus très bien. Il me dit s'appeler Le Goff et désigna Brest comme son port d'attache.

Ayant bu d'un trait sa bière, Le Goff reposa son bock encore embué sur la table, s'essuya la bouche d'un revers de main et formula tout de go sa requête.

— Passons aux choses sérieuses, fiston ! Me voilà prêt à mener un brin de causette aussi longtemps qu'il te plaira. Ouvre tes écoutilles car, je te préviens, je sais manier le verbe aussi bien que le sabre d'abordage ! Et puis, je dois t'avouer quelque chose, murmura-t-il en s'approchant de mon oreille et en baissant la voix… je suis un "frère de la côte" !

— Vraiment ! Toi, un "frère de la côte" ! m'écriai-je, me demandant à quel type de flibustier j'avais affaire exactement.

— Oui, mon gars et j'en suis pas peu fier ! répondit le solide gaillard en levant le nez d'un air suffisant.

— Pardon de t'interrompre, matelot, mais tu as donc fait la course aux Espagnols en mer des Antilles ?

— Tu n'y es pas du tout ! se récria notre homme. Vertuchou ! fauty être bête pour pas savoir ça. C'est bien la peine d'être éduqué ! Mais je vais quand même te l'apprendre parce que, ma foi, tu as une bonne tête. Les "frères de la côte" n'ont rien à voir avec les sombres

---

[21] *Jakarta dans l'île de Java*
[22] *Trincomalee au Sri Lanka, anciennement l'île de Ceylan*
[23] *Manille, capitale des Philippines*

idiots dont tu viens de me causer. Ces fichus cafouilleux on les appelle... les "garçons de la côte". Des marins de petit bateau par rapport à nous !

Dans la foulée, Le Goff m'apprit l'énorme différence qui séparait les "frères de la côte" des "garçons de la côte" : les premiers bourlinguaient aux abords des Indes lointaines et mystérieuses, tandis que les seconds restaient au voisinage des Amériques, plus proches et plus civilisées. Afin d'être admis "frère de la côte", une vraie franc-maçonnerie de la mer selon Le Goff, il fallait donner la preuve de sept années de navigation - experte et courageuse, cela va sans dire - le long des côtes indiennes. Flattés, adulés, craints, aimés des femmes, les "frères de la côte" tenaient le haut du panier et triomphaient partout. Ils couraient le bon bord selon la formule consacrée.

Ce franc matelot mettait peut-être du vent dans ses voiles mais la jovialité de sa figure et la verdeur de son langage faisaient honneur à sa corporation.

— Mille boulets ! s'écria-t-il soudain, je rêve toujours de l'Inde. C'est le pays des occasions, on ne peut mieux dire. Pour qui veut justifier une réputation d'homme libre et brave, c'est là qu'il faut aller.

— Alors comment se fait-il que tu aies échoué ici, au bout du monde connu ? lui demandai-je de plus en plus perplexe.

— Holà ! moussaillon, tout cela est assez compliqué. Si je devais te décrire mes aventures en détail cela me prendrait au moins un jour ou deux. Sache que la compagnie hollandaise m'a fait valoir les avantages à soutenir son action et que, du coup, je n'ai pas résisté à l'envie de courir les îles aux épices. Las ! elles sont trop policées pour moi. Palsambleu ! les marchands d'Amsterdam, quel ennui : chez eux tout est réglementé. On ne peut rien entreprendre sans leur accord. Pffut ! ce ne sont pas des drôles, crois-moi, ajouta-t-il en soupirant.

De manière à couper court à ces épanchements qu'il devait juger indigne de son statut de "frère de la côte", Le Goff sortit d'une de ses poches une lettre toute chiffonnée.

— Tiens ! me jeta-t-il d'un ton bourru, toi qui sais lire et qui est instruit, dis-moi donc de quoi cause ce fichu billet. Je le trimballe depuis des lustres et il me tarde de le jeter par-dessus bord. En échange, je te promets un fameux cadeau à ma façon. Tope là, cela te va-t'y ?

Fasciné par le personnage et curieux d'en savoir davantage sur son compte, j'ouvris le pli cacheté qui portait une date d'expédition vieille de plus d'un an. Il émanait d'un notaire de Camaret - le chef-lieu de la presqu'île située en face de Brest - et informait notre homme qu'il était le seul et unique héritier d'un vague cousin, possédant quelques biens dans ce coin reculé de Bretagne. Si Le Goff ne tardait pas trop à se manifester, il recevrait en legs une terre, des bâtiments et même un petit pécule décompté en louis, livres, sols et deniers. La fortune ! enfin presque...

— Tournée générale ! s'écria le "frère de la côte", en devenant rouge comme une pivoine. Je rentre en France avec vous, c'est dit !

Et que le Diable m'emporte si je ne parviens pas à harponner le magot. Mazette ! quel virement de bord… Hou là, là ! si j'avais su ça plus tôt, je n'aurais pas traîné mes guêtres dans ce trou perdu, tu peux me croire. L'heureux matelot m'apprit qu'il gardait cet écrit sur lui depuis au moins trois mois, celui-ci lui ayant été remis à Macassar[24] par un représentant hollandais de la Compagnie des Indes, qui lui-même le tenait d'un officier français de passage à Batavia.

De façon à me remercier d'avoir lu la lettre qui changeait sa destinée, Le Goff m'offrit comme prévu un cadeau. Il prit à l'intérieur de son bagage un récipient d'écorce de latanier, l'ouvrit et me montra des épices soigneusement rangées en petits paquets : clous de girofles, macis, muscade et poivre sous toutes ses formes, vert, noir et blanc. Un trésor, une fois rentré à Saint Malo ! Là-dessus, il me donna rendez-vous le lendemain à sept heures en vue d'une chasse au cerf qui s'annonçait prometteuse.

Ayant par miracle échappé à la vigilance de Maître Blin - notre chaperon attitré au cours de cette croisière - je m'enfuis à l'aube, accompagné d'Amaury et de Robert. Tant pis pour la permission !

Le rendez-vous était fixé devant la citadelle locale, dite "de la Défense". D'abord construite en pierres, cette forteresse avait explosé à la suite d'un accident et ne disposait plus que d'une palanque en bois complétée de six petits canons pour refouler

---

[24] *Ujunpangdang dans l'île de Salawesi, archipel des Célèbes*

d'éventuels assauts. Quand bien même les Français auraient dû débarquer de vive force sur l'île, cette prétendue citadelle ne leur aurait pas résisté bien longtemps.

Le Goff se présenta au rendez-vous, juché sur un palanquin et entouré d'une multitude d'indigènes. Un Prince n'aurait pu se trouver en meilleur équipage : habillé à la façon d'un nabab, au moins trente domestiques l'escortaient pour porter ses bagages, son fusil et tout son nécessaire. Notre héros eut hâte cependant de renvoyer sa chaise dont il ne voyait plus l'utilité puisque la chasse devait s'effectuer à pied.

Avant tout, il nous mit en garde : il fallait se méfier des chauvessouris - larges comme des ombrelles - des tigres à profusion, des singes sans queue et des boas qui, d'une seule bouchée, ingurgitent une chèvre ou un mouton. Il nous avertit aussi contre un autre serpent, plus terrible encore, qui se love en haut des branches et darde ses yeux dans ceux des promeneurs lorsqu'ils regardent en l'air. *« On ne connait aucun remède à la piqûre de ce méchant reptile »* précisa-t-il d'un ton fataliste. Complétant l'horreur de cette description, notre guide évoqua en roulant des yeux les crocodiles qui rodent la nuit sur l'eau afin d'enlever de leurs pirogues les pêcheurs imprudents. On les éloignait en faisant brûler des torches, nous murmura-t-il sur le ton du secret, ce qui acheva de nous impressionner.

Ce préalable une fois posé, Le Goff nous demanda de l'attendre pendant qu'il allait s'approvisionner en poudre et en plomb à l'armurerie de la citadelle. En effet, « *la chasse du cerf n'était pas libre, le résident en ayant seul le droit.* » Je compris que, moyennant rétribution, notre guide devait fournir de la viande de brousse à la compagnie des Indes hollandaises. Le matelot était devenu chasseur à l'occasion et quel chasseur, nom d'une pipe ! Notre homme revint en effet de la citadelle avec seulement de quoi tirer trois cartouches. Aussi maigrement doté, il devait pourtant rapporter deux animaux, payés chacun cinq sols pièces. « *S'il n'en rapportait qu'un, on retiendrait sur ce qui lui était dû le prix d'un coup de poudre et de plomb.* » Je comprenais mieux désormais les critiques acerbes dont il accablait les préposés de la compagnie des Indes.

A la suite de cet intermède, la caravane se mit en route. Après avoir franchi les prairies et les cultures attenantes au bourg de Cajeli, nous parcourûmes une plaine marécageuse où une levée de terre servait de digue entre les flaques d'eau. La cohorte des porteurs l'escalada et s'y rangea en file indienne. Au bout de quelques heures de marche facile, on atteignit un village de paillotes où les indigènes accueillirent Le Goff avec de grandes démonstrations d'amitié. Sur quoi, le chef du village nous invita à un festin de bienvenue. Hélas, les aliments étaient horriblement épicés et poivrés, quant à la boisson, elle ressemblait à une lave en fusion que rien ne pourrait éteindre. Je m'évertuai malgré tout à faire bonne figure de manière à ne pas vexer nos hôtes.

En sortant du village, les choses se compliquèrent brusquement. Il fallut emprunter l'un de ces sentiers de brousse mal tracés que l'on doit en permanence rouvrir à coups de machette car au sein de cette nature exubérante, la végétation oppose des obstacles de tous ordres au voyageur. Sans parler des flèches d'un soleil implacable qui observe vos mouvements et vous prend pour cible lors de chaque passage à découvert. Mais voilà le pire : mes souliers de marins, à boucle et à talon, n'étant pas adaptés à ce terrain fangeux, je dus les retirer et continuer pieds nus. Horreur ! quand mon pied sans protection glissait sur une surface dure, froide ou encore visqueuse, je me représentais en tremblant de peur les écailles d'un répugnant crocodile ou d'un ignoble serpent. Dans le but de me tranquilliser, je ressassais les légendes concernant les gros reptiles qui attaquent, disait-on, les gens de couleur de préférence aux Blancs. Mais, après avoir regardé mes jambes maculées de boue, je me demandais s'ils seraient capables de faire la différence entre un indigène et moi. Question gênante et restée, grâce à Dieu, sans réponse !

En revanche, je peux l'attester ainsi que tous les autres mousses composant l'escorte, les nau-nau - c'est le nom des moustiques qui pullulaient dans cette jungle - s'acharnèrent sur notre peau fine et blanche et négligèrent complètement celle des porteurs locaux. Je fus tellement harcelé par ces insectes avides de sang que je dus me jeter au creux d'une mare boueuse pour échapper à leurs morsures.

La nuit s'annonçait lorsque notre petite troupe déboucha dans une vaste clairière. A cet endroit revêtu d'herbes sèches, se trouvait l'emplacement destiné au bivouac. Le Goff nous proposa de nous y installer pour la nuit. Hélas, cette pause nocturne fut entrecoupée de hurlements soudains et de bruits sinistres lesquels, non contents de me réveiller en sursaut, me firent craindre l'irruption d'une bête fauve ou d'une bande de cannibales qui nous aurait pris pour gibier. Mauvais souvenir !

Aux premiers rayons du soleil, j'oubliai ces heures d'angoisse pour ne plus penser qu'à notre véritable sujet : la chasse au cerf. Le Goff s'était construit une cabane sur pilotis à moins de cent toises du campement où nous avions passé la nuit. Il nous fit signe d'y grimper et en referma la trappe d'accès derrière lui. Il s'agissait d'un échafaudage en bambou qui surplombait l'intersection de deux vallées et permettait d'observer le passage des animaux, sans être gêné le moins du monde par la végétation, les moustiques ou tout autre événement imprévu.

La jungle crépitait, peuplée d'oiseaux chanteurs et de singes braillards lesquels se coursaient en hurlant à tue-tête au milieu des géants végétaux immobiles. A plusieurs reprises, j'aperçus des hardes de cervidés, ombres furtives qui animaient le décor obscur de la forêt, mais notre marin se bornait à les suivre des yeux et les regardait s'échapper l'air absent.

— Enfin ! Le Goff, pourquoi ne tentes-tu pas ta chance ? interrogions-nous en chœur.

— Des femelles et leurs petits ! répondait le chasseur, en posant un doigt sur ses lèvres pour nous intimer le silence.

L'attente se prolongeait un peu trop à mon gré, quand, soudain, avant que j'ai eu le temps de rien voir ni de rien deviner, Le Goff épaula et fit feu ! Les indigènes cachés au pied du mirador crièrent leur joie et rapportèrent non sans peine la dépouille d'un grand cerf tué d'une balle en pleine tête. Il y eut encore une longue pause avant qu'un second coup de feu ne déchire le silence. Les porteurs se précipitèrent, heureux comme des rois du résultat obtenu : l'habile chasseur venait à nouveau d'abattre un superbe dix-cors.

Notre champion descendit triomphalement de son affût avec nous à sa suite. Il avait fait exactement ce pour quoi il était rétribué, tuant net deux pièces de gros gibier sans gaspiller la moindre once de poudre ou de plomb.

La rentrée vers Cajeli me plongea en revanche dans les affres les plus cruels, faisant naitre en moi le sentiment de la marine et le dégoût d'être terrien. Nous y fîmes une rencontre que personne ne souhaite faire au cours de ses promenades. Au détour du chemin, un serpent de grande taille tenait le milieu de l'arbre sous lequel nous nous apprêtions à passer. Impossible d'éviter l'affrontement, la jungle de tous côtés était inextricable. Je crus que Le Goff utiliserait son fusil pour déloger l'intrus. Mais non ! Sans doute dans le but d'économiser la dernière de ses trois cartouches, il prit sa machette et courut sus à l'ennemi... après s'être servi une bonne lampée de tafia !

La lutte s'engagea, effrayante, violente, ponctuée de terribles jurons et de craquements sinistres. Les deux combattants étaient si étroitement entrelacés que je n'aurais pu dire qui prenait le dessus, du valeureux matelot ou de l'infâme reptile. Cent fois je dus me retenir de ne pas me mêler à l'affaire. Je serrai les poings, priant pour notre champion, craignant la fixité d'un regard ou la paralysie d'un venin. Dieu sait de quelle traîtrise ce genre d'animal à sang froid pouvait se montrer capable !

Au bout de longues minutes d'incertitude et d'angoisse, Le Goff réussit cependant à porter le coup fatal. L'éclair de sa machette levée au firmament annonça l'imminence de sa victoire. « Vlan ! » s'écriat-il d'une voix de tonnerre alors qu'il abattait son arme. Dans une ultime contorsion, le monstre annelé se lova en glène puis se déroula à la vitesse d'un filin de rechange. Tombé au sol, il ne remua pas davantage qu'une branche morte après l'orage. Je poussais un ouf de soulagement tandis que Le Goff lançait un cri de triomphe.

De manière à permettre au vainqueur de reprendre son souffle, une pause fut décidée à quelques pas en arrière. Mais lorsqu'un peu plus tard, je revins par curiosité sur les lieux du combat, quelle ne fut pas ma surprise : le serpent luisait de mille feux et semblait pris de convulsions. Etait-il encore vivant ? En me rapprochant, je compris mon erreur : le cadavre du reptile grouillait d'énormes fourmis rouges qui le recouvraient en entier, s'apprêtant à le nettoyer jusqu'à l'os. Devant l'horreur d'un tel spectacle, je n'eus plus qu'une hâte : retrouver mon bateau.

Il me fallut patienter. Les lenteurs résultant du transport des deux cerfs et les haltes que Le Goff s'octroyait en vue de relever les pièges posés à l'aller, nous occupèrent encore trois jours.

Dès mon retour sur la Boudeuse, on me désigna pour diverses corvées de pont. En compagnie d'Amaury, astreint au même régime, je dus laver branles et matelas, les hisser dégoulinants à un espar appelé cartahu, travailler au nettoyage et au grattage des œuvres mortes, coudre aux voiles, etc. Mais à aucun moment il ne fut question de me rétrograder. Je devais bénéficier de protections bien placés : Qui ? Dumanoir ? La Giraudais ? Mystère !

Le Goff, quant à lui, se présenta à l'officier de service et n'eut aucune peine à se faire reprendre malgré son ancienne désertion. Nous n'étions pas en guerre contre les Hollandais et le ''Frère de la côte'' n'était pas passé à l'ennemi, il avait pris un congé sans solde, voilà tout...

Ayant jugé la Boudeuse et l'Etoile en état de naviguer, ''l'amiral'' fit savoir qu'il désirait maintenant rejoindre Batavia, un port qui servait de capitale aux Indes orientales hollandaises et se trouvait sur la grande île de Java. A ce sujet, je peux témoigner de notre zèle à ravitailler, puisque, au moment de déferler les voiles, on trouva des épinettes - les petites cages en osier qui renferment les poules des-tinées aux officiers - suspendues aux vergues. C'est dire à quel point les cales et autres espaces habituellement disponibles devaient être encombrés.

Était-ce l'effet de cette soudaine surcharge ou celui d'un fond vaseux et collant, toujours est-il que la frégate éprouva les pires difficultés à quitter son mouillage. Il s'avérait impossible de relever l'ancre de veille. Il fallut batailler au cabestan, pousser comme des damnés sur ce treuil qui prend toute la largeur du pont quand il est garni de ses barres afin d'enrouler le tournevire, filin accroché d'un côté au tambour et de l'autre à l'extrémité du câble d'ancre. « Ho ! Hisse ! » le monde s'échinait, virait, braillait, tandis que de leur côté les musiciens du bord encourageaient les hommes au son des hautbois et des violons. Las ! le tournevire, mince cordage pris entre notre volonté et la traîtresse du fond, rompit à plusieurs reprises. Les timoniers durent chaque fois se précipiter pour ligaturer des bouts à la haussière de chanvre avant qu'elle ne reparte en marche arrière. « Vas-tu céder, tête de mule ! » entendis-je débagouler entre autres grossièretés. A la longue, l'équipage finit cependant par l'emporter. Au moyen d'une bigue de fortune, il réussit à guinder l'ancre supée et à la caponner au portemanteau.

Il faisait maintenant nuit noire. Duclos-Guyot recruta des volontaires en vue de baliser le chenal de sortie. Je levai sans hésiter la main, désireux de participer à cette fête nocturne imprévue. J'y tiendrai le rôle nouveau pour moi de porteur de torche. « Adieu Boëro ! Adieu Cajeli ! » m'écriai-je, en voyant les lumières de la ville s'éloigner. « Je ne t'oublierai pas, je te le promets ! » Et, à ces mots, je brandis fièrement mon flambeau vers la côte.

Chapitre XXXIII : Les Indes hollandaises

Depuis le petit port de Cajeli jusqu'à l'entrée en rade de Batavia - la plus belle et la plus riche des colonies européennes à l'époque de notre tour du monde -, le voyage dura environ trois semaines. M. de Bougainville souhaitait en effet voir de près les deux détroits de Saleyer et de Bouton[25] qui traversent les Célèbes, un archipel malais dont nos atlas ne possédaient qu'une connaissance incomplète, voire fautive, dans les gisements comme dans les latitudes.

J'appris deux ou trois choses à ce sujet grâce à mes relations privilégiées avec le "frère de la côte". Notre nouveau matelot se vantait à tu et à toi de ses aventures passées comme de son héritage, que dis-je, de la fortune - chaque jour plus considérable - transmise par son lointain aïeul breton. Malgré ce soudain changement de condition, il gardait, je dois dire, un magnifique franc-parler, aussi n'eussé-je aucune difficulté à obtenir de lui des renseignements sur la conduite des Européens dans cette région du globe.

— Les Hollandais tiennent leurs cartes secrètes, n'est-ce pas Le Goff ? lui dis-je, un soir où, prudence oblige, la Boudeuse et l'Etoile naviguaient l'une et l'autre à la remorque de leur chaloupe.

— Je pense bien, mon garçon ! Pardi, toutes les nations font de même, Anglais, Espagnols, Portugais. Sans cette précaution, la croisière en Indes serait beaucoup trop facile...

---

[25] *Détroits de Salajar et de Butung*

— Puisque les bourgeois d'Amsterdam se sont rendus maîtres de la région, ils ont donc l'exclusivité du commerce des épices ?

— Oh que oui ! soutint le rusé matelot en dodelinant de la tête. Dame ! avant de faire quoi que ce soit, les indigènes doivent demander la permission de la Compagnie des Indes...

Afin d'illustrer son propos, Le Goff me rapporta le triste sort d'un natif de Java qui fut fouetté en public, marqué au fer rouge et vendu comme esclave parce qu'il avait fourni aux Anglais une carte des Moluques. Les "Englichs" rôdaient en effet dans les parages et guettaient la moindre faiblesse de leurs devanciers. En pure perte, car les comptoirs néerlandais étaient très bien gardés. De façon à mieux les surveiller, le conseil de la colonie s'arrangeait pour que chaque île ne produise qu'un seul type de denrée :

— A Boëro, vois-tu, on ne cultive plus que du poivre, rien d'autre, affirma Le Goff. A l'inverse, dans certaines îles, les poivriers ont été arrachés ou ont dépéri faute de soins.

— Et les Malais locaux, de quoi vivent-ils alors ? demandai-je, incrédule.

— La Compagnie des Indes a tout prévu, c'est une sacrée maline ! répondit Le Goff en esquissant un sourire roublard. Elle récompense les chefs des territoires laissés en jachère en leur versant maintes pièces d'or et d'argent. On peut se fier à nos compères néerlandais, le commerce des épices est parfaitement organisé...

Le "Frère de la côte" me précisa que l'intégralité de la récolte d'épices était dirigée sur le seul entrepôt de la Compagnie des Indes établi dans la région, en l'occurrence Batavia. A cet endroit commode et très surveillé, elle attendait les bateaux chargés de la transporter à Amsterdam via Ceylan et le Cap de Bonne-Espérance, autres comptoirs d'un itinéraire fameux connu sous le nom de "route des épices".

— Pourquoi ne pas profiter de notre séjour ici pour charger une pleine cargaison de poivre ou de clous de girofle ? demandai-je.

— Mille sabords ! tu rêves tout éveillé, fiston. L'école ne t'a donc pas appris ce que veut dire le terme monopole ? Sache que lorsqu'il y a des surplus, la Haute Régence ordonne de les bruler en secret dans un coin isolé du port. Sauf quelques-uns de ses préposés - des initiés tenus au silence - personne ne sait ni quoi ni qu'est-ce…

— Personne non plus ne se révolte contre un tel système ? m'étonnai-je.

Le Goff haussa les épaules. Bien sûr, il arrivait qu'un radjah indiscipliné ou un potentat ambitieux se cabre contre cette administration étouffante.

— En pareil cas, malheur à lui s'il se fait prendre, la Régence n'est pas tendre avec les rebelles ! précisa-t-il.

Le "Frère de la côte" m'expliqua que les Indonésiens acceptaient les pires représailles, pourvu qu'on ne leur coupe pas la tête à la manière chinoise et qu'ils gardent sur eux un caleçon de couleur blanche. « Les bons musulmans doivent se présenter intacts et décents à la porte du Paradis ! », affirma-t-il en levant les yeux au ciel. Les Européens respectant cette exigence, la justice passait, universelle protection des honnêtes gens ou monstre froid au service des puissants.

— Tout dépend de quel côté on se trouve ! conclut ironiquement Le Goff.

A l'issue de pareils explications, je comprenais mieux pourquoi les insulaires de Céram - la première des îles à épices placées sur notre route - décampèrent à toute vitesse lorsque la Boudeuse envoya le drapeau hollandais selon l'usage. Cette grande île, riche en clous de girofle qu'elle ne voulait pas détruire, était entrée en rébellion ouverte contre Batavia…

Pour en revenir à notre périple en Indonésie – "le dragon aux mille écailles", selon l'expression employée par Le Goff – j'avoue qu'il nous offrit de fameuses distractions.

A commencer par le joyeux tohu-bohu qui égayait l'entrepont. Les mugissements, chevrotements et caquetages des animaux chargés à Boëro faisaient plaisir à écouter. Leur profusion, digne de l'Arche de Noé, témoignait de l'excellent niveau de nos réserves, nous n'avions plus à craindre la famine !

Je dois aussi évoquer la visite des émissaires de l'île Bouton. Ils étaient cinq, habillés à l'européenne, dotés de la canne à pommeau d'argent qui est le signe d'appartenance à la Compagnie des Indes. Pour le reste, je ferais plutôt la grimace en le racontant ! Ces drôles ne consommaient en effet que du bétel, une plante coupe-faim mélangée à la noix d'arec, à la chaux vive et au tabac sous forme de

boulettes à mastiquer. Afin de justifier ce curieux régime, ils prétendaient que le bétel protège l'estomac. Les plus considérés d'entre
eux se reconnaissaient disait-on au désordre régnant dans leur
bouche : dents chevauchées, cassées, noircies, gencives rouges et
bien saignantes. On leur servit un copieux déjeuner, mais ils ne
voulurent toucher à rien, pas même au pain, s'accommodant du bétel
qu'ils avaient apporté avec eux. Nos visiteurs se montrèrent moins
tatillon sur l'alcool dont ils s'abreuvèrent par verres entiers ! Mahomet
n'aurait donc interdit que le vin ? Peut-être car, souhaitant prolonger
leurs libations, ils rallièrent l'Etoile et trinquèrent de nouveau à la
santé du Roi de France. Au cœur de la nuit, une main secourable
dut, parait-il, les aider à regagner leur canot. J'espère qu'ils purent
sans se perdre retrouver la côte...

Au nombre des nombreux spectacles dont nous fûmes témoins, il
y eut également la noria des bateaux malais et la ribambelle de
jonques chinoises aux voiles ressemblant à des nageoires qui cabotaient les uns et les autres au large de Java. La plupart nous évitèrent
du mieux possible. Les autochtones surtout viraient de bord en nous
voyant, y compris lorsque des coups de semonce leur ordonnaient
de mettre en panne. Selon Le Goff, cette attitude était compréhen-
sible. Les natifs d'Indonésie tenaient pour légitime de réduire en esclavage tous ceux qu'ils pouvaient prendre sur mer. Les marins des
Célèbes se retrouvaient ainsi aux Moluques, ceux des Moluques aux
Célèbes, ceux de Boëro à Céram, ceux de Céram à Boëro, etc. La
servitude semblait la condition la plus habituelle dans ces régions.

« Pauvres Malais ! » soupirai-je en me rappelant l'histoire d'Henrique, l'esclave indonésien de Magellan. Parti de Sumatra à bord d'un galion portugais empruntant "la route des Epices", Henrique n'était pas resté très longtemps à Lisbonne. Magellan l'ayant pris comme domestique, il avait continué son voyage vers l'ouest : l'océan Atlantique, la Terre de Feu, le détroit baptisé du nom de son maître et l'océan Pacifique jusque-là inviolé. Quelle ne fut pas sa surprise d'entendre à nouveau parler sa langue après un tel périple. Durant l'intégralité de son itinéraire en boucle, il avait suivi la trajectoire du soleil, à l'ouest, au couchant, sans jamais revenir une seule fois en arrière. Le premier du genre humain, Henrique, venait de réaliser un tour du monde !

Pour nous, ce voyage au cœur de l'archipel indonésien s'acheva également en apothéose. Aux atterrages de Batavia, les dômes étincelants et les clochers en dentelle qui couronnaient la ville nous annoncèrent le retour à la civilisation. Les jours suivants furent d'ailleurs la récompense de toutes nos peines. Comment décrire le sentiment produit par cette capitale coloniale, spacieuse, plantée d'arbres, qui ressemblait à une ville hollandaise avec ses canaux bien tracés, la brique rouge de ses maisons serrées l'une contre l'autre et une pléthore de fleurs éclatantes dans les parcs et jardins. La seule originalité au regard de la lointaine métropole, hormis la température excessive, tenait à l'élévation des bâtiments laquelle ne dépassait jamais un étage en raison de fréquents tremblements de terre.

Je m'étonnai en revanche de la multitude de races et de religions qui se croisaient sans gêne ni heurts, les Chinois étant les plus nombreux, en tous cas plus nombreux que les Hollandais leurs maitres. Cela aurait pu a priori surprendre si l'on ne se rappelait que Batavia était un port animé, un vaste entrepôt, un marché où l'on pouvait tout acheter et tout vendre, activité où les Chinois se montraient insurpassables, comme chacun sait.

Les colons de la bonne société se montrèrent curieux de nos exploits et sensibles aux privations qui furent les nôtres. Beaucoup parlaient le français, « la langue de la diplomatie » disaient-ils. De mon côté, je fus ébahi de leur opulence car, dans cette colonie, le mot ''riche'' reste très en dessous de la vérité et ne saurait dépeindre les fabuleux profits nés du commerce d'Inde en Inde. Ici, rien ne semblait trop beau ni trop dispendieux ! Les familles aisées faisaient même venir d'Europe l'eau gazeuse qu'elles buvaient, appelée eau de Selse ou de Seltz.

Aotourou, lui aussi, fut impressionné. La petite bourgade de Cajeli avait déjà suscité son intérêt mais la grande cité dont il arpentait maintenant les rues pavées lui inspirait un respect teinté d'admiration. Voyant qu'il s'efforçait de prendre nos belles manières, en promenade ou lors des réceptions, bref à vouloir paraître civilisé, tout le monde fut unanime à louer ses facultés d'adaptation. Malgré son terrible accent tahitien. Malgré son fâcheux travers d'appeler notre chef "Poutaveri" et non pas Bougainville. Cher Aotourou ! Oui ! bien sûr, tu voyages pour ton plaisir. Oui ! tu dis vrai quand tu proclames que tu es chef dans ton pays et homme libre sur nos vaisseaux.

Après tant de bons repas et de belles balades, je finis toutefois par m'ennuyer. Le Goff vint me tirer de mon oisiveté en m'offrant ainsi qu'à Gérald de visiter le quartier chinois. Le franc matelot y avait semble-t-il une affaire ou un compte à régler ...

Avant d'atteindre la ville chinoise, notre trio dut traverser toute l'agglomération de Batavia. Le Goff en profita pour nous faire assister à un spectacle de marionnettes dans un vrai et grand théâtre ouvrant sur une artère plantée d'arbres. Peut-être espérait-il y découvrir une piste ou rejoindre un indicateur, à moins qu'il ne veuille nous amadouer ?

Une fois installé sur mon banc, je retrouvai un univers que je ne croyais plus jamais revoir. Des enfants alignés au pied de l'estrade faisaient résonner les premiers rangs d'un babil intarissable. Un malais costumé passait au milieu d'eux en remuant au bout de ses doigts des figurines vêtues de lourds costumes brodés d'or et d'argent. Sur la scène, à demi cachés derrière des rideaux, une chanteuse et des musiciens se disposaient à jouer leurs airs.

La séance commença par une projection d'ombres chinoises sur une grande toile blanche et se prolongea par le jeu habile des fameuses marionnettes peintes. Chaque tableau donnait lieu à des cris ou à des rires. Pour nous qui étions privés de sorties depuis des mois, ce fut un enchantement, l'oubli complet de nos misères.

A l'issue du spectacle, Le Goff nous offrit un lot de silhouettes en cuir représentant Rama, divinité au nez crochu très populaire ici. Leur maniement au moyen de ficelles nous occupa un bon moment et renouvela à l'envi notre plaisir. Bien qu'il ait profité de l'entracte pour rester seul dans le hall bondé du théâtre, le "Frère de la côte" ne nous dit rien de son histoire. Il continua à nous balader au milieu des rues et des jardins, ne s'arrêtant que pour nous montrer des pagodes dorées flanquées de dragons factices aux yeux de pierre précieuse dont la gueule grande ouverte semblait cracher du feu.

A la nuit tombante, une fois franchi un petit pont au-dessus d'un canal, notre groupe atteignit enfin la cité réservée aux Chinois. La porte monumentale qui en contrôlait l'accès était faite de brique rouge et surmontée d'un toit biscornu couvert de tuiles vernissées. Etrange !

Après être passé sous ce bizarre chapeau d'arlequin, je perdis mes repères habituels. Dans cet ailleurs mystérieux, la populace se faisait plus nombreuse et les ruelles plus étroites. La foule des Chinois, curieuse des étrangers - des horsains ! aurait dit ma grand-mère - nous montrait du doigt et allait jusqu'à nous emboîter le pas. Tout était prétexte à étonnement : les étals, les calicots, les lumignons frangés de pourpre, les grandes inscriptions peintes en noir, les coolies écrasés sous leur fardeau - un balancier placé en équilibre sur l'épaule dont les paniers suspendus s'inclinaient jusqu'au sol -, les buvettes et les attroupements à chaque carrefour, les rats trottinant à la queue leu leu au bord des toits, sans que nul ne songe à les chasser.

Dans ce labyrinthe plutôt misérable, notre mentor tenait le haut du pavé, bombait le torse, sautait d'un pied sur l'autre, jovial, hilare, heureux de vivre et d'être là. Malgré cette présence réconfortante à mes côtés, je n'allais pas très bien. Je frissonnais. Sans Le Goff, j'aurais même effectué un demi-tour. A ma demande, ce dernier accepta d'ailleurs de faire une halte, le temps d'acheter des nouilles transparentes à un marchand en guenilles assis devant son échoppe brouillée de vapeur et de fumée. Cette collation brulante me ragaillardit un peu.

A l'angle d'une placette, j'aperçus des Chinois en costumes traditionnels qui jouaient des pantomimes sur des tréteaux, la figure outrageusement maquillée de rouge ou de rose. Ils déclamaient d'un air menaçant des phrases pleines de voyelles - surtout des 'Oô' très longs -, les ponctuant de gestes d'une lenteur excessive. Parfois, les coups de bâton pleuvaient sur scène et faisaient rire la foule comme chez nous au théâtre ambulant.

Soudain, un cri s'éleva, plus net et plus fort que les autres. La lame d'une arme blanche brilla au soleil. Une bousculade s'ensuivit et les coolies se dispersèrent aux quatre coins du carrefour, nous permettant d'approcher. Au sol, baignant dans une mare de sang, gisait inanimé l'un des leurs.

— Les hueys ! s'écria Le Goff.

— Hein ! De quoi s'agit-il ? demanda Gérald.

— Des truands et des assassins qui font régner la terreur, répondit Le Goff. A présent, suivez-moi, mes agneaux ! ordonna le matelot sans nous laisser le temps de réfléchir.

Notre guide mit la main à son ceinturon de façon à vérifier une nouvelle fois la présence de son pistolet, puis tourna dans une rue voisine. Après être passé non loin d'un groupe de badauds qui écoutait, sagement assis par terre, un grand Chinois à lunettes, il franchit le seuil d'une boutique semblable à toutes les autres. A l'intérieur, dans une obscurité sépulcrale, des hommes, aussi décharnés que des scorbutiques, achevaient de rétrécir auprès de minuscules veilleuses. Couchés en chien de fusil sur des nattes, ils serraient entre leurs lèvres parcheminées un interminable tuyau de pipe. La fumée qui s'élevait de tous ces brûle-gueules était écœurante et, à vrai dire, vénéneuse...

— Une fumerie d'opium ! murmurai-je.

— On ne saurait prétendre le contraire ! s'écria Le Goff. Mais vous n'avez pas encore tout vu, moussaillons, ajouta-t-il, en même temps qu'il se dirigeait vers le fond de la pièce d'où s'échappait une rumeur.

Notre guide franchit une porte cachée par une tenture et, dès cet instant, un chahut incroyable nous abasourdit les oreilles. A l'intérieur d'une grande salle, grouillante, ombreuse, des Chinois de tous âges et de toutes conditions venaient assouvir leur passion du jeu et des sensations fortes. Au centre de la pièce, la tête chavirée en arrière, un médium se brossait le corps avec des torches, décrivant d'impressionnantes volutes de flammes et de fumée. A droite, maintenus à distance derrière une lice, un groupe d'excités criait au spectacle d'un combat de coqs, encourageant leur champion de la voix et du geste, pariant sur lui de fortes sommes d'argent. A l'un des angles de la pièce, deux vieilles femmes faisaient brûler sur leur bras des cônes d'encens jusqu'à ce qu'il n'en reste plus que cendres. Ici, un perroquet prenait dans son bec une carte d'un jeu de tarots et son maître se chargeait d'en traduire la signification à un client impatient se tenant debout derrière lui. Là, des coolies maniaient le cornet à dés avec frénésie, tout en buvant de l'alcool d'arak par verres entiers. Enfin, le dos au mur et entouré d'un silence relatif, un homme assis à une table, blême, les yeux bandés, les mains tremblantes, jouait probablement sa propre vie, car il s'apprêtait à choisir un pistolet entre cinq autres posés devant lui, sans savoir lequel était chargé et pouvait lui brûler la cervelle !

Le Goff se disposait à visiter ce tripot avec nous autres à sa suite, lorsqu'un voile noir passa devant mes yeux. Le spectacle, les murs, le plafond, tout vacilla d'un coup. Puis… plus rien !

Je repris connaissance sur la Boudeuse. Agglutinés autour de mon hamac, des matelots compatissants me dirent que l'on m'avait sorti de la cité chinoise en pousse-pousse - une carriole à bras tirée par un indigène - puis transporté au port en voiture à cheval. La fatigue, l'ambiance, l'air torride auraient-ils eu raison de moi ? Non pas ! une atteinte plus sournoise s'insinuait dans mes veines, m'infligeant de terribles flux de ventre. Il s'agissait, me dit-on, d'une forme aiguë de dysenterie. La ville était en effet connue des voyageurs pour être très insalubre à la mousson des pluies, période que l'on appelle ici "le temps des maladies". De fait, beaucoup des nôtres éprouvèrent ce violent séisme qui en l'espace d'à peine trois jours secoue un homme robuste et le mène à la porte du tombeau. Au bout d'une semaine, tous les officiers de l'expédition et Aotourou lui-même, aussi vaillants qu'ils aient été jusque-là, furent atteints de ce mal ou en montrèrent les signes précurseurs. « Enoua maté ! », « La terre qui tue », gémit le pauvre Tahitien, en parlant de Batavia.

Quant au "Frère de la côte", celui qui nous avait guidés avec tant d'enthousiasme au milieu des cours fleuris et des canaux animés de la métropole coloniale, il s'éclipsa le soir même pour ne réapparaître que le surlendemain, sans dire les raisons et les péripéties de cette longue bordée en solitaire. Avait-il réussi à dénicher celui qu'il cherchait ? Personne n'eut vraiment la réponse.

Il fallut précipiter le départ, ranger les biscuits à peine cuits et mettre les voiles. Grelottant de fièvre, ne tenant pas debout, j'appris à ce moment notre prochaine destination : l'Isle de France[26], une possession française située au beau milieu de l'océan Indien. Un nom qui, à lui seul, me fit l'effet d'une médecine. « Mais serai-je

---

[26]*Actuellement Mauritius, Etat souverain de l'océan Indien*

seulement capable d'arriver jusque-là ? » m'interrogeai-je avec angoisse.

Chapitre XXXIV : L'Isle de France

Mis hors service par la dysenterie batave - le pire cadeau dont j'ai hérité au cours de mon tour du monde - c'est sur les cadres de l'hôpital du bord que j'effectuai la traversée vers l'Isle de France. Je fus, dit-on, privé d'un magnifique spectacle : celui des grands voiliers serrant de près la terre au moment de franchir le détroit de la Sonde, le passage obligé vers l'océan Indien.

En compensation, je reçus de nombreuses visites. A commencer par mon chat Ramsès dont la présence me procura douceur et réconfort. Hé quoi ! nous étions amis et la crainte de le perdre, d'abord à Tahiti, puis pendant la disette affectant nos bateaux, avait renforcé nos liens. Malgré les différents surnoms que je lui attribuais au gré des circonstances : raminagrobis, pépère, souriquet, greffier, pattes velues, grippeminaud, croc-croc, ou d'autres appellations encore plus discutables, Ramsès se lovait près de moi en ronronnant. C'est à cette occasion que je découvris à quel point les animaux de compagnie se montrent attachés à leur maître.

Pour en revenir aux vraies visites, c'est à dire les visites parlantes de mes frères humains, je dois d'abord évoquer les brèves apparitions de mes supérieurs directs : Lucas, Blin, Dumanoir. J'appris par leur intermédiaire que la Boudeuse s'était séparée de l'Etoile en vue de rallier au plus vite nos deux fleurons de l'océan Indien : l'Isle

Bourbon[27] et l'Isle de France[28]. Au seul nom de la douce France, je revis en pensée ma chère cité de Saint-Malo, l'or des genêts et la pourpre des bruyères sur la lande, le ciel d'ardoise et l'océan pers comme un écrin, les coiffes immaculées et les broderies de couleur vive qui égayaient dimanches et processions... « Hardi les gars ! mettez tout dessus, bonnettes et vergues volantes hissées. Ho ! Hisse et Ho ! Larguez des ris dans les huniers... »

J'eus bientôt une autre bonne surprise. Lafleur, le maître commis de la Boudeuse, l'homme auquel j'étais en partie redevable de mon enrôlement sur la Boudeuse, me présenta ses vœux de prompt rétablissement. Dans l'intention de me distraire, il me décrivit avec moult gestes, grimaces et pitreries l'embarras des cales. A l'entendre, sa cambuse aurait été trop bien remplie ! Mais après la famine et les expédients que l'on connait, je n'étais pas du tout de son avis. Je soupçonnais ''Le Compteur'' de regretter l'époque où ses pièges à rats lui assuraient une confortable rente.

Après ce réjouissant intermède, ce fut au tour d'un autre gredin de se pencher sur mon sort. Je veux parler de mon ami Le Goff. Il m'annonça qu'à Batavia, seize Français avaient pris passage sur la Boudeuse. Nos compatriotes, tailleurs de pierre, marins, charpentiers, tambours, préposés de la Compagnie hollandaise des Indes, souhaitaient à présent regagner leur patrie. Ils ne s'étonnaient pas des maux dont nous étions affligés : l'humidité excessive de la

---

[27] *Isle Bourbon : actuellement, Ile de la Réunion*
[28] *Isle de France : actuellement, Ile Maurice ou Mauritius*

capitale d'Indonésie, bâtie entre deux rivières, en était, parait-il, la cause. Ils prétendaient que l'on utilisait l'eau des canaux pour boire comme pour se laver : une très mauvaise habitude de nature à répandre toute sorte de maladies.

— Pour ma part, je ne prends aucun risque, je ne bois que du vin ! annonça Le Goff. Si l'occasion se présente, du tafia coupé d'eau. Pas trop coupé tout de même, il ne faut pas gâcher la marchandise ! ajouta-t-il d'un air égrillard.

— Dame ! matelot, tu en portes le certificat sur ta figure. Ton visage est frais comme une rose !

— Comment oses-tu me comparer à une rose, blanc-bec ! Si tu me vois le teint fleuri, c'est la faute à ma vie au grand air. J'ai peut-être la dalle en pente, comme disent les terriens que je fréquente, mais je ne suis jamais ivre ! ajouta Le Goff en se tenant d'une main le gosier et en basculant la tête en arrière pour compléter le geste.

Je me gardai de répondre.

Plus fréquentes furent mes retrouvailles avec Aotourou. Elles avaient lieu à l'occasion de nos visites respectives chez le major car notre Tahitien lui aussi était tombé malade. Le pauvre fut même plus long que moi à se remettre. Oh ! je doute que les plats épicés d'Indonésie soient responsables de son état. Habitué comme tous ses compatriotes aux nourritures frustes et même quelquefois cannibales, il devait posséder un estomac solide. Selon moi, la seule fautive était la morbidité de Batavia, avec ses canaux insalubres, son eau croupie et son hygiène déplorable.

Je ne saurai non plus oublier les autres mousses de la Boudeuse, Gérald, Alexandre, Guillaume et Amaury, qui venaient s'asseoir à mes côtés pour jouer aux dés, aux cartes, à la toupie ou aux osselets. Sans compter les fréquentes parties de bras de fer ou du passe-temps stupide qui consiste à planter un couteau entre ses doigts de plus en plus vite, jusqu'à se piquer cruellement... ou renoncer. J'entrepris aussi de sculpter un "petit modèle", un trois-mâts en réduction à mettre un jour sur mon buffet, une Boudeuse miniature que je doterai dès que possible d'un gréement.

Enfin, après cinq semaines de franc soleil et de houle régulière, la frégate arriva en vue de l'Isle de France.

Hélas ! le retour en terre française faillit se transformer en désastre. Peut-être ému d'accueillir un voyageur aussi prestigieux que M. de Bougainville, le pilote de Port-Louis nous échoua piteusement sur le seul banc de sable qui obstruait la rade.

J'oubliai vite ce cafouilleux dont l'impéritie ne faisait pas honneur à notre corporation. A peine avais-je mis pied à terre, qu'un inconnu en redingote vint en effet à ma rencontre et me souhaita la bienvenue. Son visage ne me disait rien qui vaille, en revanche sa perruque à catogan nouée par un gros nœud graisseux, les mouchoirs sortant négligemment de ses poches et une voix retentissante à faire trembler les murs me rappelèrent l'un des fournisseurs de mon père, aperçu jadis dans sa boutique de Saint-Malo. Je ne m'étais pas trompé. Le truculent personnage exerçait la profession de courtier en fourrures d'Inde et de Chine. Mon père lui avait demandé de m'aborder dans l'hypothèse où nos routes viendraient à se croiser. Occurrence très plausible compte tenu de son itinéraire en sens inverse du nôtre et de la nécessité pour lui comme pour nous de faire escale à port Saint-Louis. L'éternel voyageur me remit un louis d'or emballé d'un épais papier à l'en-tête du commerce familial. « Un cadeau des tiens », me précisa-t-il avec un honnête sourire. Il approuva ma bonne conduite et insista sur ma promotion au grade de pilotin, l'une et l'autre lui ayant été rapportées par les Français de retour des Malouines. Ces infortunés colons, perdus de vue à la Plata sans que nous sachions précisément ce qu'ils allaient devenir, avaient donc réussi à regagner la mère patrie !

Après cette heureuse entrée en matière, les propos dont le commissionnaire était prodigue se révélèrent beaucoup moins plaisants. Depuis la perte de Québec et Montréal, les affaires de mon paternel déclinaient : il ne pouvait plus recevoir aussi commodément que jadis les peaux et les fourrures du Canada nécessaires à son activité. Pis encore, de manière à déménager plus loin son atelier de pelleterie, il avait dû engager auprès d'un notaire notre grande demeure de Saint-Malo et se trouvait désormais incapable d'honorer sa dette en intérêts et principal. Un malheur n'arrivant jamais seul, le commis voyageur m'informa du décès de trois de mes jeunes frères, victimes d'une de ces affections d'enfance qui vous tuent davantage de monde que toutes les tempêtes et les batailles navales réunies. « Le chagrin de ta mère fait peine à voir ! », me dit-il en affichant une sympathie vraie ou feinte.

J'appris également que mon père plaçait de grands espoirs en ma personne. Une fois son rejeton breveté officier de la Royale - prémices d'une solde régulière et de protections élevées - il espérait que ses créanciers lui consentiraient des facilités de paiement. Mais rien n'était joué. Je devais d'abord intégrer l'école des aspirants gardes, à Brest ou à Rochefort, et pour ça présenter au moins deux recommandations, dont celle d'un officier général. Mon père ne doutait pas que je puisse obtenir l'une et l'autre à l'issue d'un tour du monde sur une frégate royale !

Bien que ce projet d'avenir réponde secrètement à mes vœux, je fléchis les épaules sous ce fardeau imprévu. M. de Bougainville n'avait pas le grade d'amiral - sinon dans l'esprit de l'équipage - et je craignais de devoir affronter un officier jouissant d'une position bien supérieure à la sienne. Un très gros calibre eu égard à mon âge et à ma condition de mousse ! En conclusion, l'étrange messager du destin m'avertit que je devais présenter ma demande d'intégration à l'école d'aspirants au plus tard le 1er mai 1769. Or la Boudeuse et moi-même étions immobilisés au beau milieu de l'océan Indien, six mois avant cette date fatidique. Comment faire et quelle confiance accorder à ce prétendu ami de notre famille ? Mon interlocuteur me laissa stupéfait, ébloui de châteaux en Espagne.

Après ce court instant de trouble, je retrouvai ma lucidité. « Gérer la situation présente, reprendre des forces et retrouver la santé, voilà l'absolue nécessité ! » me dis-je. Heureusement, l'escale promettait d'être longue, à en juger par le nombre de charpentiers qui s'activaient autour de nos deux vaisseaux. Car l'Etoile nous avait désormais rejoint, avec ce cher Robert à son bord.

Quelques années plus tôt, le comte Mahé de la Bourdonnais - Tiens donc ! un Malouin lui aussi - s'était illustré en mettant en valeur la belle Isle de France. Patatras ! un enrichissement hâtif et l'exercice despotique du pouvoir lui avait créé des ennemis influents, lesquels obtinrent de le faire révoquer puis traîner en justice par la Compagnie des Indes. Je veux parler de la Compagnie française fondée par Colbert et installée à Lorient. Depuis ce triste épisode, l'île était placée sous l'égide de deux régisseurs, le Gouverneur et l'Intendant. Las ! ces hauts magistrats s'accusaient mutuellement de prévarications, de munificences et d'absolutisme, se flattant d'obtenir le rappel de leur rival en métropole. De fait, M. de Bougainville partageait son temps entre leurs résidences. D'un côté, le Gouverneur Dumas - brigadier des armées du Roi, vieil ami de M. de Bougainville -, habitait une superbe propriété appelée le Réduit. De l'autre, l'Intendant Poivre - un grand naturaliste ayant séjourné en Chine et en Cochinchine, où il avait d'ailleurs perdu un bras - aménageait un jardin d'acclimatation au domaine de Montplaisir, à une lieue de Port-Louis. Un enclos au nom frais comme un rire d'enfant, un véritable paradis pour petits et grands : le fameux jardin des pamplemousses.

J'explorai avec curiosité cet éden planté d'espèces aussi rares qu'exotiques : pamplemousses certes, mais également cannelier de Ceylan, avocat des Antilles, thé de Chine, café de Moka, manguier du Brésil, bois de Campêche, sagoutier des Moluques, dattier d'Arabie, mangoustan du Siam… sans oublier l'anis étoilé et le cacaoyer, le pommier d'amour et le tambalacoque, le bois de fer et le bois de natte, l'arbre à savonnette et le rétrécissant de Madagascar… ni les nénuphars géants ornant les pièces d'eau ou le "bouquet tout fait", une plante appelée… à me rendre les meilleurs services !

D'autres personnalités fréquentaient en même temps que moi cet endroit idyllique : un ingénieur des constructions civiles dont le nom est connu dans le monde des Lettres - Bernardin de Saint-Pierre - des officiers, des marins, des créoles, planteurs de canne à sucre, patrons de forge, armateurs, négociants, tel le courtier en fourrures dont je viens de parler. Et puis il y avait les savants, Commerson, Véron, Romainville, qui trouvaient là un terrain d'expérience. Commerson s'empressa d'ailleurs de remettre à l'intendant Poivre les plans d'arbre à pain prélevés à Tahiti ainsi qu'un scion de bougainvillier, dans l'espoir que ces deux végétaux s'acclimatent. Poivre se montra en revanche fort déçu que nos bateaux ne lui ramènent pas les plants de muscadier et de giroflier dont les Hollandais gardaient jalousement le monopole.

— Il faudra donc que je m'y rende moi-même ! s'écria-t-il d'un air dépité.

— Hélas ! très cher, vous serez peut-être plus heureux que nous, répliqua Commerson, avec un semblant de contrition dans la voix. Mais à Boëro ou à Batavia, nous étions surveillés de tellement près que rien ne fut possible !

Ayant noté mon intérêt pour le domaine géré par son époux, Madame Poivre m'ouvrit en grand les portes de sa maison. Mieux encore, elle accepta que je fréquente deux de ses trois filles : Isle de France, discrète adolescente de quatorze ans et Sarah, une fillette toujours prête à s'amuser et à rire. Sarah avait comme prénom d'usage Hortense, sans doute parce que jardin se dit 'hortus' en latin et aussi pour lui faire plaisir car elle adorait jouer dans les allées du fameux jardin des pamplemousses.

J'étais libre, exempt de corvée, seulement tenu de répondre matin et soir à l'appel de mon nom sur le pont de la Boudeuse, placé en raison de ma taille au premier rang de l'équipage. Cette liberté me permit de concevoir un plan d'envergure : inviter les deux jeunes créoles, Isle de France et Hortense, à une partie de canotage, la descente de la Petite Rivière Noire, un cours d'eau connu de tous les habitants de l'île. J'obtins sans difficulté la permission des parents ainsi que l'appui enthousiaste de Robert, libre lui aussi et autant que moi disponible. Quant à la réaction des deux intéressées, je vous en laisse juge…

— Eh bien, soit ! mais je ne veux pas être mouillée, protesta l'aînée, en faisant la grimace.

— Bon, d'accord ! A condition de ne pas devoir ramer ni faire quoi que ce soit. Et je veux aussi que des domestiques nous escortent pour tenir le parasol et porter le goûter, ajouta la cadette d'une voix pointue.

— Hors de question ! dis-je, après avoir consulté Robert du regard. Il n'y aura ni esclaves ni serviteurs sur les canots : pas la place ! Et d'abord, mesdemoiselles, vous devez vous habiller de façon plus pratique...

Mais les petites mijaurées ne l'entendaient pas de cette oreille. Elles jetèrent les hauts cris, refusant d'abandonner leurs étoles en tarlatane, les grands chapeaux qui protégeaient leur teint délicat ainsi que les souliers de satin qu'elles avaient enfilés par souci d'élégance. Je dus leur abandonner l'aspect vestimentaire. En revanche j'obtins qu'aucun adulte ne vienne gâcher notre sortie en barque. Ouf !

La promenade sur la rivière fut précédée d'un trajet en voiture à cheval durant lequel Isle de France se montra réservée, Hortense n'arrêta pas de babiller et Robert resta silencieux. Quant à moi, heureux de me trouver en si bonne compagnie, je faisais le fier et distribuais les bons mots. La descente de voiture eut lieu près d'un embarcadère où un grand noir, long et sec comme une flèche de mât, louait des bateaux pour presque rien. De toute façon, la pièce d'or de mon cher papa m'avait rendu riche, grâce à Dieu !

Je pris place en brigadier, à l'avant, et Robert s'assit près du gouvernail, à l'arrière. Comme de juste, nos deux invitées occupèrent le banc central, ravies de continuer à bavarder sous leurs ombrelles.

Quand tout le monde fut installé, le batelier éloigna l'embarcation de la berge et la lança au fil de l'eau : un départ sans tambour ni trompettes.

Depuis le cratère du volcan éteint où elle prenait sa source, la Petite Rivière Noire s'était beaucoup assagie mais le courant restait assez rapide pour nous emmener vers l'aval sans effort. Il fallait cependant prendre garde aux rochers émergeant çà et là ou se baisser lorsqu'une branche s'inclinait traîtreusement en travers du chenal. Au milieu de l'après-midi, la chaleur devint accablante. L'air brulait de la touffeur accumulée depuis le lever du jour, nimbant de buée la rivière, faisant trembler l'horizon, créant des vibrations au sein du paysage et de troublantes irisations sur l'eau qui nous portait. A en juger par le nombre de goélands piaillant au-dessus de nos têtes, la côte ne devait plus être très loin. De façon à retrouver un peu de fraicheur, je plongeai mon avant-bras dans l'eau jusqu'au coude et j'envoyai de pleines giclées sur nos passagères lesquelles applaudirent cette douche bienvenue. Ah ! je frissonne d'aise en le racontant.

Peu après ce charmant épisode, une petite île ombragée se présenta devant nous.

— L'île des dodos ! s'écria l'ainée des deux jeunes filles.

— Quoi ? Un lieu exprès pour dormir ? m'étonnai-je, surpris que l'on ait choisi cet endroit peu accessible pour faire la sieste.

— Il ne s'agit pas de ça, tu n'y es pas du tout ! pouffa la petite Hortense. Dodo est le nom d'un oiseau qui peuplait notre île autrefois…

J'appris de sa bouche vermeille la triste fin des dodos. De la taille d'un gros dindon, incroyablement malhabile dans ses mouvements, le dodo recherchait au sol les fruits, feuilles, baies et fraises, dont il tirait sa nourriture. En l'absence de prédateurs naturels, l'oiseau avait fini par perdre toute aptitude au vol et constituait de ce fait une proie facile. Il fut donc chassé activement par les premiers habitants de l'Isle de France. Les rares survivants de l'espèce s'étaient réfugiés sur cet îlot de la Petite Rivière Noire afin d'y pondre leurs œufs à l'abri des singes macacas et des chiens errants, leurs plus grands ennemis après les hommes. A vrai dire, ces pauvres volatiles me rappelaient les outardes pataudes que j'avais chassées aux Malouines.

— Dommage qu'Amaury ne soit pas là pour écouter cette histoire ! observa Robert, alors que j'évoquais devant lui cet épisode de mon voyage.

— Oh oui ! murmura Isle de France. Ce garçon a de si magnifiques yeux bleus.

— Amaury est à la chasse ! répondis-je, un tantinet vexé.

L'atterrissage sur l'île mit un terme à notre dialogue. Le canot risquait en effet de partir à la dérive ou de chavirer si l'on y prenait garde. Robert et moi dûmes entrer dans l'eau jusqu'à la taille afin d'aider ces demoiselles, lesquelles naturellement ne voulaient pas mouiller leurs beaux atours. Une demi-heure s'était à peine écoulée, quand un gros chien, sorti d'on ne sait où sur cet îlot a priori désert, vint renifler notre panier. Je sautai sur mes deux pieds car le molosse n'avait pas l'air commode. Il nous regardait d'un œil mauvais et aboyait férocement. Hortense poussa un cri strident. Elle mit un bras devant son visage, un geste rapide qui eut pour effet d'exciter l'animal. Il s'approcha en grondant, le poil hérissé, les yeux injectés de sang, montrant cette fois nettement les crocs. Grand Dieu, pas de doute, ce vilain dogue voulait prendre la jeune fille à la gorge !

Sans hésiter une seconde, je me plaçai derrière lui, bien décidé à le neutraliser d'une manière ou d'une autre. D'un bond, je m'assis à califourchon sur son dos. Mon projet était de lui plaquer la tête au sol de mes deux mains restées libres. Ce que je fis plus aisément que je ne le pensais car le mâtin ne s'attendait pas à cette parade. Ecrasé sous mon poids, aveuglé par ma prise, il haletait, toussait, bavait, essayait de se retourner pour mordre mais, les genoux bien serrés contre ses flancs et les poings solidement cramponnés à ses oreilles, je ne craignais pas grand-chose. J'espérais que la bête se fatigue, souhaitant que cela vienne le plus rapidement possible. De son côté, Robert eut la bonne idée de se précipiter vers le canot dans l'intention d'y prendre deux longes. Avec l'aisance d'un matelot habitué à raidir les cordages, il réussit à mater le chien, d'abord à la tête, puis à la queue. Puis, en tirant chacun de notre côté, lui derrière et moi devant, nous réussîmes à contrôler la bête rétive et à l'amener vers un gros arbre où elle fut solidement attachée.

— Tu nous as sauvé la vie ! s'émut Hortense, radieuse.

Sur quoi, elle me couvrit de baisers. Ah ! quel merveilleux souvenir. J'éprouve encore un réel plaisir à le raconter !

Mais la promenade en barque n'était pas finie. Je devais assurer notre retraite sur l'eau après avoir garanti notre retraite sur terre. Or la descente devenait de plus en plus dangereuse au fur et à mesure que la rivière s'élargissait. Il y avait des bancs de sable, des troncs d'arbres, des tourbillons en grand nombre signalés par des remous. Je craignais une vague de mascaret, c'est-à-dire la rencontre soudaine des eaux vives de la rivière avec le flux montant de l'océan. L'arrivée se présenta à point nommé pour dissiper mes craintes. Il s'agissait d'une estacade sur pilotis où un commis s'était posté dans l'intention de crocher notre canot avec une gaffe. Nous étions presque rendus, attentifs aux ordres du marinier debout sur la rive, lorsque Hortense se pencha de côté en vue de saisir quelque chose. Quoi ? Son mouchoir, un éventail, le panier du goûter ? Peu importe, ce fut assez pour provoquer le naufrage. Brusquement déséquilibré, le canot se retourna, nous jetant tous les quatre à l'eau. Sachant parfaitement nager, je n'éprouvai aucune crainte. Je vis également Robert sortir sain et sauf de ce bain forcé. En revanche, nos deux amies se trouvaient en fâcheuse posture, empêtrées de leurs écharpes de soie, lourdes de ces toises d'étoffes mouillées qu'elles avaient gardées sur elles malgré mes recommandations. Je crus que les belles créoles allaient se noyer sous mes yeux !

La fin de l'histoire ne fut pas aussi tragique : Isle de France réussit à saisir la perche que le marinier lui tendait, quant à la petite Hortense, je vins à son secours. Je nageai dans sa direction, la suppliant d'ôter son encombrante toilette avant que cette dernière ne l'entraîne irrémédiablement vers le fond. Ses yeux d'un bleu d'azur indiquèrent successivement le doute et la panique mais, après avoir exhalé un gros soupir, elle déboutonna sa robe et me laissa l'emmener vers la rive... Sauvés !

Chapitre XXXV : Fin de croisière

Le retour à Port-Louis fut tout bonnement triomphal. On m'accueillit en héros pour avoir sauvé à deux reprises Sarah-Hortense Poivre, la fille de l'intendant de l'île. Les compliments fusèrent à mon propos et je me crus revenu à une distribution des prix dans mon école. A présent, je pensai qu'il me serait facile de décrocher les certificats permettant d'intégrer les écoles d'élèves officiers. Las ! une ombre vint noircir ce tableau : L'un après l'autre, Robert, Gérald, Alexandre et Guillaume m'annoncèrent qu'ils allaient rester sur l'île de France !

La décision de Robert ne me surprit pas vraiment. Après avoir goûté aux grands espaces maritimes, mon vieux copain ne souhaitait pas rejouer les apprentis cordonnier dans la boutique paternelle. Il était d'ailleurs aidé en cela par Romainville, son patron, lequel devait attendre que l'Etoile - où il rangeait matériel et collections - ait fini son radoub. Ce cher Robert, abandonné à Saint-Malo, rallié sur une île de la baie de Rio, mon ami, mon frère, il faudrait donc une seconde fois nous dire adieu !

Au même titre que Robert, l'avenir de Gérald dépendait de l'Etoile où il servait comme pilotin. Or, faute d'avoir achevé toutes ses réparations, l'Etoile était dans l'incapacité de prendre le large. Gérald ne terminerait donc pas son tour du monde en même temps que moi, il rejoindrait la France plus tard.

De son côté, Alexandre ne cachait pas sa volonté de prendre en main sa destinée. En restant sur l'Isle de France, il voulait échapper à l'ambiance détestable que faisait régner son père à Saint-Malo. Pour ce faire, il venait d'obtenir un petit emploi à l'arsenal.

Guillaume, quant à lui, entendait faire de Port-Louis son port d'attache. Espérait-il y retrouver un jour son père, un marin du commerce dont on était sans nouvelles depuis des lustres ? Le hasard fait bien les choses, dit-on.

Mes camarades mousses ne furent d'ailleurs pas les seuls à baisser pavillon : Véron souhaita rester sous les tropiques de manière à observer plus aisément la trajectoire de Vénus. Commerson ainsi que Jeanne Baret choisirent d'aider l'intendant Poivre à soigner le jardin des pamplemousses. L'écrivain du bord, l'aumônier de la Boudeuse, quelques matelots et une bonne vingtaine de soldats, jetèrent eux-aussi leur sac à Port-Louis. L'Isle de France manquait de bras et de compétences en tous genres. D'autre part, les derniers scorbutiques de l'équipage étaient hors d'état de reprendre la mer, sauf à risquer leur vie.

Enfin, on ne saurait passer sous silence le triste destin du Chevalier de Suzanne, homme de cœur et d'esprit, un véritable père. Le chef de nos hardis soldats venait en effet de mourir de la fièvre jaune contractée à Batavia. Hélas, le malheureux ne reverrait jamais notre patrie.

Pour me faire oublier ces défections - volontaires ou non -, deux cadeaux inattendus me furent offerts.

En premier lieu Commerson me confia un gros pot de terre cuite surmonté d'un végétal au feuillage opulent. Le savant m'annonça qu'en été les inflorescences dudit végétal pouvaient se colorer en rose, bleu ou blanc, selon la nature du sol.

— Tiens ! mon garçon, en souvenir de notre collaboration dans les mers du Sud, m'annonça-t-il, d'un ton guilleret. Mais, dis-moi, à Saint-Malo, connaîtrais-tu un jardin bien ombragé et à l'abri du vent qui puisse accueillir ma protégée ?

— Oh que oui ! répondis-je. Derrière ma maison natale, il y a une friche d'herbes folles adossée au mur d'enceinte. Le soleil n'y vient pas très souvent ni très longtemps.

— C'est exactement ce qu'il me faut ! s'écria Commerson, aux anges. Vois-tu, fiston, cette fleur a été ramenée de Chine par Pierre Poivre. Or, mon éminent collègue s'est aperçu qu'elle se plaisait sur les pentes septentrionales de l'ancien volcan de cette île, le Trou-aux-cerfs. Le versant à l'ombre d'une montagne que les scientifiques appellent l'ubac. Aussi, nous nous sommes demandés, Poivre et moi, si le ciel pluvieux et la terre acide de la Bretagne ne pourraient pas également lui convenir...

— Et quel est le nom de cette fleur chinoise ? demandai-je.

— Ah oui ! j'oubliais de te dire. Pierre Poivre a trois filles, comme tu le sais (à ces mots, mon interlocuteur me décocha un clin d'œil complice). Or, poursuivit-il, il se trouve que la benjamine affectionne particulièrement les têtes colorées de cette plante généreuse. Alors, dans le but de lui faire plaisir, son père a décidé de l'appeler hortensia...[29]

— Hortensia ! Hortensia ! Ah ! le superbe nom de fleur. Merci de votre confiance, Monsieur, je suis votre très humble et très dévoué serviteur !

Peu après ce charmant épisode, le maître des forges de Pamplemousse - un colon très riche qui régnait sur plus de neuf cents esclaves - m'offrit à son tour un cadeau. Quoi ? Eh bien ! vous ne devinerez jamais : un oiseau... Oui, un oiseau ! Très précisément un passereau noir et ventru comme un merle. Le généreux donateur m'annonça qu'il s'appelait Cocody et arrivait tout droit de Malaisie.

— Il vous sera utile pour dire la messe !

— Cette petite chose de ''trois fois rien'' s'occupe de religion ? demandai-je, incrédule.

— Kyrie Eleïson ! lâcha de façon aussi soudaine qu'inattendue le minuscule volatile, comme s'il voulait dissiper mes doutes à son sujet.

En voyant la surprise figer mes traits, le maître des forges s'esclaffa et tapa bruyamment des mains sur ses cuisses. Il ne tarda pas à m'expliquer le phénomène dont je venais d'être témoin. C'était la tradition : en l'absence de ministre du culte, on embarquait sur les

---

[29] Il s'agit d'une interprétation personnelle de l'origine du nom Hortensia (du latin hortus : jardin), cf. le chapitre précédent.

navires hauturiers ce genre d'oiseau parleur, un mainate "religieux" dressé à réciter des prières. Ayant appris que la Boudeuse serait privée d'aumônier pour son voyage de retour, mon vis-à-vis s'était hâté de combler cette lacune.

— Cocody peut proférer des sottises jusqu'au moment de l'Angélus ou du Tantum ergo, annonça-t-il. Puis, tout à coup, telle une horloge astronomique actionnée par un mécanisme secret, il change de répertoire et enclenche la prière adaptée à l'heure et au besoin.

Je m'aperçus toutefois que ses dons d'imitation pouvaient parfois l'amener à éructer des blasphèmes.

— Du tafia, fichtre D… ! Du tabac, D de D… ! Et que ça saute, nom de D… ! lança le mainate religieux en raison d'un dérèglement soudain.

— Tais-toi donc ! lui ordonnai-je, épouvanté par cette bordée de jurons et, en même temps, je fis le signe de croix car on ne sait jamais.

— T'es nul cap'taine ! répondit le satané volatile, d'une voix tantôt rauque et tantôt stridente… Pirate à tribord ! Branle-bas de combat ! A l'abordage ! Sauve qui peut !

Je me bouchai les oreilles, bien décidé à ne pas en entendre davantage. Un cadeau encombrant et peu discret, vous pouvez me croire. Enfin, il me restait quelques mois pour lui apprendre les bonnes manières…

Le 11 décembre 1768, la Boudeuse larguait les amarres en laissant derrière elle l'Etoile, toujours en carénage à Port-Louis. Objectif : la France via le cap de Bonne-espérance et l'océan Atlantique. Notre escale avait duré exactement un mois et trois jours.

J'abandonnai sur la superbe Isle de France une partie de mon âme : Robert et les autres mousses, Commerson et son aide Jeanne Baret, le défunt chevalier de Suzanne, sans oublier Hortense, la jeune créole aux yeux si doux dont les baisers me faisaient rêver. « Quand vous reverrai-je, vous reverrai-je un jour ? » m'interrogeai-je alors que nous prenions le large. Je contemplai l'horizon marin qui fuyait devant moi, essayant de retrouver par anticipation ma ville natale, la fière cité de Saint-Malo. Car il y a des fois où l'on ne vit pas au présent. On peut se trouver à des lieues et des lieues de distance, compter des mois et des mois de navigation, soudain, plus rien n'a d'importance, on voit déjà l'entrée du port. Finie, classée, rangée, la panoplie d'explorateur des mers du Sud ! Les bagatelles pour indigènes, la rassade, le fer, les miroirs, les clous, la cucurbite, tous ces objets aussi encombrants que désormais inutiles avaient été débarqués à terre.

L'équipage lui aussi s'était allégé, beaucoup de bons compagnons ayant posé leur sac à Port-Louis. Dans ce désert, il me restait cependant quelques amis : mon cher Ramsès, Amaury, Aotourou, Le Goff et... Cocody.

Pfft ! Cocody, quel poème celui-là... L'oiseau parleur avait d'ailleurs hérité d'un nouveau surnom : "L'affreux Jojo". Et tac ! cette appellation donnée par l'équipage lui allait comme un gant. Chaque fois que je passais devant sa cage, le mainate me gratifiait d'un couplet désobligeant :

— Jojo, pas beau ! Rou, rou, rou !

— Tais-toi, Jojo ! Tu nous casses les oreilles.

— Tétoi, pas beau ! Rou, rou, rou ! poursuivait le prodigieux imitateur...

Afin de l'embrouiller dans ses différents répertoires, les hommes de quart s'amusaient à lui jouer des tours : chanter les vêpres à l'Angélus et l'Angélus aux vêpres, lui offrir des morceaux de biscuits trempés dans du vin pour l'énivrer, prononcer à voix basse des mots injurieux à l'égard d'un officier... Mots que "L'affreux Jojo" ne manquerait pas de répéter à voix haute en présence de la victime ainsi désignée. Une insolence qui aurait valu les arrêts de rigueur à tout autre que lui.

De mon côté, j'essayais de lui apprendre des chansons, ce qui est tout de même plus convenable : "Marlborough s'en va en guerre", "Auprès de ma blonde", "Mousse je t'adore"... Cela dit, j'avais d'autres soucis en tête que les élucubrations de Cocody. Comment faire pour obtenir les recommandations exigées pour intégrer les écoles d'officiers de Brest ou de Rochefort ? Je résolus d'aller trouver Dumanoir et lui posai la question. Pouvait-il me procurer au moins l'une des deux lettres exigées ? Mon lieutenant préféré me donna sur-le-champ la réponse :

— Pierre-Yves ! je sais que tu aimes naviguer au long-cours et vivre des aventures outremer, affirma-t-il. Si tu te tiens correctement jusqu'à notre arrivée, je ne doute pas que M. de Bougainville signe l'un des certificats dont tu as besoin. En tous cas, tu peux compter sur mon franc soutien.

— Merci ! lieutenant. Mille fois merci ! Mais, euh ! s'agissant de l'amiral ?

— Ce dont tu me parles est fort embarrassant. Tu devrais plutôt t'adresser à la lieutenance générale de l'un de nos ports de guerre. On saura t'y renseigner. Mais, dis-moi, n'aurais-tu pas de ton côté quelque relation bien placée qui puisse appuyer ton projet ?

Je restai bouche bée. Pardieu ! non. Je n'en avais pas. Peut-être mon paternel connaissait-il des capitaines, des subrécargues, des regrattiers, des armateurs, des magistrats, des édiles, mais certainement pas d'officiers supérieurs de la Royale et encore moins un amiral, c'est-à-dire un "Rouge" trônant au sommet de la pyramide des grades. En quittant Dumanoir, les idées se bousculaient dans ma tête : je pouvais compter sur l'un des deux appuis exigés pour devenir officier mais en ce qui concerne l'autre, celui de l'amiral, rien n'était joué. Il me faudrait aviser sur place, une fois rentré à Saint-Malo. Tout mon voyage de retour serait empoisonné par ce doute et cette inquiétude.

Quelques semaines plus tard, La Boudeuse fit relâche au Cap, à la pointe sud de l'Afrique. De nouveau il fut possible d'y rencontrer des Français puisqu'un quartier parmi les plus fameux de la ville du Cap s'appelle « La petite Rochelle » en raison de ses habitants, originaires de cette place de sureté protestante démantelée sur l'ordre de Richelieu. Ils nous accueillirent à bras ouverts et facilitèrent autant que possible notre séjour. De toute évidence, ces huguenots chassés brutalement de chez eux ne nous tenaient pas rigueur de leur exil.

Lamené et Le Goff - qui s'étaient liés d'amitié pendant l'escale de Batavia - me proposèrent d'aller visiter le célèbre vignoble de Constance, situé non loin du Cap. Les deux compères en parcoururent les chais de long en large et goutèrent les crus venant de plusieurs tonneaux, trouvant le rosé aussi bon que le blanc, le vin jeune tout à fait digne d'intérêt, sans oublier les bouteilles les plus anciennes qui contenaient, me dirent-ils, un fameux nectar, avec toutefois des différences sensibles selon les années !

Incité à tremper mes lèvres dans quelques coupes, je découvris que ce vin local exhalait un agréable goût de raisin muscat. Je remontai des caves le teint fleuri et le cœur gai. D'aucuns prétendirent que l'esprit du vin m'était monté à la tête. « Le vin aurait donc de l'esprit ? » m'interrogeai-je. Il est vrai que sa compagnie se montrait agréable, à condition sans doute qu'elle ne soit pas trop prolongée ni trop fréquente...

Avant de partir, les deux "matafs" n'oublièrent pas d'acheter des bouteilles « pour la route ». Bon prince, Lamené me fit même cadeau de l'une d'entre elles. A cette occasion, je remarquai l'aspect bizarre des flacons, étirés et aplatis, au contraire des nôtres qui prennent en général une forme cylindrique.

Durant ce court intermède africain, d'autres balades furent organisées dans l'arrière-pays, mais cette fois à l'intention de M. de Bougainville et de son état-major. Nos chefs souhaitaient en effet capturer des spécimens d'animaux locaux pour les besoins du jardin zoologique de M. Buffon à Paris. Mais, compte-tenu du délai très bref alloué à cette chasse, il se révéla impossible de prendre la moindre bête sauvage vivante.

On leva l'ancre le 17 janvier 1769. De mon côté, je me réjouis de l'ardeur à regagner la France. Notre chef d'expédition avait-il reçu des instructions secrètes en vue d'abréger le voyage ? Voulait-il rattraper Carteret, le commodore anglais qui nous avait devancés à Port-Praslin et encore ici, au Cap, puisque son bateau était sorti de la rade au moment où nous y entrions le nôtre ? Souhaitait-il informer le Roi des découvertes réalisées à Tahiti ? Peu importe, cette précipitation m'arrangeait bien car j'avais toujours en tête la date limite pour me présenter au concours d'élève officier : le 1er mai de la nouvelle année. Or, nous n'étions plus qu'à cinq mois de cette échéance fatidique.

La Boudeuse passa au large de Sainte-Hélène sans s'arrêter. Elle mouilla ensuite à proximité de l'île de l'Ascension, bloc volcanique situé presqu'au niveau de l'équateur. « Le temps de rafraichir l'eau et les vivres », me dis-je. Non point ! l'état-major voulait en profiter

pour pêcher les tortues qui abondent tellement sur cette île en période de ponte qu'on aurait pu faire cent pas sur la plage sans toucher
une seule fois le sable. Dans le but de voir de plus près ces incroyables survivants de la préhistoire, j'embarquai sur la chaloupe
dédiée à leur pêche. Puis je plongeai par-dessus bord en abandonnant à d'autres le soin de ramer.

Les tortues nageaient lentement sous la surface et se laissaient
facilement approcher. Le jeu consistait à empoigner leur carapace
d'écailles, en esquivant bec tranchant et pattes griffues, et à se faire
trainer entre deux eaux jusqu'à ce que le souffle manque. Ah ! quelle
extraordinaire promenade sous-marine. Tout à coup, j'étais l'égal de
Triton, ce dieu grec à tête d'homme et à corps de poisson, à moins
que je ne sois l'un de ces Amours qui chevauchent un dauphin et
dérivent au fond de l'eau en compagnie des Néréides...

En remontant à bord de la frégate, de salutaires propos me rame-
nèrent à la réalité :

— La pêche est excellente, observa M. de Bougainville. « *On a
chaviré dans la nuit soixante-dix tortues ; mais comme on n'a pu en
prendre à bord que cinquante-six, remettez les autres en liberté.* »[30]

— Etes-vous satisfait ? lui demanda M. Duclos-Guyot.

— Je suis enchanté de ce résultat et j'espère que la prochaine
escale sera notre patrie ! s'exclama Bougainville. Combien de fois

---

[30] Cf. *Voyage autour du monde de Louis Antoine de Bougainville.*

avons-nous jeté l'ancre depuis notre départ de France, le savez-vous capitaine ?

Il n'y eut pas de réponse à cette question. Dame ! le nombre de mouillages effectués durant ce tour du monde confondait l'entendement. En revanche, à l'instar d'un cheval qui a senti l'écurie, la frégate ne voulut plus rien savoir. Remontant à toute vitesse l'Atlantique, elle rattrapa le Swallow de l'Anglais Carteret, le navigateur qui nous avait jusque-là précédé sur la ''Grande Boucle''. On échangea les dépêches prises au Cap - lui pour la France et nous pour l'Angleterre - ainsi que des anecdotes amusantes sur les naturels des mers du Sud. Mais, à peine avions-nous pris congé, que la dunette s'anima d'une étrange discussion :

— Son bateau est très petit et gouverne fort mal ! observa le lieutenant Lucas.

— Je crois que le scorbut lui a fait perdre beaucoup de monde ! renchérit le capitaine Duclos-Guyot, faussement apitoyé. La moitié de son équipage, un vrai désastre !

— Regardez ! s'écria Bougainville. En mettant sous voile, la Boudeuse le laisse comme à l'ancre. Carteret a dû pester contre une si piètre embarcation !

Cet ultime épisode procura à nous tous, Français un peu chauvins, le sentiment de la victoire. Mais notre chef d'expédition ne nous donna pas le temps de la savourer. Il demanda de gouverner au plus vite sur Brest en tirant des bords contre les alizés, ces derniers se montrant à présent vents contraires.

Nous pensions être rendus à destination, lorsqu'à l'approche d'Ouessant, pour le moment simple trait bistre ourlant la ligne d'horizon, la Boudeuse fut secouée par l'une de ces terribles tempêtes dont les marées d'équinoxe sont coutumières. Le noroît se mit à souffler au point qu'il fut impossible de tenir les huniers. Puis la galerne s'éleva de degré en degré, nous obligeant à carguer la grand-voile, prendre tous les ris et amener les vergues de perroquet. Ce que voyant, le capitaine Duclos-Guyot fit donner un doigt d'eau-de-vie aux hommes de quart et promit de doubler la ration des gabiers occupés à ferler les voiles dans le gréement.

— Je n'aimerais pas être à leur place, murmurai-je, en me rappelant mes premières armes sur la frégate et l'accident du pauvre Pierre Lainé.

— Un vrai temps de chien ! observa Amaury, qui se trouvait à mes côtés.

— A propos ! interrogea Le Goff, avez-vous entendu parler de la méthode hollandaise ?

Le "Frère de la côte" venait en effet de surgir de l'échelle de l'équipage pour humer l'air de la patrie ou plus exactement recevoir en plein visage les paquets de mer que soulevait la tempête. A moins que l'écho de la distribution de tafia ne l'ait tout à coup réveillé, ce qui est plus vraisemblable.

Non ! ni Amaury, ni moi, n'avions entendu parler de cette soi-disant méthode hollandaise. Le matelot hâbleur se fit donc un plaisir de nous l'enseigner :

— Mille sabords, que le Grand Cric me croque si je mens ! dit-il, après avoir relevé le col de son caban. En cas de grand frais, les marins d'Amsterdam s'enferment à l'intérieur de leur bateau en laissant le chien seul sur le pont puis, une fois le soleil revenu, ils remontent sur le pont et descendent la pauvre bête à fond de cale…

Amaury se mit à rire et moi à sa suite. Encore une blague de franc matelot ! Pour me payer comptant, je titillai Le Goff à propos de son absence mystérieuse pendant l'escale de Batavia. Cela faillit fâcher notre homme qui, aussi sec - si l'on peut dire vu toute l'eau dont nous étions aspergés - tourna les talons et regagna l'entrepont.

Peu après cet entracte divertissant, la lecture du baromètre et le sifflement aigu du vent indiquèrent que nous allions bientôt entrer dans le creux de la dépression. De fait, son maximum nous atteignit un quart d'heure plus tard et se traduisit par une furie des éléments auquel notre long périple ne nous avait pas habitués.

Au milieu d'une mer striée d'écume et parcourue de lames traîtresses, les gabiers amenèrent toutes les voiles restantes, les mâts de perroquet et la vergue de civadière. Comble d'infortune, alors qu'on se disposait à soulager l'avant, la vergue de misaine se rompit entre les deux poulies de drisse. *« Mettez à la cape sous la grand-voile d'étai, le petit foc et le foc de derrière »*, ordonna M. de

Bougainville. De fait, la bordée de quart s'échina à nous raccommoder, inquiète de la tournure que prenait les évènements et préoccupée de naviguer à nouveau. Moi le premier : je craignais en effet la dérive et les inconvénients pouvant en résulter. Si près du but, le moindre retard m'était intolérable.

A l'issue d'un chahut effrayant où beaucoup d'hommes rendirent tripes et boyaux, la tempête finit toutefois par se calmer. Les vagues restèrent d'abord trop fortes pour porter d'autres toiles que celles énumérées tout à l'heure. Puis les matelots de pont hissèrent les basses voiles et les huniers, tous les ris pris. Le vent décrut encore. A la faveur de l'accalmie, on lâcha les ris des huniers et on rétablit le mât de perroquet et la vergue de civadière. Mais, par la faute de cette saleté de grain, nous avions perdu de vue Ouessant et nous étions entrés dans la Manche. Sur quoi, notre chef annonça ce qu'espéraient sans le dire tous les Malouins de l'équipage. Abandonnant l'idée d'aller sur Brest, il nous dit son désir de rejoindre directement Saint-Malo. En entendant cette nouvelle, je l'aurais volontiers embrassé. Rien n'aurait pu mieux me convenir !

C'est ainsi que, le 16 mars 1769, après deux ans et quatre mois d'absence, je retrouvai ma cité natale et, autre motif de satisfaction, il me restait encore quarante jours pour régler mon affaire.

Chapitre XXXVI : Marquise

Une dernière fois, les officiers placèrent les deux bordées de part et d'autre du pont. Les soldats groupés au pied de la dunette rendirent les honneurs tandis que, sur le quai, une foule de badauds applaudissait longuement notre exploit : un tour du monde à la voile, quoi de plus sensationnel pour des Malouins !

Ceux qui parmi les nôtres étaient coiffés de chapeaux les lancèrent au ciel afin de rendre grâce à Dieu de nous avoir ramenés sains et saufs. L'équipage accueillit avec des vivats ''l'amiral'' qui sortait au même moment de la grand 'chambre. Nul ne doutait plus à présent de la promotion à ce grade de notre chef d'expédition. En réponse, M. de Bougainville nous annonça qu'il prendrait la route le soir même pour Versailles dans le but de rendre compte au plus vite de notre voyage. Il serait pour cela accompagné d'Aotourou et du Prince de Nassau.

Après qu'il m'eut infligé une ultime bourrade, Dumanoir me donna le certificat de bonne conduite que j'attendais. Je le remerciai chaleureusement et pris mon baluchon. Puis, j'emmenai mon cousin Amaury jusqu'à chez moi.

Je retrouvai les ruelles animées de la ville close, la grosse tour Quic-en-Groigne et la solide maison à bretèche ayant abrité mes plus jeunes années. Je redécouvris avec plaisir les fenêtres en grisaille, la grande cheminée de granit devant laquelle je m'asseyais pour lire, la galerie vitrée donnant sur la cour intérieure et, derrière, la petite friche de verdure attenante aux remparts. Toute la nichée était là. On me fit fête comme il n'est pas imaginable. Ma mère pleura à chaudes larmes en se massant les tempes, une habitude qui ne l'avait pas quittée. On alla chercher mon père dans son atelier voisin. Il arriva sur le champ et me serra contre lui, tout essoufflé par sa course.

J'avais beaucoup changé, me dit-on. Le "chat maigre" était devenu un frêle jeune homme à la voix grave et aux manières assurées, portant le chapeau tricorne et l'uniforme bleu aux boutons de cuivre de la Royale. Moi-même, je ne reconnaissais pas vraiment ce logis plus sombre et plus encombré que l'image gardée dans mon cœur. Mes frères et sœurs ayant beaucoup grandi, je me trompai dans les prénoms.

Je dus tout raconter de notre voyage et, pour ce faire, j'employai les mots qui rassurent : Montevideo n'était rien d'autre qu'un petit bourg côtier, presqu'un village ; les Malouines, venteuses et désolées, faisaient penser au cap Fréhel ; le Détroit de Magellan ne pouvait être pire que le raz de Sein … bien que tout de même plus long ; Tahiti évoquait par certains aspects la douceur et l'aménité des îles de Bréhat ; Batavia ressemblait à une ville hollandaise… remplie de Chinois et infestée de malades.

A la suite, je déballai mes trésors : l'oreiller de Pierre Lainé, les boules offertes par l'Indien de la Pampa, la perle noire d'Aotourou, les branches de coraux cueillies à Tahiti, l'aquarelle de Romainville, les épices du ''Frère de la côte'', le pantin de cuir figurant Rama, le pot d'hortensia de Commerson, le flacon de vin de Constance et jusqu'au louis d'or reçu des mains d'un fournisseur à Port-Louis, un ''jaunet'' que je m'étais bien gardé d'écorner.

Me rappelant le serment fait à ma mère avant mon départ, je lui offris les perles ramenées de Tahiti, celles que Robert m'avait rétro-cédées alors que j'étais consigné sur la Boudeuse. Je fis voir ou revoir ma médaille en argent, le couteau de poche dont je m'étais servi pour sectionner l'amarre lors de notre aiguade périlleuse, la frégate tatouée sur le dessus de ma main, la cicatrice à ma cheville gauche, le ''petit modèle'' de trois-mâts barque encore inachevé, plus divers travaux de matelotage réalisés durant l'ennui de mes quarts en bas. Parmi cet étalage de biens et de symboles, ne manquait que le périssable : la noix de coco d'Aopoé, le rat piégé par Lafleur et le pot de confiture de Dumanoir, tous engloutis depuis belle lurette. Sans oublier les baisers d'Hortense Poivre, impalpable faveur !

Devant la compagnie encore éblouie par tant de souvenirs, je présentai Amaury, lequel peignit avec moult détails - enjolivés, je dois dire - sa vie de colon aux Malouines. Je n'oubliai pas d'évoquer Ramsès et Cocody que j'avais préféré laisser l'un et l'autre sur la Boudeuse pour ne pas rajouter à la confusion générale. Car mainte-nant tout le monde voulait parler en même temps dans cette maison.

Après une confortable nuit au creux d'un lit de plumes, il fallut passer aux choses sérieuses. J'ouvris le certificat remis la veille par le lieutenant Dumanoir. Un sésame qui n'avait pas de prix : il portait la signature de M. de Bougainville et attestait de mes bons et loyaux services, d'abord comme gabier sur la Boudeuse puis comme élève pilotin sur les deux bateaux de l'expédition. Un vrai cadeau de la Providence !

En ce qui concerne l'amiral dont la recommandation était indispensable, mon père me fournit les renseignements obtenus auprès de l'Intendant du port. Je devais me rendre chez une marquise, veuve d'un chevalier de Saint-Louis, colonel des gardes françaises. Cette dame demeurait au château de la Faucellière sur les hauteurs de Cancale, c'est à dire à quelques lieues de Saint Malo. Mais il fallait d'abord solliciter une audience par écrit. Je rédigeai ma requête avec enthousiasme, sans cacher mon attirance pour la mer ni mon désir de devenir un jour officier. En conclusion, je jurai ma loyauté envers le Roi. Le soir même, le pli cacheté se trouvait entre les mains du postillon.

Je me mis à guetter la réponse. Tous les jours, je courrais au-devant de la chaise de poste pour demander s'il n'y aurait pas une lettre à mon nom. Tous les jours m'apportaient la même déception. J'allais me consoler auprès de ma chère Boudeuse, la détaillant de la tête des mâts à la ligne de flottaison, inspectant d'un œil averti le pont tant de fois arpenté, espérant y retrouver le souvenir de nos exploits et les stigmates de nos misères. Je soupirais après cette vie d'errance, lui trouvant tous les attraits possibles. « Vertubleu ! plus que deux semaines. », me dis-je au désespoir.

Sur ces entrefaites, Gérald se présenta à notre porte. L'Etoile était en effet de retour à Saint-Malo, mais sans Robert, retenu à Port-Louis en même temps que son patron Romainville. Gérald me confirma que j'avais choisi le bon interlocuteur pour devenir officier. La marquise de la Faucellière était alliée à la famille d'un lieutenant général, gouverneur de la place de L'Orient[31]. Un homme de premier plan qui jouissait d'une grande influence au ministère. Gérald envisageait d'intégrer l'école des troupes de marine à Brest car sa vue n'était pas assez bonne pour prétendre au banc de quart sur la dunette. La protection de son père officier, en sus de ses propres états de service - il m'avait succédé comme pilotin sur l'Etoile -, devrait lui suffire pour embrasser cette carrière moins exigeante et devenir 'bigorneau', comme on dit dans la Royale !

Amaury décida de l'accompagner. Il ne pouvait se résoudre à retourner aux Malouines et s'interrogeait sur son avenir. A cette époque, en effet, des rumeurs commencèrent à circuler en ville disant que la guerre allait reprendre avec les Anglais.

Quelques jours plus tard, la Boudeuse et l'Etoile appareillaient ensemble pour l'arsenal de Rochefort dans l'intention de se faire réarmer. Les deux bateaux devant faire escale à Brest, ils emmenaient avec eux Duclos-Guyot, la Giraudais, Dumanoir,

---

[31] *Actuellement, Lorient*

Lafleur, Seznec, Blin, ainsi que Gérald et Amaury. Bref, tous les braves compagnons qui me restaient de cette croisière autour du monde. Avant leur départ, je pris toutefois la précaution de récupérer mon chat Ramsès. En revanche, j'abandonnai Cocody, le mainate 'religieux' appelé aussi 'l'affreux Jojo', aux bons soins de l'équipage : un cadeau de ma part !

Enfin, huit jours avant la date limite du 1er mai, alors que je me croyais oublié de tous, je reçus la réponse tant espérée : une audience m'était accordée pour le surlendemain.

Une fois rendu à destination, un plateau verdoyant qui domine le port de Cancale, je me retrouvai face à un solide manoir, cerné de douves sèches et investi de broderies à la française. Des tourelles coiffées d'ardoises et des mâchicoulis dans les parties les plus anciennes lui conféraient de loin l'allure austère d'un château fort.

Ayant franchi sans encombre la grille, je me lançai à l'abordage, bien décidé à enlever de vive force ce bateau de granit gris égayé de contrevents plus radieux que des voiles de beau temps. La grande allée ne m'offrit aucune résistance, ni la porte vitrée du rez-de-chaussée, ni même les rares domestiques que je rencontrai sur mon passage. Dans le vestibule, haut et vaste comme une nef d'église, je me fis annoncer, imaginant la place prise. Hélas ! pas encore…

Un valet emperruqué, qui n'arrêtait pas de se frotter les mains d'un air insolent, me précéda le long d'un corridor pavé d'un splendide carrelage à cabochons. Il m'abandonna au seuil d'une petite pièce intime, coquettement lambrissée et meublée, une sorte de salon en miniature que j'imaginai aussitôt être un boudoir. La marquise serait-elle boudeuse ?

Arrivé là, je dus m'armer de patience. Pour tromper mon ennui, je me levai de temps en temps pour faire les cent pas. Je m'approchai d'une haute croisée et ne me lassai pas de contempler la couleur printanière des tilleuls, les rosiers à peine éclos, les canards qui se dandinaient à la queue leu leu près d'un étang aux profondeurs impénétrables. Mes yeux se remplissaient d'un spectacle dont j'avais été sevré durant plus de deux ans.

Il s'écoula un long moment avant que la maîtresse des lieux - une belle femme, jeune et poudrée - ne surgisse dans le frou-frou de sa robe en taffetas changeant noir violet, armée d'un éventail qu'elle maniait d'une main experte, à la façon d'un bretteur qui pousse une lame. Un homme à la figure cérémonieuse, enfermé dans son habit comme un avocat dans son serment, son intendant peut-être, la suivait respectueusement à trois pas.

— Ah ! Mais que voilà ? Pfutt ! qu'il est drôle ce petit chou, s'écria la marquise de la Faucellière avec entrain, comme étonnée de me trouver là.

— Pierre-Yves, pour vous servir, Madame ! dis-je, en lui présentant mes hommages, genou à terre, chapeau bas.

— Ah oui ! je me rappelle. J'ai reçu une lettre à ton sujet...

— C'est moi qui l'ai faite ! répliquai-je vivement, les joues en feu.

— Vraiment ! mais tu sais donc écrire, s'exclama-t-elle sur un mode badin.

— Je rougis davantage, 'emprunté comme gabier au salon', pour reprendre la formule des matelots admis pour une réprimande dans la chambre du capitaine. Je résolus cependant de ne piper mot…

— Et tu voudrais être officier ? interrogea-t-elle, tout en me regardant d'un air désolé qui semblait traduire ses doutes à ce sujet.

— M. de Bougainville a eu la bonté de me signer un certificat de bons et loyaux services, répondis-je, plein de rage contenue…

— Oui, je sais ! coupa-t-elle d'une voix sifflante, en repliant d'un coup sec son éventail. Mais le chevalier de Bougainville est un 'bleu', n'est-ce pas ? soupira-t-elle, en prenant à témoin l'homme qui l'accompagnait. Le tour du monde qu'il vient de réaliser lui est monté à la tête, reprit-elle en haussant le ton. Quelle mascarade ! on le voit partout : à Versailles, à Marly, aux Tuileries, promenant son indigène…

— Aotourou ? l'interrompis-je.

— Ah oui ! c'est peut-être ce nom-là. Quelle pitié ! le pauvre diable ne parle même pas français. Enfin ! il est reçu à la cour, voilà l'essentiel. Depuis que Jean-Jacques Rousseau nous rebat les oreilles avec son "bon sauvage", il est heureux que l'on puisse en voir un de près. Revenons à nos moutons ! déclara-t-elle soudain, reprenant le timbre léger et doux qu'elle devait employer s'agissant d'une quelconque baliverne. Pour la chose qui t'amène et que tu réclames à cor et à cri… je dois te dire… je dois te dire… que tu n'obtiendras rien !

— Comment ça, rien ? m'exclamai-je, choqué par l'injustice de cette sentence.

— Non, rien ! … Tu n'es pas né, c'est là le vrai problème. Et selon mes renseignements, tu n'as même pas de quoi payer ton uniforme, tes armes, ni les frais de ta pension, car ton père est ruiné, ou presque, ou le sera bientôt…

— Ce n'est pas vrai ! l'interrompis-je, incapable de retenir plus longtemps ma colère. Miséricorde ! je saurai l'aider au besoin.

— La belle affaire ! Qu'il est naïf ce pauvre enfant ! Ne pensez-vous pas, cher ami ? demanda-t-elle, après s'être tournée brièvement vers l'homme qui l'accompagnait. Mon petit, poursuivit-elle d'une voix égale, sache que dans la Royale on ne peut s'enrichir, on sert le Roi, voilà tout… Bien sûr, si tu insistes, ajouta-t-elle après une brève hésitation, il est toujours possible de trouver un arrangement. Mais je te préviens, eu égard à ta naissance, inutile d'espérer une promotion rapide. Tu resteras toujours bas officier… Jamais de commandement ou quoi que ce soit qui y ressemble… Et gare à toi si tu cherches à t'élever par tes seuls mérites…

— J'ai été pilotin à bord d'une frégate royale, plaidai-je pour ma défense. Et Duclos-Guyot, Dumanoir, Lucas, ces excellents marins que j'ai côtoyés sur la Boudeuse et l'Etoile, étaient roturiers tout comme moi.

— Ah, oui ! il s'agissait probablement d'une autre époque, s'empressa-t-elle de répondre avec une mauvaise foi effarante. Que deviendraient nos cadets de la noblesse, s'il n'y avait pas la Flotte de guerre pour les contenter ? Moi, par exemple : j'ai cinq fils. Eh bien ! le premier fera la carrière des armes, le second prendra l'habit ecclésiastique, le troisième - nous y voilà - se destine à la Marine, le quatrième m'aidera à gérer ce domaine, quant au cinquième, je ne sais pas encore, peut-être les études… ou peut-être la cour. A présent que tout est dit, conclut-elle avec un bâillement réel ou feint qu'elle chercha à dissimuler derrière son éventail, j'attends ta réponse…

— Je vais… je vais y réfléchir ! bredouillai-je, rouge comme une écrevisse, car en réalité j'étouffais, regrettant l'air du large.

Le soir même, les phrases s'étranglant en nœuds marins dans ma gorge, je racontai l'entrevue à mon père lequel ne fit aucun commentaire et resta aussi lisse et muet qu'un galet longuement roulé par les vagues. Je l'informai de la résolution qui avait mûri en moi, entre deux cahots de la patache à trois sols faisant le trajet de Cancale vers Saint-Malo.

Tant pis pour la carrière d'officier ! Puisque la Royale ne voulait pas de moi, ou si peu, je ne voulais plus en être. C'était sans regret et je ne m'en montrais pas déçu au-delà du raisonnable : Adieu, la discipline, les exercices à n'en plus finir, les interminables attentes au port, les horribles mutilations résultant des blessures de guerre !

402

En revanche, l'océan, les bateaux, les voyages lointains, les grandes découvertes, non, ça jamais je ne saurais m'en passer. Car l'attirance pour la mer, la fascination qu'elle exerce, ne se raisonnent pas davantage que le commencement du monde.

Mes intentions étaient claires. Dès que possible, je m'engagerai sur un bateau marchand en partance pour l'océan Indien. Grâce à la lettre d'introduction de M. de Bougainville, cela ne devrait pas être trop difficile. Là-bas, j'aviserai sur le meilleur moyen d'augmenter notre fortune : le commerce d'Inde en Inde, les soieries et les cotonnades des comptoirs français, Pondichéry, Chandernagor, Mahé… la culture de la canne à sucre ou celle des épices. Pourquoi pas !

A Port-Louis, je retrouverai une seconde famille : Robert, Alexandre et Guillaume, Commerson et Jeanne Baret, sans oublier Romainville, Véron… ainsi que la petite Hortense, bien sûr, dont le souvenir habitait mon cœur. De l'Isle de France, il me serait possible de revenir à Tahiti avec Aotourou. A moins que je n'accompagne Pierre Poivre dans une nouvelle expédition en Indonésie et n'en ramène les plants tant convoités de muscadier et de giroflier…

Plus tard, je deviendrai capitaine au long cours. Un bon bateau sous les pieds, de manière à naviguer 'au vent de la brigantine', comme on dit chez ces messieurs de Saint-Malo. Ah ! tout connaître à bloc de la contre civadière jusqu'au puit des pompes, veiller aux hommes sans faire souffrir le bâtiment, me faire donner du

« Cap'taine » en veux-tu en voilà, tenir mon cap sans mollir... Sapristi ! quel beau métier.

A l'instant de m'endormir, j'éprouvai une impression bizarre. Je crus entendre le doux murmure des palmes bercées par l'alizé et, plus loin, le fracas assourdi des vagues lorsqu'elles brisent sur le récif. C'était toute la splendeur des mers du Sud qui m'appelait depuis les antipodes. Impossible de résister à pareille invitation ! Mes yeux se fermèrent malgré moi et je partis sans tarder vers cette promesse de nouvelles aventures...